Anne Gesthuysen

Wir sind doch Schwestern

PIPER

Zu diesem Buch

Katty, Paula und Gertrud treffen sich zu Gertruds 100. Geburtstag. Sie wollen ihre Zukunft planen, doch vorher müssen sie ihre Vergangenheit klären. Gertrud hat noch gute Augen, aber hören kann und will sie nicht. Paula kann kaum noch sehen, hat aber immer ein offenes Ohr für ihre Schwestern. Und Katty, das Nesthäkchen, will auch mit 84 Jahren Feste feiern, wie sie fallen. Allen gemeinsam sind Eigensinn, Humor und eine angeborene Kreislaufschwäche, die sie mit exorbitant starkem Kaffee und gutem Schnaps bekämpfen – so auch in diesen Tagen auf dem Tellemannshof, wo in jedem Winkel die Erinnerung lauert. Eindringlich erzählt Anne Gesthuysen von Katty, der charmanten Strippenzieherin, ihrer Verehrung für Adenauer und ihrer Liebe zu einem charismatischen Großbauern. Von Gertruds schicksalhafter Verlobung und dem Spion, den sie versteckte. Von Paula, die ihren Mann an Männer verlor und stets die Lebenslust bewahrte. Vom Tausch eines Huhns gegen einen Rembrandt, von einem Leumundsprozess, der den ganzen Niederrhein in Atem hielt, und von drei starken Frauen mit dem Mut zur Eigenständigkeit. Große Lebensgeschichten mischen sich mit wunderbaren Anekdoten, das Weltgeschehen mit dem Leben am Niederrhein.

Anne Gesthuysen ist 1969 in einem kleinen Dorf am Niederrhein geboren und aufgewachsen. Sie hat Journalistik und Romanistik studiert und arbeitet seit 1987 als Journalistin für verschiedene Fernseh- und Radiosender. Seit 2004 moderiert sie das ARD-Morgenmagazin, für das sie 2012 mit dem Deutschen Fernsehpreis ausgezeichnet wurde. Sie lebt mit ihrem Mann Frank Plasberg und dem gemeinsamen Kind in Köln. »Wir sind doch Schwestern«, ihr erster Roman, in dem sie das Leben ihrer Großtanten verarbeitet, wurde auf Anhieb zum Bestseller.

Anne Gesthuysen

Wir sind doch Schwestern

Roman

PIPER
München Berlin Zürich

Mehr über unsere Autoren und Bücher:
www.piper.de

Dieses Buch ist ein Roman, wenn auch einige seiner Charaktere erkennbare Vor- und Urbilder in der Realität haben, von denen das eine oder andere biografische Detail übernommen wurde. Dennoch sind es Kunstfiguren. Ihre Beschreibungen sind ebenso wie das Handlungsgeflecht, das sie bilden, und die Ereignisse und Situationen, die sich dabei ergeben, fiktiv.

FSC
www.fsc.org
MIX
Papier aus verantwortungsvollen Quellen
FSC® C083411

Ungekürzte Taschenbuchausgabe
Piper Verlag GmbH, München/Berlin
1. Auflage März 2014
24. Auflage August 2015

Umschlaggestaltung: semper smile, München, nach einem Entwurf von Barbara Thoben, Köln
Umschlagabbildung: Kurt Hutton/Getty Images
Satz: Buch-Werkstatt GmbH, Bad Aibling
Gesetzt aus der Goudy
Druck und Bindung: CPI books GmbH, Leck
Printed in Germany ISBN 978-3-492-30431-3

Für Bernhard

Der 100. Geburtstag

Prolog

Er war dunkelgrau mit hellgrauer Maserung und sah aus wie Wolken an einem dieser undefinierten Sommertage, die man am Niederrhein so oft erlebte.

Katty beugte sich tiefer ins Innere des alten Schrankes, um den merkwürdigen Pappdeckel herauszuziehen.

»Au, verflixt!« Sie fluchte und steckte sich wütend den Finger in den Mund, saugte an der kleinen Wunde und schüttelte die Hand. Das alte Holz war porös, jetzt hatte sie einen Splitter in der Haut.

An der Rückwand war eine Vertiefung eingelassen, eine Art Geheimfach, wie man es früher in den Schränken gehabt hatte. Dieses Fach war ihr nie zuvor aufgefallen. Kein Wunder, dachte Katty, sie hatte sich diesen Schrank auch nie genau angesehen. Sie nestelte weiter an der gemaserten Oberfläche, und als die mit einem kleinen Ruck nachgab, fiel ihr ein alter Aktenordner entgegen.

Sie nahm ihn, pustete den Staub ab und öffnete den Deckel:

Im Namen des deutschen Volkes

Katty wusste sofort, was sie da in den Händen hielt. Sie taumelte rückwärts, fand mit ihrem Po das Bett, setzte sich und las.

Die Überschrift über dem Urteil war doppelt unterstrichen

und mit einem Ausrufezeichen versehen. Katty war verwundert. Sie hatte immer gedacht, der Satz »Im Namen des Volkes« gehe nahtlos über in den Nachsatz »ergeht folgendes Urteil«. Sie hatte das schriftliche Urteil nie zu Gesicht bekommen. Den Ordner hielt sie zum ersten Mal in der Hand, und in ihr stritten Neugier und schlechtes Gewissen. Neugier, weil sie sich fragte, ob darin noch Informationen verborgen waren, von denen sie nichts wusste. Und das schlechte Gewissen, weil Heinrich sie auf dem Sterbebett gebeten hatte, den Ordner und alles, was zu dieser Geschichte gehörte, zu verbrennen und zu vergessen.

Da war er nun, der Aktenordner. Katty hatte ihn nie verbrannt. Sie hatte ihn nur vergessen. Als Heinrich sie gebeten hatte, den Ordner nach seinem Tod zu entsorgen, war sie zu entsetzt von der Vorstellung gewesen, dass er bald sterben könnte, und war deshalb nicht auf die Idee gekommen, zu fragen, wo der Ordner sich denn überhaupt befinde. Hier also. Tief im Schrank. Versteckt hinter alten Tischdecken.

Katty legte den Ordner neben sich auf das Bett. Ihr Herz klopfte heftig. Sie starrte auf das graue Etwas, nahm es erneut in die Hand und klappte es wieder auf. Mit dem Daumen fuhr sie an dem Papier entlang. Das Rascheln hörte sich alt an. Es ist alt, dachte Katty, mein Gott, das ist fast fünfzig Jahre her. Ich sollte das olle Ding einfach in den Müll schmeißen. Und doch wusste sie, dass sie es nicht tun würde. Auch wenn es alte Wunden aufrisse und die Scham wieder aufflammen ließe, sie würde dem Drang nicht widerstehen können und alles lesen. Aber nicht jetzt. Später, wenn sie etwas Zeit hätte. Nächste Woche vielleicht. Denn bis dahin gab es noch einiges zu tun. Katty war dabei gewesen, ihr Zimmer auf- und sogar auszuräumen. Ihre Schwester Gertrud würde am nächsten Tag zu Besuch kommen und einige Zeit bleiben. Vielleicht für immer, darüber würde zu reden sein. Aber erst einmal würde gefeiert, denn am kommenden Sonntag hatte Gertrud Geburtstag, nicht irgendeinen: den hundertsten Geburtstag.

Katty wollte ihrer Schwester das Zimmer zur Verfügung stellen, in dem sie selbst normalerweise schlief, da es ebenerdig lag, und sie auf keinen Fall wollte, dass Gertrud jeden Abend die Treppen zu den anderen Schlafräumen hinaufklettern müsste, auch wenn sie dazu körperlich durchaus noch in der Lage gewesen wäre. Gertrud war schlank und drahtig und wenn man es nicht besser gewusst hätte, wäre sie als Achtzigjährige durchgegangen. Ungefähr so alt, wie Katty jetzt war. Und ich, fragte sie sich. Wie alt wirke ich wohl? Sie ging durch die geöffnete Tür ins angrenzende Badezimmer und blickte in den Spiegel. Ihr Haar war honigblond, sie färbte es regelmäßig. Sie hatte kaum Falten, das lag allerdings auch daran, dass sie ein bisschen zu mollig war. Aus den Siebzigerjahren hatte sie zudem ihre Lieblingsbrille behalten. Die war mit ihren quadratischen Gläsern enorm groß und wenn Katty Falten rund um Augen und Nasenwurzel gehabt hätte, wären die hinter dem dicken Horn eh nicht aufgefallen. Knapp sechzig, entschied sie und lächelte. Sie griff ihr Nageletui und holte die Pinzette heraus. Ein kleines Stückchen Holzsplitter steckte noch in ihrem Mittelfinger. Sie ritzte die Haut vorsichtig auf, um das Ende des Splitters besser greifen zu können. Dann entfernte sie den Holzspan und ging zurück ins Zimmer.

Sie putzte schon seit einer ganzen Weile alles im Schlafzimmer, was sie in den letzten Jahren vernachlässigt hatte. Dazu gehörte auch der alte Holzschrank. Den hatte sie nie benutzt und jetzt beschlossen, ihn von Grund auf zu reinigen und die Tischdecken, die darin waren, endlich auszusortieren. Man würde die wenigen, die noch brauchbar waren, zumindest reinigen müssen, sie stanken bestialisch nach Mottenkugeln. Das würde sogar eine hundertjährige Nase noch riechen, und Katty wollte ihrer großen Schwester diesmal so wenig Anlass zur Kritik wie möglich bieten. Sie wünschte sich, dass sowohl das Geburtstagsfest als auch die gemeinsamen Tage auf dem Hof harmonisch verliefen. Vielleicht würde Gertrud sich dann endlich nicht mehr dagegen wehren, bei ihr einzuziehen. Gut, dass Paula auch vor dem Fest anreiste, sie hatte schon immer einen guten Einfluss auf Gertrud gehabt. Merkwürdig, dachte Katty, ich würde nie auf die Idee kommen, Paula ebenerdig ein Zimmer zu räumen, dabei ist sie nur zwei Jahre jünger als Gertrud. Paula würde auf der ersten Etage schlafen und jeden Abend die schmale Treppe hinaufgehen müssen. Warum nicht, dachte Katty, sie kann's ja noch gut.

Paula war völlig unkompliziert. Katty liebte sie uneingeschränkt und hatte sie gerne um sich. Das Verhältnis zu Gertrud war von jeher schwieriger gewesen. Natürlich liebte sie auch die älteste Schwester, aber irgendwie gerieten sie immer aneinander. Gertrud hatte Katty erzogen, und sie tat es bis heute. Sie maßregelte ihre jüngste Schwester gelegentlich, als sei sie ein ungehorsames Kind, das sich weigert, sein Zimmer aufzuräumen. Katty blickte auf den Staubwedel in ihrer Hand und musste lachen. »Brave Katty«, sagte sie laut und wischte über den alten Schreibtisch am Fenster. Ihr Blick fiel wieder auf den Ordner. Der muss raus aus Gertruds Zimmer, beschloss sie, nahm die Akte, stapfte die Treppe hinauf in das Zimmer, in dem sie schlafen würde, und legte sie dort auf das Nachtkommödchen. Katty rümpfte die Nase. Der Aktenordner stank genauso wie alles andere im Schrank – nach Mottenkugeln. Katty zog einige der losen Blätter heraus und begann zu lesen:

»Die Klägerin behauptet, der Beklagte unterhalte intimen Umgang mit der Zeugin Franken.«

Die Zeugin Franken, das war sie, Katty Franken. Sie hatte es gehasst, so genannt zu werden. Es hatte so verharmlosend geklungen. In Wahrheit war sie doch die eigentlich Beschuldigte gewesen.

Das Urteil war gespickt mit den unglaublichsten Geschichten, vierzehn Seiten lang. Über manche konnte Katty inzwischen lachen, andere trieben ihr die Röte ins Gesicht. Sie war als liederliches schamloses Weib dargestellt, das eine Ehe auf perfide Art und Weise zerstört hatte. Dabei, so ließen die Anschuldigungen vermuten, hatte sie alles getan, um die Ehefrau, ihre einstige Schulfreundin, zu demütigen.

Was mussten sich die Richter gedacht haben, als sie diese pikanten Vorwürfe zu verhandeln hatten, zumal sie einen Mann betrafen, der im Land Nordrhein-Westfalen als christlich-demokratischer Landtagsabgeordneter Rang und Namen hatte? Katty blätterte weiter. Seitenlang nur Zeugenaussagen. Es waren bestimmt dreißig Freunde, Bekannte, Verwandte und Nachbarn angehört worden. Vier Jahre Scheidungskrieg waren in diesem Aktenordner festgehalten, für eine Ehe, die gerade einmal fünf Monate gedauert hatte.

Wie hatte es nur so weit kommen können? Katty war darüber auch nach all den Jahren noch fassungslos. Doch als sie sich zurückerinnerte, wurde ihr bewusst, dass alles mit Theodors Tod begonnen hatte.

9. März 1945
Gefallen auf dem Feld der Ehre

Sie sah den Brief. Und sie fand ihre Gefühle nicht. Er war tot, so stand es da. Einmal quer über dem Briefumschlag, in großen roten Buchstaben: *Gefallen für Großdeutschland*. In dem Umschlag befand sich seine gesammelte Feldpost, darunter Briefe, die sie selbst an ihn geschrieben hatte. Katty strich mit den Fingerkuppen über das raue Papier. Gab es Briefverkehr, von dem sie nicht gewusst hatte? Hatte er eine heimliche Liebe gehabt? Ein paar »Briefe an einen unbekannten Soldaten« befanden sich auch im Umschlag. Monatelang war in Schulen Propaganda gemacht worden, junge Mädchen sollten deutsche Soldaten aufmuntern, indem sie Briefe schrieben, immer adressiert an »einen unbekannten Soldaten«. Die Soldaten, die wenig eigene Post bekamen, wurden mit solchen Briefen von fremden Schulmädchen getröstet. Sie suchte weiter. Ein Brief von Theodors Vater fiel ihr in die Hände. Die langgliedrige Schrift mit den ausschweifenden Bogen nach oben und unten war unverkennbar. Sie verriet einen Mann, der gewohnt war, zu entscheiden, und der Befehle gab. Theodor war immer anders gewesen als sein Vater, sensibler. Die beiden hatten sich nie besonders gut verstanden. Vielleicht hätte er nicht in den Krieg ziehen müssen, dachte Katty. Er war der einzige Sohn eines bedeutenden Mannes. Hundertacht Morgen Land mussten bewirtschaftet werden, da hätte der erwachsene Sohn sicher bleiben können. Aber er wollte weg, er war fasziniert vom Krieg und von der Kameradschaft, und er konnte nicht mehr ertragen, was im Haus geschah. Wie sein Vater herrschte und alles und jeden für sich beanspruchte. Dazu gehörte auch sie selbst, wusste Katty, und stöberte weiter in den verschmutzten Briefen. Nein, es gab keine Frau, niemanden, der ihm nähergestanden hatte als sie. Und trotzdem gelang es ihr nicht, zu weinen. Sie stellte Reflexionen an, so nüchtern konnte man das wohl bezeichnen. Sie erschrak darüber, suchte noch einmal, nach Trauer, nach Tränen, nach dem brennenden Kloß im Hals. Aber da war nichts. Sie dachte den Schmerz, doch es tat nicht weh. Nur ein erbarmungsloses Fliegen der Gedanken. Sie hatten keine Zeit, eine Beerdigung vorzubereiten. Gab es überhaupt etwas zu beerdigen? Er sei als Held gestorben, hatte der Goldfasan mitgeteilt. Der Mann machte dem Spottnamen wirklich alle Ehre. So könnte man auch im Karneval gehen, dachte sie. Heinrich liebte diesen Ausdruck für die Parteistreber. Er weigerte sich, sie ernst zu nehmen. Mit ihr hatte der Mann nicht gesprochen. Nur mit Heinrich. Sie hatte er keines Blickes gewürdigt. Aber wer war sie schon. Die Hauswirtschafterin. Mehr nicht. Dass sie den Jungen großgezogen hatte, ihn liebte wie ihr eigenes Kind – aber tat sie das überhaupt? Schließlich saß sie immer noch da und überlegte, statt zu weinen, plante, statt zu schluchzen.

Heinrich hatte dagestanden wie eine Eiche. Er war groß und überragte alle, deshalb bekam man leicht den Eindruck, er sei arrogant. Seine Augenbrauen waren gleichmäßig und dicht, der Kopf kahl, aber von makelloser Form. »Bitte?«, das war alles, was er gesagt hatte, als er den Mann in der lächerlich goldbehangenen Uniform in Empfang nahm. Heinrichs Stimme war hart und schneidend gewesen. Er war kein Freund der Partei. Von Anfang an nicht, und jetzt erst recht nicht mehr.

Krieg und Elend hatten sie gebracht, Deutschland hatte Land verloren. Das war für ihn unverzeihlich. Er war Bauer durch und durch, auf ewig der Scholle verbunden. Das war sein Lieblingsspruch. Theodor hatte ihm mit elf ein Holztäfelchen geschnitzt, auf dem dieses Lebensmotto stand, es hing über der Tür zum Wohnzimmer. Heinrichs Familie lebte seit 1636 auf dem Tellemannshof in Wardt. Am Anfang war da wohl nicht viel mehr als eine Hütte gewesen, aber im Laufe der Jahrhunderte war ein wunderschöner Gutshof entstanden und niemals hätte ein Hegmann auch nur einen Morgen Land verkauft oder aufgegeben. Heinrich Hegmann war tiefgläubiger Katholik, Anstand und Ehre waren für ihn von enormer Bedeutung. Und dieses braune Gesindel war ehrlos und unanständig. Auch Katty liebte den Hof. Es war ein erhebendes Gefühl, wenn sie die kurze Allee auf das Haupthaus zulief. Sie mochte die niederrheinischen Herrenhäuser mit den klaren Strukturen und Proportionen. Die Eingangstür war leicht erhöht, deshalb konnte man abreisenden Gästen noch lange hinterherschauen. Und man hatte von dort einen guten Blick in den gepflegten Gemüsegarten. Rechts und links vom Eingang befanden sich je zwei Fenster, in der oberen Etage vier Sprossenfenster, das war symmetrisch und schön, fand sie. Die Stallungen gingen nach hinten hinaus und waren hufeisenförmig angelegt, was ungemein praktisch war. Bei Regen konnte man alle Tiere füttern, ohne auch nur einen Tropfen abzubekommen. Katty war Heinrichs Vorfahren sehr dankbar dafür. Sie hasste es, nass zu werden. Da Heinrich Hegmann für seine Verbandstätigkeiten ständig unterwegs war, verwaltete sie längst den gesamten bäuerlichen Betrieb. Sie wies die Leute an, aber musste auch oft genug selbst die Mistgabel in die Hand nehmen. Das störte sie nicht. Sie war robust und glaubte fest daran, dass Schwielen an den Händen ein Gütezeichen waren. Heinrich sah das genauso. Und er schätzte Katty für ihre zupackende Art. Er machte keinen Hehl daraus, dass er sie den Haustöchtern, wie die jungen Auszubildenden auf dem Hof genannt wurden, vorzog. Katty hatte ihn in den ganzen Jahren, in denen sie bereits auf dem Hof war, niemals weinen sehen. Manchmal hatte sie gedacht, es sei vielleicht anatomisch unmöglich. »Vatti«, so hatte Theodor ihn immer genannt, dabei klang das A stumm, kurz und abgehackt und das T knallte wie eine Peitsche durch die Luft, insgeheim hatte sie die Bezeichnung übernommen. Offiziell blieb Heinrich natürlich »Herr Hegmann«, aber für sie und Theodor war er Vatti. Vatti also hatte riesige Tränensäcke. Zusammen mit dem Halbrund seiner Augenbrauen bildeten die tiefen Ränder einen Kreis um seine Augen, und deshalb hatte Katty manchmal gedacht, die Tränen würden in die Tränensäcke abfließen wie in einen großen Eimer. So viel, dass sie über das Unterlid gequollen wären, um dann über die Wange zu laufen – so viel konnte ein Mann gar nicht weinen. Auch eben hatte er nicht geweint. Verärgert hatte er die Brauen zusammengezogen. Und Katty war nicht sicher gewesen, ob sich sein Unmut gegen den verstorbenen Sohn oder gegen den Mann von der NSDAP richtete. Der Funktionär war eingeschüchtert gewesen. Seine Goldknöpfe waren frisch poliert, sie funkelten geradezu. Er hatte offensichtlich Angst. Man ging nicht einfach so zu Heinrich Hegmann und überbrachte eine schlechte Nachricht. Beim ersten »Bitte« zuckte er zusammen. Man sah, wie er sich Mut zusprach. Wie er die Schultern straffte, das Kinn nach vorne reckte. Er sog Luft durch die Nase ein, das Geräusch schien ihm Bedeutung zu verleihen. Dann holte er ein Schreiben hervor. »Sehr verehrter Herr Bauer Hegmann«, verlas er, »nach Tagen bangen Wartens erhielt ich heute durch ein Schreiben des Internationalen Roten Kreuzes die bedauerliche Nachricht, dass Ihr Sohn Theodor, unser junger Leutnant Hegmann, in Unkel für sein Vaterland auf dem Felde der Ehre gefallen ist.« Der

Brief endete, wie üblich, mit »Heil Hitler«. »Mein Beileid«, hatte der Goldfasan noch gestammelt, dann war er hinausgerannt. Beinahe hatte er vergessen, den Brief dazulassen. Wahrscheinlich hatte er befürchtet, Vatti würde ihn höchstpersönlich mit seinen großen Händen in den Schwitzkasten nehmen und Wut und Enttäuschung an ihm auslassen.

Sie hatten allein im Flur gestanden, und Katty hatte nicht einen Moment das Bedürfnis verspürt, Vatti in den Arm zu nehmen oder zu trösten. Zugenickt hatte sie ihm. Eigentlich hatte sie nur kurz beide Augen mit Schwung zugemacht. Sie hatte Entschlossenheit zeigen wollen und dass sie wisse, was zu tun sei. Sie kannte sich ja aus mit dem Sterben. So viele geliebte Menschen hatte sie inzwischen zu Grabe getragen, dass sie manchmal fürchtete, es gebe so etwas wie eine Sterbe-Routine. Vielleicht musste sie deshalb nicht weinen. Vielleicht hatte sie einfach keine Tränen mehr übrig. Auch Vatti hatte schon genug Menschen beerdigt. Seine Eltern, seinen Bruder, seine erste Frau. Sie war kurz nach der Geburt des zweiten Kindes gestorben. Es wäre ein Mädchen gewesen. Aber die Kleine hatte wohl falsch herum im Bauch gelegen und der Geburtsvorgang quälend lange gedauert. Über Stunden hatte die arme Frau geschrien. Die Nachbarn erzählten noch heute mit einem Schaudern davon. Angeblich waren die Schreie nämlich im ganzen Dorf zu hören gewesen. Na ja, dachte Katty, die Leute hier reden halt viel.

Nach dem Tod seiner Frau hatte Heinrich Hegmann Katty auf den Hof geholt, das war kurz vor Weihnachten 1934 gewesen. Sie sollte den Hausherrn und das Kind versorgen. Theodor war damals dreizehn, Katty war vierundzwanzig und fühlte sich sofort wie eine ältere Schwester für den Halbwaisen. Auch ihre Mutter war gestorben, als sie noch jung war. Sie hatte nur wenige Erinnerungen an sie, es waren ihre großen Schwestern, Gertrud und Paula, gewesen, die sie erzogen hatten, zu denen sie gelaufen war, wenn sie sich fürchtete oder wenn sie traurig war. Paula hatte für sie gesorgt und Gertrud sie Anstand und Moral gelehrt. Katty liebte die eine Schwester innig und der anderen stand sie dankbar und voller Respekt gegenüber. Im Grunde war es Gertrud zu verdanken, dass Katty auf den Tellemannshof gekommen war. Sie hatte eine Verbindung zu Heinrich Hegmann gehabt. Die besten Familien des Niederrheins hatten ihre Töchter bei ihm unterbringen wollen, schließlich war er nicht nur ein vermögender Bauer, er war auch Abgeordneter im Preußischen Landtag gewesen, ein Zentrumspolitiker. Doch als die Nationalsozialisten an die Macht gekommen waren, hatte er die Politik an den Nagel gehängt.

Als sie vorhin gemeinsam im Flur gestanden hatten, hatte Katty für einen Moment das Gefühl gehabt, sie trauerten um den gemeinsamen Sohn. Aber sie hatten sich zusammengerissen, sich unter Kontrolle gehabt. Eine Weile hatten sie so dagestanden und geschwiegen, sich einfach nur angeschaut. Oder vielleicht hatte auch nur sie ihn angeschaut, dachte sie jetzt. Sie konnte sich nicht erinnern, dass da ein bestimmter Ausdruck in Heinrichs Gesicht gewesen wäre, er hatte wahrscheinlich einfach durch sie hindurchgesehen. Dann war der Moment vorbei gewesen. Er hatte gesagt, das Leben müsse weitergehen und sie solle endlich das Nötigste einpacken. Der Hof wurde evakuiert, sie mussten fliehen.

9. März 1945
Läuse für die Leber

Unentschlossen blickte Katty sich in ihrem Zimmer um. Was sollte sie einpacken? Alles, was sie besaß, oder nur ein paar Sachen für drei bis vier Tage? Der linke untere Niederrhein war erobert worden. Gestern hatten sie Xanten und Wardt eingenommen. Jetzt sind sie also hier, dachte Katty. Und nun?

Theodor hatten die Alliierten den Tod gebracht. Vor zwei Tagen hatten sie die Brücke von Remagen erobert, das war am Mittwoch gewesen. Noch in derselben Nacht mussten sie Unkel überrannt haben. Und Theodors Garnison hatte wahrscheinlich nichts entgegensetzen können. Theodor hatte in den letzten Wochen Angst gehabt. Vielleicht hatte er sein Ende gespürt. Er hatte Heinrich einen Brief geschrieben, und nachdem der ihn gelesen hatte, hatte er Katty in den Arm genommen und auf die Stirn geküsst. Anders als sonst hatte er ihr den Brief nicht gezeigt, und sie hatte nicht nach dem Inhalt gefragt. Sie nahm sich vor, das nachzuholen. Sie machte sich Sorgen um ihre Geschwister. Josef wohnte mit seiner Familie nicht weit entfernt im Nachbardorf Mörmter. Er packte sicher auch gerade die Koffer. Paula wohnte weiter nördlich in Rees, ebenfalls direkt am Rhein. Sie hatten sich vor vier Wochen zuletzt gesehen, kurz darauf war der Krieg in seiner ganzen Härte am Niederrhein angekommen. In Xanten und

Wardt hatte es seit Mitte Februar heftige Gefechte gegeben. Genau zu Karneval hatten die Bomben der Kanadier Xanten fast dem Erdboden gleichgemacht. Ein Turm des Viktor-Doms war dabei eingestürzt. Gott sei Dank hatte gerade keine Messe stattgefunden. Xanten hatte sich inzwischen halbiert, vermutete Katty. Wegen der Nähe zur Weseler Rheinbrücke war der untere Niederrhein seit Wochen ein wichtiges Ziel für die Alliierten. Eigentlich war es ein Wunder, dass sie noch lebten, denn sogar bei ihnen, im kleinen Wardt, waren dreizehn Menschen gestorben. Nach allem, was rheinaufwärts schon passiert war, gab es am Niederrhein viele Gerüchte. Es hieß, die Wehrmacht wolle die Eisenbahnbrücke Wesel sprengen. Was sollte das noch bringen, fragte Katty sich, die Alliierten würden auch ohne die Brücken vorankommen. Ob das jetzt noch ein paar Tage länger dauerte oder nicht, was änderte das schon.

Gertrud wohnte auf der anderen Rheinseite in Duisburg. Sie war dort Rektorin an einem Mädchengymnasium. Eigentlich hätte sie am Wochenende zu Katty auf den Tellemannshof kommen sollen, um mit ihr zu feiern, denn Katty war am Montag fünfunddreißig geworden. Aber an Feiern war nicht mehr zu denken.

Katty warf lustlos drei Wollröcke in ihren Koffer. Sollte sie wirklich den Hof verlassen, nur weil die Alliierten es anordneten? Die Bevölkerung wollen sie schützen, maulte sie, pah, wahrscheinlich wollen sie sich nur die Höfe unter den Nagel reißen. Uns schicken sie nach Bedburg-Hau, und dann können wir sehen, wo wir bleiben. Sie wusste natürlich, dass der Krieg längst verloren war, aber es machte ihr Angst, dass Ausländer plötzlich das Sagen hatten. Sie verstand nur wenige Brocken Englisch, und die vielen Bombennächte im Keller hatten ihr zugesetzt. Dieses durchdringende Zischen und kurz darauf das leichte Wackeln der Erde waren unerträglich gewesen. Manchmal hatte sie gedacht, das sei ihr Ende. Es wäre wenigstens ein schneller Tod gewesen, mehr als anderen vergönnt war.

Sie hatte ihre Mutter sterben sehen. Ein halbes Jahr lang hatte sie sich gequält, bevor sie es schaffte, das Leben loszulassen. Die Ärzte hatten ihr nicht helfen können, von Anfang an nicht. Sie war plötzlich abgemagert, Schwindsucht sagten die Leute. Der Dorfarzt schaute ihr in die Augen und stellte fest, dass sie gelb waren. Die Leber sei krank, sagte er, sie müsse auf Eier und Käse verzichten; Alkohol sei ebenfalls schädlich. Die ganze Familie wusste, dass es daran nicht liegen konnte, denn die Mutter hatte nie Alkohol getrunken, und seit Monaten aß sie fast nur Brot, von allem anderen wurde ihr übel. Als ihr Zustand sich nach ein paar Wochen nicht besserte, riet ihr der Arzt, sie solle lebende Schafsläuse essen. Das Sekret, das die Insekten beim Sterben absonderten, könne die Leber heilen. Kattys Familie war nicht leichtgläubig. Ihr Vater las viel, alle Geschwister hatten gute Schulen besucht, ihre älteren Schwestern waren sogar Lehrerinnen, und man galt im Dorf als gebildet. Dieser Rat des Arztes erschien ihnen unsinnig und grenzte an Scharlatanerie, dennoch klammerte ihre Mutter sich an die Hoffnung. Sie betete viel. Täglich schleppte sie sich zwei Mal in die Kirche, kniete, so gut es ihre spitzen Knochen noch zuließen, und wenn sie nicht betete, aß sie Weißbrot mit Läusen.

Gertrud buk das Brot schon damals selbst. Sie war eine Künstlerin. Ihr Weißbrot war luftig, weich und wunderbar süß. Man musste die Scheiben sehr dick schneiden, damit sie nicht zerfielen. Kattys Mutter strengte sich an. Sie wollte gesund werden, wollte weiterleben. Auf das Weißbrot schmierte sie Butter, darin fing sie die Läuse ein. Sie schloss die Augen, biss zu, schluckte und würgte, um dann in sich hineinzuhorchen, ob die Läuse wohl ihre Arbeit taten.

Katty und ihre Geschwister sammelten täglich Schafsläuse ein. Es gab genug davon in Empel, und die Bauern hatten nichts dagegen, wenn die jungen Frankens ihre Tiere von dieser Last befreiten. Die älteren Geschwister legten die Schafe wie beim Scheren auf den Rücken und suchten an den Seiten nach den Läusen. Für Katty war das zu schwierig, sie setzte sich deshalb rittlings auf die Tiere und klaubte die Viecher von oben ab. Manchmal rannten die Schafe einfach los und galoppierten mit ihr durch die Wiese. Nach einer Weile, wenn die Schafe anfingen zu blöken, ließ sie sich herunterfallen und gönnte ihnen den kleinen Triumph. Die Läuse wurden sorgfältig in einem Einmachglas gesammelt, in dem vorher saure Gurken eingekocht worden waren. Und vermutlich wurden die Insekten von der Restsäure, die noch darin war, sofort betäubt. Jedenfalls machten sie keine Anstalten, aus dem Glas wieder herauszugelangen.

Es war Frühjahr, als sie die ersten Läuse sammelten, und da die Mutter ihre Brote tapfer reinstopfte, nahm sie tatsächlich wieder zu. Die Familie schöpfte Hoffnung, vielleicht würde das merkwürdige Hausmittel tatsächlich wirken. Aber im Sommer verschlechterte sich ihr Zustand erneut. Die Mutter war nur noch Haut und Knochen, allein der Bauch war dick und aufgebläht. Der Darm arbeitete nicht mehr. Sie sah aus, als hätte sie lange Zeit draußen gearbeitet, denn ihre Haut war sonderbar gebräunt. Morgens, wenn die Haut durchblutet war, sah sie sehr gesund aus. Abends in fahlem Licht allerdings wirkte sie längst wie eine Leiche – in Wahrheit war sie nämlich quittegelb. Ihr Lachen, das Katty immer so sehr gemocht hatte, war eingefallen, und im Grunde waren ihre Gesichtsmuskeln nicht mehr stark genug, um die Mundwinkel ganz nach oben zu ziehen. Wenn sie nun lachte, sah es aus, als wäre sie mit offenem Mund im Sitzen eingeschlafen. Die Augen fielen zu, der Mund stand offen und das Glucksen aus der Kehle konnte man nur noch ahnen.

Eines Morgens wurde Katty von ihrem Vater geweckt, sie solle bitte schnell kommen, die Mutter sei verrückt geworden.

Katty stand auf und sah ihre Mutter im Nachthemd an der verschlossenen Eingangstür rütteln, im rechten Arm einen alten Besenstiel, an den sie eine Kordel geknüpft hatte. Sie wolle in der Oude Maas angeln und schwimmen, beteuerte sie immer wieder, und man möge sie jetzt endlich gehen lassen. Sie sagte das alles auf Holländisch oder in einem sehr breiten Plattdeutsch, jedenfalls hatte sogar Katty Mühe, sie zu verstehen. Ihre Mutter kam aus Gennep, das lag 1869, als sie geboren wurde, außerhalb des Norddeutschen Bundes. Sie war Holländerin, Gennep gehörte zur Provinz Limburg. Direkt vor ihrer Haustür schlängelte sich ein alter Arm der Maas, in dem hatte ihre Mutter wohl als Kind immer gespielt, und da wollte sie jetzt hin, bepackt mit Angelrute und Eimerchen. Kattys Mutter war wach, aber sie sah ihre Familie nicht. Lästige Hindernisse waren sie auf dem Weg in ihre Kindheit. Sie erkannte weder ihren Mann noch ihre jüngste Tochter, nur der Lieblingssohn Josef durfte sie anfassen. Allerdings nannte sie ihn Joop und glaubte, er sei ihr Bruder. Ihre Familie war darüber entsetzt und traurig, doch trotz allem war es auch komisch, wie die Mutter dastand, auf Holländisch schimpfte und verzweifelt versuchte, sich aus den Umarmungen zu befreien, um endlich die Gummistiefel anzuziehen. Sie wollte eben angeln. Irgendwann kam Josef auf die Idee, sie auf die Wiese hinauszulassen. Er nahm ihre »Angelrute«, führte die Mutter an eine große Kuhtränke und ließ sie gewähren.

Am nächsten Tag konnte sie sich an nichts erinnern. Sie war wach, sie erkannte ihre Familie und schüttelte ungläubig den Kopf, als Katty ihr davon erzählte, wie sie mit Josef in einem Kuhkübel geangelt hatte. Erst lachte ihre Mutter, dann ging die Erheiterung nahtlos in Schluchzen über. Sie hatte Angst und im Grunde wusste sie nicht, was sie mehr fürchtete: das Sterben oder das Verrücktwerden.

Der Angeltag war Vorbote eines Leberkomas gewesen, in das

sie wenige Wochen später fiel. Sie erwachte nur noch ein einziges Mal aus diesem Tiefschlaf und schrie dabei vor Schmerzen. Als Katty zu ihr ging, um ihre Stirn mit einem feuchten Tuch zu tupfen und ihr über den Kopf zu streicheln, tobte die Mutter. Mit letzter Kraft nahm sie Kattys Arm und schubste ihn weg. Katty war fast dreizehn. Sie wusste, dass es eine Reaktion auf die Schmerzen sein musste, aber dieser Moment blieb ihr für immer bitter in Erinnerung. Es war die letzte Geste ihrer Mutter, die letzte Berührung, und die besagte: Geh weg.

Katty merkte, dass sie immer noch schlucken musste bei diesem Gedanken. Die Szene war mehr als zwanzig Jahre her und bis heute fragte sie sich, ob sie damals etwas falsch gemacht hatte und ob ihre Mutter sie wirklich genauso geliebt hatte wie die anderen Kinder.

Christine Franken hatte nicht lange leiden müssen. In den Zwanzigerjahren, kurz nach dem Ersten Weltkrieg, hatten viele Ärzte Heroin im Arzneischrank, auch der Dorfarzt. Nachdem seine Schafsläuse keine durchschlagende Wirkung gezeigt hatten, kam er mit einer Spritze. Die Gesichtszüge der Sterbenden entspannten sich, ihr Atem ging langsam und rasselnd. Das Schnarchen wurde immer schleppender, aber es gab keine Anzeichen von Agonie. Irgendwann atmete sie vielleicht noch einmal in der Minute, dann tat sie ihren letzten Atemzug. Man sah den Tod, bevor man ihn begreifen konnte. Das Leben wich aus ihrem Körper, die Farbe lief von oben aus ihr heraus, als hätte jemand an den Füßen einen Stöpsel gezogen. Die Familie hatte sich am Sterbebett versammelt. Keiner sagte etwas, alle blickten auf den Leichnam, der plötzlich nicht mehr im Mindesten an ihre Mutter erinnerte. Kattys Vater beugte sich nah über das Gesicht seiner Frau, um zu spüren, ob noch Luft aus ihrem Mund kam. Er drückte ihre Augen zu, küsste sie auf die Stirn und verließ den Raum. Die Kinder taten es ihm nach und folgten ihm ins Wohnzimmer.

Kattys Vater hatte Schnaps auf den Tisch gestellt, für sich und die erwachsenen Kinder, für Katty gab es Milch. Es war inzwischen elf Uhr abends, und sie saßen schweigend da. Als Katty zu weinen anfing, nahm Paula sie in den Arm, bis sie plötzlich ein Geräusch vernahmen: Aus dem Zimmer, in dem der Leichnam ihrer Mutter lag, hörte man ein kräftiges, gleichmäßiges Schnarchen. Sie wurden allesamt bleich. War die Mutter etwa wieder lebendig? Oder gar nicht tot gewesen? War sie vielleicht nur scheintot gewesen?

Katty gruselte sich bei dieser Vorstellung. Von der alten Tante Greta hatte man sich das erzählt. Sie war gestorben, in den Sarg gelegt worden und bei der Beerdigung wieder aufgewacht. Angeblich hatte sie die Erde auf den Sarg prasseln hören. Und dann hatte sie geschrien, völlig verzweifelt, bis die Sargträger, von Entsetzen gepeinigt, den Sarg wieder hochgeholt und geöffnet hatten. Tante Greta hatte wohl so furchtbar ausgesehen, dass man sie für eine Untote hielt. Ein echtes Gespenst. Der Pfarrer hatte Bibelverse gemurmelt, um den Leibhaftigen zu besänftigen, und währenddessen hatte es in der Trauergemeinde ein heilloses Durcheinander gegeben. Die arme Tante Greta sollte ihre Wiederauferstehung nicht lange überleben. Ein paar Tage später hatte ihr Herz endgültig versagt.

Diese Geschichte hatte Katty verfolgt. Jeden Abend vor dem Einschlafen hatte sie Angst gehabt, man könnte sie für tot halten und vergraben. Deshalb hatte sie über Monate hinweg einen Brief mit ins Bett genommen, auf dem klipp und klar stand: »Ich bin nicht tot. Weckt mich. Und wenn ich nicht aufwache, stellt mich mindestens fünf Tage vor die Tür. Ich will erst beerdigt werden, wenn ich ganz bestimmt verstorben bin.«

Aber an diesem Abend ging es nicht um irgendwelche Schauermärchen, nicht um irgendeine alte Tante Greta. Es ging um ihre Mutter. Hatten sie sie einfach aufgegeben, obwohl sie noch lebte? Als sie sich aus der Starre lösen konnten, liefen sie ins Nebenzimmer.

Was sie da sahen, trieb ihnen die Tränen in die Augen. Einer der Jagdhunde hatte sich ins Zimmer geschlichen. Niemand hatte ihn beachtet, und so lag er nun neben dem geliebten Frauchen auf dem Rücken, hatte alle Viere in die Luft gestreckt und schnarchte laut. In diesem Moment ergossen sich Monate der Sorge, der Hoffnung, der Angst und Trauer in schallendes Gelächter. Sie hatten sich die Bäuche gehalten vor Lachen, dann war es wieder ein Weinen gewesen. Ihre Körper waren von den verschiedenen Emotionen durchgeschüttelt worden, bis Katty irgendwann in Paulas Armen eingeschlafen war.

Dem Tod wohnte etwas Absurdes inne, so schien es Katty seitdem. Irgendetwas, das den Hinterbliebenen ein wehmütiges Lachen ließ. Wie sollte man sonst auch weiterleben. Katty versuchte, die Erinnerung an ihre Mutter abzuschütteln. Sie wollte sich auf Theodor konzentrieren und ging hinüber in sein Zimmer. Auf dem Schreibtisch stand eine gerahmte Fotografie, die kurz vor dem Krieg aufgenommen worden war. Katty streichelte sein Gesicht. Er hatte die schönen runden Augen seines Vaters, ein wenig pausbäckig war er immer noch, und er hatte einen übergroßen Mund, der das restliche Gesicht überstrahlte. Wenn er lachte, sprach oder aß, wenn sein Mund in Bewegung war, sah man nur noch diese riesigen lebenshungrigen Lippen. Waren die nun so fahl, wie die Lippen ihrer Mutter binnen Sekunden geworden waren?

Katty stellte sich vor, wie Theodor dalag, bleich, nichts mehr von den roten Wangen eines Kindes. Mit diesem Bild kamen endlich die Tränen. Sie weinte, und der Schmerz in der Kehle fühlte sich richtig an.

Der 100. Geburtstag – Donnerstag

Endlich zu dritt

»Mein Gott, seht ihr alt aus. Pöhöhö.« Paula lachte ihr ploppendes Lachen, während sie aus dem Taxi stieg, und amüsierte sich königlich über ihre kleine Unverschämtheit. Die war nämlich gleich doppelt komisch, dachte Katty. Erstens war ihre ältere Schwester selbst fast achtundneunzig Jahre alt, und zweitens war sie so gut wie blind.

»Was hat sie gesagt?«, war Gertruds krächzende Stimme hinter ihr zu vernehmen. In dem dichten Kiesbett der Einfahrt rutschte Gertrud bei jedem Schritt weg und kam nicht so schnell hinterher, wie es ihr lieb gewesen wäre.

»Sie findet, dass wir alt aussehen«, wiederholte Katty sehr laut, woraufhin Paula erneut losploppte. Gertrud reagierte nicht. Sie hatte vermutlich keine Lust, noch einmal nachzufragen, um einer lästigen Hörgerätediskussion keine neue Nahrung zu geben.

Seit mindestens zehn Jahren bearbeitete Katty ihre Schwester, sie solle sich endlich so ein Ding besorgen, weil sie keine Lust hatte, ständig zu schreien. »Jetzt bin ich schon so alt, da fange ich mit dem Unsinn auch nicht mehr an«, bekam sie stets zur Antwort.

Paula konnte wie immer nicht aufhören mit der Neckerei.

»Tja, Katty, da hast du dir was eingebrockt mit deinen

Schwestern. Die eine blind, die andere taub, da lass uns heute Abend mal schön Skat kloppen.«

Es dauerte eine halbe Ewigkeit, bis Paula ihr Portemonnaie aus der Handtasche hervorgekramt hatte und es dem Taxifahrer reichte.

»Nehmen Sie sich, was Sie brauchen, junger Mann. Wenn ich kein Geld mehr habe, kann es mir meine Schwester wenigstens nicht aus der Tasche ziehen.«

»Ich habe dich sowieso nur zum Spülen eingeladen«, gab Katty schelmisch zurück. Mit Schwung ergriff sie Paulas Koffer und marschierte voran. Sie war überglücklich, dass Paula da war. Ihre Schwester war ein Ausbund an guter Laune, der sich niemand entziehen konnte. Nicht einmal Gertrud. Paula würde Kattys Verbündete sein bei der heiklen Mission, die vor ihr lag.

Für gewöhnlich wohnte Paula in Theodors ehemaligem Zimmer, wenn sie auf dem Tellemannshof zu Besuch war. Das Kinderzimmer, wie es bis heute genannt wurde, war ihr Lieblingszimmer, weil es sehr weit vom Wohnzimmer entfernt und dadurch schön ruhig war. Es gab in dem alten Bauernhaus viele Räume, und in den Siebzigerjahren hatte Katty alle Zimmer renovieren lassen, um auf dem Hof eine kleine Pension zu betreiben. Sie war meist ausgebucht, denn das nahe gelegene Xanten galt als Touristenattraktion und Katty rühmte sich, das beste Frühstück weit und breit zu machen. Es gab Eier und Speck, außerdem das leckerste Weißbrot, das man am unteren Niederrhein finden konnte. Abends saß sie in der Regel noch lange mit ihren Gästen zusammen, und die mochten nicht nur Kattys Geschichten, sondern auch die familiäre Atmosphäre. Seit ihrem Achtzigsten hatte Katty das Pensionsgeschäft allerdings deutlich eingeschränkt. Im Grunde kamen nur noch die alten Stammgäste. Einige von ihnen, wie Piet, der Belgier, waren über die Jahre zu Freunden geworden. Er würde im Laufe der Woche zur Feier anreisen. »Isch liebe euch lustige alte Mädche«, sagte Piet immer in seinem deutsch-flämischen Singsang. Piet war um die fünfzig, ganz genau wusste das keiner, hatte oben schütteres und hinten viel zu langes Haar. Er lief am liebsten in Lederhose und weißem Hemd herum und trank zu viel. Nichts in seinem Gesicht passte zueinander, die Augen standen zu eng beieinander, die Nase war zu groß und der Mund schief. Dazu hatte er Segelohren, an denen man nicht einmal aus Höflichkeit vorbeigucken konnte. Aber, und das zählte, er war ein treuer Gast und hatte das Herz am rechten Fleck. Und so wollte er es sich nicht nehmen lassen, Gertrud zum Hundertsten das zu schenken, was er für das Beste an sich hielt: seine Stimme. Piet war Alleinunterhalter, er und sein Tastofon brachten Säle zum Kochen, behauptete er jedenfalls. Und als er Katty mit sich vor Begeisterung überschlagender Stimme von seinem Geschenk erzählte, hatte sie es nicht übers Herz gebracht, ihn abzuwimmeln. Das Problem würde man später lösen, dachte sie, während sie Paulas Koffer ins Haus trug. Außerdem gehört Piet fast zur Familie, da wird Gertrud wohl mal ein Auge zudrücken können, redete sie sich ein und ahnte doch, dass Piets Musik mit Gertruds Musikgeschmack nicht das Geringste zu tun hatte.

Der Tellemannshof war, so lange Katty sich erinnern konnte, immer ein offenes Haus gewesen. Diese Tradition hatte sie auch nach Heinrichs Tod beibehalten. Sie liebte es, bis tief in die Nacht zu diskutieren, vor allem mit den Bauern aus der Nachbarschaft über Landwirtschaft oder Politik. Wenn sie Nichten und Neffen zu Besuch hatte, konnte sie sich bis zum Kontrollverlust ereifern. An solchen Abenden gab es viel fettes Essen und ordentlich Schnaps, dann wurde lange geschlafen und am nächsten Morgen spät gefrühstückt. Trotz ihrer vierundachtzig Jahre konnte Katty immer noch gut mithalten, fand sie. »Ich kann die Bauern immer noch unter den Tisch trinken!« Das war ihr Standardspruch, wenn jemand sie fragte, wie es ihr gehe. Nur wenn Gertrud bei ihr war, und das war in letzter Zeit häufiger der Fall gewesen, war das alles nicht möglich. In ihrem Alter schlief sie schlecht, und wenn sie nachts aufstand und die Gesellschaft noch im völlig überhitzten Wohnzimmer vorfand, machte sie Katty Vorwürfe. Das sei schlechtes Benehmen, so etwas gehöre sich nicht. Die Gäste hatten dann ihrerseits ein schlechtes Gewissen, wer störte schon gerne eine Hundertjährige. Katty fürchtete sich davor, dass die Ruhe auf dem Hof ein Dauerzustand werden könnte, falls Gertrud bei ihr einzog. Aber das war eigentlich unumgänglich. Katty wollte dringend einen Moment mit Paula allein sein, um sich zu besprechen, und fragte daher:

»Gertrud, machst du uns schon mal einen Kaffee? Dann wird er wenigstens schön stark. Ich helfe Paula schnell beim Auspacken, und danach setzen wir uns in den Garten.«

»Kannst du für mich bitte noch einen Kessel mit Wasser auf den Herd stellen?«, rief Paula auf halber Treppe in die Küche hinunter. »Bei deinem Kaffee schlägt mein altes Herz Flickflack.«

»Du als ehemalige Sportlehrerin solltest das doch eigentlich gut finden«, neckte Katty. »Komm, ich habe dir dein Zimmer schon hergerichtet.« Sie zog Paula hinein und schloss die Tür.

»Es ist schon wieder etwas passiert. Wir müssen handeln.« Katty hoffte, dass Paula mit ihrem Humor bei Gertrud mehr Erfolg hätte. Ihr selbst fiel es schwer, die große Schwester von etwas zu überzeugen, was sie eigentlich beide nicht wollten und doch längst hätte sein müssen: Gertrud sollte ihre kleine Wohnung in Xanten aufgeben, die Unfälle häuften sich.

»Diesmal ist sie gestürzt. Und sie kann sich nicht erinnern, was passiert ist.«

»Hat sie sich etwas getan?«

»Nein, aber Doktor Duscher sagt, sie muss einen Schutzengel gehabt haben, sie hätte sich alle Knochen brechen können. Er vermutet, dass ihr schwindlig geworden ist. Ihr Kreislauf war mal wieder schuld. Und da ist sie umgekippt.«

»Oh Gott, macht sie seitdem etwa noch stärkeren Kaffee?«, fragte Paula mit gespieltem Entsetzen.

»Du bist unmöglich«, feixte Katty, »ganz ehrlich, wenn José sie nicht gefunden hätte, hätte sie dort womöglich tagelang gelegen.«

»José hat sie gefunden? Unser aller Josélein?«

Katty wusste, dass Paula José mochte, dennoch war die gemeinsame Schwägerin immer wieder Ziel ihrer Sticheleien. Und waren es bei Paula eher liebevolle Neckereien, so bekam die arme José von Gertrud oftmals regelrechten Spott zu spüren. Manchmal tat sie Katty richtig leid. José und Gertrud lebten in Xanten nur wenige Häuser voneinander entfernt. Sie konnten nicht ohneeinander, aber auch nicht miteinander. Sie stritten wie die Kesselflicker. José fühlte sich von Gertrud bevormundet, was im Übrigen tatsächlich der Fall war, dachte Katty, der es ja ähnlich ging. Eigentlich kümmerte Gertrud sich ein wenig um die lebensuntüchtige José und erinnerte sie an Termine oder bezahlte diskret die kleinen Rechnungen, die José in der benachbarten Bäckerei anschreiben ließ. Da José davon aber natürlich nichts mitbekam, hielt sie es ihrerseits für eine gute Tat, dass sie als die wesentlich Jüngere Gertrud so häufig Gesellschaft leistete, und erwartete dafür Dankbarkeit. Dieses beiderseitige Missverständnis endete regelmäßig in grässlichem Gezänk.

»Gott sei Dank war José mal wieder richtig wütend auf Gertrud. Die beiden hatten sich am Vortag gestritten. Und als José bei Gertrud an die Tür geklopft hat, hörte sie nur ein Stöhnen. Da dachte sie wohl, Gertrud würde die Tür aus Trotz nicht öffnen, und hat im Flur getobt.«

Paula schien nur mit Mühe ein Lachen zu unterdrücken bei der Vorstellung, dass ihre Schwägerin wild und unerbittlich gegen die Tür schlug.

»Hoffentlich ist die Perücke nicht verrutscht«, entfuhr es ihr und nun musste auch Katty lachen.

»Nein, jetzt sei mal ernst! Das hätte wirklich übel enden können. Die Nachbarn haben mich angerufen, damit ich mit dem Schlüssel komme. Ständig passiert so etwas. Habe ich die Sache mit der Herdplatte erzählt?«

»Nicht so laut, Katty«, unterbrach Paula sie schnell, »nicht dass sie glaubt, wir würden uns gegen sie verbünden.«

»Du hast recht. Aber sie muss ihre Wohnung jetzt wirklich aufgeben, es ist zu gefährlich, wenn sie weiterhin allein lebt. Und hier ist es allemal besser als in einem Altersheim«, sagte Katty, auch um sich selbst zu versichern, dass ihre Entscheidung richtig war. Paula antwortete nicht sofort.

»Meinst du, sie wird hier auf dem Hof leben wollen?«, fragte sie schließlich skeptisch.

»Ja, Herrgott, warum denn nicht. Sie ist doch auch über die Jahre immer bei uns zu Besuch gewesen.«

»Das ist doch etwas anderes, Katty. Ich kann dir aus eigener Erfahrung versichern: Je älter du wirst, umso mehr drängt sich die Vergangenheit wieder in dein Leben, selbst wenn sie zwischendurch vergessen war. Das wirst du noch feststellen, du junger Hüpfer«, Paula lachte kurz und wurde dann wieder ernst. »Sie wird in seinem Haus nicht sterben wollen. Kannst du das nicht verstehen?«

»Es ist mein Haus. Heinrich ist seit fünfundzwanzig Jahren tot. Außerdem gibt es keine andere Möglichkeit. Oder willst du sie etwa zu dir und den Kindern holen?«

»Nach Düsseldorf? Wer pflegt denn dann wen? Also gut, wir werden mit ihr reden. Ich werde ihr schon verständlich machen, dass sie hier besser dran ist als in Xanten. Aber lass mich erst mal ankommen. Ich muss ja nicht gleich mit der Tür ins Haus fallen. Wir reden später, in Ordnung?«

»Wie lange bleibst du denn eigentlich?«

»Mal schauen, ich habe in den nächsten Wochen keine Termine. Oder soll ich auch ganz dableiben?«

»Ich hätte nichts dagegen«, Katty gab ihrer Schwester einen Kuss auf die Stirn. »So, und jetzt pack aus und komm danach herunter.«

Der 100. Geburtstag – Donnerstag

Franz und die Frankens

»Ich bin vielleicht taub, aber tumb bin ich nicht«, brummte Gertrud ihren Schwestern hinterher. Sie wusste, dass die beiden oben über sie redeten und dass Katty ihr nur deshalb das Kaffeekochen überlassen hatte, damit sie außer Hörweite war. Sonst mochten sie ihren Kaffee ja auch nicht.

So, das haben sie jetzt davon, dachte Gertrud und gab noch einen Extralöffel Kaffeepulver in die Filtertüte. Vermutlich würde Katty Paula eine völlig übertriebene Version dieses kleinen Missgeschicks neulich erzählen. Es war doch im Grunde gar nichts passiert. Eine lächerliche Kleinigkeit.

Sie stellte die Kaffeemaschine an und wartete einen Moment, bis sie das vertraute Brodeln hörte, dann verließ sie die Küche und ging die wenigen Meter bis in das Schlafzimmer, das Katty für sie vorbereitet hatte. Sie war bereits am Vortag angekommen, ihr kleiner Koffer war ausgepackt. Sie glättete die Tagesdecke, setzte sich auf das Bett und wusste nicht so recht, was sie tun sollte. Es stank nach Muff und Staub in diesem Zimmer. Und nach Mottenkugeln, dachte sie, widerlich, Katty könnte wenigstens lüften, bevor ich komme. Da sie gerade ohnehin nicht gut auf die kleine Schwester zu sprechen war, war Gertrud froh, einen Grund für Kritik gefunden zu haben. Sie stand auf, ging zum Fenster und öffnete es. Ihr Blick verlor sich in dem großen Garten. Er war umsäumt von haushohen Lebensbäumen. Wie groß die jetzt waren, damals waren sie allenfalls schulterhoch gewesen. Achtzig Jahre war es her, dass sie dort gesessen hatte. In Gedanken sah sie Katty als kleines Kind über den Rasen laufen. Es war für sie beide das erste Mal gewesen, dass sie den Tellemannshof betreten hatten, etwa ein halbes Jahr zuvor hatte sie Franz kennengelernt.

Gertrud war gerade zwanzig geworden, sie würde diesen Tag nie vergessen. Sie hatte die Koffer für eine ihrer Schwestern gepackt, die erste, die aus der großen Familiengemeinschaft auszog. Gertrud war ein bisschen neidisch gewesen. Sie erinnerte sich, wie sehr sie sich nach Selbstständigkeit gesehnt hatte und dass sie endlich ein eigenes Leben hatte führen, der Enge zu Hause hatte entfliehen wollen. Wehmütig dachte sie an ihren Vater.

Er hatte damals ebenfalls voller Euphorie in diesem Garten gesessen. Nicht zuletzt, damit er stolz auf sie sein konnte, hatte sie sich auch in schwierigen Situationen durchgeboxt und niemals aufgegeben. Sie hatte die Mittelschule besucht, war aufs Gymnasium gewechselt und hatte das Abitur geschafft. Manche Lehrer hatten sie dazu ermuntert und ihr gesagt, wie ungewöhnlich und wichtig das für sie als einfaches Bauernmädchen sei. Andere hatten versucht, sie davon abhalten. »Wozu?«, hatten sie gesagt. »Du wirst ohnehin bald heiraten. Dafür brauchst du kein Abitur.« Doch denen hatte sie es gezeigt. Sie war wissbegierig, hatte ein gutes Gedächtnis, und sie liebte es, zu lesen und zu lernen. Das Einzige, was ihr damals Sorgen bereitet hatte, war das Geld. Sie kostete ihren Vater Geld, statt welches zu verdienen, und war damit auch noch Vorbild für Paula gewesen, die ihrer großen Schwester in der Schule nachgeeifert hatte. Ihr Vater hatte sie beide in ihrem Wunsch nach Bildung unterstützt, obwohl er es sich nicht leisten konnte. Der kleine Hof, auf dem sie lebten, musste dreizehn Menschen ernähren, und ihr Vater war völlig überschuldet gewesen.

Richtig modern war er, dachte Gertrud, als sie jetzt am Fenster stand, ungewöhnlich für jemanden, der noch vor der Gründung des Kaiserreichs geboren worden war. Jeder andere hätte seine ältesten Töchter möglichst schnell verheiratet, egal mit wem, damit sie aus dem Haus waren. Nicht so Ludwig Franken. Gertrud lächelte. Übertriebene Moralvorstellungen waren Ludwig Franken fremd gewesen, Epikurs Lehre gefiel ihm, und er machte sich eine eigene Mischung aus der griechischen und katholischen Lehre. Seiner Ansicht nach hatte jeder das Recht, im Diesseits nach Glück zu streben, aber nur so sehr, dass man gegebenenfalls auch in einem katholischen Jenseits nicht komplett anecken würde.

Politisch gesehen wäre er heute sicher das, was man linksliberal nannte, überlegte Gertrud. Wenn das Katty wüsste, griente sie, die Diskussion möchte ich gerne hören. Katty war streng konservativ und ihrer Meinung nach war jeder, der nicht die CDU wählte, suspekt, verdächtig, im Grunde ein Terrorist. Ob sie für ihren eigenen Vater da eine Ausnahme machen würde? Damals war Katty noch zu klein gewesen, um sich mit ihm auseinanderzusetzen. Sie selbst und Paula hingegen hatten zu Hause immer viel diskutiert. Ludwig Franken war schon vor dem Ersten Weltkrieg ein Anhänger der Deutschen Freisinnigen Partei gewesen, die sich rund um den Grafen Schenk von Stauffenberg gegründet hatte. Gertrud wunderte sich, dass ihr das alles in diesem Moment einfiel, aber es lag wohl daran, dass sich im Juli das berühmte Hitler-Attentat zum fünfzigsten Mal jährte und der Name deshalb in den Medien war. Es waren zwei verschiedene Grafen von Stauffenberg, der Parteigründer und der Hitler-Attentäter, aber verwandt waren sie doch mit Sicherheit gewesen, überlegte sie. Den Versuch, Hitler zu töten, hatte Ludwig Franken schon nicht mehr erlebt, aber er hätte ihn vermutlich gutgeheißen. Er war im Grunde seines Herzens revolutionär gewesen. Er hatte von Bürgerrechten und Meinungsfreiheit geschwärmt, davon im Dorf allerdings niemanden begeistern können. Die Menschen am Niederrhein waren streng katholisch, eingeschüchtert von einem lieben Gott, der sehr genau vorschrieb, wie das Glück auf Erden zu sein hatte. Und alle machten mit, der sonntägliche Kirchgang war Pflicht. Sie waren damals auch einmal in der Woche zum Gottesdienst gegangen, heute hatte Gertrud das auf festliche Zeremonien und die Christmette eingeschränkt. Einen Vorteil muss das Alter ja haben, sagte sie sich, wenigstens hat man immer eine gute Ausrede. Damals hatten sie die Kirche vor allem ihrer Mutter zuliebe besucht, wobei ihr Vater es sich nicht hatte nehmen lassen, im Anschluss über die Predigt, die Bibel und die katholische Kirche zu sprechen und deren Lehre zu hinterfragen. Gertruds Mutter war darüber stets missmutig und der Sonntagnachmittag alles andere als ein Ruhetag in der Familie Franken gewesen. Ludwigs Ideen und Vorstellungen von der Welt mussten ihr ketzerisch vorgekommen sein, im Grunde hatte sie wohl Angst, dass Gott sie eines Tages für diesen Hochmut bestrafen würde. Doch Ludwig hatte seine Kinder dazu erzogen, Fragen zu stellen und zu diskutieren, und in Gertrud und Paula den Wunsch geweckt, zu lernen und zu lehren.

Gertrud hatte gerade die Ausbildung zur Volksschullehrerin beendet, als sie Franz das erste Mal begegnete. Es war Kirmes in Rees, dem nächstgelegenen größeren Ort. Die Reeser waren im August 1914 in Feierlaune, denn knapp eine Woche zuvor hatte Deutschland Russland den Krieg erklärt, und es herrschte eine nationale Rauflust. Die älteren Männer im Festzelt konnten sich noch an die Schlacht von Sedan erinnern, sie erzählten mit glühenden Wangen davon und behaupteten, das Deutsche Reich könne Frankreich ungespitzt in den Boden rammen.

Die Kirmesbesucher waren in diesem Jahr also besonders ausgelassen. Gertrud war jung, sie war nicht verlobt, aber mittlerweile sprach für sie nichts mehr dagegen, einen Mann zu finden. Und da stand er. Sie wusste vom ersten Moment an, dass sie genau diesen wollte.

Franz war groß und schlank, ähnlich wie Gertrud. Sie war 1,75 Meter groß, damit überragte sie alle ihre Freundinnen um mindestens einen halben Kopf. Sie schaute ihn scheu an, wie er dastand, so leger an die Theke des Festzeltes gelehnt. Er hatte sich fein gemacht, im schwarzen Anzug, sein braunes Haar war kurz geschnitten, und er wirkte unglaublich selbstbewusst. Er lächelte sie an, sie blickte zu Boden. Dann begann die Tanzveranstaltung, und es dauerte nicht lange, bis Franz zu Gertruds Vater ging und fragte, ob er seine Tochter auffordern dürfe. Es war ein Walzer, und er schien endlos zu dauern. Gertrud war nicht besonders geschickt auf dem Parkett, und angesichts dieses galanten jungen Mannes kam sie sich vor wie ein Trampel. Zwar trat sie ihm nicht auf den Füßen herum, aber irgendwie waren ihre Knie ständig im Weg, ihre Schritte waren nicht elegant genug, und sie hatte das Gefühl, dass sie in der Linksdrehung zu langsam war. Sie schämte sich. Als der Walzer zu Ende war, schaffte sie es gerade noch, sich artig zu bedanken, dann lief sie zurück an den Tisch ihrer Familie. Sie hätte heulen können.

Franz war all das wohl nicht aufgefallen. Vielleicht hatte er auch einfach dem Schnaps schon kräftig zugesprochen, jedenfalls kam er nach einer Weile erneut an ihren Tisch und fragte, ob er Gertrud besuchen dürfe.

Franz lebte zwanzig Kilometer entfernt in Wardt, und als er einige Wochen später das erste Mal mit dem Fahrrad auf ihren Hof gefahren kam, wäre Gertrud gerne erneut im Erdboden versunken. Alles war klein und eng, sie waren arm und das sah man an jeder Ecke. Das Haus hatte im unteren Geschoss keinen Fußboden, sondern stand auf blankem Lehm. Sie hatten weder einen Salon, in dem sie mit Franz hätte sitzen können, noch irgendeinen anderen Raum, in dem man ungestört sein konnte. Also saßen die jungen Leute in der Küche, die kleineren Kinder liefen um sie herum, kreischten vor Vergnügen, und Josef, der damals sechs Jahre alt war, wollte unbedingt mit Franz Ball spielen. Es war entmutigend. Doch wider Erwarten schien es Franz zu gefallen. Bei ihm zu Hause sei es sehr still, erklärte er.

Und so legte Gertrud ihre Hemmungen ab, und die beiden verliebten sich. Gertrud dachte gern an diesen Moment zurück, alles war so unbeschwert gewesen. Bis wir hierherkamen, dachte sie und schloss energisch das Fenster. Ihr war ein bisschen schwindlig geworden. Sie wusste nicht, ob das an ihrem niedrigen Blutdruck lag oder daran, dass die alten Gefühle wieder lebendig wurden.

Sie merkte, wie sich ihr der Magen umdrehte. Es fühlte sich an wie damals, gut ein halbes Jahr nachdem sie Franz kennengelernt hatte. Er hatte ihre Zukunft planen und sie seiner Familie vorstellen wollen. Und Gertrud war schlecht gewesen vor Aufregung.

5. April 1915
Das Schweigen der Hegmanns

Der Frühling kam 1915 früher als gewöhnlich. Und so war es ein besonders warmer Tag Anfang April, als Gertrud sich mit ihren Eltern und der kleinen Katty für den wichtigen Besuch auf dem Tellemannshof zurechtmachte.

Es war Ostermontag und Katty, die gerade fünf Jahre alt geworden war, hatte im Garten nach Ostereiern suchen dürfen. Wie verrückt war die Kleine über den Rasen getollt, hatte hinter jede Pusteblume geschaut und vor Freude mit ihren kurzen Beinchen fest aufgetrampelt, wenn sie wieder ein Ei gefunden hatte. Eier gab es im Hause Franken genug, sie hatten schließlich Hühner. Alles andere war Mangelware.

Deshalb hatten sie auch kein vernünftiges Gastgeschenk für Familie Hegmann, was Gertrud seit Tagen beschäftigte, und so hatte sie Katty wenigstens noch ein paar Blumen pflücken lassen. Katty war die Einzige der Geschwister, die mitfahren würde. Alle anderen blieben unter Paulas Obhut zu Hause, was vor allem die Jungs ärgerte, die gerne mit Franz Ball gespielt hätten. Nun hatte Katty einen Narzissenstrauß gepflückt, und der sah gar nicht mal so schlecht aus, fand Gertrud. Zusammen mit dem selbst gebrannten Schnaps, den Gertruds Vater unter den Arm geklemmt hatte, musste es reichen.

Ludwig Franken spannte den alten Wallach Neptun vor den

Wagen, Neptun ließ es sich stoisch gefallen. Dennoch hatte Gertrud Mitleid mit dem alten Tier. Bei der Hitze würde er sie weit ziehen müssen. »Na wenigstens bekommst du bei den Hegmanns guten Hafer, das verspreche ich dir«, tröstete sie das Pferd. Und das wieherte, als hätte es verstanden.

Jedes Tier auf dem Hof trug den Namen einer Figur aus der römischen oder griechischen Mythologie. Der Hahn krähte unter dem Namen Apollo und die Sauen hießen Alekto, Megaira und Tisiphone, wie die Furien. Gertrud hatte von ihrem Vater die Liebe zu den alten Göttern, Halbgöttern und deren Fehlbarkeit übernommen. Immer und immer wieder hatte er seinen Kindern die alten Geschichten vorgelesen. Selbst die kleine Katty kannte sich im Olymp schon besser aus als in Empel, vermutete Gertrud.

Sie blickte prüfend auf ihre Familie. Ludwig Franken war groß und dick. Er hatte trotz seiner fast fünfzig Jahre noch volles Haar, das sich kräuselte und das er deshalb unter einem runden Hut versteckte. Dazu trug er einen grauen Anzug aus grober Wolle, und selbst wenn man nicht genau hinschaute, sah man, dass dieser an den Ärmeln etwas fadenscheinig war. Ihre Mutter hatte etwas Aristokratisches. Sie war wie Gertrud sehr groß und beinahe dürr. Die langen, vorne geknöpften Kleider standen ihr hervorragend. Trotz ihrer ohnehin schlanken Taille bestand sie darauf, ein Korsett zu tragen, und mit dem Schleierhut wirkte sie tatsächlich edel. Bis auf die Hände. Die grobe Hornhaut verriet sie als Bäuerin, und auch ihr Gesicht war unter dem Schleier sonnengegerbt wie das einer Arbeiterin. Gertrud fragte sich, ob Franz' Mutter auch auf dem Feld arbeitete. Wohl nicht, vermutete sie und bereitete sich darauf vor, eine Frau von nobler Blässe kennenzulernen. Sie hatte kein gutes Gefühl.

Gertrud hatte sich von ihrem Lehrerinnengehalt feinen grauen Stoff geleistet und daraus ein eng anliegendes Kostüm geschneidert. Der Rock war lang und reichte bis zum Knöchel, die Jacke besaß moderne kleine Polster an den Schultern. Auf ein Korsett verzichtete sie selbstverständlich, sie fand die Dinger grässlich. Warum sollte sie sich den Körper auf fünfundfünfzig Zentimeter einschnüren lassen, wenn der doch eigentlich mindestens fünfundsechzig Zentimeter breit sein wollte? Wer hatte etwas davon, wenn sie ständig nach Luft rang, ihr übel wurde und sie drohte, in Ohnmacht zu fallen? Viele ihrer Freundinnen dachten wie sie. So ein Korsett war etwas für alte Weiber, die viele Kinder bekommen hatten. Eigentlich nicht einmal das, es war ein überflüssiges Ding, das Frauen zu körperlicher Schwäche verdammte.

»Komm, wir fahren los«, hörte Gertrud ihren Vater rufen. Sie musste tief einatmen. Ihr war flau im Magen. Es war vor allem der Kontrast zu Franz' Familie, der ihr schmerzlich bewusst wurde. Die Hegmanns hatten sogar ein Automobil. Sie wünschte sich nichts sehnlicher, als jetzt darin zu fahren. Sie und Franz, irgendwohin, wo sie zu zweit wären und keine Familie Hegmann auf sie wartete, um sie zu beäugen. Vielleicht aber auch irgendwohin, wo sie sich frei fühlen könnte von der Verantwortung, die sie ständig spürte. Verantwortung für die Kleinen in der Familie, ebenso wie für ihre Mutter, die gesundheitlich nicht mehr robust war. Verantwortlich für ihre Schüler und eigentlich für die ganze Welt. Im Grunde ihres Herzens war Gertrud kein fröhlicher Mensch. Nur wenn sie mit Franz zusammen war, war alles leicht. Er war so unbekümmert und neugierig auf das Leben. Wenn er mit überschäumender Begeisterung von etwas schwärmte, war sie hingerissen, obwohl sie meist nur die Hälfte verstand. Franz konnte sich für jede Form von Technik begeistern und sie damit anstecken. Einmal hatte er ihr bei seinem Automobil jede einzelne Schraube erklärt. Er hatte sie an die Hand genommen, sie beinahe mit sich gerissen, sich neben dem rechten Rad gebückt, um ihr mit leuchtenden Augen die Bremsen zu zeigen. Dann waren sie um das halbe Auto gerannt, um auch noch die Bremstrommel am linken Rad zu bestaunen.

Inzwischen konnte Gertrud längst Auto fahren. Zumindest in der Theorie. Franz hatte ihr Unterricht gegeben. In der Küche hatten sie zwei Stühle nebeneinander aufgestellt, er hatte ihr einen Kochtopfdeckel in die Hände gelegt, ein paar leere Blechdosen auf dem Boden aufgereiht und sie hatte fahren, bremsen, schalten und lenken simuliert. Dabei hatte er immer wieder ihre Hand angefasst und sie sanft am imaginären Lenkrad festgehalten. Als sie die Stirn daraufhin in vorwurfsvolle Falten gelegt hatte, hatte er spitzbübisch behauptet, sie sei beinahe in den Graben gefahren. Und Gertrud hatte gelacht wie schon lange nicht mehr. Sie hatte so sehr gelacht, dass ihr die Tränen in die Augen traten und der Bauch wehtat.

Gertruds Vater hatte nie etwas gesagt. Er hätte natürlich einschreiten können, dachte Gertrud, denn Franz war ganz schön forsch gewesen. Doch vielleicht freute er sich einfach für seine Tochter oder er träumte von einem reichen Schwiegersohn. Und während sie darüber noch nachdachte, hörte sie ihren Vater mit der Zunge schnalzen und Neptun setzte sich gemütlich in Gang.

Eine ganze Weile rang Gertrud in Gedanken mit sich.

»Vater, darf ich dich um etwas bitten?«, fragte sie schließlich.

»Natürlich, mein Kind.«

»Könnten wir heute Nachmittag bitte nicht über Politik reden?«

Ihr Vater schaute sie amüsiert an.

»Habe ich die falschen Ansichten?« Sein Ton war mild und Gertrud atmete auf.

»Ich fürchte schon«, seufzte sie. »Franz hat mir von seinem älteren Bruder Heinrich erzählt. Er ist gestern dreißig Jahre alt geworden, vergesst bitte nicht, ihm bei Gelegenheit zu gratulieren. Jedenfalls ist er in der Zentrumspartei aktiv und sehr konservativ. Nicht dass es da zu einer Verstimmung kommt.«

Gertrud beobachtete, wie Ludwig Franken seine Frau anschaute. Die nickte nur stumm. Christine Franken war harmoniebedürftig und empfand die Diskussionen in ihrem Haus als anstrengend. Und Gertrud hatte den Eindruck, dass ihre Mutter sich nicht stark genug fühlte, in so einem Rahmen eine eigene Meinung zu vertreten. Für sie war es sicher eine ganz angenehme Vorstellung, dass ihr Mann endlich einmal nur über das Wetter plaudern würde. Aber ob man mit Heinrich Hegmann einfach so Konversation machen konnte?

Franz hatte in Gertruds Augen ein merkwürdiges Verhältnis zu seinem Bruder. Einerseits liebte und bewunderte er den Älteren und versuchte, ihm in allem nachzueifern, andererseits schien er rasend eifersüchtig. Heinrich war der Stolz der Familie, er war perfekt in allem, was er tat. Er war nur fünf Jahre älter und doch hatte er Franz »ein Zeitalter voraus«, so hatte Franz es formuliert. Heinrich war dem Vernehmen nach ein guter Bauer, er war ein sehr regelmäßiger Kirchgänger, er war in der Gemeinde aktiv und allseits so geachtet, dass er Politiker geworden war. Als Erstgeborener war er der Erbe des Bauernhofes und er besaß Franz' Erzählungen nach eine natürliche Autorität, der sich sogar sein Vater bereitwillig untergeordnet hatte. Schon seit Jahren bestimmte er die Geschicke des Tellemannshofes. Sein Vater hatte ihm alles übertragen, da war Heinrich gerade mal sechzehn gewesen. »Er ist der Hausherr«, hatte Franz gesagt und Gertrud erzählt, wie es dazu gekommen war, dass Heinrich das Regiment über den Tellemannshof übernommen hatte. Er hatte seinen Vater entmachtet, ihn im Grunde in der Öffentlichkeit bloßgestellt. Franz hatte seinen Bruder deswegen verteidigt. »Unser Vater ist ein schwacher Mensch. Er ist darauf bedacht, nicht aufzufallen, weil er Angst hat vor schlechter Nachrede.« Das hatte dazu geführt, dass Johannes Hegmann mehr und mehr ausgenutzt und betrogen worden war und er Gefahr lief, den Hof herunterzuwirtschaften, bis Heinrich ihm die Zügel aus der Hand riss. Der Moment war gekommen, als Heinrich und sein Vater gemeinsam die Milch zur Genossenschaft brachten. Sein Vater hatte von Mal zu Mal weniger Geld bekommen, denn er hatte nicht den Mut gehabt, zu verhandeln. Schließlich wollte man ihm für den Liter Milch nur noch fünf Pfennige geben. Sein Vater war bereit, auch diesen Preis schweigend zu ertragen. Heinrich wartete, zehn Sekunden, zwanzig Sekunden, dann konnte er nicht mehr. Er übernahm das Gespräch und verhandelte alle in Grund und Boden. Seitdem hatte Heinrich für jeden sichtbar die Herrschaft übernommen. Der Vater blieb zwar weiterhin am Kopfende des Tisches sitzen, aber gegessen wurde erst, wenn Heinrich saß, und er bediente sich als Erster.

»Magst du deinen Bruder?«, hatte Gertrud Franz nach dieser Geschichte mit gemischten Gefühlen gefragt.

»Ich weiß nicht. Ja, natürlich, er ist ja mein Bruder.«

»Wird er mich mögen?«

Franz hatte lange gezögert, bis er eine Antwort gab. Und Gertrud schätzte es sehr, dass er ihr nie einfach sagte, was sie hören wollte.

»Ich bin nicht sicher. Heinrich ist schlau. Und ich vermute, er wird in dir das erkennen, was auch ich sehe. Du bist klug und geistreich, bist ihm ebenbürtig. Du wirkst stolz, strahlst eine natürliche Würde aus und bist nicht so kokett wie andere Mädchen. Brauchst du noch mehr Komplimente?« Er hatte gelacht und sie von der eigentlichen Frage abgelenkt. Was würde passieren, wenn Heinrich Franz' Wahl nicht gutheißen würde?

»Da vorne muss es sein«, sagte Gertruds Vater schließlich. Sie waren bereits seit zweieinhalb Stunden unterwegs und inzwischen war Kaffeestunde. »Die Herrschaften sind im Garten«, sagte das Hausmädchen, das ihnen öffnete, es war in etwa so alt wie Gertrud, »folgen Sie mir bitte.«

Alle Frankens hielten beinahe ehrfurchtsvoll den Atem an. Das Haus war imposant, die Diele allein schien so groß wie der ganze Hof in Empel. Zu beiden Seiten gingen weitere Zimmer ab. Das Dienstmädchen führte sie durch eine Art Schreibstube mit einem großen Mahagonischreibtisch und von dort durch eine weitere Tür mit kleiner Treppe in den Garten. Er war wunderschön bepflanzt, unzählige Blumenbeete waren zu sehen, in denen Silberblatt und Traubenhyazinthen standen, an anderer Stelle blühten Leberblümchen und Osterglocken, dazwischen Krokusse und wilde Tulpen. Der Rasen war exakt geschnitten und die Herrschaften, zumindest Vater und Mutter Hegmann, saßen bereits an einer üppigen niederrheinischen Kaffeetafel. Es gab Wurst und Brot, dazu Kuchen und Rosinenstuten mit Rübenkraut. Der Tisch war festlich hergerichtet und Gertrud hoffte, dass dies ein gutes Zeichen war. Oder war das etwa der normale Osterschmuck?

Franz kam ihnen entgegen, um sie in Empfang zu nehmen. Gertruds Herz hüpfte vor Freude und Nervosität. Er begrüßte sie und führte sie zu seinem Vater an den Tisch.

Johannes Hegmann stand nun ebenfalls auf. »Willkommen auf dem Tellemannshof! Meine Frau Wilhelmine und ich freuen uns, Sie kennenzulernen. Franz hat schon viel von Ihnen erzählt. Nehmen Sie doch bitte Platz, wir erwarten noch meinen Sohn Heinrich.« Das war alles. Eine Begrüßungsfloskel, ein herzliches Nicken von Mutter Wilhelmine und dann wurde geschwiegen. Franz und die Frankens setzten sich, weiter geschah nichts.

»Der Frühling ist wunderschön in diesem Jahr«, versuchte Gertruds Mutter eine kurze Bemerkung über das Wetter, die ins Leere lief. Gertrud war unruhig und wusste nicht, was das alles zu bedeuten hatte. Den Hegmanns schien die Stille nichts auszumachen, laut vernehmbar atmete Gertruds Vater ein und wieder aus. Es klang wie ein Seufzen, und es war wohl auch so gemeint. Wenn die Blicke der Frauen sich begegneten, schaute Wilhelmine Hegmann ausgesprochen freundlich. Aber sie sagte nichts.

»Mama?«, ließ Katty sich hören, »Mama, darf ich von dem Rosinenbrot probieren?« »Sei still«, zischte ihre Mutter, jetzt auch deutlich angespannt.

»Lass uns noch einen Moment warten, bis Franz' Bruder kommt. Dann darfst du bestimmt etwas naschen. Schließlich warst du so brav in der Fastenzeit.« Gertrud hatte einfach mal einen Satz mehr gewagt. Sie schaute hoffnungsvoll auf, doch Johannes und Wilhelmine Hegmann ignorierten sie mit stoischer Freundlichkeit.

Gertrud versuchte, Franz in die Augen zu schauen. Vergeblich. Er blickte auf die Tischkante, als wäre sein Blick dort festgeklebt. Was war denn hier los? Warum beachtete sie niemand? Hatten sie jetzt schon etwas falsch gemacht? Sie waren doch hier, um einander kennenzulernen. Sie wurde wütend. Warum benahm Franz sich denn so seltsam? Er war doch sonst ein so charmanter Plauderer. Sie schnaubte verächtlich, und da endlich blickte Franz ihr tief in die Augen. Es war etwas wie ein Flehen darin zu sehen. »Er steht oben am Fenster«, flüsterte er.

Gertrud schaute nach oben. Sie konnte nicht sehen, ob dort jemand stand, aber sie fühlte seine Blicke. Es war ein Machtspiel, das war ihr klar. Heinrich ließ sie warten, um seine Überlegenheit zu demonstrieren. Hat er das denn nötig, fragte sie sich, und Franz' Bruder wurde ihr noch unsympathischer. Sie überlegte, wie Heinrich sie wohl wahrnahm. Vermutlich würde ihm erst einmal auffallen, dass Gertrud zu dünn war. Franz hatte ihr erzählt, dass Heinrich wert auf sichtbaren Wohlstand legte. Gertrud reckte ihm das Kinn entgegen. Er sollte ruhig merken, dass sie sich nicht einschüchtern ließ. Mochte seine Familie Angst vor ihm haben, sie nicht. Allerdings half Gertruds Trotz ihr auch nicht weiter, denn bei Tisch hatte sich nichts verändert. Der Platz rechts vom Kopfende war leer, die kleine Gesellschaft schwieg beharrlich.

»Entschuldigen Sie mich bitte, ich hatte noch Dringendes zu erledigen.« Nach weiteren zehn Minuten, in denen Gertrud bereits in Erwägung gezogen hatte, einfach wieder zu fahren, kam Heinrich mit großen Schritten in den Garten geeilt und gab zunächst Christine Franken die Hand, dann Ludwig und zuletzt Gertrud. Er machte ihr ein Kompliment für ihr schönes Kleid und nahm endlich seinen Platz ein.

»Ich hoffe, Ihre Studien waren erfolgreich«, sagte Gertrud. Sie wusste, dass das vorlaut war, aber sie hatte das Gefühl, ihm etwas entgegensetzen zu müssen. Heinrich musterte sie mit einem belustigten Gesichtsausdruck. »Nun, jetzt im Krieg sind die Preise für unsere Produkte so niedrig wie selten zuvor. Man muss schon gut rechnen, wenn man davon eine große Familie ernähren will.«

Die erste Runde geht an ihn, dachte Gertrud und blickte verstohlen zu Franz, um zu sehen, ob er die Anspielung genauso gedeutet hatte wie sie. Offensichtlich, denn Franz wurde rot vor Zorn. Gertruds Eltern hatten von diesem Seitenhieb zum Glück nichts mitbekommen, nur Gertrud und Franz hatten verstanden, was Heinrich andeuten wollte, nämlich, dass Franz weder das nötige Geld noch die Stellung hatte, um zu heiraten. Er arbeitete zwar auf dem Hof mit, aber die Landwirtschaft war nicht sein Steckenpferd, das hatte er Gertrud schon mehrfach gestanden. Sein großer Traum war es, in Aachen an der technischen Hochschule zu studieren, was sein älterer Bruder wiederum für versponnen hielt. Die beiden hatten deswegen häufig gestritten, und in solchen Momenten hatte Heinrich gedroht, er werde Franz vom Hof schicken. Das hätte seine Einberufung zum Militär bedeutet, denn eigentlich hätte auch Franz Soldat werden müssen, nur die Beteuerung, er werde auf dem großen Tellemannshof als Bauer gebraucht, verhinderte das. Gertrud hatte deshalb mehrfach deutlich gemacht, sie sollten ihre Träume von einem gemeinsamen Leben in Aachen, sie als Lehrerin und er als neuer Gottlieb Daimler, noch bis zum Kriegsende aufschieben. Sie wollte um jeden Preis verhindern, dass er Soldat wurde, denn ihr Vater hatte ihr den Krieg in den düstersten Farben beschrieben.

»Ich werde Marie bitten, den Schnaps zu bringen«, bot Franz an. »Vater, Heinrich, Herr Franken, trinken wir alle einen?« Ohne eine Antwort abzuwarten, ging er los.

Gertrud blickte ihm nach. Sie war wütend und hatte zugleich Mitleid. Wahrscheinlich fühlte er sich in diesem Moment wie ein Versager. Wieder einmal war er unter Heinrichs Blick zusammengebrochen. »Er steht oben am Fenster«, äffte Gertrud ihn in Gedanken nach. Sie schämte sich dafür, dass Franz sich so lächerlich benahm. Sie fand den Respekt, den er seinem Bruder gegenüber an den Tag legte, übertrieben, schließlich war er doch auch jemand. Jemand, den sie liebte, der so viel wusste und so geistreich war. All das hatte er allerdings an diesem Tag noch nicht gezeigt. Gertrud schaute zu Katty. Das Mädchen war von der Kaffeetafel aufgestanden und pflückte Blumen im Garten.

Ich kann hier nicht so einfach herumsitzen, entschied sie.

Sie murmelte etwas von »Hitze« und »frisch machen« in die Runde, entschuldigte sich und lief hinter Franz her, um ihn zur Rede zu stellen. Kurz vor dem Haus sprach sie ein Dienstmädchen an: »Kann ich Ihnen helfen?«

»Ja, ich suche das Badezimmer.«

»Folgen Sie mir bitte.«

Gertrud seufzte, aber sie konnte das Mädchen ja schlecht fragen, wo sie Franz finden könnte. Sie ging ins Bad und wusch sich die Hände, dann tupfte sie ihr Gesicht mit den kühlen Handinnenflächen ab. Sie hatte sich den heutigen Tag anders vorgestellt. In ihrer Fantasie hatte sie natürlich gesehen, wie Franz einen Ring hervorholte. Nichts besonders Wertvolles, nur ein kleines Zeichen seiner Liebe. Gertrud hatte sich vorgestellt, dass Franz den Ring selbst gekauft hatte, statt einen aus der Familienschatulle auszuwählen, der von seinem Bruder genehmigt worden war. Alles Weitere hatte sie nur noch in Pastell gesehen: Wie sie Franz um den Hals fiel und die Familien sich gegenseitig gratulierten.

Das hatte mit der Realität da draußen im Garten rein gar nichts zu tun, erkannte sie, und »Er steht oben am Fenster« hieß auch nicht im Mindesten »Willst du meine Frau werden?«.

Gertrud hörte knarzende Holzdielen über sich. Ob das Franz war? Sie wollte gerade das Badezimmer verlassen, als sie jemanden rufen hörte. Erschrocken blieb sie am Waschbecken stehen.

»Franz, bist du da oben?« Es war Heinrichs Stimme.

»Würdest du bitte herunterkommen und dich um deine Gäste kümmern!«

Franz antwortete nicht. Stattdessen hörte Gertrud, wie oben eine Tür zuschlug und jemand die Treppe herunterkam.

»Ich werde jetzt um ihre Hand anhalten.« Gertrud jubelte innerlich, als sie diesen Satz und Franz' entschlossenen Tonfall hörte. Endlich, dachte sie, da war er wieder, ihr Franz, der sich auch nicht scheute, seinem Bruder die Stirn zu bieten, der mit ihr leben wollte. Sie war stolz und glücklich. Und dann überkam sie Panik. Oh mein Gott, schoss es ihr durch den Kopf, er darf nicht erfahren, dass ich es schon weiß. Wie komme ich jetzt hier raus?

»Du solltest eine kluge Wahl treffen, keine leidenschaftliche«, hörte sie Heinrich scharf erwidern. Dieser Mann ist kalt wie eine Hundeschnauze, dachte Gertrud.

»Heinrich, das verstehst du nicht. Es ist Liebe. Sie ist etwas Besonderes. Man kann doch nicht einfach irgendein Mädchen heiraten, nur weil es eine gute Partie ist.«

»Warum nicht? Denk an deine Zukunft.«

»Was ist nur aus dir geworden, großer Bruder. Weißt du nicht mehr, wie wir früher von schönen, stolzen Mädchen geträumt haben?«

»Hör auf damit. Du wirst ja hysterisch.«

»Willst du denn ewig ein stumpfer Eigenbrödler bleiben? Meinst du, du wirst glücklich, wenn du alle Menschen mit deiner Arroganz auf Abstand hältst? Du bist doch nur neidisch.«

»Halt den Mund, Franz. Du machst dich lächerlich. Ich rate dir …«

»Deinen Rat kannst du dir sparen, ich will ihn nicht.«

»Aber mein Geld, das wirst du wollen. Wovon willst du denn deine Gertrud ernähren? Und das Dutzend, das als ihre Familie noch dazukommt? Ich habe mich erkundigt über ihren Vater, Franz. Willst du hören, was dein zukünftiger Schwiegervater dir an Mitgift geben kann? Nichts, Franz. Gar nichts, außer ein paar Schwestern. Und wenn die nicht heiraten, dann werden sie eines Tages alle mit hungrigen Mäulern bei dir am Tisch sitzen. Das hält keine noch so große Liebe aus.«

»Doch«, Franz' Stimme war wieder dünner geworden.

»Sei vernünftig, kleiner Bruder. Heirate eine von den Thiemannmädchen, dann bekommst du einen ordentlichen Hof dazu. Ich will nur dein Bestes. Aber nun lass Gertrud gehen und mach das Mädchen nicht unglücklich. Das hat sie nicht verdient. Und du auch nicht. Ehe du dich versiehst, hat sie dir ein Kind angedreht. Dann gibt es kein Zurück mehr.«

Gertrud war fassungslos. Heinrich war perfide. Er hatte vollkommen ruhig gesprochen, wie ein großer Bruder, der sich sorgte, aus Liebe sorgte. Sie ahnte, dass Franz dem nicht standhalten würde, und fürchtete, dass er verloren hatte.

»Komm her, Kleiner«, sagte Heinrich jetzt mit sanfter, geradezu liebevoller Stimme, »ich verstehe ja, dass du traurig bist.« Gertrud hielt den Atem an. Sie versuchte zu erraten, was da gerade vor sich ging, wie Franz reagierte.

»Na komm schon«, hörte sie Heinrich locken und plötzlich polterte jemand gegen die Badezimmertür.

»Geh mir aus dem Weg!« Franz' Stimme kam Gertrud auf einmal sehr fremd vor, und auch Heinrich hatte mit einer solchen Reaktion anscheinend nicht gerechnet.

»Franz!«, schrie er. »Franz, komm zurück, ich rede mit dir. Du solltest auf mich hören, sonst wirst du es teuer bezahlen. Du Dummkopf. Ich will doch nur dein Bestes.« Die letzten Worte hatte er beinah geflüstert, dann war es still.

Gertrud merkte, dass ihre Augen brannten. Jetzt reiß dich zusammen, ermahnte sie sich. Sie würde zurück in den Garten gehen und so tun, als wüsste sie von nichts. Nur irgendwie diesen Tag herumkriegen, dachte sie.

Jemand rüttelte an der Tür. Sie war entdeckt. Vermutlich war es Heinrich, der ins Bad wollte. Er würde sofort begreifen, dass sie den Streit der Brüder belauscht hatte. Gertrud straffte sich, reckte ihr Kinn stolz in die Luft und öffnete die Tür.

Heinrich öffnete den Mund, dann schloss er ihn wieder. Stumm starrte er sie an. Gertrud starrte zurück.

»Herzlichen Glückwunsch.« Die beiden zuckten zusammen, neben Heinrich war Katty aufgetaucht. Sie hielt ihm einen Blumenstrauß hin und strahlte hoffnungsvoll. Vermutlich hatte sie sich beim Pflücken immer weiter von der Kaffeegesellschaft entfernt und dann nach Heinrich gesucht.

»Herzlichen Glückwunsch zum Geburtstag.«

Heinrich rührte sich nicht.

»Die sind für dich«, krakeelte Katty fröhlich.

»Für mich?« Heinrich spielte den Ungläubigen nicht, er schien wirklich fassungslos.

»Aber woher weißt du denn, dass ich Geburtstag hatte?«

»Von Gertrud. Du musst dein Geschenk jetzt aber auch annehmen«, Katty klang beleidigt. Sie schob ihre Unterlippe nach vorne. Heinrich schaute Gertrud an, dann kniete er sich unbeholfen zu Katty hinunter.

»Vielen Dank, junge Dame. Das ist mein erstes Geburtstagsgeschenk in diesem Jahr.«

»Warum«, fragte Katty, »warst du nicht lieb?«

»Wohl nicht«, antwortete er, strich ihr übers Haar und richtete sich auf.

»Komm, lass uns zu den anderen gehen.« Der große Mann reichte dem kleinen Mädchen die Hand. Gertrud beobachtete, wie Katty sich reckte und die Hand ergriff, dann stolzierten die beiden davon.

Der 100. Geburtstag – Donnerstag

Eine unsägliche Kupplerin

»Wer wird denn eigentlich zum Fest erwartet?«, fragte Paula, um sich ein wenig einzustimmen.

»Oh, ich habe bewusst nicht eingeladen«, antwortete Gertrud, »aber ich nehme an, dass die Familie wohl vollzählig erscheinen wird.«

»Mit Mann und Maus, hoffe ich«, posaunte Katty und fügte mit einem Augenzwinkern hinzu: »Wer nicht erscheint, darf sich auf dem Hof die nächsten dreißig Jahre nicht mehr blicken lassen.« Paula freute sich über so viel Harmonie zwischen den Schwestern. Das war weiß Gott nicht immer der Fall.

Sie saßen auf der Terrasse im Garten und genossen den Apfelkuchen, den Katty selbst gebacken hatte. Natürlich gab es einen ordentlichen Schlag Sahne dazu. Die drei plauderten und freuten sich über das Wiedersehen, Paulas Mund war schon ganz trocken und sie beschloss, nun doch vorsichtig den ersten Schluck Kaffee zu probieren. Er war so unerträglich, wie sie es befürchtet hatte, angewidert verzog sie das Gesicht und spuckte das bittere Gesöff auf die Steine. Aus den Augenwinkeln meinte sie, eine Bewegung wahrzunehmen. In dem Moment schoss ihr ein komischer Gedanke durch den Kopf und sie konnte ein Glucksen nicht unterdrücken: »Hab ich Tommy getroffen?« Tommy war Kattys kleiner Schnauzer. Der Hund war flink wie ein Wiesel und Katty hatte ständig Sorge, dass er einer ihrer älteren Schwestern vor die Füße lief und jemanden zum Stolpern brachte. Doch Paula mochte den Hund, auch wenn er meist so schnell war, dass sie ihn mit ihren schlechten Augen nur als verschwommenes Fellknäuel wahrnahm. Die Vorstellung, dass ausgerechnet sie, die ihn auch sonst nie sah, den Kaffee zielsicher in sein kurzes graues Fell gespuckt haben sollte, amüsierte ihre beiden Schwestern königlich.

»Soll ich dir frischen Kaffee machen?«, flüsterte Katty ihr zu.

»Pah«, machte Gertrud, um zu signalisieren, dass sie genau wusste, was da getuschelt wurde. »Geht nur, dann habe ich den guten Kaffee wenigstens für mich allein.«

Als sie sich wieder beruhigt hatten, verkündete Katty stolz, dass Gertrud einen großen Artikel in der Zeitung zu erwarten habe. Es würde ein Journalist vorbeikommen und sich mit ihnen unterhalten. Paula wusste, dass Gertrud sich über so viel Aufmerksamkeit freute, und pfiff begeistert. »Wie schön, Gertrud, ich bin gespannt, was du alles zu erzählen hast.«

»Ach, ist doch Unsinn«, winkte diese ab, doch sie konnte ihre Vorfreude nur schlecht verbergen.

Seit dem Jahreswechsel hatten sie nicht mehr in Ruhe zusammengesessen, denn in Kattys Haus war man fast nie unter sich. Paula würde die kurze Zeit zu dritt nutzen müssen, um mit Gertrud über die nötigen Veränderungen zu sprechen, denn wenn das Haus erst wieder voll war, wäre die Chance vertan.

»Wie geht es den Kindern?«, fragte Gertrud jetzt und riss Paula aus ihren Gedanken. »Die Kinder« waren in diesem Fall Paulas Töchter, aber die waren inzwischen selbst schon über siebzig. Paula war Großmutter und sogar Uroma. In Ermangelung eigener Kinder und Kindeskinder mischten sich Katty und Gertrud wie selbstverständlich in die Belange ihrer Familie ein, weshalb es über die Erziehung oder Männerwahl der jüngeren Verwandten regelmäßig heftigen Streit gab.

Erst kürzlich hatte Katty eine ihrer Enkelinnen mit einem jungen Mann aus dem Nachbardorf zusammengebracht. Zumindest hatte sie dafür gesorgt, dass die beiden sich kennenlernten. Monatelang hatte sie Paula damit in den Ohren gelegen, sie habe genau den richtigen Mann für ihre Nichte gefunden und sie, Paula, solle doch endlich mal mit ihrer Enkelin, der Ehefrau in spe, darüber sprechen. Paula weigerte sich und Katty wurde deshalb richtig penetrant. Sie ließ nicht locker, bis sie wohl einsah, dass sie Paula nicht überzeugen konnte. Dann nahm sie die Dinge selbst in die Hand. Ganz plump lud sie Paulas Enkelin zum Abendessen ein und den von ihr Auserwählten als Überraschungsgast gleich dazu. Als die jungen Leute am Tisch saßen, verließ sie schnurstracks den Raum und überließ die beiden ihrem Schicksal. Paula konnte es immer noch nicht fassen. Als Katty sie am nächsten Tag anrief und davon erzählte, fehlten ihr das erste Mal seit langer Zeit vor Empörung die Worte. »Warum denn nicht?«, fragte Katty scheinheilig. »Sie mögen sich.«

»So etwas kannst du im Kuhstall machen, aber doch nicht mit Menschen«, platzte es aus Paula heraus. Katty war manchmal wirklich unmöglich. Wenn sie sich etwas in den Kopf gesetzt hatte, musste es gemacht werden, ohne Rücksicht auf Verluste. Kattys Kuppelei war allerdings nicht von Erfolg gekrönt gewesen, denn seit dem ersten Rendezvous hatte sich nichts mehr ereignet, was man hätte vermelden können. Paula triumphierte innerlich und vermutete, dass sich die beiden einfach nicht verliebt hatten, aber Katty wollte davon nichts hören und hatte auch jetzt wieder das Gespräch auf die beiden gebracht.

»Der wurde neulich mit der Kleinen von Hemmers gesehen«, meldete Gertrud sich zu Wort und streute damit Salz in die Wunde. »Ich sag dir, der führt unser Mädchen an der Nase herum.«

»Gertrud, nun hör doch mal auf. Die sind noch jung. Junge Menschen gehen gerne aus. Und unsere Nichte ist viel beschäftigt. Das ist ganz normal.« Paula wusste nicht genau, wen Katty da eigentlich verteidigte, den jungen Mann oder sich selbst als unselige Kupplerin.

»Der ist nicht echt«, insistierte Gertrud. »Und dann diese ständige Segelei. Das ist doch lächerlich. Der soll lieber ordentlich arbeiten.«

»Aber wenn die beiden sich lieben, lass sie doch. Sie sind alt genug«, startete Katty einen letzten Versuch.

»Ach, geh mir weg mit Liebe.« Gertruds lange knochige Hand fuchtelte zornig in der Luft herum. »Der liebt das Kind doch gar nicht. Sonst würde er nicht mit anderen ausgehen. Dann würde er sich kümmern.«

»Du weißt doch gar nicht, wovon du redest. Das letzte Mal, dass ein Mann um dich geworben hat, ist mindestens siebzig Jahre her.« Katty hatte wohl versucht, einen lustigen Tonfall anzuschlagen, aber das war misslungen, und so versuchte Paula in die Bresche zu springen, bevor die Stimmung kippte: »Da reden jetzt aber zwei Blinde vom Sehen.«

Ihre beiden Schwestern verzogen keine Miene. Paula seufzte. Das Kind war schon in den Brunnen gefallen. Vielleicht waren sie alle drei nicht gerade berufen, sich über glückliche Partnerschaften auszulassen. Katty hatte anscheinend ähnliche Gedanken.

»Was wissen wir alten Weiber schon, wie die jungen Leute heutzutage umeinander freien. Das ist doch alles ganz anders. Mittlerweile machen die Frauen schon den Heiratsantrag.«

»Vielleicht ist er auch schwul, pöhöhö.« Paula freute sich über die gelungene Provokation. Jetzt werden die beiden sich gleich Seite an Seite auf mich stürzen, dachte sie, aber wenigstens behakeln sie sich dann nicht gegenseitig. Sie spürte, wie Katty und Gertrud sie ins Visier nahmen, und tat, als würde sie es nicht bemerken. »Was soll's. Es gibt wirklich Schlimmeres als schwule Ehemänner. Ich sage euch, am Ende hast du alles, was du willst: herzensgute Kinder und deine Ruhe.« Paula wusste nicht genau, welcher Teufel sie da ritt, und noch ehe sie darüber nachdenken konnte, hörte sie, wie Gertrud mit angestrengter Stimme die Diskussion beendete.

»Hast du vergessen, was er euch angetan hat? Ich will nicht darüber reden.« Gertrud hatte mit einer solchen Bestimmtheit gesprochen, dass Paula hinter jedem Wort ein Ausrufezeichen wahrnahm.

Nach all den Jahren gab es zwischen ihnen sehr viel vermintes Gelände, was Paula oft bedauerte. Die Geschichte mit Alfred war bis heute ein Tabu. Sie war geschieden. Zunächst war Paula am Boden zerstört gewesen, doch dann hatte sie festgestellt, dass sie ihren Mann noch immer mochte und dass sie in der Lage war, Verständnis und Mitleid aufzubringen. Heimlich hatte sie Kontakt zu ihm gehalten. Zu ihm und zu dem Mann, der ihn bis zum Tode gepflegt hatte. Das alles war hinter dem Rücken ihrer Schwestern passiert. Gertrud und Katty hätten kein Verständnis dafür aufgebracht, vermutete Paula. Außerdem sprach man in der Familie über gewisse Dinge einfach nicht. Man schwieg sie tot. Sture Niederrheiner sind wir, stellte Paula wieder einmal fest, diskutieren, das ist einfach, das konnten wir immer schon, aber ehrlich sagen, was man fühlt, das haben wir nie gelernt. Vielleicht ist es ja noch nicht zu spät, besann sie sich, vielleicht ist der Moment gekommen, da alles auf den Tisch muss. Viel länger können wir kaum warten, wir sind schließlich keine sechzig mehr. Sie beobachtete ihre ältere Schwester einen Moment, so gut es ihr grauer Star zuließ. Gertrud atmete heftig und sog dabei die eingefallenen Wangen noch mehr ein als gewöhnlich. In letzter Zeit war sie etwas nachlässiger geworden mit ihrem Äußeren. Vielleicht konnte sie auch nur noch schlechter sehen als bei ihrem letzten Treffen, aber es schien Paula, als habe die Schwester ihr weißes Haar unordentlicher als sonst am Hinterkopf zusammengefummelt. Waren sie unter sich, nahm Gertrud mittlerweile ihre Dritten aus dem Mund, so auch heute. Wenn sie sich dann aufregte, sah es so aus, als würde sie sich selbst verschlucken. Das ganze Gesicht zog sich nach innen, um hörbar wieder ausgepustet zu werden. »Phuh, phuh, phuh«, machte es, und Paula wurde wieder einmal bewusst, dass ihnen nicht mehr allzu viel Zeit blieb. Sprach man sich also besser noch mal aus, bevor es zu spät war, oder ließ man alles auf sich beruhen? Paula war sich nicht sicher. Sie sorgte sich um ihre Schwester, die inzwischen ganz schön klapprig geworden war. Gertrud war immer schon zu dünn gewesen. Paula wunderte sich, dass ausgerechnet die Älteste von ihnen so lange durchgehalten hatte. Hundert Jahre, die meisten davon war sie verbittert gewesen. Sie hatte viel erlebt und viel gesehen, aber Spaß hatte sie nur wenig gehabt.

Der Moment war verstrichen, die Stimmung hinüber. Katty und Paula mussten sich nicht einmal in die Augen schauen, um zu wissen, dass sie jetzt nicht mehr mit ihrer Schwester über den Umzug sprechen würden.

»Leg dich ein wenig hin, Gertrud. Heute Abend kommen die Landfrauen. Dann willst du doch dabei sein.« Katty war aufgestanden und räumte das Geschirr ab. Paula versuchte gar nicht erst, ihr zu helfen. Ob die Tassen und Teller bei ihren schlechten Augen heil in der Küche angekommen wären, war mehr als fraglich. Sie hatte grauen Star und grünen Star und im Prinzip war sie einfach alt, dachte sie oft. Sie konnte zwar noch sehen, aber ihr Blickfeld war mittlerweile so zusammengeschrumpft, dass sie das Gefühl hatte, permanent durch ein Schlüsselloch zu gucken. Das Blut hatte wohl keine Kraft mehr, um in jeden Winkel ihres Körpers zu gelangen. Aber sie war heilfroh, dass es noch ins Gehirn kam. Blind ging noch, blöd hätte sie nicht ertragen.

Sie stand auf und ging langsam und ein wenig gebeugt durch den Garten, die gewohnte Strecke. Das Zusammenspiel von Stock und Gedächtnis funktionierte prächtig. Wenige Schritte hinter ihr ging Gertrud, vermutlich immer noch kerzengerade, nur ein wenig langsamer. Sie waren beide schlohweiß, hatten aber noch volles Haar. Vor allem Paula. Da war sie penibel. Einmal in der Woche ging sie zum Friseur und ließ sich die Haare waschen und legen. Ihre Haare waren immer ihr ganzer Stolz gewesen.

Auch Katty, die mittlerweile ziemlich füllig um die Hüften war und in ihrem Watschelgang dicht vor ihr lief, damit sie sich im Notfall an ihr abstützen konnte, hatte noch ordentlich Haare auf dem Kopf, die jetzt in der Nachmittagssonne blond schimmerten. Echt oder gefärbt, fragte Paula sich nicht zum ersten Mal und nahm sich vor, ihre Schwester bei Gelegenheit mit dieser Frage aufzuziehen. Das war wenigstens ein unverfängliches Thema in diesem Haus.

Der 100. Geburtstag – Donnerstag

Die Wahrheit über Wolodomir

Am frühen Abend kamen die Landfrauen auf den Tellemannshof. Fünf Frauen aus der Nachbarschaft wollten mit Katty die Festvorbereitungen planen. Gertrud faszinierte es, dass nicht nur das Fest geplant wurde, sondern auch die Festvorbereitungen, aber so war es bei Katty immer schon gewesen. Für den kommenden Tag wurde nämlich die gesamte Nachbarschaft mit Frauen, Männern und Kindern auf dem Hof erwartet, um das Haus mit einem Fichtenkranz zu schmücken. Bei solch einem traditionellen Kränzabend bastelten die Frauen aus Krepp kleine Papierröschen und banden sie mit einem Draht an Tannengrün, um das Werk anschließend über der Eingangstür zu drapieren, damit jeder, der vorbeikam, sehen konnte, dass es in diesem Haus etwas zu feiern gab. Solch ein Abend musste ebenfalls vorbereitet werden, denn er war im Grunde ein eigenständiges Fest. Deshalb kamen die Frauen bereits an diesem Abend vorbei, um zu beratschlagen.

Es galt in Wardt als selbstverständlich, dass bei einem hundertsten Geburtstag das ganze Dorf mithalf. Xanten ist keine fünf Kilometer von hier entfernt, dachte Gertrud, und dennoch wäre so etwas dort nicht denkbar. Sie hatte jahrelang in Duisburg gewohnt, doch irgendwann hatte sie die Anonymität nicht mehr ausgehalten und war nach Xanten gezogen.

Manchmal war ihr nun selbst Xanten zu groß, obwohl man sie dort in fast jedem Laden kannte.

Gertrud wusste, dass die Gäste sich heute in der ehemaligen Gesindeküche trafen. Sie selbst ging nicht gern dorthin, denn man musste einen kurzen dunklen Flur entlanglaufen, der leicht abschüssig war. Schon seit einer ganzen Weile hatte sie mit diesem Flur Probleme. Als Gertrud endlich durch die Schiebetür in die untere Küche trat, hatten die Frauen bereits Platz genommen. Jetzt standen sie alle der Reihe nach wieder auf.

»Guten Tag, Frau Franken«, »Wie geht es Ihnen, Frau Franken?«, »Sie sehen großartig aus, Frau Franken«, »Wie schön, dass Sie hier bei uns feiern«, schallte es ihr entgegen.

»So, wollen wir nicht erst mal ein Schnäpschen trinken?«, fragte sie etwas verlegen nach den vielen netten Worten in die Runde. Die Frauen hatten bereits ein Gläschen vor der Nase, Katty war immer noch eine perfekte Gastgeberin, und so prosteten sie einander zu.

»Was haben wir denn nötig, wie viele werden kommen?«, fragte ihre kleine Schwester geschäftig. Gertrud wunderte sich, dass Katty so schnell zur Sache kam. Normalerweise ließ sie sich mit der Arbeit Zeit und plauderte erst noch ausführlich über den neuesten Dorfklatsch.

Eine der Frauen zählte die Namen aller Nachbarn auf und erläuterte jeweils, ob die Kinder mit von der Partie wären, und wenn nicht, warum nicht.

»Und wie viele waren das jetzt?«, beendete sie ihre Aufzählung. Die anderen Frauen guckten nach rechts, nach links, dann brachen sie in Gelächter aus. Gertrud lachte mit. Alle hatten den Ausführungen zur Nachbarschaft gelauscht, niemand hatte mitgezählt. »Komm, schnell noch einen Schnaps und dann noch mal von vorne!«, rief Katty. Jede leerte ihr Glas, dann begann die Litanei erneut. Diesmal hatten alle Anwesenden mitgezählt. Sie kamen nur unglücklicherweise zu unterschiedlichen Ergebnissen.

»Wenn ich jetzt noch einen Schnaps trinke, dann zähle ich sie alle doppelt«, lachte die Wortführerin und schob das Glas zur Seite, das Katty ihr erneut gefüllt hatte. Man einigte sich also auf eine grobe Schätzung und plante zur Sicherheit ein Dutzend Würstchen mehr ein. Gertrud verlor sich in den eifrigen Stimmen, doch auf einmal wurde es still.

Die Frauen blickten sie an. Gertrud war irritiert. Sie schaute an sich herunter, ob sie vielleicht einen Fleck übersehen hatte oder ihr sonst etwas Seltsames auffiel, aber da war nichts.

»Was ist?«, fragte sie.

»Tja, Frau Franken, wir müssten Sie jetzt mal irgendwie loswerden.«

»Es könnte ja sein, dass wir noch etwas zu besprechen haben, was Sie nicht jetzt schon mitbekommen sollten.«

»Ach, herrje«, brachte Gertrud hervor und merkte, dass es eher ein Krächzen gewesen war. Wie rührend, dachte sie und blickte Katty an, ihre schlechte Laune vom Nachmittag war vollends verflogen. »Na, dann will ich mal verschwinden und Paula Gesellschaft leisten, nicht wahr?«

Als sie die Küchentür geschlossen hatte, hörte sie Jan hinter sich zischen: »Tommy, hier!« Jan, der alte Holländer ohne Nachnamen, hatte sein Zimmer auf der Tenne. Er kümmerte sich um Tommy, überhaupt um alle Tiere auf dem Hof. Jan war nicht etwa ein Pensionsgast, er gehöre auf dem Tellemannshof zum Inventar, sagte Katty stets liebevoll. Er lebte seit dreißig Jahren in einem winzigen Zimmer, darin standen ein Fernseher, ein Bett und eine Kommode. Einen Schrank brauchte Jan nicht, hatte er Gertrud einmal schulterzuckend erklärt, er hatte nämlich nur zwei Hosen und drei Pullover. Er wusch sich im Stall mit kaltem Wasser und selbst daran musste ihre Schwester ihn gelegentlich erinnern. Jan war offensichtlich Holländer, aber woher er kam, wie alt er war und ob es irgendwo Angehörige gab, wusste niemand. Jan sprach nicht darüber, er sprach sowieso nicht viel. Seine Stärke war es, mit Tieren zu kommunizieren. Wenn mit dem kleinen Schnauzer Tommy etwas nicht in Ordnung war, wusste Jan es als Erster. Zu den Ponys Heidi und Katja, die von Katty vor einigen Jahren als kleine Rasenmäher angeschafft worden waren, hatte er ein besonderes Vertrauensverhältnis. Er kraulte sie und schmuste mit ihnen und ließ sich dabei stundenlang den Kopf ablecken. Massage und Haarpflege der besonderen Art nannte er das, und Gertrud behagte die Vorstellung überhaupt nicht, aber Katty erklärte immer wieder, sie sei heilfroh, Jan auf dem Hof zu haben. Er war verlässlich, und selbst wenn sie ausging oder verreiste, wusste sie den Hof in guten Händen.

Von seinen hygienischen Eigenarten einmal abgesehen, mochte Gertrud Jan. Das lag vielleicht auch daran, dass sie eine Schwäche für alles Rätselhafte hatte. Und Jan hatte ein Geheimnis, das war sicher. Das verriet ihr die Art und Weise, wie er da wohnte, halb im Keller, ein bisschen versteckt, wie er manchmal stundenlang unauffindbar war, um am nächsten Tag scheinbar aus dem Nichts wieder aufzutauchen. Seit ihrer Ankunft hatte Gertrud Jan noch nicht gesehen.

»Guten Tag, Jan«, sagte sie deshalb erfreut. »Wie geht es Ihnen?«

»Tommy, hier!«, war das Einzige, was Jan herausbrachte. Er spuckte Kautabak auf den Boden und streckte Gertrud die Hand entgegen.

»Das wollten wir doch lassen, das Ausspucken«, ermahnte sie ihn und gab ihm die Hand. Sie war verwundert, wie wenig sie die ungehobelten Manieren störten. Jan erinnerte sie an eine Geschichte, die sie selbst erlebt hatte. Nicht zuletzt, weil ihre Geschichte auch mit Holland zu tun hatte, und außerdem war Jan ein guter Zuhörer. Oder zumindest einer, der sie, anders als ihre Schwestern, nicht ständig unterbrach. Und so war es für Gertrud zu einem schönen Ritual geworden, Jan stets aufs Neue die Geschichte von Wolodomir Huth zu erzählen.

Wolodomir hieß vermutlich Wladimir, aber durch seine gutturale Aussprache klang es wie Wolodomir. Er war als »Ostarbeiter« an den Niederrhein verschleppt worden. Ostarbeiter waren Kriegsgefangene, Zwangsarbeiter, die in der Industrie und Landwirtschaft mitanpacken mussten. Wenn man Wolodomir sah, wusste man sofort, warum man ihn nach Deutschland geschickt hatte. Er sah aus wie ein Baum und konnte unermüdlich arbeiten. Eigentlich stammte er aus der Ukraine und war in Veen auf einem großen Bauernhof untergebracht. Dort lebten mehrere Ostarbeiter unter haarsträubenden Bedingungen. Sie schliefen in den Ställen, manche auf dem nackten Dachboden, eine Toilette oder ein Waschbecken gab es ebenso wenig wie regelmäßige Mahlzeiten oder ausreichend warme Kleidung. Wolodomir musste auch im Winter mit nackten Füßen in die gefrorenen Wiesen, um morgens um fünf die Kühe zu melken. Es war früh, es war kalt, und es war seine Rettung. Denn so konnte er wenigstens die körperwarme Milch zu sich nehmen. Viele Zwangsarbeiter waren bereits vor Hunger gestorben.

Auf dem Nachbarhof arbeitete Olga, eine stämmige Slawin aus Kiew. Mit der Landwirtschaft kannte sie sich zwar nicht aus, aber sie war eine gelehrige Sprachschülerin, und so hatte sie es geschafft, genügend Brocken Deutsch zu lernen, um das Herz der Bauersfrau Finnie zu erobern. Finnie hatte einen Narren an ihr gefressen, ernährte sie ordentlich und ließ sie die Wäsche machen. Olga war kokett und lebenslustig, und es dauerte nicht lang, bis sie dem Werben Wolodomirs nachgab, schwanger wurde und damit zu einem Problem für Finnie. Schwangere Zwangsarbeiterinnen mussten abtreiben; taten sie das nicht, wurden ihnen die Kinder weggenommen und in eine sogenannte »Pflegestation« gebracht, wo sie dem Tod geweiht waren. Finnie warnte Olga vor den Folgen, sie hatte wohl auch selbst Angst vor der Gestapo, denn als Bäuerin war sie für die Ostarbeiter verantwortlich.

Aber ihre Olga anzuzeigen, brachte sie nicht übers Herz. Also empfahl sie ihr, zu fliehen und sich nach Süden zu Gertrud durchzuschlagen. Die beiden kannten sich aus der Schule und waren enge Freundinnen. Finnie schrieb für Gertrud ein paar Zeilen, stopfte sie Olga in den BH, schickte sie in den Stall und ließ die Tür unverschlossen. Als Olga am nächsten Morgen verabredungsgemäß nicht mehr da war, schrie Finnie laut, schimpfte und freute sich insgeheim, dass nichts passiert war.

Zunächst kam die schwangere Olga allein zu Gertrud, doch einige Monate später tauchte auch Wolodomir auf. Niemand wusste, wie er sie gefunden hatte, aber Gertrud hatte nun bald eine Kleinfamilie, die heimlich in ihrer Schule lebte.

Sie war zu jener Zeit Direktorin einer Mädchenberufsschule in Duisburg. Natürlich wurde Hauswirtschaft gelehrt, es wurde gekocht und täglich blieben Reste übrig. Dass Gertrud etwas mehr an Nahrungsmitteln bestellte, als die Mädchen eigentlich gebraucht hätten, fiel niemandem auf, und keiner ahnte, dass es in der Schule Mitbewohner gab. Tagsüber versteckten sich die beiden und mussten vor allem das Baby ruhig halten, nachts machten sie, was sie wollten. Wolodomir war oft weg, manchmal wochenlang. Er war nicht der Typ, der sich auf Dauer versteckte.

Gertrud wusste bis heute nicht, ob er ein Aufschneider gewesen war oder ihr die Wahrheit erzählt hatte. Wolodomir behauptete damals steif und fest, er habe die Deutschen durch Sabotage in den Untergang getrieben. Er habe die V2-Raketen zerstört, die auf London gerichtet waren, sagte er in seinem gebrochenen Deutsch, das klang ein bisschen wie »Ich. kaputt. V2. Groß Waffe. Tot. England.« Gertrud hielt es eigentlich nicht für möglich, aber es war immer wieder von Verrat die Rede gewesen. Goebbels hatte die »Vergeltungswaffe 2« vollmundig angekündigt, und jeder hatte sich gewundert, warum das »Gerät«, wie es im Volksmund hieß, nicht flog oder besser: nicht traf. Dass ausgerechnet ihr Wolodomir dahinterstecken sollte, machte Gertrud skeptisch, zumal die Raketen angeblich irgendwo bei Den Haag abgeschossen worden waren – und das war immerhin mehr als zweihundert Kilometer entfernt. Andererseits hatten die Xantener immer wieder behauptet, in der Hees und auch im Birtener Amphitheater wären V2 versteckt gewesen.

Was auch immer die Leistung von Wolodomir gewesen war, er selbst hatte ausgesprochen zufrieden mit sich gewirkt. Und so hatte Gertrud sich gerne vorgestellt, ihr Ukrainer Wolodomir wäre »Der Geheimagent«. Das Buch von Joseph Conrad hatte sie als junge Frau geliebt. Später hatte sie James-Bond-Filme gesehen und war hingerissen gewesen. Bis heute redete sie sich ein, sie habe einen echten Spion beherbergt, der geholfen hatte, die Nazis zu schlagen.

Jedes Mal, wenn sie Jan die Geschichte erzählte und zum Ende kam, lief das gleiche Zeremoniell ab: Er hörte geduldig bis zum Schluss zu, sie fragte ihn danach aus, ob er irgendetwas von der V2 in Holland gewusst habe, von dem geheimen Wirken eines Spions in seinem Heimatland, den Niederlanden, aber Jan zog immer nur die Lippen zur Seite, entblößte ein paar faule Zähne und schwieg.

Jan war inzwischen vor Gertrud in die Knie gegangen und streichelte Tommy mit einer Hand, mit der anderen Hand hielt er den kleinen Hund am Fell fest, damit er nicht an Gertrud hochspringen konnte. Vorsichtig beugte sie sich zu Tommy und tätschelte ihn. Zuerst hatte sie Katty gescholten, als sie sich auch noch einen Hund angeschafft hatte, aber inzwischen mochte sie das Tier, selbst wenn der kleine Kerl für alte Menschen lebensgefährlich war. Erst als sie sich mühselig wieder aufrichtete, bemerkte sie, dass Jan sie aufmunternd anblickte, und als sie immer noch nicht reagierte, versuchte er offenbar, sie an lieb gewonnene Gewohnheiten zu erinnern.

»Wolodomir, ein guter Mann«, radebrechte er.

»Nein, Jan«, entfuhr es Gertrud unwillkürlich. Sie hatte das Adjektiv ›gut‹ nie im Zusammenhang mit Wolodomir benutzt und es jetzt zu hören, betonte nur, wie wenig es passte, auch wenn sie ungern daran dachte, dass Wolodomir eigentlich alles andere als ›gut‹ gewesen war.

Jan ahnte natürlich nichts von Gertruds Gedanken und verzog leicht enttäuscht das Gesicht, was ihr noch im selben Augenblick leidtat. »Heute nicht, Jan, die Frauen wollen etwas einstudieren, da darf ich nicht hier unten sein«, log sie, winkte ihm zum Abschied und ging, so schnell es ihre Beine zuließen, ins Wohnzimmer.

Gertrud war in Gedanken noch bei Wolodomir, als sie sich neben Paula in den Sessel fallen ließ.

»Na, endlich kommt mal jemand«, beschwerte sich Paula. »Wenn ich hier allein herumsitze, kann ich ja auch zu Hause bleiben, pöhöhö. Also, was erzählen die Landfrauen?«

Als Gertrud nicht reagierte, nahm Paula ihre Hand.

»Was ist denn los? Ist irgendwas passiert? Du bist so nachdenklich.«

»Nein, nein«, antwortete Gertrud, »ist schon gut. Es ist nur, Jan hat eben eine seltsame Bemerkung gemacht. Er hat behauptet, Wolodomir Huth sei ein guter Mann gewesen.«

»Was ist falsch daran? Nach deinen Erzählungen war er ein Held, oder gab es ihn in Wahrheit gar nicht?«, neckte Paula, doch Gertrud hörte sie gar nicht richtig.

»Sag mal, habe ich dir jemals die Geschichte von Wolodomir erzählt?«

Paula verdrehte die Augen. »Machst du Witze? Jeder von uns hat die Geschichte mindestens zehn Mal gehört. Ich kann schon mitsprechen, wenn du das willst.« Gertrud lächelte nicht.

»Nein, ich meine ganz. Die ganze Geschichte?«

»Wovon redest du?«

»Ehrlich gesagt erzähle ich von Wolodomir immer nur die halbe Wahrheit. Den Teil, der romantisch ist und spannend.«

Paula schien auf einmal sehr interessiert. »Soll ich dir ein Glas Wein holen, und dann erzählst du mir, was wirklich passiert ist?«, schlug sie vor.

»Lass nur, ich geh schon selbst.« Gertrud ging in die kleine Wohnküche und holte sich die geöffnete Flasche Trollinger aus dem Kühlschrank. Es war ein sehr leichter Wein, etwas für ältere Damen, frotzelte ihr Neffe, aus dessen eigenem Weinberg der Tropfen stammte, und der, wann immer er den Niederrhein besuchte, ein paar Flaschen für seine Tanten im Gepäck hatte. Gertrud genehmigte sich ein halbes Glas und ging zurück zu Paula.

»Die ganze Wahrheit ist wohl, dass ich damals einen Verbrecher bei mir versteckt habe«, begann sie ohne weiteres Zögern.

»Einen, den die Nazis für einen Verbrecher hielten, oder einen wirklichen Verbrecher?«

»Einen wirklichen Verbrecher. Ich weiß es bestimmt seit dreißig Jahren. Käthe Ackermann hat mir die Geschichte erzählt.«

Gertrud beichtete Paula, wie sie zu Finnies sechzigstem Geburtstag an der Kaffeetafel mit Wolodomir Huth geprahlt hatte und wie besagte Käthe Ackermann erbleicht war und den Raum verlassen hatte. Gertrud hatte nicht verstanden, warum. Erst am Ende des Nachmittags hatten Finnie und Käthe ihr erzählt, was passiert war.

Wolodomir Huth war dem Hof von Käthes Eltern zugeteilt gewesen. Auf ihrem Hof in Veen waren deutsche Offiziere stationiert, sie hatten dort eine Schreibstube eingerichtet, das heißt, dort lagen in einem alten hölzernen Sekretär, sofern vorhanden, Verteidigungspläne für den Niederrhein, die täglich aktualisierte Berichte über Truppenbewegungen, aber auch über Bombenstellungen enthielten. Der ranghöchste deutsche Offizier war Siegfried Fleischer, ein junger, gebildeter und feinsinniger Mann, der entweder naiv war oder dem Deutschen Reich ein Ende setzen wollte, und zwar so bald wie möglich. Jedenfalls ließ er die Schreibstube immer wieder unverschlossen, was sogar Käthe mitbekam, und so war es kein Wunder, dass auch der Ukrainer Bescheid wusste. Wolodomir ließ die Gelegenheit nicht verstreichen. Er schlich in die Schreibstube und klaute die Lagepläne. Niemand wusste genau, wie er es angestellt hatte, aber die Pläne gelangten irgendwie in die Hände der Alliierten. Und die deutschen Soldaten wunderten sich, dass, wann immer sie am unteren Niederrhein Raketen aufstellten, diese Stellungen postwendend von den Alliierten zerbombt wurden.

Sobald in Veen die Bomben fielen, hatte Wolodomir das Weite gesucht, und als der letzte Pulverrauch verweht war, zogen die Engländer in das kleine Dörfchen ein. Mitten unter ihnen: Wolodomir Huth. Der führte sich nun auf dem Bauernhof auf wie der neue Herr. Er kam und ging nach Lust und Laune, schlief im Wohnzimmer, befahl dem Bauern, ein Schwein zu schlachten, ließ sich bedienen und blickte anzüglich auf die älteste Tochter der Familie. Käthe war fünfzehn Jahre alt, eine hübsche, halb erwachsene junge Frau. Und eines Abend passierte es.

Wolodomir Huth und seine Spießgesellen hatten getrunken. Sie waren zu sechst, fielen bei Einbruch der Dunkelheit über den Bauernhof her und zertrümmerten sowohl die Küche als auch die Wohnzimmereinrichtung.

Käthes Vater ahnte sofort, wie dieser Abend enden würde. Er trieb seine Familie samt Knechten und Mägden ins elterliche Schlafzimmer und verschanzte sich dort. Irgendwann kamen die Männer die Treppe herauf und rüttelten an der Schlafzimmertür. Käthes Vater stellte sich breitbeinig und mit ausgebreiteten Armen vor die Tür, als könnte er so Schutz bieten, dann fiel ein Schuss. Der Vater schrie auf, fiel der Länge nach um, die Tür knallte aus den Angeln und sechs betrunkene und bewaffnete Männer standen im Raum. Wolodomir schaute auf die Kinder, die sich auf dem Bett zusammengekauert hatten.

»Käthe«, sagte er knapp, »du kommst mit uns.«

Vier Männer nahmen das Mädchen mit in die Scheune, zwei bewachten die Bauernfamilie. Sie standen dort, ohnmächtig und hilflos, mussten mitansehen, wie Käthe verschleppt wurde, und niemand zweifelte daran, was in der Scheune passieren würde.

»Und weißt du, was für Käthe das Schlimmste war?«, fragte Gertrud, ohne eine Antwort zu erwarten. Paula schüttelte den Kopf.

»Alle in der Familie, alle im Dorf, wussten Bescheid. Aber es hat nie jemand mit ihr darüber geredet.«

»Das Schweigen des Niederrheins«, entfuhr es Paula, die während Gertruds Erzählung zunehmend in sich zusammengefallen war. »Das ist ja furchtbar. Das arme Mädchen! Und du hast in Duisburg nichts von seiner Boshaftigkeit geahnt?«

»Natürlich nicht. Denkst du, ich hätte ihn sonst versteckt? Ich habe wirklich geglaubt, ich tue ein gutes Werk. Und als Jan mich vorhin darauf brachte, habe ich mich wieder furchtbar geschämt, weil ich den hässlichen Teil der Wahrheit immer verschwiegen habe.«

»Ich bin froh, dass du mir die ganze Wahrheit gesagt hast, Gertrud. Ich habe dir auch noch etwas zu sagen, ich finde, es ist an der Zeit, in vielerlei Hinsicht reinen Tisch zu machen. Aber nicht mehr heute, ich bin zu müde.« Paula rutschte vom Sessel herunter und kam etwas ungelenk zum Stehen. Gertrud beobachtete sie, wie sie nach ihrem Stock angelte. Als sie ihn gefunden hatte, rief sie: »Gute Nacht!«, und ging für eine beinahe Blinde erstaunlich schnell durch den Flur zur Treppe.

Gertrud atmete tief ein und aus. Sie fühlte sich besser, stellte sie fest. Es war gut, dass sie es einmal ausgesprochen hatte. Von nun an würde sie nie mehr über Wolodomir Huth reden, gelobte sie sich in diesem Moment fast ein wenig feierlich und beschloss, ebenfalls schlafen zu gehen.

Der 100. Geburtstag – Freitag

Über das Leben

»Warum haben Sie eigentlich nie geheiratet?« Der junge Mann hatte seinen Stift erwartungsvoll im Anschlag. Gertrud sah ihn an und ignorierte sein freundliches Lächeln. Das Interview war aufregend. Sie hatte lange nicht mehr so vieles aus ihrem Leben preisgegeben, schon gar nicht vor einem Fremden. Sollte sie nun wirklich auch noch mit ihm über Franz sprechen? Dieser Wollentarski war ihr wider Erwarten sympathisch, und nach anfänglichen Schwierigkeiten hatte sich das Gespräch viel intensiver entwickelt, als sie erwartet hatte.

Gertrud war eine eifrige Zeitungsleserin. Trotz ihres hohen Alters mühte sie sich durch die klein gedruckten Zeilen. Und wenn sie gar nicht mehr weiterkam, weil ihre Augen müde wurden, ließ sie José oder Katty vorlesen, je nachdem, wer gerade verfügbar war. Mit José allerdings machte es mehr Spaß. Ihre Schwägerin hatte die Angewohnheit, die Todesanzeigen besonders intensiv zu studieren, was in ihrem Alter nichts Außergewöhnliches war. Alles andere aber interessierte sie überhaupt nicht. Und wenn Gertrud sie bat, ihr den Leitartikel vorzutragen, dann auch, um sie hochzunehmen und sich für Josés ein oder anderen erpfuschten Sieg beim Kartenspiel zu rächen. Denn außer eingebildeten Krankheiten,

Schlankheitsrezepten und dem perfekten Rommébatt hatte ihre Schwägerin keinerlei Vorlieben, sodass sie sich mit Namen und Fachausdrücken aus Politik und Wirtschaft schwertat. Und Gertrud hatte jedes Mal eine diebische Freude, wenn José sich durch die Artikel stammelte. Den Regionalteil der Zeitung verfolgte sie ebenfalls, aber nicht so intensiv. Wenn darin etwas über hundertste Geburtstage stand, mussten die Jubilare immer nur banale Fragen beantworten wie »Wie haben Sie es bloß geschafft, so alt zu werden? Was ist Ihr Geheimrezept? Aha, nicht rauchen, kein Alkohol, interessant. Vielen Dank und herzlichen Glückwunsch«. Junge Menschen waren den Alten gegenüber oft arrogant, fand Gertrud. Und weil sie es sich nicht anmerken lassen wollten, sprachen sie auf alte Menschen ein wie auf Schwachsinnige. Darauf hatte sie sich vorbereitet. Sie hatte sich vorgenommen, all diese langweiligen Fragen zu beantworten, bevor sie überhaupt gestellt wurden. Sie hatte dem Journalisten zeigen wollen, dass sie Bescheid wusste, hatte ihn ein bisschen provozieren und ihn als einfallslos bloßstellen wollen. Ihn, seine Jugend und seine Zunft. Sie hatte von den jungen Menschen heutzutage kein besonders gutes Bild, und von jungen Journalisten schon gleich gar nicht.

Der junge Mann war eine halbe Stunde zu spät gekommen, dadurch hatte sie sich in ihrer Abneigung bereits bestätigt gefühlt. Dennoch hatte er sich höflich vorgestellt. Wollentarski heiße er, er sei von Hause aus Historiker und freue sich, mit jemandem zu sprechen, der so vieles erlebt habe, die Erfindung des Telefons zum Beispiel, das Kaiserreich natürlich, beide Weltkriege, die erste Mondlandung, den Kalten Krieg und den Fall der Mauer. Er brenne darauf, zu erfahren, wie ein so lebenserfahrener Mensch denke.

»Starker Kaffee ohne alles und jeden Tag um elf Uhr einen Schnaps.« Gertrud hatte diesen vorgefertigten Satz unvermittelt ausgespuckt. Die Worte waren ihr aus dem Mund entwischt und sie hätte sie gerne zurückgenommen.

Wollentarski sah sie erst entgeistert und dann zutiefst mitleidig an. Er schien regelrecht enttäuscht, offenbar zerplatzten gerade seine kühnen Träume von einer Jahrhundertgeschichte. Vermutlich hatte er mit einer gebildeten, geistig agilen Frau gerechnet. Das war sie eigentlich ja auch. Nur würde Herr Wollentarski das jetzt kaum noch glauben, ärgerte Gertrud sich. Vielleicht hätte der Journalist sich wirklich für sie interessiert und eine spannende Geschichte geschrieben. Irgendetwas für den *Stern* oder die *Brigitte*. Gertrud war nicht übermäßig selbstverliebt, aber sie fand, ihr Leben würde so etwas schon hergeben. Eine Frau, die noch im 19. Jahrhundert geboren worden war, sich eigenständig und ohne Ehemann durchgeschlagen hatte. In großen Städten, am Rande einer kulturellen oder intellektuellen Szene, war das nicht schwer gewesen, aber auf dem platten katholischen Land war sie manches Mal schräg angeguckt worden. Wenn eine Frau hier dauerhaft allein blieb, ging sie entweder ins Kloster oder lebte als Anhängsel bei Bruder oder Schwager. Eine Frau ohne Mann war zu ihrer Zeit per se unschicklich gewesen. Aber dem Vorurteil hatte sie sich widersetzt und war auch allein sehr gut durchs Leben gekommen.

Davon hätte sie gerne erzählt. Aber nun war es wohl zu spät. Vermutlich hatte Herr Wollentarski schon beschlossen, den Artikel so zu schreiben, wie man einen Artikel über eine Hundertjährige eben schrieb.

»Das ist also Ihr Geheimrezept«, antwortete er also höflich. »Haben Sie es damit geschafft, so alt zu werden?« Wollentarski sprach extrem deutlich und schrie Gertrud fast an. Mein Gott, so taub bin ich nun auch wieder nicht, dachte sie enttäuscht.

»Was ist denn hier los?« Katty kam aus der Küche angelaufen. Der Journalist blickte sie unsicher an. »Ist alles in Ordnung? Ich habe Schreie gehört!«

»Nein, wir kommen sehr gut zurecht. Nicht wahr, Frau Franken?« Beim letzten Halbsatz schwoll seine Stimme wieder bedrohlich an. Gertrud hörte Kattys tiefes, abgehacktes Lachen: »Und ich sag noch, Gertrud, geh endlich mal zum Ohrenarzt. Das ist ja nicht zu ertragen. Der arme Herr Wollentarski hat gleich gar keine Stimme mehr. Hast du ihm denn wenigstens schon etwas zu trinken angeboten?«

»Ich habe den jungen Mann sehr gut verstanden«, gab Gertrud zurück und betonte dabei bewusst jede einzelne Silbe. Es war schon alles peinlich genug, jetzt musste Katty sie nicht auch noch mit ihrer Hörgerätsgeschichte demütigen. Und dieses patente Auftreten ihrer kleinen Schwester ging ihr gerade besonders gegen den Strich. Katty führte sich auf, als wäre sie ihre Betreuerin im Altenheim.

»Also, junger Mann, was wollen Sie trinken? Ein Schnäpschen vielleicht, damit Ihre Stimme geschmeidig bleibt?«, schlug sie gerade vergnügt vor. Gertrud wollte darüber nicht lachen, sie konnte es nicht ausstehen, wenn Katty Scherze auf ihre Kosten machte. Wollentarski wollte abwehren, aber noch während er sich räusperte, klopfte ihm Katty auf die Schulter. »Es ist Zeit fürs Elf-Ührken. Und du, Gertrud, erzählst jetzt mal schön. Du kannst doch gut was von Empel erzählen, von Mutter und Vater. Sei freundlich! Der Herr Wollentarski ist extra hierhergekommen.« Damit verließ sie den Raum.

Gertrud und Wollentarski schauten verlegen auf die Tischplatte. Gertrud überlegte einen Moment, wie man die Situation retten könnte.

»Meine Schwester hat ganz recht. Ich höre wirklich nicht besonders gut, vor allem, wenn es viele verschiedene Geräuschquellen gibt. Aber hier sind wir zwei ja unter uns, da können Sie ganz normal mit mir sprechen. Fragen Sie mich doch ruhig noch mal etwas.«

»Na ja«, begann Wollentarski etwas zögerlich, »vielleicht

beginnen Sie tatsächlich damit, mir zu erzählen, wie Sie aufgewachsen sind. Wer waren Ihre Eltern, wie haben Sie gelebt?«

Gertrud schämte sich für ihre Bockigkeit. Der Mann war wirklich nett und anscheinend wollte er gar keinen einfältigen Kram hören. Das ganze Gewäsch, das José ihr so gerne vorlas, schien ihn nicht zu interessieren. Also beschloss sie, sich Mühe zu geben. Und sie war eine gute Erzählerin.

Sie beschrieb den Hof in Empel, ihren Vater, ihre Mutter. Sie schilderte, wie sie mit elf Kindern dort gelebt hatten. Dass es nicht genügend Stühle gegeben hatte und sie deshalb alte Baumstämme bearbeitet und darauf gesessen hatten. Am wöchentlichen Badetag war immer eine alte Wanne aus Zink aufgestellt worden, in der mindestens zwei Kinder gleichzeitig baden mussten. Sie erzählte, dass ihre Mutter sie zu Gottvertrauen und ihr Vater sie zu Selbstvertrauen erzogen habe, und von einer ziemlich glücklichen Kindheit.

Und, vielleicht, weil sie es so gewohnt war, vielleicht, weil sie dieses Interview wider Erwarten sehr aufwühlte, sprach sie, anders, als sie es sich am Vorabend gelobt hatte, doch wieder von Wolodomir Huth, und zwar, wie üblich, nur vom ersten Teil der Geschichte.

»Was ist aus Wolodomir geworden?«, fragte Wollentarski, und Gertrud musste an das Gespräch mit Paula denken.

»Er ist früh gestorben«, antwortete sie schließlich. »Irgendwann Ende der Fünfzigerjahre bekamen wir einen Brief aus Kiew, von seinem Sohn. Wir konnten ihn kaum verstehen, er war in sehr gebrochenem Deutsch verfasst, und darin wurde uns mitgeteilt, dass Wolodomir verstorben sei. Herzstillstand. Man habe meinen Namen in seinen Unterlagen gefunden, mit der Bitte um Nachricht im Todesfall. Das sei nunmehr erledigt, mit freundlichem Gruß und so weiter. Wir haben nie nachgeforscht, was wirklich passiert ist, aber geglaubt haben wir die

Geschichte nicht. Wolodomir war nicht der Mensch für einen Herzinfarkt, meine ich, aber vielleicht sind das auch nur die Spinnereien einer alten Frau. Für mich war er immer ›Der Geheimagent‹, und so einer stirbt nicht an einem Herzinfarkt, sondern wird von einer feindlichen Macht vergiftet oder wenigstens im Kerker gefoltert.«

Vielleicht hat er auch einfach nur die gerechte Strafe für seine Verbrechen bekommen, hatte Gertrud für sich befunden. Und nach alldem war Wollentarski zu einem wunden Punkt in ihrem Leben gekommen.

»Wie war das mit Männern in Ihrem Leben? Sie waren, soweit ich weiß, niemals verheiratet. Warum?«, wiederholte der junge Journalist gerade geduldig seine Frage.

»Es gab da einen Mann«, begann Gertrud zaghaft die Geschichte ihrer Liebe, »er war charmant. Franz war sein Name, ein besonderer Mensch.« Sie erzählte von Franz' Technikleidenschaft, von ihren theoretischen Fahrversuchen in der Küche und dem echten Automobil. »Ein eleganter Zweisitzer. Wir brauchten von Empel bis Wardt mindestens eine Stunde, und es sind nicht einmal zwanzig Kilometer von hier bis dort. Ich kann mich noch genau erinnern, es war ein wundervolles Gefühl, so zu fahren, und Franz wusste alles über Autos. Man hatte den Eindruck, er hätte sie höchstpersönlich erfunden.« Gertrud sprach und liebte mit jedem Wort den Mann, den sie hatte heiraten wollen. Achtzig Jahre war es her. Wie lange hatte sie nicht mehr so ausführlich von Franz gesprochen? Sie fühlte sich so lebendig wie lange nicht mehr, und es machte ihr Freude, zu erzählen und zu schwärmen. Sie beschrieb die kurze zaghafte Verliebtheit zwischen zwei jungen Menschen im Ersten Weltkrieg. Und just als Wollentarski sie fragte, warum es denn niemals zur Hochzeit gekommen war, bog Katty ein weiteres Mal um die Ecke und stellte ein Tablett mit einer Flasche

Holunderschnaps und drei Gläschen auf den Tisch. Dazu hatte sie ein paar Brote geschmiert.

»Greifen Sie zu, junger Mann. Worüber redet ihr gerade?«

»Oh, vielen Dank«, wehrte Wollentarski das Angebot ab, »aber ich glaube, um die Uhrzeit …«

»Na, kommen Sie, hundert Jahre sind lang, und Sie werden hier noch eine Weile durchhalten müssen, da werden Sie doch wohl eine kleine Stärkung vertragen.« Katty hielt ihm das Glas energisch hin, gab Gertrud mit der anderen Hand ein halb gefülltes und nahm sich ebenfalls das wohlverdiente Elf-Ührken.

»Auf euer Wohl, Prost!«

»Wir sprachen gerade über die erste große Liebe ihrer Schwester, Frau Franken«, sagte Wollentarski, »was ist daraus geworden?«

Gertrud spürte, wie Katty erstarrte. Sie lachte. Aber diesmal sollte es nicht charmant klingen.

»Nichts«, sagte Gertrud schließlich und sah dabei nicht den Journalisten an, sondern fixierte ihre kleine Schwester. »Man hat ihn mir weggenommen.«

»Lass doch die ollen Kamellen«, ging Katty auch schon dazwischen, ehe Gertrud überhaupt entschieden hatte, wie viel sie dem Journalisten anvertrauen sollte. »Das liegt so lange zurück«, insistierte Katty, »erzähl lieber von Wolodomir Huth, das ist eine spannende Geschichte.« Gertrud nahm mit Schadenfreude wahr, wie unwohl ihre Schwester sich fühlte. Sie rutschte auf dem Sessel herum und strich zum wiederholten Male die Tischdecke glatt, was eindeutig ein Zeichen ihrer Nervosität war. Das geschieht ihr recht, dachte sie, sie muss sich ja nicht in alles einmischen.

»Ach bitte, Frau Franken«, Wollentarski war offensichtlich von der merkwürdigen Situation verwirrt, jedenfalls irrlichterte sein Blick von einer Schwester zur anderen. »Lassen Sie ihre Schwester doch bitte weitererzählen.«

»Nein«, sagte Katty nun bestimmt, »ich glaube, meine Schwester braucht jetzt Ruhe. Kommen Sie morgen noch einmal vorbei. Für heute war es schon sehr viel. Vergessen Sie nicht, hundert Jahre sind kein Pappenstiel. Und für die große Feier am Sonntag soll sie fit sein. Morgen um zehn Uhr dürfen sie gerne wiederkommen.«

Gertrud war empört, aber Katty wirkte so entschlossen, dass weder sie noch Wollentarski Widerspruch ernsthaft in Erwägung zogen. Also ließ sich der Journalist von Katty aus dem Zimmer bugsieren und auf die nächste Sitzung vertrösten.

Wenn sie ehrlich war, hatte Katty recht, stellte Gertrud fest. Sie war wirklich erschöpft. Hundert Jahre waren tatsächlich anstrengend, selbst in der Erinnerung.

Dennoch nahm sie sich vor, ihre Schwester zur Rede zu stellen. Sie durfte ihr vor fremden Leuten nicht so in die Parade fahren. Und schon gar nicht, nur weil sie die Wahrheit nicht ertragen konnte. Katty musste die Schuld des Mannes, dem sie ihr Leben gewidmet hatte, endlich zugeben, sie würde darauf bestehen. Und während Gertrud noch grollte, übermannte die Erinnerung sie mehr und mehr und hatte sie schließlich vollkommen im Griff. Sie war zurück in der Vergangenheit; gelandet an ihrem unseligen Verlobungstag.

5. April 1915

Und er verlobt sich doch

Die Ostergesellschaft war inzwischen etwas aufgetaut. Die Getränke hatten Wirkung gezeigt, und sogar die Eheleute Hegmann hatten begonnen, Konversation zu machen. Gertrud war Katty und Heinrich aus dem Haus gefolgt. Sie hatte das ungleiche Paar mit schnellen Schritten überholt und sich an die Ostertafel gesetzt, als wäre sie tatsächlich nur kurz im Bad gewesen. Sie warf Franz einen Blick zu, von dem sie hoffte, dass er ihn für unbekümmert halten könnte, und beobachtete die Szenerie.

Höflich fragte man sich gegenseitig aus, und das Thema Landwirtschaft erwies sich als äußerst dankbar. Gertruds Vater interessierte sich brennend für die neuesten Erntemaschinen. Nicht, dass er sich eine Mähmaschine oder einen Traktor, wie es sie angeblich in Amerika schon gab, jemals hätte leisten können, aber die Tatsache, dass es solche gab und wie viel Muskelkraft sie ersetzen konnten, faszinierte ihn. Er ließ sich anstecken von Franz' Technikbegeisterung, der auch bei Erntegeräten jede Schraube und jede Pferdestärke zu kennen schien. Ihr Vater war bemüht, mit jeder Geste und jedem Wort sein Wohlwollen auszudrücken. Gertrud beobachtete, wie er immer ein bisschen zu laut lachte, wenn Franz etwas erzählte, was allenfalls zum Schmunzeln geeignet war. Aber es war nicht unangenehm. Sie wusste, dass ihr Vater es gut meinte, und auch Franz war klug genug, um Ludwigs Verhalten als das zu deuten, was es war: eine Aufmunterung zum Antrag.

Als Heinrich und Katty nach einem kurzen Zwischenstopp am Osterglockenbeet gemeinsam angewackelt kamen, schien die Luft plötzlich zum Zerreißen gespannt.

Gertrud betrachtete den Watschelgang des ungleichen Paares. Am liebsten hätte sie ihre kleine Schwester von diesem Mann weggezerrt. Sie ermahnte sich, die Fassung zu bewahren, und betrachtete das Bild, das sich ihr bot. Katty hatte ihr Händchen nach oben gestreckt, um die prankengleiche Hand von Heinrich zu erreichen. Da sie aber immer noch nicht groß genug war, musste Heinrich sich etwas linkisch zur Seite beugen. Bei jedem Schritt winkelte er nun ein Bein ein wenig stärker an als das andere, sodass es aussah, als würde er humpeln. Katty daneben hüpfte bei jedem Schritt, und es wirkte, als säßen die beiden auf einer Wippe. Gertrud beglückwünschte sich zu der Idee, Katty mitzubringen. Die Kleine hatte eine erstaunliche Wirkung auf Menschen: Ihr gelang es mühelos, jeden für sich einzunehmen. Selbst Heinrich. Und das war nun wirklich eine Glanzleistung. Vielleicht hatte er ja doch eine weiche Seite und überdachte sein hartes Urteil noch einmal, überlegte Gertrud, andererseits hatte Franz mehrmals zu ihr gesagt, Heinrich sei wie eine uneinnehmbare Festung, normalen menschlichen Regungen gegenüber sei er verschlossen. Vor ihrem geistigen Auge sah Gertrud ihre kleine Schwester Attacke brüllen, die Fünfjährige war gerade dabei, die Trutzburg mit kindlichem Charme zu stürmen. Sie saß inzwischen völlig unbekümmert auf Heinrichs Knien und beschrieb mit wachsender Begeisterung ihre Erlebnisse. Viel gab es allerdings nicht zu berichten, und so erzählte sie unablässig die immer gleiche Geschichte mit nur geringer Varianz. Darin ging es um die Schafe Hera, Aphrodite, Diana und den Bock namens

Söckchen. Söckchen hieß eigentlich Herkules, aber Katty fand Söckchen passender. Der Bock hatte das typische beige Fell wie alle anderen Schafe auch. Nur ein Fuß war interessanterweise schwarz. Katty erfand außerdem einen großen bösen Wolf, den es in Empel noch nie gegeben hatte, der jedoch in ihren Kinderfantasien herumspukte und vor dem sie die Schafe fast täglich retten musste. Und bei jeder Wendung, die ihre Geschichte nahm, erfreute Heinrich seine kleine Freundin mit der erhofften Reaktion. Er machte große Augen, wenn sie vom Schrecken der Schafe berichtete, er staunte, wenn sie von ihren dramatischen Rettungsversuchen erzählte, und er lachte, wenn die Schafe dem bösen Wolf zum wiederholten Male entkommen waren.

Plötzlich schlug Franz seine Gabel an das Weinglas.

Er stand auf. Alle hielten den Atem an. Gertrud wurde rot. Heinrich ebenfalls. Gertrud vor Freude darüber, dass Franz sich nun doch ein Herz gefasst hatte, und Heinrich vermutlich, weil er zornig darüber war.

»Mein lieber Vater, geliebte Mutter. Ich habe die Familie Ludwig Franken nicht ohne Grund zu diesem gemeinsamen Osterfest eingeladen. Seit einem halben Jahr habe ich die Freude, Gertrud Franken zu kennen. Sie ist eine reizende, liebenswerte und tugendhafte junge Frau. Würdet ihr mir die Erlaubnis geben, hier vor euch allen als Zeugen, um ihre Hand anzuhalten?«

Gertrud wagte nicht auszuatmen. Sich an seine Eltern zu wenden, war ein kluger Schachzug von Franz, er hielt damit einfach an einer gängigen Familienhierarchie fest. Der Vater war schließlich offiziell das Familienoberhaupt, und wie merkwürdig hätte es da uneingeweihten Gästen erscheinen müssen, wenn er seinen Bruder um Zustimmung ersucht hätte. Welche Ungeheuerlichkeit da gerade tatsächlich geschah, war deshalb wohl nur Gertrud, Franz und Heinrich bewusst. Franz hatte eine Familienrevolution angezettelt und dennoch die Fassade gewahrt.

Franz' Vater hatte die Brisanz offenbar nicht begriffen. Vielleicht war er angetrunken, seine Wangen waren zumindest auffallend gerötet, vielleicht sonnte er sich aber auch in dem seltenen Gefühl, noch einmal etwas zu sagen zu haben, gefragt zu werden, eine Entscheidung zu treffen. Er ließ, ganz entgegen sonstiger Gewohnheit, seinen Blick schweifen, schaute zunächst seinem jüngeren Sohn, anschließend seiner Frau bedeutungsschwer in die Augen, dann stand er auf und räusperte sich.

»Mein Sohn, deine Mutter und ich wünschen dir, dass all die Liebe, die du empfindest und zu geben bereit bist, von der Frau deiner Wahl erwidert wird. Unseren Segen hast du.« Johannes Hegmann holte tief Luft, als würde die Rede jetzt erst beginnen. Ein »und ...« lag in der Luft, es schien, als suche er nach den richtigen Worten. Aber da er offensichtlich schon seit Jahren keine Ansprache mehr gehalten hatte und ihm auch partout kein zweiter Satz einfallen wollte, ließ er die überschüssige Luft mit einem »Joh« entweichen, nahm wieder Platz und die ungesprochenen Worte waberten über der Kaffeetafel.

Franz war nun nicht mehr zu stoppen. Er drehte sich feierlich zu Gertruds Eltern um und hielt in aller Form um ihre Hand an. Gertrud hatte das Gefühl, als folgte sie seinen Worten aus sehr großer Entfernung. In ihrem Ohr piepte es furchterregend, vor ihren Augen tanzten bunte Muster und in diesem Moment verstand sie zum ersten Mal, warum Mädchen bei Heiratsanträgen so oft in Ohnmacht fielen: Sie vergaßen zu atmen.

Auch ihr Vater war zu emotional, um die feierliche Nüchternheit dieser Zeremonie durchzuhalten. Gertrud hatte bemerkt, dass er schon seit ein paar Minuten Mühe hatte, seine wippenden Beine unter Kontrolle zu bringen. Jetzt, als er endlich an der Reihe war, sprang er auf, machte einen Schritt auf Franz zu und nahm ihn stürmisch in den Arm.

»Sie sind mir bereits wie ein Mitglied meiner Familie ans Herz gewachsen«, sagte er, »mit Freuden gebe ich Ihnen meine Tochter zur Frau. Wenn sie einwilligt, mein Sohn, würdet ihr mich zu einem glücklichen Vater und hoffentlich bald zu einem noch glücklicheren Großvater machen.«

Franz lachte laut auf, er schien wie betäubt von seiner eigenen Unverfrorenheit. Er hatte Heinrich einfach ignoriert und ihm für den Moment jede Macht genommen. Heinrich konnte nicht eingreifen, er hätte seinen Vater damit erneut öffentlich gedemütigt, erkannte Gertrud, wie damals bei den Verhandlungen über die Milchpreise. Das hatte ihn laut Franz die Liebe seines Vaters gekostet und auch das Verhältnis zur Mutter getrübt, und so hatte Franz sicher sein können, dass Heinrich seine Eltern nicht erneut auf diese Weise brüskieren würde.

Dass sein Kalkül aufgegangen war, verlieh ihm ungeahnte Kräfte. Seine Wangen glühten, als er sich vor Gertrud niederkniete.

Aufgeregt nestelte er an seiner Westentasche herum und zog ein kleines Kästchen hervor. Er klappte den Samtdeckel mit Schwung auf. Beinahe zu schwungvoll, denn der Ring darin hüpfte bedrohlich und wäre um ein Haar auf dem Rasen gelandet. Dann nahm er Gertruds Hand in seine, schaute sie verliebt an und bat sie, seine Frau zu werden.

Gertrud spürte, dass sie inzwischen hochrot angelaufen war. Sie war überglücklich. Natürlich. Das schon. Aber nach dem Drama im Flur war sie völlig konfus. Nicht, dass sie Franz nicht auch hätte heiraten wollen. Nicht, dass sie ihn nicht liebte. Aber warum hatte ihr eigentlich niemand gesagt, wie man sich in diesem Moment zu verhalten hatte? Was wurde von ihr erwartet? Einfach Ja sagen? Oder sollte sie ihn statt einer Antwort küssen? Oder ihm ihren Ringfinger entgegenstrecken?

Nein, das hätte ja geradezu gierig gewirkt. Sie wollte bloß keinen Fehler machen. Sie wollte Franz und seiner Familie beweisen, dass sie ihrer würdig war. Wenn sie jetzt patzte, würde Franz es sich vielleicht doch noch anders überlegen. Sie fühlte sich wie gelähmt und sah sich nicht in der Lage, auch nur einen Ton über die Lippen zu bringen. Hilflos blickte sie zu ihrem Vater.

Der, so wie alle anderen am Tisch, schien ihr Zögern falsch zu deuten. Ihre Eltern nickten ihr beschwörend zu, Gertruds Mutter machte dabei ein Gesicht wie beim Abschmecken der Salatsauce, wenn sie zu viel Essig hineingekippt hatte.

In Heinrichs Zügen konnte man die Andeutung eines triumphierenden Lächelns erkennen, auf den Gesichtern von Johannes und Wilhelmine Hegmann machte sich Entsetzen breit, Katty hatte in ihrer Brabbelei von Söckchen und dem bösen Wolf innegehalten, und Franz erbleichte. Langsam und traurig zog er die Hand mit dem Schmuckkästchen zurück. »Nein«, krächzte Gertrud. Sie hatte vor lauter Aufregung tatsächlich keine Stimme mehr.

»Aber, warum …?«, stammelte Franz.

»Nein, ich meine, ja. Also, ich will dich heiraten!« Es dauerte noch ein paar Sekunden, bis Franz begriff und sein frecher Charme wieder die Oberhand gewann.

»Deine Entschiedenheit! Das war es. In deine Entschiedenheit in allen Lebenslagen habe ich mich zuerst verliebt«, sagte er, dabei zog er Gertruds Finger ein bisschen näher zu sich, schob den Ring darauf und küsste ihre Hand.

Katty klatschte in die Hände. Intuitiv hatte sie wohl erkannt, wie bedeutsam dieser Moment war. Und schließlich klatschten alle – nur Heinrich nicht. Das brachte ihm einen Fäustchenhieb von Katty ein. »Warum klatschst du nicht? Freust du dich nicht?«

Heinrich brachte es offenbar nicht übers Herz, seine neue

Freundin zu enttäuschen. »Natürlich freue ich mich. Aber wenn ich jetzt klatsche, dann kann ich dich nicht mehr festhalten. Und ich will dich doch nicht fallen lassen«, erwiderte er, aber seine Antwort ging im Tumult unter, denn inzwischen waren alle aufgestanden, um sich zu beglückwünschen und zuzuprosten. Franz' Mutter nahm Gertrud in den Arm und drückte sie mit einer Herzlichkeit, die man ihr wenige Stunden zuvor noch nicht zugetraut hätte. Franz' Vater klopfte seinem Sohn kräftig auf die Schulter, und die Eheleute Franken, da sie nun mal gerade keinen Verlobten in die Finger bekamen, herzten sich einfach gegenseitig. Das Hausmädchen hatte noch mehr Schnaps gebracht, Korn für die Männer, süßen Likör für die Frauen, und inzwischen war auch der Appetit zurückgekehrt. Herzhaft langte man zu, aß Kuchen und Brote, mal mit Wurst, mal mit Rübenkraut, und Franz' Vater aß seine Stulle sogar mit beidem.

»Wann wollt ihr denn heiraten?«, fragte nach einer Weile Mutter Hegmann. Gertrud und Franz sahen sich an.

»Vielleicht im Sommer«, sagte Franz.

»Das wird nicht möglich sein, während der Ernte ist keine Zeit, um eine Hochzeit vorzubereiten«, erwiderte Ludwig Franken, »frühestens im Herbst, besser noch im nächsten Frühjahr.«

Gertrud wusste, was ihren Vater umtrieb. Die Eltern der Braut richteten traditionell die Hochzeit aus und mussten zudem die Mitgift aufbringen. Wenn Gertrud nun als Erste heiratete, würde Paula, die ebenfalls schon verlobt war, auch nicht mehr warten wollen. Ludwig Franken hatte kein Geld für zwei Hochzeiten. Und so sehr sie sich danach sehnte, endlich ihr eigenes Leben zu beginnen, sie würde wohl warten müssen.

»Wie wäre es denn«, unterbrach plötzlich Heinrichs Stimme ihre Gedanken, »wie wäre es denn, wenn Franz zunächst einmal, wie jeder anständige Mann, einen Beruf erlernte.« Die kleine Festgesellschaft hatte Heinrich beinahe vergessen. Seit dem Antrag hatte er sich nicht gerührt, er hatte auch nicht gratuliert, aber das war außer Gertrud und Franz niemandem aufgefallen. Was Heinrich sagte, musste in Ludwig Frankens Ohren richtig und vernünftig klingen und ihm Erleichterung verschaffen. Die Eheschließung würde sich auf diese Weise noch ein oder zwei Jahre aufschieben lassen. Das war nichts Besonderes. Im Krieg waren viele Paare jahrelang verlobt. Gertrud wurde übel. Dieser Mann war hinterhältig und scheinheilig. Seine ach so klugen Sätze bedeuteten in Wahrheit nichts anderes, als dass er seinen eigenen Bruder vom Hof jagte. Mit allen Konsequenzen.

»Willst du nicht erst eine ordentliche Arbeit finden, ein Grundstück kaufen und ein Haus bauen, bevor du eine Familie gründest?«, setzte Heinrich nach. »Franz, ich rate dir als älterer Bruder, werde erst mal ein Mann in der Welt, bevor du ein Ehemann wirst.«

Der 100. Geburtstag – Freitag

Franz fliegt

Gertrud schreckte auf, sie war im Ohrensessel eingenickt. Sie konnte den Sessel nicht ausstehen, er war unglaublich hässlich. Der Bezug war schmutzig weiß mit bunten Blumen, die aber kein erkennbares Muster formten, sondern wirkten, als hätte irgendein Schmierfink ein paar Kleckse auf den Stoff gemalt. Weil der Sessel eigentlich niemandem gefiel, hatte Katty eine nicht minder hässliche braune Decke darüber ausgebreitet. Er stand direkt neben der Heizung im Wohnzimmer. Das war im ersten Moment sehr angenehm, aber schlief man ein, wachte man anschließend mit glühenden Wangen und trockenem Mund wieder auf. Gertrud fühlte sich, als hätte sie Fieber. Sie saß kerzengerade und stocksteif, aber nicht etwa aus Überzeugung, sondern weil die Rückenlehne dieses abscheulichen Teils unnachgiebig gerade war. Selbst Hundertjährige waren so zu einer aufrechten Haltung gezwungen. Der Vormittag mit dem Journalisten hatte sie angestrengt, sie fühlte sich erkältet und fiebrig. Ob sie einen Arzt rufen lassen sollte?

Vermutlich bekommt mir die Erinnerung nicht, dachte sie, Katty hat schon recht, das ist alles furchtbar lange her. Sie beschloss, einen starken Kaffee zu trinken, der würde sie wieder auf die Beine bringen. Alle Frankens hatten niedrigen Blutdruck, das war gut fürs Herz, aber manchmal verfluchte sie ihren Körper. Wenn sie morgens keinen starken Kaffee ohne Milch und Zucker bekam, hatte sie den ganzen Tag über Ohrensausen. Und das war keine Alterserscheinung. In Kriegszeiten, als es kaum Kaffeepulver gab, war sie morgens kaum aus dem Bett gekommen, oftmals hatte sie mit Schwindel zu kämpfen gehabt. Wenn die Familie sonntags geschlossen in die Kirche ging, kippten die Frankensmädchen immer der Reihe nach um, sobald der Pastor mit der Weihrauchschale vorbeikam. Die Abergläubigen im Dorf werteten das als Zeichen eines zu schwachen Glaubens. In Wahrheit war es einfach nur Zeichen eines zu schwachen Kreislaufs. Am besten hatte sich später Katty damit arrangiert. Sie erklärte sich zur Nachteule und blieb häufig bis elf Uhr morgens im Bett. Erst dann hatte sie genügend Schwung für den Tag.

Gertrud war heiß, sie war keine überheizten Räume gewohnt. Ihr Leben lang hatte sie Disziplin gehalten, und dazu gehörte auch, dass man es in der Wohnung lieber ein paar Grad kühler hatte, als die moderne Welt es gerne mochte. Diese Härte gegen sich selbst, davon war sie überzeugt, hatte sie so alt werden lassen. Kein Zucker, weder in der Nahrung noch im Alltag. Das süße Leben lag ihr nicht.

Ob das mit Franz anders geworden wäre? Dieser Gedanke beschäftigte sie in den letzten Wochen wieder häufiger. Vermutlich lag es an ihrem runden Geburtstag. Es war sicher normal, dass man da sein Leben Revue passieren ließ und in Tagträumen versuchte, das Geschehene ungeschehen zu machen, beruhigte sie sich. Oder das Ungeschehene geschehen zu lassen. Was wäre gewesen, wenn sie Franz ein Kind geboren hätte? Einen kleinen Jungen, seinem Vater wie aus dem Gesicht geschnitten. Sie hätte ein Stück ihres Glücks behalten können. Die Zeit mit Franz war die schönste ihres Lebens gewesen. In ihrem Alter gab es nur noch eine Hoffnung, und das war der Tod. Vielleicht hielt der ja nach hundert Jahren auf der

Erde sogar eine angenehme Überraschung bereit. Eine Ewigkeit mit dem Mann, den sie seit Ewigkeiten liebte. Jetzt werde ich auch noch kitschig auf meine alten Tage, dachte Gertrud.

Sie fragte sich, wo ihre Schwestern sich aufhielten, es war ungewöhnlich still im Haus. Sie blickte auf die Uhr, halb zwei. Am Fenster sah sie einen Hut vorbeiziehen, darunter musste sich Jan befinden. Das Wohnzimmer lag im Hochparterre, ein paar Stufen oberhalb des Hofgeländes. Große Menschen konnten mit Mühe von außen hineinblicken, kleinere, wie der alte Holländer, liefen unbemerkt unter dem Fenster durch, es sei denn, sie hatten einen Hut aufgesetzt. Es war ein komischer Anblick, und er brachte Gertrud auf die Idee, frische Luft zu schnappen. Ihren Kaffee würde sie später trinken, vielleicht zusammen mit Katty und Paula.

Draußen schaute sie für einen Moment in den Himmel. Das wäre ein Wetter nach seinem Geschmack gewesen, dachte sie und meinte Franz. Sie blinzelte und fragte sich, ob es sich lohnte, mit hundert Jahren noch eine Sonnenbrille zu kaufen. Innerlich winkte sie ab, das würde sicher lächerlich wirken. Sie dachte daran, wie Franz mit seiner Fliegerbrille und der Mütze ausgesehen hatte, man hatte ihn so verhüllt kaum erkennen können.

Bald nach der Verlobungsfeier war Franz vom Militär eingezogen worden. Heinrich als Hausherr hatte angegeben, ihn auf dem Hof als Hilfe nicht mehr zu benötigen, und damit seinen eigenen Bruder in den Krieg geschickt. So zumindest sah es Gertrud bis heute. Er musste gewusst haben, welcher Gefahr er seinen Bruder mit diesem trotzigen Schreiben an die Behörden aussetzte. Die kaiserlichen Truppen brauchten jeden Mann. Und jemanden, der wie Franz körperlich und geistig überdurchschnittliche Leistungen versprach, nahmen sie besonders gern. Im Herbst 1915 war die kaiserliche Einberufung gekommen, Franz wurde aufgefordert, sich beim preußischen Regiment in Münster zu melden, und Gertrud hatte einen Wutanfall bekommen. Sie hatte Heinrich verflucht und Franz hatte sie nur mit Mühe davon abhalten können, seinen Bruder auf dem Tellemannshof aufzusuchen, ihn am Schlafittchen zu packen und ihm die Leviten zu lesen wie einem ungehorsamen Bengel in der Schule, so jedenfalls hatte Franz sich diese Szene ausgemalt. Er sei ganz froh über diese Wendung, Heinrich und er hätten es einvernehmlich entschieden, hatte er Gertrud versichert, denn nur beim Militär könne er sich einen lang gehegten Wunsch erfüllen und Pilot werden. Wer, wenn nicht er, so hatte er Gertrud zu beruhigen versucht, wäre in der Lage, eine Maschine durch die Lüfte zu jagen. Gertrud solle sich keine Sorgen machen, er sei mit Sicherheit geschickter als diese dummen Engländer. »Ich mache mir aber Sorgen«, hatte sie geschrien und seine Sorglosigkeit verwünscht. Es war das einzige Mal, dass sie sich wirklich gestritten hatten.

Als Gertrud Jan am Zaun der kleinen Pferdewiese sah, blieb sie kurz stehen und nickte ihm zu, er entblößte seine Zähne und ließ sich von Heidi abschlecken, und Gertrud lief weiter die Straße entlang. Die frische Luft tat ihr gut, und so beschloss sie, bis zum Friedhof zu gehen, das war weit, vielleicht sechshundert Meter, schätzte Gertrud. Auf dem Friedhof lagen ihre Eltern begraben. Auch ihr Bruder Josef lag hier, Josés Ehemann. Er war zusammen mit seinen Söhnen begraben. Als sie vor dem Grab stand, traten Gertrud die Tränen in die Augen, und sie schämte sich, weil sie manchmal vergaß, welches Schicksal ihre Schwägerin vor langer Zeit durchlitten hatte. Sie hatte beide Söhne verloren, nicht im Krieg, sondern 1957 auf der Straße.

Der vierzehnjährige Ludwig war mit dem Fahrrad auf dem Weg zur Volksschule gewesen. Er kannte die Strecke, er fuhr sie täglich. Warum das Unglück passieren konnte, hatte die

Familie nie erfahren. Vielleicht war der Junge nicht ausgeschlafen gewesen, vielleicht war auch der Lkw-Fahrer schuld, weil er zu nah am Fahrbahnrand fuhr. Jedenfalls geriet das Lenkrad des Fahrrads zwischen Anhänger und Führerhaus, Ludwig wurde einige hundert Meter mitgeschleift und dann auf den Asphalt geschleudert, die Schädeldecke war gleich mehrfach gebrochen. Man brachte ihn ins Xantener Krankenhaus und alarmierte seine Eltern. Als Josef und José ankamen, lebte ihr Sohn noch, aber sie konnten schon nicht mehr mit ihm sprechen. Vierzehn Tage lag der Junge im Koma, dann hatte er es überstanden. Die Familie trauerte, und noch während der Trauerphase passierte das Unfassbare. Der jüngere Bruder Albert starb zwei Monate später an derselben Kreuzung. Er schien Angst gehabt zu haben, vermutlich war er nervös, weil sein Bruder hier gestorben war. Augenzeugen sahen den Jungen, wie er vom Fahrrad stieg und die Straße überqueren wollte. In der Mitte der Straße blieb er plötzlich stehen, überlegte und machte einen tödlichen Fehler. Er drehte das Fahrrad herum und wollte zurück auf die Straßenseite, von der er gekommen war. Doch inzwischen war ein Auto herangerast. Es schleuderte den kleinen Albert hoch in die Luft. Er war sofort tot. Als der Bestatter den Holzsarg zu José und Josef auf den Hof brachte, brach José zusammen. Niemand in der Familie erholte sich jemals von diesem Verlust. Gertruds Bruder starb einige Jahre später. Es sei Leberkrebs gewesen, hatten die Ärzte gesagt, aber Gertrud war sicher, dass er an gebrochenem Herzen gestorben war. José hatte den Verlust ihrer Männer zwar um Jahrzehnte überlebt, doch sie war eine einfältige, manchmal selbstbezogene Frau geworden. Kein Wunder, dachte Gertrud, wie soll man da bei klarem Verstand bleiben. Sie nahm sich vor, nachsichtiger mit José zu sein, selbst wenn die mitten in der Nacht anrief und allen Ernstes behauptete, sie habe »Jeister« in der Wohnung.

Sie ging ein paar Schritte weiter zum Grab ihrer Eltern. Katty hatte dafür gesorgt, dass ihr Vater in Wardt begraben wurde, sie hatte versprochen, sich um das Grab zu kümmern. Das tat sie bis heute mit großer Sorgfalt. Ihre Schwester war manchmal schwierig und bockig, dachte Gertrud, aber man konnte ihr einen ausgeprägten Familiensinn nicht absprechen. Auf dem Grabstein hatte Katty später auch den Namen ihrer Mutter anbringen lassen, aber umgebettet hatten sie sie nicht.

Gertrud merkte, wie ihre Kräfte nachließen. Etwa auf halber Strecke zurück zum Tellemannshof fand sie eine kleine Mauer und lehnte sich an, um zu Atem zu kommen. Es gab keinen Ort, an dem sie um Franz trauern konnte, kein Grab und keinen Friedhof. Vielleicht war das der Grund, warum sie doch immer wieder auf den Hof zurückgekehrt war, überlegte sie nicht zum ersten Mal. Hier hatte sie ihn lebendig erlebt, hier hatten sie sich verlobt. Wo sonst hätte sie ihn nach seinem Tod finden können? Lange hatte sie sich geweigert, das Haus noch einmal zu betreten, in dem Heinrich lebte. Aber Katty hatte keine Ruhe gegeben, bis Gertrud sie, knapp zwei Jahrzehnte nach Franz' Tod, dort besuchte. Heinrich war auf Reisen gewesen, so hatte sie ihm nicht begegnen müssen. Aber bei diesem Besuch war ihr bewusst geworden, dass sie auf dem Tellemannshof Franz' Seele finden konnte. Sie war, was den Hof betraf, nie ganz mit sich im Reinen gewesen, merkte aber, dass mit zunehmendem Alter der Zorn auf Heinrich die Oberhand gewann. Manchmal hatte sie in letzter Zeit früher als geplant den Hof verlassen müssen, dann hatte sie es nicht mehr ausgehalten, im selben Sessel zu sitzen, in dem auch der gesessen hatte, der Franz auf dem Gewissen hatte, dasselbe Bad zu benutzen, dieselben Wege zu gehen.

Sie drückte sich vom Mäuerchen ab und nahm die letzten dreihundert Meter in Angriff. Hätte sie damals überzeugender sein müssen, als Franz ihr von der Fliegerei erzählte? Er war wie beseelt gewesen. Stundenlang hatte er geschwärmt, er wolle einen Regenbogen überfliegen, Gertruds Namen in den Himmel schreiben, und er hatte sogar eine größere Nähe zu Gott beschworen. Gertrud hatte die Augen verdreht und Franz von Dädalus und Ikarus, der zu selbstgefällig flog und abstürzte, erzählt. Aber Franz hatte sich wie ein Kind benommen, und Gertrud hatte sich eingeredet, dass Kinder einen besonderen Schutzengel hätten.

Schweren Herzens hatte sie ihn ziehen lassen. Es sollte schließlich nicht für lange sein. Die deutschen Flieger galten als nahezu unschlagbar, sie waren Helden, Ritter der Lüfte, und kein anderes Land hatte so viele Flugzeuge wie das Kaiserreich. Wenn Franz auf Heimaturlaub war, wohnte er auf dem elterlichen Hof, verbrachte aber jede freie Minute mit Gertrud in Empel. Auf langen Spaziergängen berichtete er ihr von seinen Abenteuern in der Luft. Er war ein Meister darin, die Motorengeräusche zu imitieren. Und wenn er Gertrud erzählte, wie er seine Maschine in den Himmel hob, ahmte er die Laute so täuschend echt nach, dass Gertrud das Gefühl hatte, sie säße mit im Flugzeug. Manchmal, wenn sie die Augen schloss, konnte sie sogar einen kalten Lufthauch spüren. Die Luft sei dünner dort oben, erklärte er ihr, das verwirre die Gedanken. Es sei ein bisschen so, grinste er, als hätte man einen Schnaps zu viel getrunken. Gertrud zog ihn damit auf, dass er sein Flugzeug viel mehr liebe als sie. Da nahm er sie in den Arm und erzählte leise, wie er manchmal durch die Wolken schwebe und von der Zukunft träume. Sobald der Krieg vorbei wäre, würde er sich seinen Erbteil auszahlen lassen, dann würden sie zusammen nach Aachen gehen. Er würde studieren, und sie würden endlich eine Familie gründen.

Gertrud hatte es inzwischen bis zum Hof geschafft. Sie stand im kleinen Flur und atmete schwer. Sie hatte sich übernommen. Als sie nach oben blickte, sah sie das überlebensgroße Porträt: Heinrich Hegmann guckte verantwortungsbewusst aus dem verzierten Goldrahmen. Eitel wirkte er, fand Gertrud, wie er so auf sie herabschaute, selbstgefällig geradezu. Damals hatte sie auch noch etwas wie Schuld in seinem Gesicht erkennen können. Schuld, Scham und Trauer.

13. Februar 1917

Ein apokalyptischer Reiter

Sie wusste es in der Minute, als er auf den Hof nach Empel geritten kam. Natürlich, es konnte nur das sein. Was hätte er sonst bei ihnen zu suchen gehabt?

Gertrud saß in der kleinen Küche über Näharbeiten gebeugt, nah am Fenster, damit sie an diesem diesigen Wintertag überhaupt etwas Licht hatte. Als sie das Geräusch von beschlagenen Hufen hörte, stand sie auf, um hinaussehen zu können. Der Reiter war hinter einem hochgeschlagenen Kragen und einem Halstuch versteckt, doch sie erkannte ihn sofort. Ob es daran lag, dass nur die Pferde reicher Leute beschlagen waren? Oder hatte sie das Pferd erkannt? Was auch immer es war, sie wusste, dort stand Heinrich, und sie wusste auch, dass das nichts Gutes verhieß.

Heinrich war offenbar den größten Teil des Weges galoppiert, denn die Fuchsstute war nass geschwitzt und schäumte am Hals, wo die Zügel das Fell aufgerieben hatten. An der Flanke blutete sie ein wenig, als hätte man ihr heftig die Sporen gegeben. Heinrich stieg vom Pferd und wurde sofort von den Frankens umringt. Gertruds Brüder kannten den eleganten Mann nicht und scharten sich neugierig um ihn. Josef nahm Heinrich wie selbstverständlich die Zügel aus der Hand und ging mit dem schwitzenden Pferd spazieren.

»Geh in den Stall, nimm dir ein bisschen Stroh und reib die Stute damit trocken!«, rief Gertruds Vater seinem Sohn hinterher. Er war gerade dabei gewesen, die Sauen auszumisten, und sah wild aus. Er hatte einige Strohhalme im Haar, sein Hemd war fleckig und verschwitzt, die Ärmel waren trotz der winterlichen Temperaturen unordentlich aufgekrempelt, und er hatte tiefrote Wangen. Wahrscheinlich riecht er fürchterlich nach Schwein, dachte Gertrud. Sie stand wie angewachsen am Fenster, unfähig, sich zu entscheiden, ob sie hinausgehen oder sich in ihrem Zimmer verkriechen sollte. Sie hatte Angst, sie wollte es nicht hören. Gertrud fühlte ihr Herz in der Kehle pochen. Sie spürte, was Heinrich sagen würde, aber sie hoffte gleichzeitig, dass Franz vielleicht nur verletzt wäre, dass er irgendwo in einem Lazarett läge und Heinrich gebeten hatte, seine Verlobte zu ihm zu bringen. Sie bemerkte, wie sie ihre Hände vor Anspannung zu Fäusten geballt hatte.

»Geht und holt Gertrud, und dann verschwindet ihr alle.« Ihr Vater hatte die Kinder losgeschickt, um sie suchen zu lassen. Man hatte sie also noch nicht entdeckt. Sie könnte loslaufen und sich verstecken. Aus der Hintertür hinaus, übers Feld und in die Scheune des Nachbarn. Niemand würde sie dort finden, niemand könnte es ihr sagen, sie würde es nie erfahren, vielleicht wäre es dann nicht geschehen. Doch es war zu spät. Katty stand mit wichtiger Miene in der Tür. »Der Heinrich ist da«, sagte sie hastig und Gertrud wunderte sich, dass ihre kleine Schwester den Mann anscheinend sofort wiedererkannt hatte. Sie hatte ihn doch zuletzt vor fast zwei Jahren gesehen. »Du sollst zu ihm herauskommen, sagt Papa. Und wir müssen aufs Zimmer.« Katty hatte ihren Auftrag erledigt, sie drehte sich auf dem Absatz um und stapfte die Treppe hinauf. Seltsam, dachte Gertrud, sonst ist sie nie so folgsam. Sie sah, wie ihr Vater gestikulierte und aufs Haus zeigte. Heinrich schüttelte den Kopf. Dann ließ ihr Vater Heinrich stehen, kam ans Fenster und winkte sie heraus. Als sie sich immer noch nicht regte, kam er selbst ins Haus. Behutsam fasste er Gertrud an den Schultern und schob sie hinaus. »Heinrich Hegmann ist da, mein Liebes, er will mit uns sprechen.« Seine Stimme war sehr sanft. Gertrud fühlte sich, als liefe sie durch einen engen Tunnel. Sie hörte ihr Blut rauschen, diesmal so laut, dass sie ihren Vater kaum verstehen konnte, seine Stimme erschien ihr unendlich weit weg, dabei war sein Mund direkt neben ihrem Ohr. Es kam ihr vor wie eine Ewigkeit, bis sie Heinrich erreichten. Ihr Vater hatte immer noch beide Hände an ihren Schultern. Er stützte sie und hielt sie gleichzeitig fest. Plötzlich nahm er erst die eine, dann die andere Hand für einen kurzen Moment weg, und sie merkte, dass er ihr einen Mantel umgelegt hatte. Sie spürte keine Kälte. Ich muss mich konzentrieren, ermahnte sie sich, ich muss hören, was Heinrich mir sagt. Eigentlich hatte sie das Bedürfnis, sich die Ohren zuzuhalten wie ein Kind, und im selben Moment hörte sie sich sagen: »Nun sprich endlich!«

Heinrich schaute ihr in die Augen. Er machte die Andeutung eines Kopfschüttelns. Er schluckte, es fiel ihm sichtlich schwer, seine Gefühle unter Kontrolle zu bringen. Ludwig fasste ihre Schultern noch ein wenig fester, er krallte sich geradezu an ihr fest. Es tat weh, doch Gertrud bewegte sich nicht. Sie schaute Heinrich an, und er hielt ihrem Blick stand.

»Sie haben ihn erwischt«, sagte er leise, »über Holland. Franz ist tot.«

Bei Amsterdam hatte Franz einen Luftkampf verloren, berichtete Heinrich stockend. In seiner Brust steckte eine britische Kugel, in seiner Brusttasche, direkt daneben, fand man ein kleines Samtkästchen mit zwei Ringen. Und dieses Kästchen hielt Heinrich nun Gertrud hin. »Mein Bruder hätte gewollt, dass du diese Ringe bekommst. Gertrud, wenn ich dir, wenn ich deiner Familie helfen kann, zögere nicht …«

Gertrud sackte der Boden unter den Füßen weg, sie fühlte sich, als fiele sie immer tiefer in ein schwarzes Nichts. Heinrichs hilflose Beileidsbekundungen gingen in ihrem Schreien unter. Sie brüllte Franz' Namen, hielt sich die Hände vors Gesicht, dann ging sie auf Heinrich los. »Mörder!«, hörte sie sich rufen, »du Mörder!«, und knallte ihm ihre langen Finger ins Gesicht, dass es nur so klatschte. Wie von Sinnen schlug sie nach ihm, erwischte mal seinen Kopf, mal seine Brust.

Heinrich wehrte sich nicht. Er stand regungslos da, nur seine Hände hatte er schützend vors Gesicht gehoben. Ihr Vater versuchte, sie in den Arm zu nehmen und zu beruhigen, doch sie riss sich los und rannte weg. Sie lief, bis sie nicht mehr konnte. Ihre Lunge brannte und ihr war speiübel. Sie lief bis zum Rheinufer über die Wiesen. Ein paar Mal stolperte sie und stürzte. Sie schlug sich auf dem gefrorenen Boden die Knie auf. Es war ihr egal. Gertrud sah den Fluss und zog sich bis auf die Unterwäsche aus. Dann legte sie sich auf den Boden und trommelte mit den Fäusten auf ihn ein. Die Feuchtigkeit und Kälte taten ihr gut. Je mehr körperliche Schmerzen sie hatte, desto weniger schmerzte ihre Seele. Sie nahm zwei Steine, einen großen und einen kleinen. Sie legte eine Hand auf den großen Stein, griff mit der anderen den kleinen und hämmerte damit auf ihre Finger ein, bis die Knöchel bluteten.

Der 100. Geburtstag – Freitag

Ablasshandel

»Gertrud, nun komm doch zu dir«, hörte sie ihre Schwester rufen, und es dauerte eine Weile, bis sie bemerkte, dass ein Arzt bei ihr war. Der hielt einen merkwürdig großen Abstand und blickte sie mit einer Mischung aus Bestürzung und Zorn an.

»Frau Franken, wissen Sie, wer ich bin?«, fragte er. Gertrud wurde ärgerlich, was erlaubte sich dieser unverschämte Kerl eigentlich? Sie war weder wirr noch senil, selbstverständlich erkannte sie ihren Hausarzt. Aber was machte der hier in Wardt? Als sie den Kopf hob, wurde ihr schwindlig. Sie lag im alten Eichenbett im Erdgeschoss.

Katty saß auf der Bettkante, während der Arzt sich aus seiner Deckung vorsichtig zu ihr hinunterbeugte.

»Hier, nehmen Sie das zur Beruhigung«, sagte der Doktor und hielt ihr ein Glas Wasser und eine Tablette hin. Gertrud schlug seine Hand ärgerlich weg, und das Wasser spritzte dem Arzt übers Hemd.

»Gertrud, nun sei doch vernünftig«, ließ sich prompt Katty vernehmen, »sonst muss der Herr Doktor dir eine Spritze geben. Ich habe dich vor einer Stunde im Flur auf dem Boden gefunden. Wahrscheinlich hast du dir den Kopf angeschlagen und eine Gehirnerschütterung. Du musst jetzt ausruhen. Sonst lade ich die Gäste für Sonntag wieder aus.«

Das macht sie sowieso nicht, dachte Gertrud. Katty würde sich niemals ein Fest entgehen lassen. Und wenn die zu feiernde Jubilarin krank war, würde Katty notfalls allein Hof halten. So wie sie es immer gemacht hatte. Sie war eine perfekte Ergänzung für den großen Heinrich Hegmann gewesen. Katty liebte es, besondere Ereignisse zu zelebrieren. Und Heinrich hatte sie nicht nur gewähren lassen, er hatte sie sogar ermuntert, sich in ihrem Organisationstalent gesonnt und davon profitiert. Wer weiß, vielleicht wäre seine politische Karriere nach dem Krieg nicht wieder so reibungslos verlaufen, wenn Katty es nicht verstanden hätte, die Crème de la Crème der Politik so vortrefflich zu bewirten, dachte Gertrud. Was sie für Heinrich getan hatte, nannte man heutzutage PR-Beratung, hatte neulich eine ihrer Nichten mit Bewunderung festgestellt. Damals hatte es noch keinen Begriff für Kattys Schaffen gegeben, und die Wirkung war umso verblüffender gewesen. Ihr war es immer wieder gelungen, Heinrichs Namen in die Zeitung zu bringen, sie hatte das Bild eines gütigen, heimatverbundenen Landwirts erschaffen, dem nichts wichtiger war als sein Land und die Menschen, die sich davon ernährten. Für Gertruds Geschmack war das allenfalls die halbe Wahrheit gewesen. Dass er seinen Bruder auf dem Gewissen hatte, wollte Katty bis heute nicht wahrhaben. Gertrud war sich nicht sicher, ob ihre Schwester in diesem Punkt naiv war oder eigennützig, denn mit dem Politiker Heinrich war Katty einer Macht nahegekommen, die weit über das hinausging, was sie von Stand und Ausbildung her hätte erwarten dürfen. Heinrich war Politiker durch und durch gewesen, und er hatte Kattys Vorzüge schon früh erkannt und für sich zu nutzen gewusst: ihr einnehmendes Wesen und den ausgeprägten Hang zur Selbstdarstellung. Mit dieser Begabung hatte sie Erstaunliches zuwege gebracht. Einmal hatte sie sogar den späteren Bundespräsidenten Heinrich Lübke auf den Tellemannshof gelockt. Das war 1950 gewesen, als Lübke Landwirtschaftsminister war und noch in ganzen Sätzen sprach, ohne sich ständig zu verhaspeln und irgendwelche Merkwürdigkeiten von sich zu geben. Gertrud konnte sich gut daran erinnern, was für einen Wirbel Katty damals veranstaltet hatte. Das ganze Dorf, ach was, im Grunde der ganze Kreis Moers, war auf den Beinen gewesen.

Katty war schon als Kind auffallend beharrlich gewesen. Wenn sie sich etwas in den Kopf gesetzt hatte, konnte sie so lange auf ihre Schwestern einreden, bis die nachgaben, um endlich Ruhe zu haben. Vermutlich wird sie gleich wieder mit genau dieser Wucht auf mich einreden, fürchtete Gertrud. Sie fühlte sich müde und Katty nicht mehr gewachsen. Jetzt erst bemerkte sie, dass auch Paula im Zimmer war. Sie stand im Türrahmen und machte eine ungewöhnlich besorgte Miene.

»Woran kann es denn liegen, dass meine Schwester immerzu fällt?«, hörte sie Katty das Gespräch mit dem Arzt wieder aufnehmen.

Er nickte Gertrud aufmunternd zu: »Machen Sie sich keine Gedanken, Frau Franken, das ist nichts Schlimmes. In Ihrem Alter macht der Kreislauf schon mal schlapp.« Das war nicht die Antwort, die Katty genehm war, hatte Gertrud den Eindruck. Und als ihre Schwester den Arzt noch weiter befragen wollte, gebot sie ihr Einhalt.

»Es reicht, Katty. Es war nichts. Ich bin eingeschlafen und habe schlecht geträumt. Und jetzt will ich nichts mehr davon hören.« Doch ihre Schwester ließ sich nicht einschüchtern.

»Es passiert dir aber sehr häufig in letzter Zeit, dass du unwillkürlich einschläfst und dich an nichts erinnern kannst«, sagte Katty mit beißender Ironie. »Erzähl doch dem Herrn Doktor, wie ich dich neulich gefunden habe und dein Apartment fast in Flammen aufgegangen wäre.«

»Nun hör aber auf, du übertreibst ja maßlos«, wehrte Gertrud ab, obwohl sie wusste, dass sie den Wortschwall jetzt nicht mehr stoppen konnte. Und richtig. Lang und breit erzählte Katty, wie sie den ganzen Tag lang ein ungutes Gefühl gehabt habe, wie sie zu Gertrud gefahren sei, geklingelt habe und als niemand die Tür geöffnet habe, sie einfach mit ihrem Schlüssel hineingegangen sei.

»Ich habe gleich etwas klappern hören und geriet wirklich in Sorge«, erzählte Katty mit Inbrunst weiter. »Mein Unbehagen hat sich leider bestätigt. Die Herdplatte stand auf neun und glühte. Der Topf darauf war längst leer. Ich war richtig erschrocken, machte mir große Sorgen, vor allem, weil ich Gertrud nicht finden konnte«, sagte sie theatralisch und ließ ihren Blick bedeutungsschwanger vom Arzt zu Paula und wieder zurück schweifen. Als sie genügend Spannung erzeugt zu haben glaubte, fuhr sie fort: »Und dann saß Gertrud im Schlafzimmer und war über einem Buch eingeschlafen. Es hätte wer weiß was passieren können!«, schloss sie triumphierend.

»Das ist gar nicht wahr. Nichts war auf dem Herd. Ich habe einfach nur ein Nickerchen gemacht, das ist alles.« Gertrud erkannte, dass sie nicht besonders überzeugend klang, aber sie wollte nicht länger vor dem Arzt bloßgestellt werden.

»Ach, Gertrud!«, schimpfte Katty. »Du hättest beinahe ein Feuer gelegt und wärst vermutlich gleich mit verbrannt, das kannst du doch nicht leugnen. Du bist nicht mehr fit genug, um allein zu wohnen. Das musst du endlich einsehen.« Jetzt kommt sie zum eigentlichen Punkt, dachte Gertrud und beschloss, zum Gegenangriff überzugehen:

»Du hast das doch so arrangiert. Du bist reingekommen und hast die Herdplatte angemacht, damit es so aussieht, als wäre ich senil. Glaubt ihr kein Wort.«

»Also wirklich, Gertrud. Was hätte ich denn davon? Jetzt hör auf, mir so etwas zu unterstellen, das ist ja kindisch. Ich sorge mich einfach um dich.«

»Du willst mich manipulieren. Das hast du immer schon

mit Menschen gemacht. Aber nicht mit mir. Ich lasse mir das nicht gefallen.«

»Jetzt reicht's«, sagte Katty wütend, »so einen paranoiden Unsinn muss ich mir nicht länger anhören. Kommen Sie, Herr Doktor, ich begleite Sie noch zur Tür.« Die beiden verließen im Gänsemarsch das Zimmer, Katty voraus, der Doktor hinterdrein. Paula folgte ihnen. Gertrud wusste, dass das keine Glanzleistung von ihr gewesen war. Aber es war auch nicht in Ordnung, sie so vor den Kopf zu stoßen. Und diese Kleinigkeit neulich war wirklich nicht so dramatisch gewesen, wie ihre Schwester sie beschrieben hatte. Oder war sie tatsächlich eine Gefahr für sich und andere, wenn sie in Xanten wohnen blieb? Nur, wo sollte sie denn hin? Auf dem Tellemannshof war sie zwar bei ihrer Schwester, aber ihr gelang es einfach nicht, die Vergangenheit ruhen zu lassen. Die alten Fragen brannten hier besonders. Was wäre gewesen, wenn sie Franz' Drängen nachgegeben hätte? Wenn sie sofort geheiratet hätten oder wenn sie gegen jede Konvention von ihm schwanger geworden wäre? Hätte Franz als werdender Vater möglicherweise nach Hause kommen dürfen? Wäre er dann nicht gestorben? Trug sie in Wahrheit mit ihrem strikten Anstand eine Mitschuld an Franz' Tod? Nein. Unsinn. Schuld daran war einzig und allein sein Bruder. Er hatte Franz in den Krieg geschickt. Und das nur, weil der sich in ein armes Mädchen verliebt hatte. Vielleicht wäre sie ein glücklicherer Mensch geworden, wenn sie ihren Hass auf Heinrich in den Griff bekommen hätte. Aber dafür war es nun zu spät. »Hätt' der Hund nicht geschissen, hätt' er den Hasen gehabt«, sagte man am Niederrhein. Ihr Leben war gelebt und vorbei, sich über »hätte« und »wenn« Gedanken zu machen, war müßig. Aber vielleicht könnte sie daran arbeiten, milder zu werden, und sich dadurch wenigstens noch die letzten Monate ihres Lebens erleichtern? Es war bloß nicht leicht, sich von einem Gefühl, selbst von einem schlechten, zu verabschieden, das man seit achtzig Jahren als Narbe auf der Seele trug.

Sie hörte Katty und Paula vor der Tür tuscheln. Offensichtlich glaubten sie, Gertrud sei eingeschlafen.

»Sie hat den Arzt verprügelt, Paula, da gibt es nichts schönzureden.« Katty hörte sich immer noch empört an. »Na ja«, lachte Paula, »ein kräftiger Mann von fünfundfünfzig wird sich ja wohl kaum von einer entkräfteten Hundertjährigen und einem Schluck Wasser umhauen lassen.«

»Das ist nicht komisch. Wenn sie so weitermacht, kommt der Arzt demnächst gar nicht mehr zu ihr.«

»Ich glaube, die Erinnerung in diesem Haus tut ihr nicht gut.«

»Da muss sie aber nun mal durch. Sie soll sich nicht so anstellen. Ich werde jedenfalls nicht zu ihr nach Xanten ziehen, nur damit sich meine liebe Frau Schwester nicht in das Haus ihres vermeintlichen Erzfeindes begeben muss. Sie wird schon bei mir wohnen müssen. Ich werde bestimmt nicht zulassen, dass sie ins Heim geht. Wenn sie sich da so benimmt wie gerade eben, wird sie die letzten Jahre ihres Lebens festgeschnallt.«

Gertrud stockte der Atem. Katty tat ja gerade so, als wäre sie verrückt geworden. Sie drehte sich auf den Rücken.

»Ich kann euch hören«, krächzte sie, so laut es ihr möglich war, »was erlaubt ihr euch, so über mich zu reden?« Katty fühlte sich anscheinend ertappt, gefolgt von Paula kam sie wieder ins Zimmer.

»Du musst die Wahrheit schon mal verkraften, Gertrud. Wenn du nicht aufhörst, so bösartig zu sein, wird das übel enden.«

»Ich soll bösartig sein? Da gab's aber hier im Haus doch wohl andere Kaliber.« Katty sprang sofort auf die Provokation an.

»Ich kann es nicht mehr hören. Seit Jahren erzählst du

immer wieder die gleichen Lügen. Heinrich hat dir nichts getan, also lass ihn endlich in Frieden.«

»Nein, mir hat er nichts getan. Aber seinen Bruder hat er auf dem Gewissen. Und ich ziehe nicht in das Haus eines Mörders, hörst du. Schlimm genug, dass du dich hier eingenistet hast.«

»Das ist doch alles überhaupt nicht wahr. Und das weißt du auch. Heinrich konnte nichts dafür, dass sein Bruder in den Krieg ziehen musste. Alle Männer wurden damals eingezogen. Heinrich hat genauso unter dem Tod seines Bruders gelitten wie du.«

»Das stimmt nicht.« Gertrud wollte schreien, aber sie merkte, wie ihre Stimme wegbrach. »Er hat ihn geopfert, damit er mich nicht heiratet.«

»Es hat keinen Zweck.« Katty machte eine wegwerfende Geste und ging ohne ein weiteres Wort.

Gertruds Herz raste, sie atmete heftig. Auf einmal stand Paula an ihrem Bett und nahm ihre Hand. Die liebevolle Geste trieb ihr die Tränen in die Augen.

»Sie meint es doch nur gut mit dir, Gertrud.«

»Und wenn schon. Ist mir auch egal«, brummte sie.

»Es ist dir nicht egal, sonst würdest du dich nicht so aufregen. Sie liebt dich, und sie sorgt sich um dich, das darfst du nicht vergessen.«

»Warum hat sie sich nur ausgerechnet diesen Mann aussuchen müssen?«

»Weil wir froh waren, dass er sie zu sich genommen hat«, antwortete Paula und drückte ihre Hand.

»Ich war nicht glücklich darüber. Ich habe Vater gleich gesagt, er soll das nicht zulassen.«

»Vater war damals sehr froh, dass er Katty hier unterbringen konnte. Er hätte ihr keine Ausbildung mehr bezahlen können, erinnerst du dich denn nicht? Wie mussten den Hof sogar verkaufen. Für Katty war es ein großes Glück, dass Heinrich sie aufgenommen hat. Er hat sich nach Franz' Tod sehr anständig verhalten.«

Gertrud blickte an die Decke. Ja, wenn man es nicht besser wusste, dann konnte man Heinrich so sehen. In Wahrheit hat er eine Art Ablasshandel betrieben, dachte sie, wie im Mittelalter in der katholischen Kirche. Als wollte er sich, indem er Katty aufnahm, von seinem schlechten Gewissen freikaufen. Aber so etwas funktionierte nicht. Und selbst wenn ihre Schwestern anders über Heinrich dachten, sie würde dazu nicht mehr in der Lage sein.

»Weißt du, Gertrud«, sagte Paula sanft, »ich habe gestern noch lange über die Geschichte mit Wolodomir Huth nachgedacht. Du hast geglaubt, das Richtige zu tun, und das hatte für einen anderen Menschen fatale Konsequenzen. Vielleicht ist es Heinrich genauso ergangen.«

Paula streichelte ihre Wange, wie um jede Gegenrede im Keim zu ersticken. Dann ging sie und ließ Gertrud mit diesem Gedanken allein zurück.

Der 100. Geburtstag – Freitag

Auf dem Hof

Katty liefen die Tränen über die Wangen und sie wusste selbst nicht so genau, ob sie traurig war oder wütend. Heftig drückte sie das alte Bügeleisen auf den Kopfkissenbezug. Das Bügelbrett darunter ächzte. Sie hatte sich einen Haufen Bettwäsche ins Esszimmer geholt. Bügeln half immer, wenn sie aufgewühlt war. Die stupide Arbeit beruhigte ihre Nerven. Außerdem musste das Zeug ohnehin fertig werden für die Übernachtungsgäste, die morgen kommen würden. Muss sie immer gleich so grundsätzlich werden?, ärgerte sie sich. Ich hätte schon immer manipuliert. Was will sie denn damit andeuten? Gertrud hatte ihre eigene Sicht der Dinge, und Katty bedauerte es sehr, dass ihre Schwester, wie viele Lehrerinnen, die sie kennengelernt hatte, besserwisserisch war. Sie ließ sich nie von einer Meinung abbringen, weder wenn es um ein Kuchenrezept ging noch um den Charakter eines Menschen.

Dabei wusste Katty nur zu genau, dass Gertrud in ihrem Urteil über Heinrich völlig falsch lag. Er hatte ihr erzählt, wie verzweifelt er damals gewesen war. Auch er hatte mit sich gehadert und sich gefragt, ob er den Tod seines Bruders hätte verhindern können. Aus lauter Gram hatte er sich sogar freiwillig zum Militär gemeldet und war in den Krieg gezogen. Als er zurückgekommen war, hatte er auf dem Hof noch mehr Trauer vorgefunden. Seine Mutter war gestorben und sein Vater darüber schwachsinnig geworden. Tagein, tagaus saß er neben dem Ofen und stierte vor sich hin. Selbst zu den Mahlzeiten blieb er dort sitzen und erhob sich erst pünktlich um acht Uhr abends, um auf sein Zimmer zu gehen. Johannes Hegmann hatte beschlossen, auf den Tod zu warten, und damit dieser möglichst wenig Mühe hätte, ihn zu finden, gab es für ihn nur noch diese beiden Aufenthaltsorte. Das war zumindest Heinrichs Interpretation gewesen.

Und Heinrich hatte nicht nur sein eigenes Schicksal getragen. Er hatte auch Verantwortung gezeigt, fand Katty, indem er, als ihr Vater finanziell nicht mehr ein noch aus wusste, angeboten hatte, sie auf seinen Hof zu holen. Katty erinnerte sich daran, wie ihr Vater mit ihr darüber gesprochen hatte. Sie war erst dreizehn gewesen und hatte gerade ihre Mutter verloren. Sie hatte sich sehr erwachsen gefühlt, als ihr Vater so ernst mit ihr sprach, und nur heimlich geweint, um ihm nicht zusätzlich Kummer zu bereiten. Als sie mit Heinrich auf den Tellemannshof gefahren war, hatte sie sich wider Erwarten sofort wohlgefühlt. Die erste Frau Hegmann hatte noch gelebt, es war 1923 und Theodor ein gutes Jahr alt gewesen. Sie hatte das Baby auf Anhieb in ihr Herz geschlossen und viel mit ihm gespielt, denn Frau Hegmann, eine zarte, beinahe ausgemergelte Frau, hatte sich bis dahin nicht von Geburt und Stillzeit erholt.

Katty ging vormittags zur Schule und lernte am Nachmittag von den Frauen auf dem Hof, wie man einen Haushalt führt. Einmal nahm Heinrich sie sogar zu einer Verbandssitzung mit. Katty wusste nicht mehr, worum es gegangen war. Sie konnte sich nur erinnern, dass sie Heinrich schon damals dafür bewundert hatte, wie überzeugend er sprechen und auftreten konnte und wie alle anderen Bauern ihm recht gaben. Das erste Mal durfte sie nur wenige Monate auf dem Hof bleiben.

Als Frau Hegmann sich wieder erholt hatte, schickte sie Katty weg mit der Begründung, sie wolle sich von nun an selbst um Theodor kümmern. Vielleicht hatte sie auch nur Sorge, dass ein so junges Mädchen auf dem Hof eine ständige Versuchung für die Knechte darstellen könnte. Katty schmunzelte heute noch bei dem Gedanken, aber damals waren die Menschen auf den Höfen eben besonders züchtig gewesen. Etwa zehn Jahre später war Frau Hegmann erneut schwanger geworden. Die Hebamme des Dorfes hatte ihr später erzählt, wie entsetzlich das Ende der Frau gewesen war. Nach einer schwierigen Schwangerschaft war sie geholt worden, als die Fruchtblase geplatzt war. Sie hatte sofort erkannt, dass das Baby falsch herum im Bauch lag. Stundenlang hatten sich die Wehen hingezogen, und als das Kind endlich herausgepresst wurde, sah sie die Nabelschnur um seinen Hals gewickelt.

Die Hebamme hatte es nicht übers Herz gebracht, Frau Hegmann sofort die traurige Wahrheit zu sagen. Deshalb hatte sie den kleinen Körper gewaschen, in eine Decke gehüllt und der Mutter in den Arm gelegt, in der Hoffnung, diese würde, von der Geburt und vom Fieber geschwächt, den Tod des Kindes nicht sofort bemerken. Doch noch ehe sie das Zimmer verlassen hatte, um Medizin für Frau Hegmann zu besorgen, war ein markerschütternder Schrei im ganzen Haus zu hören gewesen. Neun Tage nach ihrer Tochter hatte dann auch Heinrichs Frau ihren letzten Atemzug getan und ihn als Witwer und Theodor als Halbwaisen zurückgelassen.

All das hatte sich knapp zwei Wochen vor Weihnachten 1934 zugetragen. Und noch vor Silvester hatte Heinrich Katty wieder nach Wardt geholt. Katty war inzwischen erwachsen, vierundzwanzig Jahre alt, und hatte auf einem großen Nachbarhof ihre Ausbildung in Landwirtschaft und Hauswirtschaft abgeschlossen. Als Heinrich sie fragte, ob sie seine Wirtschafterin und Ersatzmutter für Theodor sein wolle, zögerte sie nicht eine Sekunde. Im Januar zog sie, bepackt mit zwei Koffern, auf dem Tellemannshof ein – und blieb für immer.

Seit diesem Tag war sie hier zu Hause. Sie gehörte hierher, das hatte sie auf Anhieb gespürt und sich sofort ohne die geringste Scheu auf dem Hof bewegt und zugepackt, als wäre es ihr eigener. Genau das hatte Heinrich wohl imponiert, und so hatte er sie stets gewähren lassen.

Katty blickte auf die Uhr. Es wurde Zeit, sie musste sich umziehen, bevor die Gäste zum Kränzen kamen. Sie faltete die letzte Bettwäsche, nahm den Korb und ging in den Flur. Sie nickte Heinrichs Ölgemälde routinemäßig zu und fragte sich plötzlich, ob es Heinrich eigentlich recht wäre, dass sie Gertrud auf seinen Hof holen wollte. Aber du musst verstehen, dass ich sie bei mir haben will, sagte sie in Richtung Leinwand. Wir sind doch Schwestern.

Als sie an Gertruds Zimmer vorbeiging, hörte sie, dass Gertrud Selbstgespräche führte. Wahrscheinlich ging es um Heinrich, aber sie hatte keine Lust, zu lauschen. Sie freute sich auf das Fest und wollte es sich nicht durch weitere Diskussionen vermiesen lassen.

Schwungvoll ging Katty die Treppe hinauf, um sich schnell eine dickere Strumpfhose anzuziehen. Das Kränzen würde im Freien stattfinden und sie fürchtete, dass am Abend vom Boden her Kälte aufkommen könnte. Sie trug niemals Hosen, weil sie fand, dass sie darin unnötig dicklich wirkte, aber in den Röcken bekam sie leicht kalte Beine und zog deshalb manchmal zwei oder sogar drei Nylonstrumpfhosen übereinander. Zwei müssten heute reichen. Mein Gott, dachte sie, als sie das zweite Paar unter Stöhnen anzog, ich war auch schon gelenkiger. Vielleicht sollte sie ihre Abneigung gegen Hosen irgendwann überdenken. Eine einzige schlichte Hose hatte sie in ihrem Kleiderschrank, die zog sie genau einmal im Jahr an, zu Karneval. Und während sie sich in Gedanken vergnüglich ausmalte, wie sie ihre Nachbarn mit einer Jeans überraschen könnte, sah sie, wie eine kleine, gemeine Laufmasche an ihrem Knie hochkroch. Das ist ein Zeichen, dachte sie, griff in die unterste Schublade des Schrankes und zog kurzer Hand ihre Karnevalsjeans an. Vergnügt ging sie in die Dienstbotenküche, wo einige der Nachbarn schon eingetroffen waren. Sie hatten wie üblich den hinteren Eingang benutzt, der nie abgeschlossen war, und hatten Unmengen an geschmierten Brötchen auf dem alten Tisch drapiert.

»Katty, hast du einen großen Einkochkessel für die Würstchen? Sonst brauchen wir bestimmt drei große Töpfe.«

Die Nachbarinnen waren bereits so mit den Vorbereitungen beschäftigt, dass zu Kattys Enttäuschung keine von ihrer neuen Fasson Notiz nahm. Ein paar gelungene Witze auf ihre Kosten hatte sie sich wenigstens erhofft.

»Guten Abend, alle miteinander«, sagte sie deshalb provozierend, »fällt euch nichts auf?«

Keine sagte etwas, bis eine der Frauen schließlich skeptisch fragte: »Hast du abgenommen?«

Katty lachte und ließ die Frage unbeantwortet. »Der Einkochkessel steht in der kleinen Abstellkammer in der Scheune«, sagte sie stattdessen und ging zur Tagesordnung über. »Magda, du weißt doch, wo. Und ihr zwei, Bärbel und Lieschen, ihr geht mit und holt den Klapptisch für das Fass Bier.« Einen Moment lang überblickte Katty das Geschehen, dann fiel ihr auf, dass Schnaps und Schnapsgläschen aus dem Haupthaus noch fehlten, und sie machte sich schnell auf den Weg.

»Die Nachbarn sind schon da!«, rief sie laut, als sie dort ankam, und wusste selbst nicht so genau, ob sie ihre Schwestern heute wirklich dabeihaben wollte. Obwohl die Vorstellung ihre Fantasie anregte. Vermutlich würde Gertrud bei ihrer derzeitigen Laune jedem erklären, dass er keine Ahnung vom

Kränzen habe, und persönlich vorführen, wie man es richtig machte, während Paula, die blinde Nuss, sich womöglich im frisch gebundenen Kranz verhedderte und das Werk von Stunden im Nu zunichtemachte. Katty musste schmunzeln und bemerkte, dass ihr Zorn auf Gertrud verflogen war. »Wenn ihr zu uns rauskommt, zieht euch bloß warm an!«, rief sie deshalb, bekam aber keine Antwort. Auch gut, dachte sie und stellte zwanzig kleine Schnapsgläschen auf das Tablett, Pinneken nannte man die am Niederrhein. In eine Hälfte der Pinneken schenkte sie süßen Holunderschnaps, in die andere Hälfte klaren Korn. Dann nahm sie das Tablett und drehte sich vorsichtig in Richtung Flur, um sich um ihre Gäste zu kümmern.

Der 100. Geburtstag – Freitag
Das Eisen wird geschmiedet

»Nimmst du mich mit raus?« Paula hatte Katty in der Küche rumoren gehört und ihre Chance gewittert. Sie wollte die Nachbarn begrüßen und hatte sich zehn Minuten zuvor schon einmal auf die Reise gemacht, war aber an dem abschüssigen Flur gescheitert wie Reinhold Messner an der Eiger Nordwand. Sie hatte gehofft, dass Katty noch einmal hereinkommen würde, und sich so lange abmarschbereit im Wohnzimmer postiert.

»Ach herrje«, sagte ihre Schwester und erinnerte Paula mit dem Tablett an einen Zirkusartisten, »du kannst dich jetzt nicht an mir festhalten, sonst passiert ein Unglück.« Die kleinen Gläser klapperten bedrohlich auf dem Tablett. »Na gut, dann warte ich, sonst kullern wir nachher noch als Schnapsleichen den Flur runter.«

»Was macht Gertrud?«, fragte Katty. Es klang betont beiläufig.

»Der geht es schon wieder besser. Sie will heute Abend im Bett bleiben. Mach dir keine Gedanken. Und lass mich hier nicht versauern.«

Der Weg zur Tenne war für Paulas alte Augen ein schwarzes Loch. Sie sah Katty darin verschwinden. Warum konnten ihre Schwestern nur nicht vernünftig miteinander reden?, fragte sie sich. Katty mit ihrem aufbrausenden Temperament ging immer gleich in die Luft, wenn Gertrud eine Andeutung über Heinrich machte, und die reagierte ihrerseits auf Kattys Wutausbruch mit Trotz und Dickköpfigkeit. Dabei war mit Gertrud eigentlich so leicht umzugehen, wenn man vernünftig mit ihr sprach. Sie war schließlich eine nachdenkliche und kluge Frau. So heftig wie gerade eben hatte Paula den Konflikt ihrer Schwestern noch nie eskalieren sehen. Sie würde eingreifen müssen.

In diesem Moment kam Jan ins Wohnzimmer und reichte ihr seinen Arm wie ein eleganter Herr seiner Dame. Paula lachte, sie würden ein schönes Bild abgeben: der kleine Mann mit Hut und Hosenträgern, daneben eine unbeholfene alte Frau. Die Tenne war hell erleuchtet, als sie dort ankamen, und so konnte Paula tatsächlich ein bisschen was vom Treiben sehen.

»Gut, Kinder, dann will ich mal inspizieren, was ihr bisher so angestellt habt!«, rief sie in die Menge und erntete dafür Gelächter und einen gespielt strengen Blick von Katty. Ihre Finger waren inzwischen nicht mehr geschickt genug, aber früher hatte sie Kränzabende geliebt. Die kleinen Röschen wurden aus Krepppapier gebastelt. Man nahm dazu einen Streifen weißen oder roten Krepp, rollte ihn zu einem Röhrchen, schnitt eine Seite ein, damit sie sich wie eine Rose auffächern konnte, umwickelte die andere Seite mit Draht und band diesen ins Tannengrün.

Die Nachbarn hatten sich viel vorgenommen, sie mussten bestimmt dreißig Meter Kranz flechten, der Schmuck sollte nämlich das gesamte Eingangsportal einrahmen. Ihre kleine Schwester ließ das Schnapstablett eifrig kreisen. Paula kniff die Augen zusammen in der Hoffnung, besser sehen zu können. Katty sah ja aus, als wäre Karneval, stellte sie mit kritischem Blick fest. Mollig war sie geworden, fand sie und überlegte, dass

Katty in ihrem Alter vielleicht besser auf Hosen verzichten sollte. Sie beobachtete ihre Schwester, wie sie auf der Tenne herumwirbelte. Sie knuffte dort eine junge Frau liebevoll in die Seite und machte Scherze, dann ging sie ein paar Meter weiter in die Scheune, wo die Männer aus dem Grün den Kranz herstellten. Paula folgte ihr, um auch die Männer zu begrüßen. Sie hörte das heisere Lachen ihrer Schwester, die inzwischen, wie so oft, wenn sie mit den Nachbarn zusammen war, ins Plattdeutsche verfallen war. Es war für sie ein Zeichen der Zugehörigkeit, hatte sie Paula einmal erklärt. Paula selbst lehnte das niederrheinische Idiom ab. Als Lehrerin hatte sie peinlich genau darauf geachtet, bestes Hochdeutsch zu sprechen. Aber sie verstand natürlich, was Katty sagte. »Du bis enne Prootsack«, hörte sie ihre Schwester gerade schimpfen.

»Wie sprichst du denn mit unseren Gästen?«, tadelte Paula und lächelte in die Runde.

»Ich soll mal wieder unter die Haube gebracht werden«, sagte Katty.

Paula schaltete blitzschnell. »Aber warum sagst du es denn deinen Nachbarn nicht endlich? Der Bürgermeister von Wesel hat um ihre Hand angehalten.«

Das Gerücht von Kattys Hochzeit hatte etwas Mythisches. Solange Paula sich erinnern konnte, war alle paar Jahre ein Raunen durch die Verwandt- und Nachbarschaft gegangen: »Katty heiratet«, »Hast du schon gehört, Frau Franken kommt unter die Haube«, »Sie soll ihn auf einer Kreuzfahrt kennengelernt haben«. Es waren die absurdesten Varianten dabei. Paula erinnerte sich, dass sie einmal hinter vorgehaltener Hand gefragt worden war, wann Katty denn nun auf die Farm ziehen würde. Dabei hatte der Nachbar das Wort »Farm« so gewollt amerikanisch ausgesprochen, dass er wie ein quakender Frosch geklungen hatte. Es hatte lange gedauert, bis Paula begriff, worum es ging. Ein Erdnussfarmer aus dem Südosten Amerikas hatte Kattys landwirtschaftliches Talent auf der Durchreise entdeckt, so ging die Mär durchs Dorf, und wollte sie direkt mitnehmen. Das musste, überlegte Paula jetzt, Ende der Siebzigerjahre gewesen sein, als Jimmy Carter Präsident war, sonst hätte doch niemand hier am Niederrhein gewusst, dass es so etwas wie Erdnussfarmer überhaupt gab. Je unglaubwürdiger die Geschichten waren, die sich um einen möglichen Ehemann von Katty Franken rankten, desto eher glaubten es die Leute. Dass Katty tatsächlich irgendwann heiraten würde, war für sie selbst unvorstellbar. Es hätte einen Mann und einen Moment gegeben, dachte Paula, aber beide waren schon lange verstrichen. Die meisten Menschen im Dorf hingegen konnten nicht verstehen, warum eine so lebenslustige Frau, die zudem noch ein bisschen vermögend war, ohne Mann lebte. Alleinstehend zu sein, galt auf dem Land bis heute als eine Form der Unvollständigkeit, als Makel. Aber natürlich war das harmlos im Vergleich zu dem, was Unverheiratete vor fünfzig Jahren mitgemacht hatten. Paula erinnerte sich an Väter, die der Verzweiflung nahe waren, wenn sie für ihre Töchter keine Ehemänner finden konnten. Eine von Kattys Nachbarinnen war das beste Beispiel dafür. Sie versuchte, die alte Frau van Treek in der wuseligen Menge ausfindig zu machen. Sie hatte sie vorhin begrüßt, aber die Dame war ja nun auch schon über siebzig. Vielleicht ist sie zu Bett gegangen, dachte Paula und schaute auf ihre Armbanduhr. Sie konnte das Zifferblatt längst nicht mehr richtig lesen. Zeitlos schön, grinste sie und gab es auf.

Als Lieschen van Treek noch eine junge Frau gewesen war, hatte sie nicht gerade die Anmut und Schönheit besessen, die ihr Vater sich erträumt hatte. In Paulas Erinnerung war sie immer ein wenig bleich gewesen, und Ober- und Unterkörper hatten auffallend schlecht harmoniert. Ihre Schultern waren sehr schmal, die Taille sehr zart und ihre Brüste waren kaum ausgeprägt. Ihr Becken dagegen war unfassbar breit, ihr Gesäß erinnerte an ein schweres belgisches Kaltblut. Dazu hatte sie eine große Nase und dünnes Haar, das ihr wie Wollfransen ins Gesicht fiel. Unglücklicherweise eilte ihr zudem auch noch der Ruf voraus, sie habe mit achtundzwanzig Jahren den Dünkel einer Gutsherrin, sei streitlustig und widerspenstig. Kurz, damals war ihnen allen klar gewesen, dass diese junge Frau eine alte Jungfer werden würde. Lieschens Mutter hatte manches Mal weinend bei Katty und ihr gesessen und sich beklagt, aber nicht einmal Katty war eine vernünftige Idee gekommen, wie man die junge Frau an den Mann hätte bringen können.

Eines Tages dann schien Vater van Treek den Entschluss gefasst zu haben, seiner Tochter einen Ehemann zu kaufen. Wie zu einem Viehmarkt zog er durch die Nachbarschaft und suchte nach einem kräftigen, aber mittellosen Mann um die vierzig. Er musste bis nach Wesel ziehen auf seiner Suche, denn jeder Mann in Wardt und der näheren Umgebung hatte von van Treeks Unterfangen gehört und war in Deckung gegangen. Doch schließlich wurde Vater van Treek fündig. In einem kleinen Ort namens Lerrich lebte Heini Schulten. Er war nicht sonderlich intelligent, möglicherweise lag es daran, dass man in dem Dorf über Jahrhunderte hinweg kein frisches Blut zugelassen hatte. Man heiratete unter sich, und so war irgendwann jeder mit jedem verwandt, was sich fatal auf die Denkfähigkeit einiger Bewohner ausgewirkt hatte. Dieses Phänomen hatte es überall auf dem Land gegeben, überlegte Paula, und all die Orte, die davon nicht betroffen waren, lästerten über die »Inzucht-Dörfer«: »Hinter jedem Ofen haste wenigstens einen Doofen.« Heini Schulten war also einer von denen, denen der liebe Gott statt Gewitztheit Naivität, aber auch statt Grübelei und Trübsinn einen einfachen Sinn für Freude mit auf den Weg gegeben hatte. Van Treek sprach vor und konnte sein Glück kaum fassen, denn von nun an hatte seine Tochter einen Verlobten.

Ein Jahr nach der Hochzeit gebar sie ein gesundes und intelligentes Mädchen. Ob Heini wirklich der Vater war, mochte niemand beschwören, aber letztlich wollte es auch niemand so genau wissen. Heini stellte keine Fragen, warum also sollten es die Wardter Bauern tun. Jeder hatte schließlich seine eigenen Sorgen. Nur die Frauen lästerten heimlich und die Klatschbase des Dorfes fuhr Jahr um Jahr mit dem Fahrrad durchs Dorf und verkündete einen anderen Vater für das kleine Mädchen.

Paula erinnerte sich noch genau, wie fuchsteufelswild die alte Frau van Treek geworden war, wenn sie die Klatschbase nur von Weitem gesehen hatte. Paula lächelte, sie musterte Katty, die weiterhin die Nachbarn bezirzte und mit Getränken versorgte. Niemand in der Familie war auf die Idee gekommen, ihr einen Gatten zu besorgen. Paula selbst hatte schnell einen Ehemann gefunden, aber ihn zu halten, war ihr nicht gelungen. Alfred war ihr entglitten. In ihren Albträumen hatte sie ihn an der Hand festgehalten, und er war immer tiefer vom Sumpf verschluckt worden, bis sie ihn hatte loslassen müssen.

Sie war inzwischen wieder in Richtung Dienstbotenküche gegangen und blickte zu den Nachbarinnen, die eifrig an ihren Röschen arbeiteten. Die meisten Frauen waren um die fünfzig. In diesem Alter war sie bereits eine geschiedene Frau und eine Scheidung damals wie ein Kainsmal gewesen. Hüte dich vor den Gezeichneten, hatte ihre Mutter immer gesagt. Und genauso war sie sich vorgekommen, wie eine Verbrecherin, der man aus dem Weg ging.

Paula hörte die Männer in der Scheune laut johlen und singen. Sie hatten offenbar ihren Kranz fertig gesteckt und machten sich bereit, ihn am Vorderhaus aufzuhängen.

»Komm, das lassen wir uns nicht entgehen.« Katty hakte ihre Schwester unter und Paula ließ sich von ihrer guten Laune anstecken.

»Mal langsam, die werden den Kranz ja nicht in zwei Minuten aufgehängt haben. Ich kann so schnell nicht mehr laufen.«

»Entschuldige«, sagte Katty und machte kleinere Schritte. Doch das half Paula auch nicht weiter, denn mit ihrem Watschelgang gab Katty ihr bei jedem Schritt mit der Hüfte einen Stups, sodass sie hinzufallen drohte.

»Katty, du bist umwerfend«, schnaufte Paula, und als Katty merkte, dass sie veräppelt worden war, lachte sie.

»Also, wenn es dir nicht passt, wie ich gehe, dann musst du dir jemand anderen suchen, der dir Halt gibt.«

»Such mir einen Mann dafür, kleine Schwester. Und sag ihm, ich sei alt und vermögend«, griente Paula.

»Kein Problem«, bemerkte Katty trocken und zog davon. Paula tastete sich langsam und gemächlich zum Hausportal vor, von wo schon ein kräftiges Hämmern zu hören war. Der Schmied des Dorfes hatte seine Ausstattung mit auf den Hof gebracht. Er hatte das Geschäft gerade erst von seinem Vater übernommen. Paula kannte ihn, seit er ein Kind war. Sie konnte das Lodern des Feuers in dem kleinen Schmiedeofen hören, und selbst mit ihren schlechten Augen sah sie darin das hellorange glühende Eisen.

»Was macht denn der Schmied da?«, fragte sie eine Nachbarin, die jetzt neben ihr stand.

»Das soll eine besondere Überraschung für Gertrud sein. Heinz, erklär uns doch mal, was du vorhast.«

Heinz schnaufte heftig, während er sprach. »Bei der Hundert kann man ja nicht mit Pappe ankommen, hab ich mir gedacht. Da muss was Haltbareres her. Etwas Unvergängliches.« Bei Geburtstagen wurde der Kranz über der niederrheinischen Haustür üblicherweise von einer Zahl gekrönt, die gewöhnlich aus goldener Pappe war. Für den hundertsten Geburtstag wollte Heinz eine Zahl aus Eisen schmieden, die er zu Hause vorbereitet hatte. Er hatte Schmiedeofen, Amboss und Hammer dennoch mitgebracht, wohl auch, um ein bisschen mit seiner Stärke zu beeindrucken, dachte Paula und musste zugeben, dass es ihm gelungen war. »Für Gertrud!«, sagte der Schmied, warf den Kopf in den Nacken, schluckte einen Korn, nahm seinen Hammer und schlug in gleichmäßigem Rhythmus auf die eiserne Zahl. Nach zehn Schlägen reichte er den Hammer dem Nächsten, der ihn nach zehn weiteren Schlägen an seinen Nebenmann weitergab. »Jetzt bist du dran. Hundert Schläge für Gertrud.«

Der Schnaps machte erneut die Runde, der Hammer ebenfalls, und es war anrührend, wie sehr sich die Nachbarschaft für Gertruds Geburtstag ins Zeug legte. Paula nahm sich vor, ihr am nächsten Morgen alles haarklein zu berichten.

Als die eiserne Hundert geschmiedet war, standen alle im Halbkreis und klatschten, während Heinz auf die Leiter stieg und den Kranz über der Eingangstür befestigte. Paula schaute ebenfalls nach oben, aber sie konnte nur noch schemenhafte Umrisse erkennen. Vor ihrem inneren Auge stand da oben ein anderer Mann auf der Leiter.

11. Juli 1948

Am Strang

»Alfred, was tust du denn? Komm da runter, du feiger Hund!«, herrschte Paula ihren Ehemann an. Sie war nicht überrascht, ihn so vorzufinden. Sie war nur von sich selbst überrascht, dass sie einen kühlen Kopf bewahrte. Alfred stand auf einer Leiter. Er trug seine Arbeitshose, darüber ein fein säuberlich gebügeltes weißes Hemd. Ein dickes Seil baumelte über seiner Schulter, das eine Ende zu einer Schlinge geknotet, die um seinen Hals lag, das andere versuchte er verzweifelt über den Dachbalken der alten Scheune zu werfen. Er stand bereits auf dem obersten Tritt, doch anscheinend schlotterten ihm die Knie so sehr, dass er nicht in der Lage war, den Dachbalken zu erreichen.

Selbst dazu ist er nicht Manns genug, dachte Paula. Einen Moment überlegte sie, ob diese Strangulationsmethode vielleicht zu seinem absonderlichen Repertoire gehörte. Sie hatte davon reden hören. Es gab angeblich Männer, die es erregte, wenn sie keine Luft mehr bekamen, und so mancher hatte schon mit verdrehten Augen seine letzten Minuten erlebt, weil ihm die Luft länger ausgeblieben war, als ihm hatte lieb sein können. Aber niemand wäre wohl so blöd, seine Gelüste an einem Dachbalken hängend ausleben zu wollen, nicht einmal Alfred.

Obwohl der sich wirklich schon dämlich genug angestellt hatte. Fast dreißig Jahre waren sie jetzt verheiratet, hatten zwei erwachsene Töchter, und all das hatte er mit Füßen getreten, in den Schmutz gezogen. Er hatte sie zum Gespött der Leute gemacht. Und er hatte ihren Vetter in den Tod getrieben. Wobei noch die Frage blieb, ob man mit diesem Mitleid haben musste. Immerhin hatte er die Perversion mitgetrieben. Auch er, Peter, ein Familienvater, zumindest ein Familienvater in spe. Es war widerlich. Als alles aufflog, hatte Peter sich eine Waffe an die Schläfe gesetzt und abgedrückt. Dass Alfred es ihm jetzt nachtun wollte, konnte Paula nicht zulassen. Er sollte gefälligst büßen, und zwar auf Erden, sie wollte für Alfreds Hölle gerne persönlich sorgen.

Sie legte den Kopf in den Nacken und rief: »Jetzt hör schon auf mit dem Unsinn, du schaffst es ja doch nicht. Du erbärmlicher Mistkerl, du solltest dich schämen für das, was du mir angetan hast!«

»Das tue ich«, antwortete Alfred kläglich. Versunken starrte er auf den Strick. Dann riss er sich offenbar aus seinen Todesgedanken los, kam die Leiter herunter und legte den Strick über die unterste Stufe. »Ich schäme mich«, sagte er noch einmal und ging vorsichtig an Paula vorbei. Mit hängenden Schultern verließ er die Scheune, und als Paula ihm hinterherblickte, hatte sie neben Wut, Hass und Rachegelüsten auch noch ein anderes Gefühl für ihren Ehemann übrig: Sie hatte Mitleid.

Noch ein paar Wochen zuvor hatte sie ihn verhaften und verurteilen lassen wollen und im Gespräch mit Gertrud Gift und Galle gespuckt, als diese ihr geraten hatte, alles unter den Teppich zu kehren.

»Sprich mit niemandem darüber«, hatte Gertrud ihr geraten. Aber einfach Stillschweigen zu bewahren, das war nicht ihr Ding, und darüber hatte sich ein heftiger Streit zwischen ihnen entsponnen.

»Ich will, dass er bestraft wird. Er soll leiden für das, was er mir antut.«

»Lass es«, hatte Gertrud beharrt. »Am Ende wirst du diejenige sein, die leidet. Sie werden Fragen stellen, die du nicht beantworten willst. Und das Ansehen unserer ganzen Familie besudelst du gleich mit.«

»Aber warum sollten sich die Leute gegen mich wenden? Ich bin es doch, die zu bedauern ist! Es ist schließlich nicht meine Schuld, wenn mein Mann pervers wird!«

»Die anderen Männer werden dich dafür verantwortlich machen.« Gertrud hatte sich weise gegeben und Paula befürchtet, dass sie recht behalten könnte. »Der Schmutz dieser Affäre wird für immer an dir kleben bleiben. Tu, was ich dir sage: Bleib bei ihm und lebe mit ihm, so gut du kannst. Vergiss, was passiert ist.«

Paula war wie vom Donner gerührt gewesen. Konnte es wirklich sein, dass man ihr vorwerfen würde, sie habe keine gute Ehe geführt, fragte sie sich seitdem. Womöglich würde man ihr unterstellen, sie sei frigide und ihr Mann habe gar nicht anders gekonnt, als sich aus lauter Verzweiflung auf das nächstbeste Wesen zu stürzen, das zufällig ein Mann und dazu noch ihr Cousin gewesen war. Das wäre ja absurd. Aber was, wenn Männer wirklich so dachten? War es nicht so, dass dem Vernehmen nach die Frauen immer an allem die Schuld trugen? Ob die Männer fremdgingen oder nur in der Kneipe hockten, für alles wurden die Ehefrauen verantwortlich gemacht. Und so dachten nicht nur die Männer. Was, wenn sogar ihre nunmehr verwitwete Cousine den Fehler bei ihr vermutete? Immerhin müsste Ria dann das Versagen nicht bei sich selbst suchen. All diese Fragen hatte Gertrud schon vor Wochen aufgeworfen, aber Paula hatte nicht sofort klein beigeben wollen.

»Ich will ihn nie mehr wiedersehen. Du kannst doch nicht ernsthaft glauben, dass ich so tue, als wäre nichts gewesen. Ich will, dass mein Mann mich liebt und nicht meinen Cousin.

Wer weiß, wen er noch alles angefasst hat in der Familie. Der muss aus dem Verkehr gezogen werden.«

»Willst du, dass er ins Gefängnis geht?«

»Das ist mir egal, meinetwegen soll er im Knast verrecken.« Paula empfand Ekel vor sich selbst bei der Vorstellung, dass sie über Jahrzehnte das Bett mit einem Mann geteilt hatte, der einen anderen Mann begehrte. Vermutlich musste man diese Männer ebenso trennen wie Tiere, mit einem Eimer Eiswasser und einem kräftigen Tritt.

»Du wirst ein Verfahren aushalten müssen, wenn du ihn anzeigst«, hatte Gertrud zu bedenken gegeben. »Du und deine Kinder. Man wird dich zwingen, die intimsten Fragen zu beantworten. Willst du einem Advokaten beantworten, warum du in dreißig Ehejahren nichts von den Vorlieben deines Ehemanns gemerkt hast? Nein. Das ist unter deiner Würde. Und deshalb verbiete ich dir, den Mund aufzumachen. Zu deinem eigenen Schutz. Und zu dem unserer Familie!«

Darauf hatte Paula nichts mehr erwidert.

Jetzt stand sie in der alten Familienscheune und war sich sicher, dass Gertrud recht hatte. Sie war bitter enttäuscht von Alfred. Nie hätte sie gedacht, dass er sie so hintergehen würde. Sie waren doch ein harmonisches Paar gewesen, hatten sich geachtet und unterstützt, so war es ihr zumindest vorgekommen, und sie hatten sich gut verstanden. Viel besser, als man es von manch anderen Eheleuten hörte. Doch nichts davon war wahrhaftig gewesen, und das war es, was sie am meisten verletzte. Dennoch musste sie zugeben, dass ihr die Vorstellung, ihre Enttäuschung vor fremden Menschen ausbreiten zu müssen, in Wahrheit zuwider war. Sie blickte auf den Strick, mit dem Alfred sich hatte aufhängen wollen. Ein Teil von ihr sann auf Rache, Alfred hatte sie verletzt und blamiert, und sie hatte den Eindruck, sie müsste ihre Wut öffentlich machen, um nicht verdächtigt zu werden, Alfreds Homosexualität gedeckt zu haben. Andererseits entsprach ein solches Vorgehen so gar nicht ihrem Charakter, und sie fühlte sich mehr als unwohl damit. Im Grunde war sie ganz dankbar für Gertruds Ratschlag. Die älteste Schwester galt seit dem Tod ihres Vaters als Familienoberhaupt und moralische Instanz, und als solche lieferte sie Paula eine hervorragende Entschuldigung, um nicht gegen Alfred vorgehen zu müssen. Offiziell würde sie aus Familienräson schweigen, in Wahrheit aus alter Verbundenheit. Sie ging ein paar Schritte auf die Leiter zu, auf der Alfred eben gestanden hatte, und rüttelte daran. Die Klappleiter stand fest und sicher auf vier Beinen, und Paula war plötzlich froh, dass Alfred noch lebte. Nach all den Jahren fiel es ihr schwer, sich ein Leben ohne ihn vorzustellen.

Sie hatte Alfred schon mit achtzehn kennengelernt. Da sie beide sehr neugierig auf die Liebe gewesen waren, hatten sie so schnell wie möglich heiraten wollen, aber dann war ihnen die Geschichte mit Gertrud und Franz dazwischengekommen.

Es gehörte sich nun mal so, dass die ältere Schwester zuerst heiratete. Und so warteten Paula und Alfred zunächst geduldig. Nach Franz' Tod nahm die Trauer in der Familie Oberhand, und außer Paula und Alfred dachte niemand mehr ans Heiraten. Ihnen fehlte der Mut, das Thema anzusprechen, doch sie hatten bald genug vom frömmelnden Warten und probierten im Heuschober die Liebe. Erst ungelenk, dann mit wachsender Begeisterung und großem Eifer. Und so kam es, wie es kommen musste.

Paula wachte morgens auf und fühlte sich hundeelend. Sie hielt es höchstens ein paar Minuten aus, bis sie ihr warmes Bett verlassen musste, hinaus auf den Hof stürzte und sich, an die Mauer des Hühnerstalls gelehnt, übergab. Danach war ihr wohler. Sie frühstückte, ging ins Lehrerseminar und alles schien in Ordnung. Bis sich das ganze Spiel am nächsten Morgen wiederholte und am übernächsten auch. Sie ging zu ihrer Mutter, und die wurde blass. »Geh beichten, du musst sofort beichten gehen. Nur der liebe Gott kann dir noch helfen.«

Paula war verwirrt, vor lauter Angst musste sie sich gleich wieder übergeben. Das, was da aus ihrem Magen kam, war rötlich und leicht entzündet, und Paula war fest davon überzeugt, dass sie Blut spuckte und es mit ihr zu Ende ging.

Als sie dem Pfarrer gegenübersaß, begann sie zu weinen und schluchzte, sie habe Angst vor dem Tod. Sie sei bereit, für ihre Sünden zu büßen, aber sterben wolle sie nicht. Der Pfarrer zeigte wenig Mitleid.

»Warst du unzüchtig, Tochter?«

Paula schwieg.

»Ich frage dich noch einmal: Hast du mit einem Mann Unzucht getrieben, Paula Franken?« Die sonore Stimme des Pfarrers klang drohend und unheimlich, ein bisschen so, als würde der liebe Gott höchstpersönlich durch ihn hindurch sprechen. Paula schluckte.

»Ja, Vater, verzeih mir. Ich habe bei einem Mann gelegen.«

Paula war klar, dass sie mit Alfred eine Sünde begangen hatte, aber sie begriff den Zusammenhang zu ihrer Krankheit nicht. Sicher, wer sündigte, der wurde für seine Sünden bestraft. Doch so schlimm, dass sie gleich die Todesstrafe erhielt, fand Paula ihr Vergehen nun auch wieder nicht. Ob Gott mit sich diskutieren ließ?

»Bitte, Vater, ich mache alles wieder gut. Ich will weiterleben. Ich könnte zu meiner Schwester ins Kloster gehen. Aber bitte lass mich noch nicht sterben!«

»Du wirst büßen«, dröhnte der Pfarrer, »bete, spende und sage deinen Eltern, dass du bald heiraten musst!«

Und da verstand Paula. Natürlich! Frauen bekamen kleine Kinder, wenn sie bei Männern lagen. Das kannte sie doch aus der Bibel. Ständig lag irgendein alter Mann bei einer alten

Frau, und plötzlich wurde die Welt bevölkert. Ihr Herz machte einen Sprung. Sie bekam ein Kind. Dagegen war doch nichts einzuwenden, sie und Alfred liebten sich schließlich. Gut, da war noch die leidige Sache mit der Sünde, aber das würden sie schon irgendwie wieder hinbiegen.

»Vater, das ist ja wunderbar«, entfuhr es ihr. Schnell biss sie sich auf die Lippen. »Ich meine, ich bin sicher, dass der liebe Gott mir in seiner Güte verzeiht. Was soll ich beten – und wann dürfen wir heiraten müssen?«

So hatten Paula und Alfred im Mai 1920 endlich die lang ersehnte Ehe geschlossen. Paula hatte ihre erste Tochter und vier Jahre später eine zweite bekommen. Alfred war ein liebevoller Vater, und auch zwischen ihnen beiden war alles in bester Ordnung, sie lachten viel miteinander, neckten sich und hatten sich gern. Wie Mann und Frau verkehrten sie nur noch selten miteinander und irgendwann gar nicht mehr. Paula hatte sich darüber nie Gedanken gemacht, es hatte sich einfach so ergeben. Sie lebten zur Miete auf dem einstigen Familienhof und hatten alle Hände voll zu tun. Ihr Vater hatte den Landwirtschaftsbetrieb verkauft, aber sie hatten dort bleiben können. Alfred kam erst Ende 1946 aus der Kriegsgefangenschaft zurück, von der er sich nie mehr ganz erholte. Er kränkelte ständig, hatte Husten, arbeitete aber dennoch, ebenso wie Paula, als Lehrer in Rees. Bei ihnen lebte Paulas Cousin Peter. Er war früh Waise geworden und von Paulas Familie großgezogen worden. Paulas Vater hatte ihn geliebt wie seinen eigenen Sohn, und Peter hing ganz besonders an dem Hof in Empel. Zusammen mit Alfred schuftete er, um den Hof, der im Krieg arg zerstört worden war, wieder auf Vordermann zu bringen. So nah an der Rheinbrücke waren ihnen die Bomben nur so um die Ohren geflogen. Das Dach musste neu ausgebaut werden, einige Stellen an der Fassade bröckelten, und die Felder rundherum waren gespickt mit Blindgängern, sodass kurz nach dem Krieg der Kampfmittelräumdienst fast wöchentlich zu ihnen gekommen war. Zwei Jahre nach Kriegsende heiratete Peter. In der Familie hatte schon niemand mehr damit gerechnet. Er war bereits neununddreißig, als er endlich Maria kennen- und lieben gelernt hatte. Sie zog zu ihnen auf den Hof und kümmerte sich um den Haushalt, während Peter seinen Lebensunterhalt als Friedhofsgärtner verdiente. Und auch in dieser Hinsicht verstanden sich die beiden Männer hervorragend, denn Alfred liebte Pflanzen über alles und hatte einen grünen Daumen. Gemeinsam errichteten sie ein Gewächshaus und verbrachten dort Stunde um Stunde, ohne dass irgendjemand etwas Böses geahnt hätte.

Paula spürte, wie Schmerz und Scham erneut in ihr hochkrochen. Grimmig schlug sie mit der Faust vor die Holzleiter. Sie wollte nicht ständig daran denken, aber immer wieder kreisten dieselben Bilder in ihrem Kopf. Ihr Mann hatte ihr jahrelang etwas vorgespielt. Er hatte niemals sie begehrt, sie fühlte sich gedemütigt. Und dann stand ihr, wie so oft in den vergangenen Wochen, die ganze hässliche Wahrheit und das, was sie sich darüber hinaus ausgemalt hatte, vor Augen.

Im Gewächshaus hatte man sie erwischt.

Maria, die alle nur Ria nannten, war schwanger. Sie hatte Paula nach dem gemeinsamen Mittagessen zur Seite genommen und von Übelkeit und Schmerzen in den Brüsten berichtet. Die beiden hatten wie Mädchen im Kreis getanzt, denn alle hatten schon auf diese frohe Botschaft gewartet. Ria beschloss, ihrem Gatten die freudige Nachricht mit Kaffee und Kuchen ins Gewächshaus zu bringen. Sie hatte sich für diesen Moment hübsch gemacht: die Haare frisch frisiert und die Lippen geschminkt, außerdem hatte sie sich in die Wangen gekniffen, um etwas Farbe zu bekommen. Was sie dort sah, ließ ihre Wangen von allein tiefrot werden. Sie erstarrte zur Salzsäule, das Tablett mit Kaffee und Kuchen vor sich haltend wie eine Monstranz. Kein Mucks entfuhr ihr, und entsetzt schaute sie auf das Bild, das sich ihr bot.

Sie sah ihren Mann mit heruntergelassener Hose. Der weite Anzug war bis zu den Knöcheln gefallen, der Schlüpfer hing widerspenstig oberhalb der Knie herum. Peters Oberkörper war nach vorne gebeugt, die eine Hand in die Stiefmütterchen gestützt. Hinter ihm sah Ria das weiße knochige Hinterteil von Alfred, sein Po war mit kleinen Pickelchen übersät.

Kopulierende Hunde, so erzählte Ria später, sei es ihr noch durch den Kopf geschossen, dann sei sie ohnmächtig geworden. Das Tablett rutschte ihr aus der Hand, die Kaffeetasse zerschellte scheppernd auf dem Boden, die Blechkanne hüpfte ein paar Meter weiter und entleerte ihre braune Brühe, während Rias Gesicht neben dem Pflaumenkuchen auf die Erde knallte.

Was danach geschehen war, hatte Paula sich zusammengereimt. In ihrer Vorstellung versuchten die Männer, sich panisch voneinander zu befreien. Die Hosen an Knöcheln und Kniekehlen allerdings verhinderten einen koordinierten Abgang. So stürzten auch die beiden, wobei Peter mit dem Kinn hart auf den Blumentisch schlug und sich ein Stück Zunge abbiss. Jedenfalls blutete er furchterregend aus dem Mund.

Seine Scham war wohl größer gewesen als jedes Mitgefühl, vermutete Paula, denn Peter hatte sich nicht einmal um seine ohnmächtige Frau gekümmert. Kopflos war er an der Küche, in der Paula sich befand, vorbei in das gemeinsame Schlafzimmer gerannt, hatte aus der untersten Schublade des Schrankes eine alte Militärpistole geholt und sich in den Kopf geschossen. Kaum eine Minute nach dem peinlichen Vorfall hatte er ein Ungeborenes zum Waisenkind gemacht.

Ria war eine einfache, gottesfürchtige Frau. Als sie aus der Ohnmacht erwachte, beichtete sie erst Paula und von Stund an täglich dem Pfarrer, was sie gesehen hatte. Mit niemand anderem sprach sie darüber. Dem Vernehmen nach verstarb Peter, weil er stolperte und unglücklich in eine Heckenschere gefallen sein musste. Man habe ihn verblutet im Gewächshaus gefunden, selbst für die letzte Ölung sei es zu spät gewesen.

Wenn es nach Ria gegangen wäre, hätte wohl so schnell wie möglich Gras über die Geschichte wachsen können, vermutete Paula, schneller als der Bodendecker auf Peters Grab. Jedenfalls hatte sie ihr gegenüber seitdem keine Silbe mehr über die Geschichte verloren.

Den Augenblick des Affekts zum Selbstmord zu nutzen wie Peter, das hatte Alfred verpasst. Und geplant wollte ihm das Ganze wohl nicht so recht gelingen. Sie hatte seit diesem Vorfall nicht mehr mit Alfred gesprochen, sie hatte ihn immer nur angeschrien und beschimpft. Vielleicht sollte ich mich ein wenig zusammenreißen, dachte Paula, so kommen wir ja auch nicht weiter. Dann nahm sie den Strick, klappte die Leiter zusammen und stellte sie zurück an die Wand. Es muss ja nicht jeder gleich merken, was hier los ist, entschied sie und verließ die Scheune.

Der 100. Geburtstag – Freitag

Geheime Dokumente

»Komm, lasst uns das Kränzen noch ein bisschen bekakeln!« Katty war wieder ins Platt verfallen. Die meisten Nachbarn waren inzwischen gegangen, nur der Pfarrer und der Schmied waren noch übrig geblieben und wurden von Katty ins Haus gebeten. Es war schon spät am Abend und eigentlich war Paula müde, aber sie hätte es unhöflich gefunden, jetzt ins Bett zu gehen. Schlafen kannst du, wenn du tot bist, sagte sie sich. Ein Spruch, den sie früher oft gehört hatte und der ihr mittlerweile ein bisschen schwerer über die Lippen ging. Mit achtundneunzig Jahren war der ewige Schlaf schon ganz schön nah. Umso mehr sollte man die letzten wachen Momente doch nutzen, beschloss sie und folgte den anderen ins Wohnzimmer. Ihre Schwester konnte bei Festivitäten nur schlecht ein Ende finden, und der sogenannte Absacker, der mit den allerletzten Gästen getrunken wurde, gehörte für sie zu einem festen Ritual, ohne das sie vermutlich nicht ruhig schlafen konnte. Katty brauchte stets umgehend die Bestätigung, dass ihr Fest gelungen war, und Paula wollte ihr den Gefallen heute gerne tun.

»Was für ein schöner Abend«, eröffnete sie deshalb das Gespräch, »es ist wirklich rührend, wie sich die Nachbarn um Gertrud bemühen.«

»Es waren ja wirklich alle Nachbarn vertreten«, nickte Katty stolz. »Selbst die Kinder sind mitgekommen. Ich finde, das ist enorm, wo sie doch mit uns Alten eigentlich gar nichts mehr zu tun haben.« Sie hat tatsächlich das Erbe Heinrich Hegmanns angetreten, dachte Paula zum wiederholten Male. Nicht nur den Hof, sondern auch die Rolle als zentrale Person des Dorfes hatte sie geerbt. Und sie warb, genau wie der Politiker früher, vor allem um die junge Generation.

»Du bist ja auch die Mutter der Kompanie, Katty«, bestätigte der junge Schmied Paulas Gedanken.

»Danke dir, aber ich glaube, die älteren Nachbarn sind bis heute noch Heinrich Hegmann verbunden. Ihr dürft nicht vergessen, was er alles für Wardt getan hat.«

Paula unterdrückte nur mühsam ein Gähnen. Sie hoffte, dass Katty jetzt nicht alle Taten und Verdienste aufzählen würde. Die meisten kannte sie aus dem Effeff, und sie empfand Kattys übertriebene Lobeshymnen als einschläfernd. Ihre Hoffnung war vergeblich und Katty schon mittendrin in ihren Erzählungen, denn in dem erst etwa dreißig Jahre alten Schmied hatte sie einen dankbaren Zuhörer für Heinrichs Heldentaten gefunden.

»Weißt du, dass die Familien so selbstverständlich miteinander trinken, das hätte ja direkt nach dem Krieg keiner für möglich gehalten. Damals waren viele Familien verfeindet bis aufs Blut. Du bist zu jung, um das zu wissen, aber deine Eltern könnten dir eine Menge darüber erzählen.«

»Hier in Wardt gab es verfeindete Familien?«, staunte Heinz zu Kattys großer Freude und selbst Paula musste sich eingestehen, dass ihre Schwester es verstand, Neugier zu wecken. Dann erzählte Katty, wie sehr Wardt durch den Nationalsozialismus zerrissen worden war, obwohl die meisten Bauern gar nicht besonders politisch gewesen waren. Im Dorf hatte es nur zwei wirklich fanatische Nazis gegeben, der Rest hatte schlicht versucht, mit dem Leben klarzukommen. Die meisten Wardter Bauern waren dennoch oder gerade deshalb in die Partei eingetreten. Man hatte sich eine Parteinummer geholt, eine Hakenkreuznadel angesteckt und ansonsten die Arbeit auf dem Feld getan. Nur ein paar Landwirte hatten standgehalten und sich geweigert, der Partei beizutreten. Die waren natürlich schikaniert worden.

»Frau Oymanns, weißt du, die war doch eben noch fast bis zum Schluss da«, erklärte Katty, mehr an Paula gerichtet, da die beiden Männer Frau Oymanns offensichtlich gut kannten, und unterbrach sich selbst im Redefluss: »Herr Pfarrer, die Geschichte müssen eigentlich Sie erzählen, da waren Sie doch selbst als junger Priester dabei.«

Der Pfarrer schreckte hoch, anscheinend ging es ihm ähnlich wie Paula und er war in seine eigenen Gedanken vertieft gewesen. »Was, welche Geschichte?«, fragte er nun ein wenig indigniert.

»Na, die der kleinen Oymanns', also damals, als sie so etwa zehn Jahre alt war und zu Ihnen gekommen ist, weil sie ihren Vater anzeigen wollte«, beharrte Katty, und im zweiten Anlauf spurte der Pfarrer.

»Ja, richtig. Sie wollte ihren Vater anzeigen. Zum Glück ist sie damit zu mir gekommen und nicht zur Gestapo gegangen. Ich habe sie gefragt, was los sei. Ihr Vater müsse nun endlich in die Partei eintreten, verlangte sie, alle Väter ihrer Freundinnen hätten schließlich so eine schöne Uniform. Erst nach einer Weile konnte ich das Kind beruhigen, und unter Tränen gestand sie, dass sie endlich wieder gute Noten schreiben wolle. Sie sei eine gute Schülerin und lerne fleißig. All ihre Hausaufgaben mache sie immer mit großer Sorgfalt, aber sosehr sie sich auch anstrenge, sie bekomme einfach keine guten Noten. Ihre Klassenkameradin dagegen sei faul und dumm und die bekäme immer eine Eins. Als Tochter eines bekennenden Unpolitischen hatte die kleine Oymanns keine Chance.«

»Also, ich habe meine Noten nicht nach Parteizugehörigkeit vergeben!« Paula fühlte sich persönlich angegriffen. Immer wurde ihr Berufsstand bei solchen Geschichten in Sippenhaft genommen, ärgerte sie sich. Dabei waren die Noten ihr einziger kleiner Widerstand gegen die Naziherrschaft gewesen. Abgesehen davon hatte sie wenig Grund, besonders stolz auf ihr Verhalten zu jener Zeit zu sein. Sie war eine typische Mitläuferin gewesen, war nicht für die Nazis gewesen, hatte aber auch nicht aufbegehrt oder gar, wie Gertrud, ihr Leben riskiert, indem sie jemanden versteckte, selbst wenn derjenige das, wie sie ja jetzt wusste, gar nicht verdient hatte.

»Natürlich nicht. Aber darum geht es jetzt gar nicht«, wehrte Katty ihren Einwand ab. »Wir wollten doch Heinz nur an einem Beispiel zeigen, wie zerrissen unser kleines Dorf war, bis in die Familien hinein. Es gab auch einige, die im Krieg standhaft gewesen sind und Nachteile erlitten haben. Und die wollten sich nach dem Krieg an den Parteigängern rächen.«

Katty hatte nun wieder die volle Aufmerksamkeit der kleinen Runde. Der Schmied lauschte, weil er die alten Geschichten wirklich noch nie gehört hatte, der Pfarrer, weil er nicht noch einmal bei einer Unaufmerksamkeit erwischt werden wollte, und Paula, weil sie mit sich selbst gewettet hatte, wann und wie Heinrich ins Spiel kommen würde.

»Die unpolitischen Bauern waren von den Nazis drangsaliert worden«, fuhr Katty fort. »Und als die Front näher rückte, bekamen sie das Elend von beiden Seiten ab. Denn auf den Höfen der Unpolitischen wurden die meisten deutschen Soldaten stationiert, sodass ausgerechnet sie zum bevorzugten Ziel der alliierten Bomben wurden.«

Familie van Laack, so erzählte Katty weiter, hatte es besonders schlimm erwischt. Als die Panzer feuerten, schickte der

Bauer die Familie samt Mägden und Knechten in den Keller. Nur seine Frau ließ sich nicht davon abhalten, noch schnell zum Schafstall zu laufen, um den Tieren genügend Futter für ein paar Tage in den Trog zu werfen. Unseligerweise hatte ihre fünfjährige Tochter sich von der Hand des Kindermädchens befreien können. Die Bäuerin hatte den Stall gerade erreicht, als es einen ohrenbetäubenden Knall gab. Fünfzig Meter vom sicheren Keller entfernt flog der Schafstall in die Luft, mittendrin die Bäuerin. Ihre kleine Tochter wurde von der Wucht der Detonation durch die Luft geschleudert. Van Laack rannte los, um wenigstens noch seine Tochter zu retten. Erst im Keller bemerkte er, dass das Kind längst tot war. Die Kinderleiche im Arm, harrte der Bauer aus.

Nach ungefähr zwei Tagen kamen britische Soldaten in den Keller gestürmt und zerrten die Männer nach oben ans Tageslicht. Van Laack, seine beiden ältesten Söhne und die Knechte wurden von den Briten nicht gerade zimperlich behandelt. Nur mühsam konnten sie diese davon überzeugen, dass sie mitnichten Nazis waren, sondern ganz im Gegenteil die deutschen Soldaten eben gerade deshalb auf dem Hof stationiert gewesen waren, weil sie deren Gesinnung nicht geteilt hatten. Auch wenn die Briten ihnen schließlich glaubten, war die Verheerung längst angerichtet. Das Vieh war tot, die Schafe allesamt verbrannt, die große Scheune von Bomben in zwei Teile geschnitten worden und das Haus hatte kein Dach mehr. Van Laack hatte Frau, Kind und seine Existenz verloren. Er war kein Nazi gewesen und war dafür gleich doppelt bestraft worden. In ihm machte sich schwelender Hass breit auf diejenigen, die mit der Parteinadel davongekommen waren.

Paula hatte gebannt zugehört. Diese Geschichte kannte sie wirklich noch nicht und hatte sie sehr berührt. Sie erinnerte sich daran, dass sie in den letzten Kriegstagen viel mehr Angst um ihre Mädchen gehabt hatte als um sich selbst. Und sie verstand van Laacks Unversöhnlichkeit. Sie konnte sich vorstellen, wie es dem Mann gegangen sein und wie groß der Schmerz über den Verlust gewesen sein musste. Auch seinen Rachedurst fand sie nachvollziehbar, selbst wenn der nach Kattys Interpretation den Falschen getroffen hatte, nämlich Bauer Passens. Den, so hörte sie Katty die Geschichte weiterführen, hatte Wardt 1938 zum Bürgermeister gemacht.

»Wie, der Passens hinten am Kirchenfeld war ein alter Nazi?«, ereiferte Heinz sich nun, der die Geschichte des Dorfes förmlich aufzusaugen schien.

»Er war in der Partei, aber ein Nazi war er deshalb noch lange nicht«, erwiderte Katty bestimmt. »Eigentlich hat er seine Sache als Bürgermeister sehr gut gemacht, er hat nämlich so wenig wie möglich getan und alle Bauern, so gut es ging, in Ruhe gelassen.« Nach dem Krieg aber, als es van Laack und anderen Familien schlecht ging, da hatten sie vom einstigen Nazibürgermeister Passens eine Wiedergutmachung verlangt. »Dein Land gehört uns«, hatten sie ihn bedroht, »dein Hof wird unter uns aufgeteilt.« Mehr als einmal war der nachkirchliche Sonntagvormittag in eine wilde Schlägerei ausgeartet. Und auch wenn die blauen Augen und aufgeplatzten Augenbrauen schnell verheilt waren, ein Riss war quer durchs Dorf gegangen, und über Monate hatte ein Gefühl von Missgunst und Misstrauen die kleine Bauernschaft beherrscht. Als eines Tages ohne ersichtlichen Grund die Scheune von Passens abgebrannt war, hatten die Wardter Brandstiftung vermutet und aus Angst, ihnen könnte Ähnliches widerfahren, hatten sich diejenigen, die vormals eine Parteinadel getragen hatten, zusammengetan und eine Art Bürgerwehr gebildet.

»Es gab permanente Unruhen«, schloss Katty die Geschichte und blickte den Pfarrer bedeutsam an, »bis Heinrich Hegmann ein Machtwort sprach.«

»Und das war bei mir auf der Kanzel«, sagte der Priester

beflissen und Paula bemerkte amüsiert, dass er diesmal auf sein Stichwort vorbereitet gewesen war. Offenbar hatte es schon so manches Nachbarschaftsfest gegeben, an denen Katty und der Pfarrer ihr Tänzchen aufgeführt hatten. Den Rest der Geschichte kannte Paula. Heinrich hatte in der Kirche eine Art Predigt gehalten und die Dorfbewohner aufgefordert, diejenigen zu unterstützen, die im Krieg ihr Hab und Gut verloren hatten. Mit seiner ganzen Autorität hatte er die Bauern mit unversehrten Höfen gebeten, Geld oder Arbeitskraft zu spenden, damit die anderen wieder auf die Beine kämen. Heinrichs Aufforderung, die nun von Katty zum Besten gegeben wurde, konnte Paula inzwischen mitsprechen:

»›Wir können die Vergangenheit nicht ändern, also lasst uns gemeinsam eine gute Zukunft errichten!‹, das hat er damals von der Kanzel herabgerufen. Ich glaube, man kann sagen, dass Heinrich Hegmann das Dorf versöhnt und durch manches Fest dafür gesorgt hat, dass die Dorfgemeinschaft auch wieder etwas zu lachen hatte«, endete Katty und blickte sich Beifall heischend um.

»Dazu haben aber auch Sie Ihr Scherflein beigetragen«, sagte der Pfarrer und Paula pflichtete ihm bei.

»Das kann man wohl sagen. Kein Jubiläum oder Geburtstag entgeht meiner Schwester, wenn man daraus ein Fest machen kann. Sie lässt das Dorf gern antanzen.« Anerkennendes Gelächter machte sich breit, und als dieses abgeebbt war, nutzte der Pfarrer die Gunst der Stunde und löste die kleine Runde auf. Katty und Paula blieben allein zurück.

»Ohne Heinrich wäre das alles nicht möglich gewesen«, nahm Katty den Faden noch einmal auf.

»Du warst schon immer gut darin, deine Botschaften unters Volk zu bringen.« Paula kannte ihre Schwester nur zu gut. Katty war seit dem Streit am Nachmittag als Heinrichs Anwältin unterwegs und wartete nur darauf, dass irgendjemand sie zum Plädoyer auffordern würde. Paula hatte keine Lust, dieser jemand zu sein, und ergänzte daher: »Ich bin schon katholisch, liebe Katty. Vor mir musst du Heinrich nicht verteidigen. Ich habe nie etwas gegen ihn gehabt.«

»Aber warum kann denn Gertrud nicht aufhören mit diesen ewigen Schuldzuweisungen? Ich kann es nicht mehr hören.«

»Du musst es doch am besten wissen. Man kann in Heinrich Hegmann beides sehen. Den Wohltäter und großen Politiker und den Machtbesessenen, der womöglich sogar Bruder und Ehefrau für seine Zwecke opfert. Und Gertrud hat sich für die zweite Version entschieden. Hör auf, dagegen anzukämpfen, dann kommst du eher ans Ziel.«

»Das kann ich aber nicht auf mir sitzen lassen. Ich muss mich doch verteidigen.«

»Wieso musst du dich verteidigen? Es geht um Heinrich, nicht um dich.«

Katty stand auf, ging zur Kommode und kramte einen alten Aktenordner hervor.

»Was ist das?«, fragte Paula misstrauisch. Alte, verstaubte Aktenordner weckten bei ihr ungute Erinnerungen.

»Die Scheidungsunterlagen von damals«, sagte Katty und Paula meinte, in ihrer Stimme ein leichtes Zittern zu hören. »Wenn du das liest, weißt du, warum ich auch mich selbst verteidige, wenn Heinrich angegriffen wird. Ich saß immer mit auf der Anklagebank.«

Warst du denn unschuldig? Die Frage stellte Paula nur sich selbst, sie wollte Katty nicht verletzen, und eine vernünftige Antwort hätte sie ohnehin nicht bekommen.

»Woher hast du die Akte?«, fragte sie stattdessen.

»Beim Putzen im Schrank gefunden. Als ich Gertruds Zimmer fertig gemacht habe.« Katty legte den Ordner auf den Tisch, und Paula streckte die Hand danach aus. Sie war verblüfft über den Umfang der Scheidungsakte. Ihre eigene bestand nur aus zwei Blättern Papier. Zwischen Alfred und ihr war am Ende alles sehr schnell geregelt gewesen.

»Was steht denn da alles drin?«, wunderte sie sich, zog den Ordner zu sich herüber und versuchte vergeblich, die verblasste Schrift zu entziffern.

»All die schlimmen Sachen, die diese Frau damals über mich verbreitet hat, in mehrfacher Ausführung. Und die Aussagen von bestimmt fünfzig Zeugen. Ein Großteil von denen war vorhin hier, oder zumindest ihre Kinder und Kindeskinder. Und ich muss zugeben, dass ich, vielleicht, weil ich die ganzen Vorwürfe noch einmal gelesen habe, heute Abend wirklich manchmal das Gefühl hatte, schräg angeguckt zu werden.« Paula wusste, dass Katty gerade ihrem Hang zum Theatralischen nachgab, beruhigte sie aber trotzdem.

»Das ist Unsinn, Katty, alle mögen dich. Du hast doch gehört, dass du die Mutter der Kompanie bist.« Paula überlegte einen Moment. »Wusstest du eigentlich nicht, was darin steht?«

»Ich kenne Details und weiß von den Zeugenaussagen. Aber diesen Ordner habe ich noch nie gesehen. Und es hat ein anderes Gewicht, wenn da solche Ungeheuerlichkeiten über dich schwarz auf weiß stehen. Es wirkt so amtlich, so wahr, selbst wenn es alles Lügen sind.«

Paula konnte genau nachvollziehen, was Katty meinte. Auch ihr war es mit Alfreds Enthüllungen so gegangen. Als sie sich einige Monate nach dem Ereignis im Gewächshaus einander wieder angenähert hatten, hatte Alfred ihr erzählt, wie es dazu gekommen war, wann und wo er zum ersten Mal bemerkt hatte, dass er sich zu Männern hingezogen fühlte. Und all das hatte Paula wesentlich besser ertragen können als die Schriftform. Alfreds Tagebücher hatten bei ihr weit größere Verzweiflung ausgelöst als die Gespräche mit ihm.

»Ich glaube, es liegt daran, dass gesprochene Worte so flüchtig sind. Aber was niedergeschrieben ist, das kann man immer wieder hervorkramen, das ist kaum aus der Welt zu schaffen«, überlegte sie laut.

»Es sei denn, man verbrennt es«, fiel Katty ihr ins Wort, »und das habe ich versäumt. Vielleicht sollte ich es jetzt endlich tun.«

»Ich habe es nicht übers Herz gebracht. Mehr als einmal habe ich mit den Tagebüchern vor dem Kamin gestanden, aber ich hatte das Gefühl, dass ich ein Stück Leben zerstöre, wenn ich sie hineinschmeiße.«

Paula sah, wie Katty die Stirn runzelte und sie musterte.

»Wovon redest du?«, fragte sie, und da erst bemerkte Paula, dass sie ihrer Schwester gerade ein Geheimnis verraten hatte. Schnell überlegte sie, ob sie Katty eine Ausrede auftischen sollte, dann entschied sie sich für die Wahrheit. Vielleicht war es wirklich das Beste, wenn endlich alles auf den Tisch kam.

»Gestern hat mir Gertrud die ganze Wahrheit über Wolodomir Huth erzählt, heute kommst du mit dem verschollenen Aktenordner, und jetzt bin ich wohl dran. Nach Alfreds Tod hat man mir seine Tagebücher geschickt. Er hatte das in seinem Testament so festgelegt.«

Paula machte eine Pause. »Ich hatte bis zu seinem Lebensende Kontakt zu Alfred.« Kattys Gesichtsausdruck war schwer zu deuten, Paula glaubte Ungläubigkeit, Unverständnis und Entsetzen abwechselnd zu erkennen.

»Zu diesem …«, offenbar wusste Katty nicht, wie sie ihn nennen sollte »… Perversen, der unseren Peter auf dem Gewissen hat?« Jetzt war es raus. Und Paula wurde zum ersten Mal bewusst, dass Katty auf Alfred blickte wie Gertrud auf Heinrich. Und auch sie hatte am Anfang nur Ekel für Alfred übrig gehabt, bis sie verstanden hatte, dass er selbst mit seiner Neigung am meisten haderte.

»So siehst du ihn«, antwortete sie deshalb, »und ich verstehe das sogar. Aber letztlich war er nur ein unglücklicher Mensch, der einen Fehler gemacht hat. Einen Fehler mit tödlichen Konsequenzen. Und glaube mir, auch er hat darunter gelitten. Gerade du solltest darüber nicht so unversöhnlich urteilen.«

Katty sagte nichts. Vielleicht hatte auch sie die Parallele erkannt. Vielleicht aber schwieg sie nur, weil sie nicht fassen konnte, was Paula gesagt hatte. Doch im Grunde waren ihre Schwestern schuld daran, dass sie ihr Herz für Alfred nach dem Vorfall im Gewächshaus wiederentdeckt hatte. Immerhin hatten Katty und Gertrud ihr von einer Scheidung abgeraten, auch wenn das einzig aus Sorge um Paulas Stellung und das Ansehen der Familie geschehen war. Im Ergebnis aber war Paula bei Alfred geblieben, und sie hatten viel miteinander geredet. Was Alfred ihr damals schon erzählt hatte, bekam sie nach seinem Tod noch einmal schriftlich.

»Ein Freund oder, wie würde man heute sagen, sein Lebensgefährte, hat mir Alfreds Tagebücher geschickt. Gott, wie lange ist das jetzt her? Alfred muss seine Erinnerungen und Gedanken zum Teil nach der Rückkehr aus der Kriegsgefangenschaft aufgeschrieben haben.« Sie machte eine Pause und erwartete, dass Katty sie zum Erzählen ermunterte. Aber ihre Schwester sagte noch immer keinen Ton.

»Willst du nicht wissen, was darin stand?« Sie hörte, wie Katty schluckte.

»Na, wenn du mich so inständig bittest«, fuhr Paula fort:

»In den letzten Tagen des Zweiten Weltkriegs fing es an. Auch wenn er es vorher wohl bereits geahnt hatte, so wurde ihm erst in Kriegsgefangenschaft bewusst, wem seine wahre Liebe galt.«

1945–1947

Alfreds Kriegsgeheimnis

Er war dem sicheren Tod mehrmals von der Schippe gesprungen. Bei der Schlacht um die Krim war er mit dem Leben davongekommen. Die Ukrainer hatten ihn gefangen genommen, und Alfred war heilfroh, dass er ausgeharrt und nicht versucht hatte, zu fliehen. Viele seiner Kameraden waren abgeknallt worden wie die Hasen, andere, die mit der Marine flüchten wollten, waren im Bombenhagel ertrunken. Die Ukrainer waren dagegen geradezu freundlich. Das Leben im Gefangenenlager war nicht üppig, aber er lebte und das war erst mal das Wichtigste. Doch nach gut zwei Monaten wurden sie aufgeteilt.

Um die Gefangenen im Lager war anscheinend ein Streit entbrannt. Die gebeutelten Nationen schacherten um Genugtuung in Form von Arbeitskräften, und es ging dabei zu wie auf einem Viehmarkt. Schließlich fiel Alfred mit etwa zwanzig weiteren Wehrmachtssoldaten den Tschechen in die Hände. Sie hätten das schlechteste Los gezogen, hieß es, den Tschechen gehe es ausschließlich um Rache, sicherlich würden sie gefoltert und in Stücke gerissen. Aber Alfred war zu erschöpft, um sich noch zu fürchten. Er hatte gesehen, wie seine Kameraden erschossen wurden, wie plötzlich Körperteile durch die Gegend flogen, weil einer auf eine Mine getreten war. Es hatte

Momente gegeben, in denen er sich wie ein Hasenfuß auf der Erde zusammengekauert und geweint hatte. Im Grunde hatte ihn sein mangelnder Kampfesmut gerettet, glaubte er. Während die anderen johlend voranpreschten, war er vom Tod so erschüttert gewesen, dass er am Leben blieb.

Die Tschechen zwangen ihn und seine Kameraden auf einen Fußmarsch. Sie waren zu sechst und bewaffnet, dagegen standen etwa zwei Dutzend Deutsche kurz vor dem Verhungern. Sie wanderten los Richtung Norden, und nach etwa zwei Wochen kamen sie mit zerschundenen Füßen in der Stadt Nikolayev an. Dort war ein Kriegsgefangenenlager, in dem sie erneut für einige Monate unterkamen. Bis zum Frühjahr 45 blieben sie dort, dann wurden sie auf sowjetische Militärlastwagen aufgeteilt. In der Dämmerung des zweiten Tages ließ der Kommandeur sie aussteigen. Alfred sprang vom Wagen und sackte sofort zusammen. Seine Muskeln waren wie Pudding. Der Kommandeur fuchtelte mit dem Gewehr vor seiner Nase herum und versetzte ihm einen Tritt.

Alfred richtete sich auf und schaute sich um. So weit das Auge reichte, erstreckten sich blühende Wiesen, ein paar Felder, die darauf warteten, bestellt zu werden. Sonst nichts. Kein Hof, kein Haus, schon gar keine Stadt.

Sie wurden mit dem Gewehr vor einen Graben geschubst und gezwungen, sich ins Gras zu knien, das Gesicht zum Graben, die Hände hinterm Kopf.

Es lag eine gespenstische Ruhe über der Szenerie. Plötzlich luden die Tschechen die Gewehre durch, es klickte, sie schossen, doch niemand kippte in den Graben. Alfred wagte es nicht, den Kopf nach rechts oder links zu drehen. Man hörte keine Schreie. Nichts. Außer einem eklig kehligen Lachen hinter ihnen war es still. Alfred schloss die Augen und wartete auf so etwas wie Erlösung. Das hätte der Tod sein können, aber tief in sich spürte er eine merkwürdige Gewissheit. Er wagte nicht, diesem Gefühl nachzugehen, weil er Angst hatte, enttäuscht zu werden, aber etwas sagte ihm, er würde überleben.

Die äußeren Anzeichen sprachen allerdings dagegen. Und dennoch, irgendwas stimmte nicht.

In diesem Moment hörte er erneut das metallische Geräusch beim Durchladen der Gewehre. Er hielt den Atem an. Jäh vernahm er einen Schrei und ein Wimmern. Jemandem waren die Nerven durchgegangen, und schon knallte es. Erst einmal, zweimal, dann kam eine ganze Salve.

Es schien, als würde die Zeit stehen bleiben. Es dauerte mehrere Sekunden, bis Alfred einen stechenden Schmerz spürte. Er merkte, wie es in der Jacke seiner zerschlissenen Uniform warm und feucht wurde. Er blutete, das war sicher, aber er wagte weder zu gucken noch zu schreien. Er biss sich auf die Zähne und hoffte, bald ohnmächtig zu werden. Konzentriert auf die eigene Verwundung, bemerkte er erst Minuten später das Stöhnen. Sie waren alle getroffen, angeschossen, aber keiner war tot. Und es sollte auch keiner sterben. Es ging um Todesangst und Erniedrigung.

Alfred fragte sich, wie lange er das durchhalten würde und ob am Ende doch noch ein Gnadenschuss käme. Er kämpfte gegen die Panik an. Zwei Kameraden kippten ins Gras. Alfred wusste nicht, ob ihre Peiniger schlecht gezielt und deshalb tödlich getroffen hatten oder ob diese Kameraden das Glück einer Ohnmacht ereilt hatte.

Es schien Stunden zu dauern, bis die Soldaten mit einem Mal unruhig wurden. Man hörte Motorengeräusche, wirre Stimmen, dann wurden ihnen Gewehrspitzen ins Kreuz gedrückt und man bedeutete ihnen, aufzustehen.

»Das sind Russen«, flüsterte einer, und in dem Moment wusste niemand, ob das nun ein gutes oder ein schlechtes Zeichen war. Ihnen wurde zu verstehen gegeben, loszumarschieren, es ging erneut nach Norden, so viel konnte Alfred über den

Sonnenstand erraten. In fast jedem Dorf stießen weitere Trupps mit Gefangenen zu ihnen, und nach drei Tagen erahnten sie ihr Ziel: »Oświęcim 15« stand auf einem Schild. Ein paar Stunden später waren sie da. Der Gefangenenzug wurde aufgeteilt, und sie landeten zu zehnt in einer Baracke. Es gab Holzpritschen in ihrer Unterkunft und alte Strohsäcke, der Gestank war bestialisch. Es roch nach Schweiß, nach Blut, nach Angst.

Erst später konnten sie sich aus Gesprächen mit den anderen Gefangenen zusammenreimen, was passiert war. Die tschechischen Soldaten waren mit ihnen bis an die Grenze des eigenen Landes gefahren. Aber letztendlich wussten ihre Bewacher nicht, wohin mit den deutschen Gefangenen. Ihr Land war noch besetzt, und als Untergrundkämpfer hatte man wenig von der Beute, es sei denn, man verkaufte sie. So waren sie dann wiederum in die Hände der russischen Soldaten gelangt, und die wussten das zu nutzen, was von den Gräueltaten der Deutschen übrig geblieben war: Auschwitz. Sie befanden sich nun in Sosnowitz, einem Außenlager von Auschwitz. Alfred hatte nur eine dunkle Ahnung von dem, was hier passiert war, aber der Name hatte einen eigenen Klang: Er stand für Untergang.

In diesem Sommer war es brütend heiß, doch den Männern ging es verhältnismäßig gut. Die Wunden waren verheilt, und man versorgte sie ausreichend. Zwischenzeitlich war der Krieg offiziell für beendet erklärt worden und das Lager samt Außenlagern und Kriegsgefangenen an die Polen zurückgefallen. Unter den Gefangenen hatten sich Grüppchen gebildet. Die einen dösten und dämmerten den ganzen Tag vor sich hin, andere gingen trotz Hitze und den kleinen Essensrationen an die Luft und bewegten sich. Wieder andere versuchten ihren Geist wachzuhalten, sie spielten Karten oder Brettspiele, die sie provisorisch mit Steinchen und Linien auf dem Boden angefertigt hatten.

Alfred und Hans, ein Bergmann aus dem Ruhrgebiet, gehörten zu denen, die sich körperlich fit halten wollten. Außerdem besaß Hans ein Skatspiel. Manchmal spielten sie zu dritt, manchmal zu zweit. Sie erzählten sich ihr Leben. Alfred erzählte von Paula und den Kindern, vom Hof in Empel und von seiner großen Liebe zu allem, was blühte. Hans war fast zwanzig Jahre jünger, er war ebenfalls verheiratet, aber kinderlos, irgendwie hatte ihnen, wie so vielen, der Krieg dazwischengefunkt.

Als sie den ersten Sommer in Sosnowitz hinter sich gebracht und die Polen sich und ihre Kriegsgefangenen ein wenig organisiert hatten, wurden die Deutschen zur Arbeit eingeteilt. Hans und Alfred meldeten sich nach Absprache gemeinsam für die Arbeit im Kohlebergbau. Im Nachhinein ein großes Glück, denn die Winter in Sosnowitz waren bitterkalt, und Alfred hatte nur noch eine dünne Uniform am Leib. Im Lager gab es kaum Decken, und wenn, dann waren diese so verwanzt, dass man es kaum ertrug. Die Insekten saugten sich nachts an den Körpern der Männer satt, und es gab keinen Einzigen im Lager, der nicht verzweifelt an sich herumkratzte. Im Winter schließlich, als die Temperaturen auch in den Baracken nachts bis zum Gefrierpunkt fielen, waren sie zwar endlich die Wanzen los, allerdings war die Kälte das ungleich schlimmere Übel. Kurzum, Alfred wäre möglicherweise erfroren, wenn er nicht einige Stunden am Tag in die warme Grube hätte einfahren können.

Anfang November begannen sie mit der Arbeit. Abends um sieben Uhr wurden sie das erste Mal auf den Appellplatz geholt, in einer Truppe von zwanzig Männern ging es los. Nach einer Stunde Fußmarsch wurden sie in eine Waschkaue geführt. Hier waren auch polnische Bergleute, die sie anzischten und vermutlich aufs Übelste beleidigten. Alfred war froh, dass er noch immer kein Polnisch gelernt hatte. So war er fast ein bisschen neugierig auf das, was ihn da unten erwartete. Jeder von ihnen bekam eine Grubenlampe, und damit ging es dreihundert Meter tief in die Erde hinab. Der Aufzug war nass und feucht, und anders als von Alfred erwartet, war es auch nicht richtig heiß unten im Flöz.

Ihre Aufgabe war es, den Wagen hin- und herzuschieben. Wenn er geleert war, wurde er vom Aufzug bis tief in den Schacht geschoben, dort wurde er gefüllt und von den Kriegsgefangenen zurückgeschoben. Die Arbeit war mühsam, im Schacht war es nass, und sie rutschten immer wieder aus. Selbst für Hans war diese Arbeit neu. So etwas machten bei ihnen die Grubenponys oder Esel. Direkt zu Beginn der Schicht legte er sich ordentlich ins Zeug, rutschte weg und klatschte auf den schlammigen Boden. Er war von oben bis unten verdreckt, was alle zum Lachen brachte. Hans lachte nicht. Er fragte sich, wie er den Rückweg ins Lager durch eisige Temperaturen überstehen würde, ohne sich eine Lungenentzündung zu holen. Der Aufseher hatte ein Einsehen. Er ließ Hans' Kleidung nach oben bringen, in die Kaue, wo sie trocknen konnten, und Hans arbeitete in Unterhosen weiter.

Zu viert schoben sie an einem Wagen, wurden regelmäßig von den Polen angemault – und doch fand Alfred die Arbeit weniger schlimm als erwartet. Gegen fünf Uhr morgens waren sie fertig mit ihrer Schicht. Anders als die einheimischen Bergleute durften sie nicht in der Waschkaue duschen. Sie bekamen Brot und eine dünne Suppe, dann machten sie sich verdreckt und müde auf den Heimweg.

Als es langsam hell wurde, kamen sie im Lager an. Sie wuschen sich mit einer Seife, die gerade gut genug war, um den Dreck auf dem ganzen Körper zu verteilen. Aber Alfred war es egal. Seine Schultern schmerzten, und er wollte nur noch liegen. Am Nachmittag wurde er wach und wusste, es würde wieder von vorne losgehen. Aber er beschwerte sich nicht. Die Bergarbeiter bekamen mehr zu essen, und langsam entwickelte sich Kameradschaft unter Tage, und Alfred lernte sogar ein paar Brocken Polnisch.

Im Lager teilten sich inzwischen zwei Männer eine Pritsche. Man versuchte, so viel Körperwärme wie möglich voneinander zu bekommen. Oft wachten Alfred und Hans am Nachmittag eng umschlungen auf. Keiner dachte sich etwas dabei, jeder wollte irgendwie überleben. Und doch gefiel es Alfred. Wenn die Männer am frühen Abend beieinander saßen, die einen vor Beginn der Schicht, die anderen schon fertig, erzählten sie sich Geschichten von zu Hause, von ihren Familien, von Frauen. Einer berichtete von wilden Erlebnissen mit den Frauen in seiner Heimatstadt. Er kam aus Berlin, und dort waren die späten Zwanzigerjahre dem Vernehmen nach eine einzige Frivolität gewesen. Er erzählte von dem Leben in Bars und von Prostituierten. Und auch wenn wahrscheinlich nur wenig von dem stimmte, was er da großspurig berichtete, so hingen die Männer doch an seinen Lippen. Keiner von ihnen hatte in den letzten anderthalb Jahren eine Frau angefasst oder gesehen.

Die meisten befriedigten sich mehr oder weniger heimlich auf ihren Holzpritschen. Niemand störte sich daran. Und selbst einige Paare hatten sich angeblich schon unter den Männern gebildet. Man sprach flüsternd darüber, aber keiner hatte ein Interesse daran, diesen Gerüchten nachzugehen. Jeder von ihnen hatte mit den eigenen Bedürfnissen zu kämpfen, und wenn das neben Hunger, Durst und Erschöpfung die Lust auf einen menschlichen Körper bedeutete, dann war das eben so.

Nur Alfred fühlte sich durch solche Geschichten aufgewühlt. Er hatte längst gemerkt, dass er sich zu Hans mehr hingezogen fühlte, als er sollte. Wenn sie unter Tage arbeiteten, betrachtete er den Körper des Jüngeren mit einer Bewunderung, die eigentlich einem weiblichen Körper hätte gelten sollen.

Wenn sie sich aneinanderkuschelten, erregte es ihn. Und immer häufiger fragte er sich, ob es Hans vielleicht ähnlich erging.

Etwa einmal im Monat kam Post ins Lager. Alfred bekam Briefe von Paula und den Kindern. Paula munterte ihn auf, sie schrieb von dem, was die Nachbarn trieben, von ihren Schülern und von ihren Geschwistern. Dabei traf sie einen Ton, der Alfred und Hans, dem er die Briefe vorlas, oft laut loslachen ließ. Sie hatte Witz, jegliche Sentimentalität allerdings fehlte ihr und vor allem ihren Briefen. Anfangs hatte er gehofft, seine Frau würde voller Sehnsucht schreiben, später freute Alfred sich an dem, was er hatte. Auch Hans bekam Briefe von seiner Frau. Aber seltener. Herta war nicht gerade begnadet mit Füller und Papier, ihre Sätze waren kurz und knapp. Sie hatten etwas nüchtern Pragmatisches, und alle ihre Briefe endeten mit dem Satz »Komm bald nach Hause«. Es klang wie ein bedrohlicher Befehl, man konnte sich ein »Sonst passiert etwas Schlimmes« dazudenken. Eines Tages war es so weit, es war inzwischen kurz vor Weihnachten.

Fast alle Gefangenen bekamen Pakete von zu Hause, was von ihren polnischen Bewachern geduldet wurde. In einem so katholischen Land durften zu diesem besonderen Fest alle glücklich sein, sogar die Deutschen in Sosnowitz. In den Paketen war fast immer das Gleiche: selbst gebackene Plätzchen, und wer besonderen Dusel hatte, bekam noch ein paar selbst gestrickte Socken oder Handschuhe dazu. Hans hatte ein besonders schönes Paket erhalten. Walnüsse waren darin, zwei Paar Socken, Spitzbuben und Spritzgebäck und ein, für Hertas Verhältnisse, sehr langer Brief. Herta beschrieb ihm ohne übermäßige Emotionen, wie sie jetzt lebte. Sie hatte das Ruhrgebiet verlassen und war zu Verwandten nach Telgte ins Münsterland gezogen. Dort hatte sie auf einem großen Bauernhof angefangen. Als Mädchen für alles. Und wenn sie »alles« schrieb, so war wenige Zeilen später klar, dass »alles« auch wirklich »alles« meinte. Der Bauer gefiel ihr, sie gefiel dem Bauern, und er hatte um Hertas Hand angehalten. Hans störte bei dem jungen Glück, und so bat Herta ihn um die Scheidung. Sie könne schließlich nicht ihr Leben an einen Mann verschleudern, von dem sie nicht wisse, ob sie ihn jemals wiedersehe. Offensichtlich hatte sich Herta tatsächlich so ihre Gedanken gemacht. Und mitleidlos führte sie weiter aus, dass Hans jederzeit in der Grube erschlagen werden könne. Es sei außerdem nicht sicher, dass er diesen Winter überstehe, auch wenn sie ihm das natürlich von Herzen wünsche. Und sie, Herta, zöge es vor, einen netten Bauern an ihrer Seite zu haben, mit dem kleinen Makel, eine geschiedene Frau zu sein, als irgendwann eine Witwe und mutterseelenallein – und das vermutlich für den Rest ihres armseligen Lebens. Sie war gewillt, die Chance, die sich ihr bot, zu ergreifen. Und mit einer Mischung aus Verzweiflung und Eiseskälte bat sie Hans inständig, sich ihr nicht in den Weg zu stellen und in die Scheidung einzuwilligen.

Hans hatte sich über das große Paket gefreut, er hatte schlechte Scherze gemacht und lautstark von der Größe des Pakets auf andere Größen geschlossen. Den Brief hatte er wohl erst danach gelesen. Alfred fand ihn zwei Stunden später. Er kauerte an der Wand der gemeinsam genutzten Holzpritsche und brabbelte vor sich hin. Ein Speichelfaden hing ihm aus dem Mund, die Nase war verrotzt, er hatte sich erbrochen und hielt eine fast leere Flasche billigen Wodkas umklammert.

Ein Glas von diesem hochprozentigen Zeug hätte wahrscheinlich gereicht, um einen abgemagerten, alkoholentwöhnten Mann ins Nirwana zu schießen; ein Dreiviertelliter hatte Hans anscheinend um den Verstand gebracht. Alfred nahm ihm behutsam die Flasche aus dem Arm. Irgendetwas von »Weiber« und »einzig wahrer Freund« glaubte er zu verstehen. Er legte seinen Freund ins Bett, nahm einen alten Socken, füllte ihn draußen mit Schnee und legte ihn dem jammernden Hans auf die Stirn. Der fing nun bitterlich an zu weinen und klammerte sich an Alfred. Alfred ließ es geschehen. Er setzte sich ebenfalls aufs Bett und zog Hans an seine Brust. Hans schaute seinen Retter mit glasigen Augen an, zog sich ungelenk an ihm hoch, bis seine Lippen Alfreds Hals berührten, und küsste ihn. Sein Mund wanderte weiter und suchte Alfreds Mund. Alfred war starr vor Schreck. Er kämpfte mit sich, mit seiner Leidenschaft und allem, was ihm heilig war. Er durfte nicht. Doch das Gefühl war stärker als sein Gewissen. Er trank einen ordentlichen Schluck von dem übrig gebliebenen Wodka, als könnte der ihm später als Entschuldigung dienen, und erwiderte den Kuss.

Es war berauschend. Alfreds Herz pochte so heftig, dass er um sich herum nichts mehr wahrnahm. Waren noch andere Männer im Raum? Er wusste es nicht. Eine große Welle überspülte ihn, vernebelte ihm das Hirn, und erst als die Leidenschaft abebbte und er sich bewusst wurde, dass er nackt und erschöpft neben einem anderen Mann lag, wurde ihm schlecht.

Alfred stand auf, sein Magen rebellierte. Er entdeckte die angebrochene Flasche Wodka und hob sie an den Mund. Nach einem kräftigen Schluck war ihm wohler.

Er horchte in sich hinein. Da war etwas wie Scham. Was hatte er bloß getan. Und was würde Hans von ihm denken. Vermutlich würde er sich angeekelt abwenden, sich missbraucht vorkommen und mit seinem Freund nie wieder ein Wort sprechen. Natürlich hatte Hans angefangen, aber er war betrunken und unglücklich gewesen und er, Alfred, hätte den Freund abhalten müssen. Schuld empfand er nicht, auch keine Reue. Eigentlich fühlte er sich richtig gut, musste er zugeben. Das war vielleicht die schlimmste Erkenntnis. Er fühlte sich sogar so gut, dass er sich wünschte, es wäre nicht nur ein Ausrutscher gewesen. Zur Beruhigung trank er noch einen Schluck, machte schließlich die Flasche leer und schlief beseelt und aufgewühlt ein.

Ein paar Stunden später wachte er auf. Hans stöhnte neben ihm und litt offenbar höllisch unter den Nachwirkungen des Wodkas. Es war der erste Weihnachtstag, sie hatten frei. Keine Kohle, keine Grube, kein Dreck. Die Polen hatten sogar einen Priester organisiert, der draußen auf dem Appellhof eine Messe abhalten sollte.

Alfred wollte unbedingt dorthin. Er hatte das dringende Bedürfnis, zu beichten. Nicht, dass er dazu die Gelegenheit gehabt hätte, aber eine Messe und ein Zwiegespräch mit Gott reichten ihm im Grunde aus. Vielleicht wollte er auch einfach nur den Moment hinauszögern, in dem er mit Hans über die letzte Nacht würde reden müssen. Der stöhnte erneut, er habe Kopfschmerzen und Durst.

»Ich besorge dir Wasser«, sagte Alfred und war schon aufgesprungen. Irgendjemand hatte sich um Feuer in der Baracke gekümmert, und so musste Alfred nur etwas Schnee in einem Eimer sammeln. Als dieser geschmolzen war, brachte er Hans das Wasser. »Ich geh zum Gottesdienst«, sagte er, »schlaf dich aus. Du hast gestern zu viel getrunken«. Nach einer Pause fügte er schnell hinzu: »Wir haben beide zu viel getrunken.«

Er schaute Hans an, hoffte auf eine Regung, die Wohlwollen oder wenigstens Verzeihen ausdrückte, aber Hans reagierte nicht. Also ging Alfred zur Messe.

Als er zurück in die Baracke kam, stand Hans mit einem Blatt Papier am Ofen und konnte sich anscheinend nicht entscheiden, was er damit tun wollte. Als Alfred ihn fragend anschaute, reichte er ihm Hertas Brief. Alfred las ihn, dann hielt er ihn ans Feuer.

»Eine Frau sollte ihrem Mann zur Seite stehen. In guten wie in schlechten Tagen. Das hat sie geschworen«, empörte er sich. »Sie konnte nicht mal besonders gut kochen«, sagte

Hans kleinlaut und versuchte ein schiefes Grinsen. »Deswegen lebte ihre grauenhafte Mutter bei uns im Haus. Eine Katastrophe, sag ich dir.« Plötzlich sprudelte es nur so aus ihm heraus. Er erzählte, wie unglücklich er in seiner Ehe gewesen sei, wie wenig er seine Frau liebe und wie froh er sei, ja, da habe Alfred ganz recht, wie froh er sei, diesen kühlen Klotz am Bein los zu sein. Nun sei er frei, er werde in die Scheidung einwilligen und von vorne anfangen. Er lästerte sich geradezu in einen euphorischen Zustand, und Alfred wusste, dass er damit nur seinen Kummer verbergen wollte. Hans war in Wahrheit tief getroffen, und da er keine andere Möglichkeit sah, schien er entschlossen, sich mit Alfred zu trösten.

Im Sommer wurden Gerüchte laut. Es hieß, die Polen bereiteten ihre Entlassung vor. Die Aufregung ließ die Gefangenen die brütende Hitze ertragen. Die Jahreszeiten in Südpolen waren von extremen Temperaturschwankungen geprägt. Noch im März waren es minus zehn Grad gewesen, im Juli wurden die dreißig Grad bereits täglich überschritten. In den Baracken stank es furchtbar, und die Männer, die sich noch bis vor ein paar Monaten zum Schlafen möglichst eng aneinandergedrängt hatten, um nicht zu erfrieren, verlangten nun so viel Abstand wie möglich. Auch Hans und Alfred hatten längst wieder zwei Pritschen eingenommen. Sehr zum Leidwesen von Alfred, der, je weniger Nähe er bekam, umso sehnsüchtiger an Hans hing.

Alfred liebte, und er litt. Er war dankbar für alles, was er von Hans bekam, und sammelte jedes noch so kleine Zeichen von Zuneigung oder Zuwendung. Und dennoch ahnte er, dass er Hans verlieren würde. Im Herbst bestätigten die Wachen, dass die Deutschen den nächsten Winter wohl zu Hause verbringen würden, und Alfred wurde darüber fast trübsinnig.

Es war der Tag vor Allerheiligen, als das Tor geöffnet wurde, sie allesamt hindurchmarschierten und die Gefangenschaft hinter sich ließen.

Alfred und Hans hatten noch ein gemeinsames Stück Wegs vor sich. »Ich hole meine Frau zurück«, hatte Hans ihm mitgeteilt, als sie in den Zug stiegen. Seitdem saß Alfred stumm da und brachte kein Wort mehr heraus. Er wusste, dass er es nicht würde verhindern können und dass er Hans niemals wiedersehen würde.

Alfred nahm Hans in den Arm, als sie in Münster am Bahnhof ausstiegen. Er zog mit beiden Händen sein Gesicht zu sich und wollte ihn zum Abschied küssen.

Doch Hans stieß ihn mit Wucht weg und verzog das Gesicht.

»Bist du verrückt geworden? Ich bin doch nicht schwul!«

Der 100. Geburtstag – Samstag

Es geschah im Nachbarhaus

Die Digitalanzeige des kleinen Weckers leuchtete hell und klar. 1:12 zeigte sie an, der Doppelpunkt blinkte rhythmisch. Das ist dann wohl das Ende der Nacht, dachte Gertrud. Irgendetwas musste sie geweckt haben. Vielleicht das Knarzen der alten Treppe. Vermutlich war Katty gerade erst ins Bett gegangen. Diese Nachteule, schimpfte sie in Gedanken. Gertrud konnte bereits seit Jahren nicht mehr gut schlafen und hatte sich daran gewöhnt, nachts aufzuwachen. Meist blieb sie dann einige Stunden wach und erst, wenn im Sommer schon die ersten Sonnenstrahlen durchs Fenster lugten, schlief sie erneut ein. Eine normale Alterserscheinung, hatte der Arzt gesagt, aber das konnte Gertrud wenig trösten. Denn eigentlich konnte man mit diesen wachen Stunden in der Nacht nicht viel anfangen. Wenn sie versuchte zu lesen, nickte sie immer wieder für wenige Minuten über dem Buch ein, zu kurz, um sich zu erholen, zu lang, um in eine Geschichte einzutauchen. Irgendwann hatte sie beschlossen, diesen Zustand zu akzeptieren, und sich zu Hause in Xanten einen Stapel Bücher ans Bett gelegt, die sie in- und auswendig kannte. Hauptsache, die Nacht ging irgendwie vorbei.

Sie hatte sich früher einmal gefragt, ob es ihr gelingen könnte, jeden einzelnen Tag ihres Lebens zu erinnern. Die Idee war ihr gekommen, weil sie »Der Fremde« von Albert Camus in die Finger bekommen hatte. Darin stellte die Hauptfigur Meursault fest, dass man Jahre seines Lebens nur mit Erinnerungen verbringen konnte, ohne das Bedürfnis nach weiteren Erlebnissen. Gertrud hatte damals beschlossen, nachts ihr Leben noch einmal zu leben. Die Idee, jeden einzelnen Tag zu rekonstruieren, hatte sie jedoch schnell fallen lassen, stattdessen bemühte sie sich, wenigstens jedes einzelne Jahr mit einem Stichwort zu versehen. Das war eine wunderbare Beschäftigung und es trainierte das Gehirn. Außerdem hatten schlaflose Nächte für Gertrud fortan ihren Schrecken verloren. Sie freute sich geradezu auf die wachen Stunden, in denen sie etwas wie ein ganz privates Kreuzworträtsel löste, über dem man stundenlang knobeln konnte. Wenn sie auf diese Weise ihr Leben betrachtete, versuchte sie, auf Abstand zu gehen, es war, als würde sie sich an das Leben eines anderen Menschen erinnern oder als würde sie ein Gedicht aufsagen. Es war anders als die Tagträume, die sie ab und zu heimsuchten. Die Erinnerungen der Nacht schmerzten nicht, sie waren nüchterner, und das war auch gut so. Insgesamt war Gertrud zufrieden mit ihrer Gedächtnisleistung. Sie knipste die Lampe an und tastete nach dem Büchlein auf dem Nachttisch, das sie immer bei sich trug. Ein kleiner Bleistift war mit einer Zierkordel daran befestigt. Sie richtete sich im Bett auf, blätterte die Seiten um und fand als letztes Stichwort, das sie aufgeschrieben hatte, »Löffelchen verschluckt«. Es erinnerte sie an eine Geschichte aus der Zeit vor dem Ersten Weltkrieg. Ihr Bruder Josef war noch ein Kleinkind gewesen, und ausgerechnet der stramme kleine Bursche wollte plötzlich keine Nahrung mehr bei sich behalten. Was immer er zu sich nahm, spuckte er sofort wieder aus. Nach ein paar Tagen aß er schließlich überhaupt nicht mehr. Die Familie ging zum Arzt; der schaute dem Kind tief in den Rachen und schüttelte den Kopf. Der Kleine hat ein Löffelchen verschluckt, vermutete er. Gertrud war damals fünfzehn und hielt ihr Brüderchen fest, während der Arzt mit einer Zange in Josefs Rachen herumwühlte. Nach einer Weile gab er auf und erklärte, dass er dem Jungen keine Überlebenschance geben würde. Und tatsächlich sahen sie in diesem Moment, wie Josefs Äuglein leblos wurden. Doch nur kurze Zeit später hörte man ein Heulen und Würgen aus dem Zimmer, in das man ihn gelegt hatte. Der Kleine hatte das, was ihn quälte, im hohen Bogen ausgespuckt und war jetzt sehr hungrig. Neben ihm fand man eine bronzene Kriegsgedenkmünze aus dem Kaiserreich. Darauf die Inschrift »Gott war mit uns, ihm sei die Ehre«. Von wem die Münze stammte, wusste niemand, aber ihre Inschrift wertete Gertruds Mutter als ein Zeichen und sie wurde von diesem Moment an noch religiöser, als sie es ohnehin schon war.

Eine Geschichte, die typisch war für ihre Familie, überlegte Gertrud und beschloss aufzustehen. Ihr tat der Rücken weh. Kein Wunder, dachte sie, bei dieser weichen Matratze. Außerdem lag sie seit dem Nachmittag, das konnte nicht gesund sein. Sie setzte sich vorsichtig auf den Bettrand und zog sich am Nachttisch in eine aufrechte Position. Eine Weile hielt sie sich noch fest und wartete, bis sich der Schwindel gelegt hatte.

Auf dem Weg ins Wohnzimmer machte sie an Kattys großem Bücherregal halt und musterte die Buchrücken in Augenhöhe. Ein orangefarbenes schmales Buch fiel ihr auf. Sie zog es heraus: »Es geschah im Nachbarhaus« von Willi Fährmann, einem Jugendbuchautor aus Xanten. Fast jeder am Niederrhein hatte mindestens ein Exemplar in seiner Bibliothek stehen, und in Xantener Schulen gehörte die Lektüre zum Pflichtprogramm. Das Buch erzählte eine wahre Geschichte, die sich Ende des 19. Jahrhunderts in Xanten ereignet hatte, über die Freundschaft zweier Jungs, deren Toleranz auf eine harte Probe gestellt wurde. Gertrud nahm das Büchlein mit ins Wohnzimmer. Auf dem Tisch standen zwei leere Tassen, daneben lag ein alter Aktenordner. Warum kann sie nicht einmal aufräumen, bevor sie ins Bett geht, brummte Gertrud. Sie hatte kein Verständnis für Kattys Nachlässigkeit. Wenn ihre kleine Schwester müde wurde, ließ sie alles stehen und liegen, wie es war, und räumte frühestens am nächsten Morgen auf. Für Gertrud war das ein Graus. Wenn sie morgens ins Wohnzimmer kam, wollte sie, dass es so frisch und sauber war wie ein junger Morgen. Unordnung hätte ihr das Gefühl gegeben, der Tag sei schon längst angebrochen und sie zu spät dran. Sie überlegte kurz, ob sie aufräumen sollte, entschied sich aber dagegen, ließ sich in den hässlichen Ohrensessel fallen und schlug das Buch auf. Sie las ein paar Zeilen und war überrascht. Sie hatte vergessen, dass einer der beiden Freunde Karl hieß. Gertrud dachte an »ihren« Karl und daran, was zwischen ihnen passiert war. Sie schämte sich immer noch. Hätte ich damals anders handeln können?, fragte sie sich. Wie sehr konnten wir uns denn von Konventionen freimachen? Hatten wir wirklich einen Spielraum, um Menschen zu lieben, die anders dachten, anders glaubten und anders lebten? Ob er den Zweiten Weltkrieg überlebt hatte, ob er heute noch lebte? Gertrud hatte nie wieder etwas von Karl gehört und empfand auf einmal ein tiefes Bedauern darüber.

23. Juli 1927

Zwei Welten

Gertrud genoss die Sonnenstrahlen im Nacken. Sie hatte einen Kaffee bestellt und sich dazu ein Erdbeertörtchen gegönnt. Alma saß ihr gegenüber, mit dem Rücken zur Spree. Sie war eine ihrer Kolleginnen, beide unterrichteten sie Deutsch, Geschichte und Mathematik. Alma war neugierig, fast ein bisschen draufgängerisch. In Zeitschriften hatte sie von dem beschwingten Leben in Berlin gelesen und war so begeistert gewesen, dass es ihr tatsächlich gelungen war, die eher spröde Gertrud zu überzeugen, sich mit ihr in den Sommerferien auf den Weg zu machen. Gertrud sehnte sich nicht unbedingt nach Abenteuern, aber sie war wissbegierig, und Berlin war reich an Kultur und Geschichte. Sie wollten die großen Sehenswürdigkeiten besichtigen, außerdem in eines der berühmten Revuetheater gehen, nur kurz, um zu wissen, was darin passierte, falls eine ihrer Schülerinnen danach fragen sollte, und selbstverständlich standen das Brandenburger Tor und das Reichstagsgebäude auf dem Programm. Gertruds Beinaheschwager Heinrich tummelte sich hier in der Politik, er wollte bei den Wahlen im kommenden Jahr als Abgeordneter für den preußischen Landtag kandidieren, munkelte man am Niederrhein.

Gertrud hatte Heinrich nicht mehr gesehen, seit er vor

neun Jahren mit der Todesnachricht auf den Hof gekommen war. Katty hatte ihr erzählt, dass er inzwischen verheiratet war, mit einer geborenen Thiemann. Ausgerechnet, dachte Gertrud, hatte er die nicht damals auch seinem Bruder zur Heirat empfohlen, als Gertrud den Streit der beiden im Flur belauscht hatte? Von einer Thiemann hatte Heinrich jetzt also nicht nur eine große Mitgift, sondern auch einen Sohn, um den Katty sich liebevoll kümmerte. Was für eine Ironie des Schicksals, dass sich nun ihre kleine Schwester diesem Mann und seinem Hof besonders verbunden fühlte. Sie hatte von ihrem Jahr auf dem Tellemannshof geschwärmt, als wäre ihr im Leben noch nie etwas Schöneres widerfahren. Vielleicht war das auch so, überlegte Gertrud, die ungezwungene Zeit hatte Katty nicht mehr erlebt. Als sie geboren wurde, war schon alles schwierig und ärmlich geworden.

»Gertrud! Gertrud, wo bist du denn mit deinen Gedanken?«, zischte Alma sie an. »Söhst du die beiden Hörren am Tsch nbnön?«, versuchte Alma zu flüstern, aber ihre Stimme war genauso laut wie eh und je. Gertrud schaute auf und blickte in die missbilligenden Gesichter eines älteren Ehepaares. Schnell schaute sie wieder weg und wurde rot vor Verlegenheit. »Alma, lass doch diesen Unsinn«, flüsterte Gertrud, und ihr Flüstern war sogar so leise, dass Alma es nicht verstand oder zumindest so tat. »Ich mön dö böden Hörren, dröh dich nicht öm, öber dö gucken döch dö ganze Zöt ön.« Großartig, dachte Gertrud, und dabei müssen sie uns für ziemlich dumme Dinger mit Sprachproblemen halten. »Können wir jetzt gehen?«, Gertrud sprach nun extra laut, um der peinlichen Situation zu entfliehen. »Wir wollen schließlich noch bis nach Potsdam.«

»Wie kommen wir denn dahin?«, fragte Alma in einem mauligen Ton. Sie hätte gerne ein wenig geflirtet, vermutete Gertrud, und die Herren, zu denen sie inzwischen doch einen

Blick riskiert hatte, schienen durchaus bereit dazu. Außerdem waren die beiden sehr elegant gekleidet.

»Wir gehen zum Bahnhof, kaufen uns eine Fahrkarte und dann werden wir wohl irgendwie nach Potsdam kommen.«

»Entschuldigung, darf ich mich vorstellen?« Einer der beiden Herren war unerwartet an ihren Tisch getreten. »Mein Name ist Karl Liechtenstein. Und das ist mein guter Freund François Cohen. Er ist Franzose und kommt aus Paris. Ich wollte ihm an diesem Nachmittag das Schloss Sanssouci zeigen, und es wäre uns beiden ein großes Vergnügen, wenn sie uns begleiten würden. Verzeihen Sie bitte meine Aufdringlichkeit, aber ich habe gehört, dass Sie ebenfalls nach Potsdam wollen.«

Karl Liechtenstein war formvollendet in seiner Eleganz und Wortwahl, das fiel Gertrud sofort angenehm auf. Trotzdem wollte sie das höfliche Angebot ebenso höflich ablehnen. »Vielen Dank, das ist wirklich sehr freundlich von Ihnen, aber ...« – »... aber können wir das denn annehmen? Es wäre natürlich eine überaus große Freude«, fiel ihr Alma ins Wort, die offenbar in diesem Moment ihre Pläne für den Nachmittag festgelegt hatte.

»Also abgemacht«, sagte Liechtenstein. »Meine Droschke steht gleich da vorne. Wir wären abreisefertig.« Ohne ein weiteres Zögern zuzulassen, ging er in das Café, beglich die Rechnung für beide Tische, und die kleine Gesellschaft machte sich auf den Weg.

Gertrud war von sich selbst erstaunt. Da saß sie mit wildfremden Männern in einer Droschke, was war denn nur in sie gefahren? Und dann war einer der beiden auch noch Franzose. Vielleicht hatte einer seiner Landsleute Franz abgeschossen. Aber heutzutage versuchte man ja, sich auszusöhnen, Außenminister Gustav Stresemann und der Ministre des Affaires Étrangères, Aristide Briand, näherten die beiden Nationen einander vorsichtig an. Und wenn das auf höchster Ebene geschah, wer war sie dann, die Franzosen zu hassen. Es war auch Unsinn. Nicht die braven Männer musste man hassen, allenfalls die Politiker. Doch nun schien alles besser zu werden, Deutschland bekam plötzlich Geld aus Amerika. Selbst Gertrud spürte das Aufatmen des Landes, besonders hier in der Hauptstadt.

Als sie sich etwas entspannt hatte, wurde ihr sehr schnell bewusst, welches Glück sie mit ihrer Reisebegleitung hatten. Liechtenstein kannte Berlin wie seine Westentasche, und er hatte großen Spaß daran, seinen Mitreisenden zu erklären, welches Gebäude wann und von wem erbaut worden war. Er hatte einen Fundus an Anekdoten parat, noch aus der Kaiserzeit, und war ein begnadeter Erzähler. Die Fahrt bis Potsdam verging schnell und Gertrud hatte ihre Hemmungen längst vergessen, als sie in die Auffahrt zum Schloss einbogen. Alma flirtete vorsichtig mit François, und da sie seiner Sprache nicht mächtig war, gab sie ihr Bestes mit Gestik und Mimik. Gertrud war vollkommen in Beschlag genommen von Karl Liechtenstein. Er erzählte ihr gerade aus der Zeit Friedrichs des Großen, der eine große Vorliebe für Kultur und Wissenschaft besaß und deshalb Künstler und gebildete Leute um sich scharte, die zum Teil sogar revolutionäre Ideen vertraten wie beispielsweise Voltaire.

»Im Sommer 1750 hat Friedrich der Große Voltaire einen Brief zukommen lassen«, erklärte Karl, »der bestand nur aus einem einzigen rätselhaften Satz. Kommen Sie mit, ich male ihn für Sie auf.« Dabei zog er Gertrud am Arm, hinein in den Schlossgarten, bis er ein kleines Fleckchen Sand und einen Stock gefunden hatte. Damit zeichnete er das Rätsel nach. »Der König schrieb auf Französisch, das war damals die Sprache bei Hofe, *Venez …«*

»Das heißt ›Kommen Sie‹«, warf Gertrud ein. Sie liebte Rätsel und freute sich schon darauf, Karl Liechtenstein mit einer schnellen Lösung zu beeindrucken.

»Richtig. Und dann malte der König einen Bruch auf, wie in einer Rechenaufgabe. Unter dem Bruchstrich stand ein A, oberhalb des Bruchstrichs schrieb er ein P. Na, was glauben Sie, was könnte das heißen?« Er sah Gertrud belustigt an. Doch es war nicht ein Hauch von Triumph in seinen Augen. Sie wäre nicht blamiert, selbst wenn sie das Rätsel nicht zu lösen vermochte. Das gefiel ihr – und forderte sie erst recht heraus.

»Also, p geteilt durch a…, pe-a-tel«, überlegte Gertrud laut, »gibt es dieses Wort im Französischen überhaupt?«

»Nein, aber Sie sind auf dem richtigen Weg! Wissen Sie, was ›unter‹ auf Französisch heißt?«

»›unter‹ wie ›über‹?«

»Genau.«

»›über‹ heißt *sur*. Sur le pont d'Avignon«, Gertrud summte kurz die Melodie des berühmten Kinderliedes und musste lachen. Wann war sie das letzte Mal so ausgelassen gewesen? Es war ihr ein bisschen peinlich, aber andererseits: Sie war weit weg von zu Hause und sie würde diese Menschen niemals wiedersehen.

»Und ›unter‹ heißt«, sie überlegte und kramte in ihrem Wortschatz, »›unter‹ heißt *sous*.«

»Gut, und nun übertragen Sie das auf diese rätselhafte Zeichnung!«, sagte Karl geduldig.

»P-sur-a?«, zweifelte Gertrud. »Oder a-sous-p.« Karl nickte heftig und da verstand Gertrud.

»Ich hab's! A *souper*. *Venez à souper*. Kommen Sie zum Abendessen!«

»Großartig!«, lobte Karl. »Der Rest ist einfach, schauen Sie genau hin:

$$\textit{Venez}\ \frac{p}{a}\ \textit{à}\ \frac{ci}{sans}$$

Gertrud schaute angestrengt in den Sand. »À … *ci-sur-sans*, ach was, natürlich *sans-sous-ci*. *Venez à souper à Sanssouci*.

Kommen Sie zum Abendessen nach Sanssouci. Das ist großartig.«

»Das fand Voltaire auch. Er kam, nahm eine Stelle als königlicher Kammerherr an, wurde bezahlt, aber gleichzeitig behandelt wie ein besonders erwünschter Gast. Würden Sie und Ihre Freundin mir die Ehre bereiten, heute Abend meine Gäste zu sein? Wir logieren im Hotel Adlon, die Küche dort ist vorzüglich. Ich würde Sie abholen lassen!«

Gertrud war hin- und hergerissen. Eigentlich müsste sie ablehnen, doch Berlin war voller Leichtigkeit und Karls Gesellschaft so angenehm.

»Es wäre mir eine Freude«, sagte sie deshalb, »aber ich muss natürlich zuvor mit meiner Freundin einig sein.«

»Oh, selbstverständlich sind wir uns einig«, sagte diese auch gleich theatralisch und zwinkerte Gertrud dabei so offensichtlich zu, dass sie rot anlief. »Monsieur Cohen und ich verstehen uns prächtig. Nicht wahr, Monsieur, *n'est-ce pas?«*

»Bien sûr, avec plaisir.« Monsieur hatte sicher keinen Ton verstanden, aber er ahnte wohl, worum es ging, und strahlte.

»Dann lasst uns ins Hotel fahren. Wo dürfen wir Sie absetzen?«

Gertrud und Alma waren in einer Witwenpension in Berlin-Wilmersdorf untergebracht. Viele Offizierswitwen hatten nach dem Krieg einen Teil ihrer Häuser als Fremdenpension hergerichtet, denn nicht jeder Offizier hatte zu Lebzeiten so viel verdient, dass die hinterbliebene Familie davon leben konnte. Und so hatten Alma und Gertrud eine günstige Unterkunft gefunden, die zudem noch ausgesprochen anständig war. Denn die Witwe in Wilmersdorf war eine frühere Schulfreundin von Almas Mutter und damit war gesichert, dass diese Pension auch seriös war.

»Er ist so elegant«, plapperte Alma drauflos, kaum dass sie in ihrem Zimmer waren.

»Wenn du meinst«, antwortete Gertrud knapp. Auch sie war von Karl entzückt, aber das musste man ja nicht gleich herausposaunen.

»Worüber habt ihr geredet?« Alma ließ nicht locker.

»Ach, so dies und das. Er weiß sehr viel über Voltaire und erzählt wirklich gut.«

»Er ist brillant. Ein toller Mann. Und er hat dich zum Essen eingeladen? Das ist so stilvoll.«

»Nun reiß dich mal zusammen. Er ist ein gebildeter Mensch. Punkt. Und wir werden einen sehr kultivierten Abend verbringen. Danach fahren wir wieder nach Hause, an den Niederrhein. Mehr nicht. Hör auf mit der Schwärmerei. Du tust ja gerade so, als wolltest du den Herrn zum Ehemann nehmen.«

»Ich nicht«, flötete Alma frech und ging ins Bad, um sich zurechtzumachen.

Um halb sieben wurden Gertrud und Alma von einer Droschke abgeholt. Sie hatten sich fein gemacht. Gertrud hatte ihre langen braunen Haare zu einem Knoten gedreht und mit einer Haarnadel festgesteckt. Genau wie Alma trug sie einen langen, schmalen Rock mit Bluse und eine taillierte Kostümjacke. Nach wie vor hatte sie eine mädchenhafte Figur, und dieses Ensemble stand Gertrud besonders gut, hatte Alma entschieden. Man ging schließlich ins berühmte Hotel Adlon.

Als sie dort ankamen, wurden sie von livrierten Angestellten an einen kleinen Tisch zu François und Karl gebracht, die sie herzlich begrüßten und ihnen viele Komplimente machten.

»Wollen wir hier den Aperitif einnehmen und danach in einem Revuetheater etwas essen gehen?«

Alma und Gertrud sahen sich irritiert an. Keine von beiden hatte je das Wort »Aperitif« gehört. Karl erkannte die Situation sofort und erklärte sehr galant:

»Ach, entschuldigen Sie bitte. Wir wollten Ihnen vorschlagen, hier im Adlon anzustoßen, auf einen schönen Abend.

Vielleicht mit einem Gläschen Champagner, das soll nämlich, so behaupten die Franzosen, den Appetit anregen.«

Mein Gott, dachte Gertrud, ich habe noch nie Champagner getrunken. Darf man das? Und zu ihrem großen Glück sprach Alma im selben Moment aus, was ihr im Kopf herumschwirrte.

»Machen Sie sich keine Sorge, Fräulein Alma, Champagner hat keine schlimmere Wirkung als ein Gläschen Sekt, es belebt den Kreislauf und prickelt auf der Zunge.«

Aus dem Gläschen war dann doch ein echtes Glas geworden, Gertrud fühlte sich beschwipst und sorglos. Einen Moment lang hatte sie noch darüber nachgedacht, dass sie auf der Hut sein sollte. Aber dann hatte Karls Charme sie hingerissen. Nach dem Aperitif machten sie sich auf den Weg ins *Ambassadeur*. Ein neues Ballhaus, in dem man auch essen konnte.

Sie sprachen während des Essens über Berlin und Paris, wo Karls Familie lebte, und Alma war zu Gertruds Verdruss schnell dabei, Pläne für die nächsten Ferien zu schmieden.

»Gertrud, wir fahren nach Paris! Nächsten Sommer direkt!«

»Aber nun ist erst einmal Berlin dran«, sagte Karl. »Es gibt hier noch viel zu erleben.«

»Wir haben bereits halb zehn. Es ist vielleicht langsam Zeit, sich zu verabschieden«, gab Gertrud eher halbherzig zu bedenken und war insgeheim froh, dass Alma sofort protestierte.

»Ach Gertrud, nun hör doch mal auf. Wir sind doch nicht alle Tage hier. Natürlich wollen wir noch mehr sehen, Herr Liechtenstein!«

»Na, dann kommen und staunen Sie.«

Am Kurfürstendamm ging Karl plötzlich ein paar Stufen hinunter in eine Art Keller. Unten war eine Tür, und als diese sich öffnete, hörten Gertrud und Alma laute Musik. Etwas

Schnelles, ohne wirkliche Melodie. Mit den ihr bekannten Volksliedern oder klassischer Musik hatte das nichts zu tun. Gertrud fand es schrecklich.

»Das ist Jazz«, erklärte Karl, »eine Musik, die aus Amerika kommt. Am Anfang werden Sie es unrhythmisch und laut finden. Aber achten Sie auf die Pianisten und die Saxofonisten. Sie werden fasziniert sein.«

Gertrud hörte ihm kaum zu, sie traute ihren Augen nicht. Sie sah Frauen mit kurz geschnittenen Haaren oder mit halblangen, die ihnen bis zur Wange ins Gesicht fielen, wieder andere hatten einen runden Hut auf. Die Kleider waren so kurz, dass man die Knöchel sehen konnte. Sie waren in der Hüfte locker gebunden, und der Stoff war fransig, er wirkte teuer wie Seide. Das Unfassbarste aber war, dass diese Frauen rauchten. Einige hielten dazu eine Zigarettenspitze in der Hand, die mindestens einen halben Meter lang sein musste, und fast alle waren behängt mit Perlenketten.

Nachdem sie sich vom ersten Schreck erholt hatten, schaute Gertrud an sich selbst herunter. Sie fühlte sich fremd, dieser Welt nicht gewachsen, und sie wusste in diesem Moment, dass sie diese Welt heute Abend auch nicht mehr erobern wollte. Vielleicht ein anderes Mal, das hielt sie inzwischen nicht mehr für ausgeschlossen, aber alles zu seiner Zeit.

»Bitte Karl, lassen Sie uns gehen. Es war schön, diesen Nachtclub gesehen zu haben. Nur gehören wir nicht hierher.« Nicht einmal Alma hatte etwas dagegen einzuwenden.

»Natürlich«, sagte Karl. »Ich wollte Ihnen auch nur gezeigt haben, was unterhalb von Berlin so alles geschieht, wenn vernünftige Menschen den Abend beenden. Lassen Sie uns noch einen Kaffee im Adlon einnehmen. Dann bringen wir Sie nach Hause. Nicht allerdings ohne das Versprechen auf ein Wiedersehen am morgigen Nachmittag.«

Am nächsten Tag war Gertrud auf eine Enttäuschung gefasst. Sie hatte schon ein paar Mal erlebt, dass man sich traf, verstand, es am nächsten Tag aber einfach nicht mehr möglich schien, an die Leichtigkeit des Vorabends anzuknüpfen. Aber dieses Mal lag sie falsch. Karl hatte immer etwas zu sagen, zu fragen oder zu plaudern. Es war, als würden über seinen Himmel keine Wolken ziehen.

Er zeigte ihnen das Berliner Leben rund um Gedächtniskirche und Kurfürstendamm, schließlich gingen sie ins Kino. Es gab »Das Cabinet des Dr. Caligari«. Der Film galt als gruselig, aber Gertrud und Alma waren nicht ängstlich. Natürlich hatten sie längst von diesem Film gehört und von den ungeheuerlichen Bildern darin. Bei ihnen zu Hause gab es bisher kein Kino, man baute in Essen an einem, aber das würde noch eine Weile dauern. Und so ließen sie sich diese Chance nicht entgehen.

Als die kleine Gesellschaft aus dem Kino kam, dämmerte es bereits, Gertrud und Alma gingen untergehakt durch die Straßen und freuten sich über den leichten Schauder, den sie aus dem Film mitgenommen hatten. An jeder Häuserecke tat Alma so, als vermute sie einen Mörder dahinter, und klammerte sich übertrieben an Gertrud. Karl lud sie schließlich noch zu einem Abschiedsessen ins *El Dorado* in der Kantstraße ein, und wieder sah Gertrud, wie weit ihre Heimat und Berlin auseinanderlagen. Die Hauptstadt war einerseits verheißungsvoll, weil jeder Mensch tat, was ihm gefiel. Auf der anderen Seite war Gertrud froh, dass es in ihrem Leben Regeln gab, an die sie sich halten konnte, alte Sitten, die ihr halfen, einen geraden Weg durchs Leben zu finden, selbst wenn das manchmal Verzicht bedeutete.

Sie diskutierte eine ganze Weile mit Karl darüber, der ein glühender Verfechter der Aufklärung und ihrer Werte war. Er schwang aufrührerische Reden und Gertrud war fasziniert. Niemals hätte sie gewagt, so zu sprechen, aber dieses Denken war ihr nicht unbekannt. Auch ihr Vater misstraute der Kirche und glaubte an die Freiheit. Dieser Mann wäre nach seinem Geschmack.

Am Ende des Abends hauchte Karl Gertrud einen Kuss auf die Hand und versprach, aus der französischen Hauptstadt zu schreiben.

Einige Monate später, nach dem fünften Brief, kannte sie Paris ungefähr so gut wie Empel oder Xanten. Karl war ein großartiger Briefeschreiber. Er wohnte bei Familie Cohen, in der fünften und sechsten Etage des Hauses Nummer elf an der berühmten Place des Vosges, im Zentrum des Pariser Künstlerviertels, mitten im Marais. Karl beschrieb Gertrud den Platz und wie sehr er es mochte, dort am Nachmittag in den Arkaden zu sitzen und einen Kaffee zu trinken. Er erklärte, dass Heinrich IV. diesen Platz hatte bauen lassen, und erzählte dessen blutige Geschichte von der Bartholomäusnacht, in der er als Hugenotte von seiner eigenen Schwiegermutter fast ermordet worden war. Mit viel Ironie beschrieb er die Klatschgeschichten, die sich um den französischen König rankten. Er berichtete von den vielen Mätressen, von den Memoiren seiner Frau Margot und landete schließlich bei den früheren Bewohnern des Platzes wie Kardinal Richelieu oder Victor Hugo. Und spätestens da ahnte Gertrud, dass François' Familie und vermutlich auch Karl sehr reich sein mussten.

Karl schrieb ihr von dem Ausblick, den der Eiffelturm bot, vom Sacré-Cœur, natürlich vom Louvre samt Mona Lisa und von der dramatischen Diebstahlgeschichte rund um das berühmte Gemälde, die sich ein Jahrzehnt zuvor zugetragen hatte. In seinen Briefen stellte er sich vor, wie Gertrud an seiner Seite in den mondänen Cafés säße, welche Bilder ihr im Louvre am besten gefallen könnten, kurzum, er dachte an sie, und er machte daraus kein Geheimnis.

Gertrud war geschmeichelt. Aber es war mehr als das. Sie sehnte sich jeden Tag nach der Finesse seiner Briefe, hätte gerne seine Stimme und sein Lachen gehört. Karl machte sie glücklich, und zum ersten Mal seit Franz' Tod gestand sie sich ein, dass es da einen Mann gab, den sie sehr mochte.

Auch sie schrieb ihm lange Briefe, erzählte von ihrer Familie, ihren Schülerinnen, von Alma.

Mitte Dezember kündigte Karl an, er werde nach Deutschland zurückkommen und er sei gewillt, sie zu besuchen. Gertrud war fast vierunddreißig Jahre alt, die Attitüde eines schüchternen Mädchens hatte sie abgelegt. Ihr war klar, dass Karl ein ernsthaftes Interesse hatte. Für sie, auch das war ihr bewusst, wäre es wohl die letzte Chance, noch zu heiraten. Aber wollte sie das überhaupt? Sie hatte sich mit dem Leben als alleinstehende Frau arrangiert. Als Lehrerin hatte sie sich so viel Respekt erworben, dass sie niemand mehr allzu seltsam anguckte, man hatte sich in Xanten offenbar an das »Fräulein Franken« gewöhnt. Im Grunde fehlte ihr nichts. Möglicherweise unterschied sie sich gar nicht so sehr von diesen selbstbewussten Frauen, die sie in Berlin gesehen hatte, dachte sie manchmal. Doch sie mochte Karl, sie war fasziniert von ihm, und deshalb beschloss sie, vielleicht zum ersten Mal in ihrem Leben, die Dinge einfach auf sich zukommen zu lassen. Karl konnte sich ohne Probleme einen Aufenthalt im Hotel van Bebber leisten. Sollte er tatsächlich kommen, würde sie ihm Xanten zeigen. Er würde ihre Familie kennenlernen, und dann wollte sie sich auf ihr Gefühl und den Familieninstinkt verlassen.

Karl kam am 21. Dezember in Xanten an. Er hatte ein Zimmer im noblen Hotel van Bebber bezogen und kundgetan, dass er eine Weile bleiben würde. Gertrud war vom Datum seiner Ankunft irritiert. Würde er denn nicht mit seiner Familie Weihnachten feiern wollen? Sie würde das Thema nicht von sich aus anschneiden, entschied sie, vielleicht riss die Frage danach alte Wunden auf, das wollte sie nicht riskieren. Er würde schon von selbst erzählen, was er zu sagen hatte.

Ihre Familie hingegen freute sich jedes Jahr auf das Fest. An Heiligabend und den beiden Feiertagen würden sich alle Geschwister samt Anhang treffen, und so gab es eine Menge vorzubereiten. Als sie ihrem Vater ankündigte, dass sie gegebenenfalls noch einen weiteren Gast hätten, schaute der nur einen kurzen Moment verdutzt und erklärte dann, sie hätten schon immer ein offenes Haus gehabt, er freue sich auf den Besucher. Gertrud hatte bereits Plätzchen gebacken und Weißbrot, sodass sie sich nun Zeit für Karl nehmen konnte. Am Nachmittag vor Heiligabend sahen sie sich den Xantener Dom an, und als sie durch den Kreuzgang wieder hinausliefen, schlug Karl unvermittelt einen ungewohnten Ton an.

»Es ist sehr schön hier bei Ihnen.«

»Na ja«, sagte Gertrud, »es ist nicht gerade Paris oder Berlin. Aber es ist meine Heimat. Ich bin gerne hier.«

»Könnten Sie sich vorstellen, woanders hinzugehen, wenn wir regelmäßig zurückkämen?« Er hatte sehr konkret von »wir« gesprochen, das war Gertrud nicht entgangen. Sie schaute ihn an.

»Wenn man die Heimat im Herzen hat, kann man überall hingehen. Ich weiß nicht, ob ich in einem fremden Land wohnen könnte, aber ich würde es nicht ausschließen.«

»Heißt das »Ja«?«

»Das ist keine Antwort auf eine Frage, die Sie nicht gestellt haben …« Gertrud machte eine Pause, fuhr aber schnell fort, als sie merkte, dass Karl Luft holte, »und für die es auch noch zu früh ist.« Sie wollte Bedenkzeit und vielleicht auch das Urteil ihrer Familie. Sie war sich sicher, dass sie Karl genügend Hoffnung gemacht hatte. Er würde um ihre Hand anhalten, und bis dahin würde sie eine Antwort haben. Vielleicht schon am Ende des heutigen Abends, dachte sie.

Als sie in Empel ankamen, stellte sie Karl ihrem Vater vor und ließ die beiden Männer allein. Sie ging in die Küche, wo Paula und Katty bereits mit den Vorbereitungen beschäftigt waren. Man wollte gemeinsam zu Abend essen. Nichts Großes, ein Butterbrot mit Wurst und Käse, wie es auf dem Land üblich war. Ihre Schwestern hatten sie offenbar sehnsüchtig erwartet.

»Wie war das Wiedersehen?«, platze Katty neugierig heraus.

»Katty«, sagte Paula vorwurfsvoll, »lass sie doch erst mal hereinkommen.« Sie zog Gertrud auf einen Stuhl, schenkte ihr eine Tasse Kaffee ein und glaubte wohl, damit sei der Höflichkeit Genüge getan. Sie schaute Gertrud verschmitzt an: »Also gut, nun erzähl.«

Gertrud lächelte, beschloss aber, nicht auf die Albernheiten einzugehen, schließlich wollte sie für Katty ein Vorbild sein, da konnte sie nicht schwärmen wie ein Backfisch.

»Wir haben uns den Dom angesehen. Herr Liechtenstein ist sehr interessiert an der Geschichte alter Bauwerke. Er ist überhaupt ein sehr kluger Mann. Deshalb möchte ich nicht, Katty, dass du ihm beim Essen dumme Fragen stellst, hörst du.« Sie sah, wie Katty eine Schnute zog, und fragte sich, ob sie zu streng gewesen war.

»Dann habt ihr also einen schönen Nachmittag gehabt«, bemerkte Paula trocken. Sie war offensichtlich ebenso enttäuscht.

»Wir können später reden.« Gertrud bemühte sich, einen beschwichtigenden Ton zu treffen. »Lasst uns erst essen.« Sie nahm ein Tablett und stellte Geschirr, Besteck, Wurst und Käse darauf. »Bringt ihr den Rest mit«, trug sie den Schwestern auf und ging. Als sie ins Wohnzimmer kam, waren Karl und ihr Vater bereits ins Gespräch vertieft.

»Wo haben Sie sich so umfassend gebildet?«, hörte sie Karl fragen.

»Sie schmeicheln mir, lieber Karl. Aber auch auf dem Land lernt man lesen. Und stellen Sie sich vor, es gibt hier sogar Bücher.« Gertruds Vater zwinkerte Karl zu, und Gertrud wusste genau, was in seinem Kopf vorging. Er machte sich lustig über Karls Vorurteile und gab ihm gleichzeitig zu verstehen, dass er sie ihm nicht übel nahm.

»Und ich hatte schon Sorge, dass hier noch die heilige Inquisition herrscht«, lachte Karl.

»Mit Recht. Der Katholizismus ist am Niederrhein stark ausgeprägt, zumindest dem Anschein nach. Der muss gewahrt sein, aber sitzt man erst mal am eigenen Kamin, ist niemand päpstlicher als der Papst.«

Gertrud freute sich, dass die beiden sich so gut verstanden. Sie drehte sich um und rief den Rest der Familie zum Essen. Alle aßen mit Appetit, die Männer tranken Bier und die Unterhaltung floss gemütlich dahin, ohne peinliche Pausen oder Anstrengung. Karl erzählte von Paris und Berlin, von dem Leben eines Weltmanns.

»Aber wollen Sie denn Weihnachten nicht mit Ihrer Familie verbringen?«, meldete Katty sich in diesem Moment zu Wort. Gertrud wusste, dass ihre jüngste Schwester ganz besonders unter dem Tod der Mutter litt und sich deshalb umso mehr an den Rest der Familie klammerte.

Karl schaute sie an und schmunzelte.

»Meine Familie feiert Chanukka, das Lichterfest. Weißt du, was das ist?«

»Nein.«

»Das ist unser Weihnachten. Wir feiern die Wiedereinweihung des Tempels. Auch bei uns bekommen die Kinder Geschenke, man isst Krapfen und die Familie ist acht Tage lang zusammen. An jedem Tag wird eine Kerze mehr angezündet …«

Gertrud hörte nicht mehr zu. Ihr Magen drehte sich um, sie musste Tränen hinunterschlucken. Natürlich, warum war ihr das nicht eher klar gewesen. Liechtenstein. Ihr wurde heiß.

»Entschuldigt mich«, murmelte sie und stand auf. Sie ging ins Bad und begann zu weinen.

Ein Jude. Selbst ihr Vater würde diese Verbindung nicht dulden. Er würde sie nicht dulden können, verbesserte sie sich. Wenn er zuließ, dass seine Tochter Karl Liechtenstein heiratete, würde er am Niederrhein zum Gespött, weil er keinen besseren Schwiegersohn gefunden hatte. Schon um einen Protestanten zu heiraten, brauchte es Mut, aber ein Jude war ausgeschlossen. Könnte sie mit Karl weggehen, so wie er es vorgeschlagen hatte? Doch selbst dann wäre ihre Familie möglicherweise Repressalien ausgesetzt. Die Menschen hier waren rigoros gegen alle, die mit Juden Umgang hatten.

Die Xantener hatten schlechte Erfahrung gemacht mit den Juden. Vielleicht war es auch umgekehrt, wahrscheinlich sogar, dachte Gertrud. Jedenfalls hatte es vor etwa dreißig Jahren ein Ereignis gegeben, das die Xantener und die Bewohner der umliegenden Dörfer bis heute nicht losließ.

Im Sommer 1891 hatte man einen Fünfjährigen tot in der Scheune der Küppers aufgefunden. Zum ersten Mal fiel Gertrud der Name des Knaben auf: Johann Hegmann. Ob er ein Bruder von Franz und Heinrich gewesen war? Oder ein Cousin? Sie wusste es nicht. Die Geschichte vom Xantener Ritualmord war jedenfalls in Xanten, Empel und weit darüber hinaus jedem bekannt. Der Junge war ermordet worden. Seine Kehle war fein säuberlich durchtrennt, und nach allem, was der Arzt damals hatte feststellen können, war er ausgeblutet. In der Scheune war allerdings kaum Blut zu finden gewesen, weshalb die Xantener sehr bald davon ausgingen, er sei woanders ermordet worden und es handele sich um einen Ritualmord, wie man es schon häufiger im Deutschen Reich gehört hatte. Juden taten so etwas, hieß es zu der Zeit, sie schächteten Kinder wie Vieh. Es gab Zeugen im Mordfall Johann Hegmann. Einer sagte aus, er habe den kleinen Johann am Tag vor seinem Verschwinden beim Schächter der jüdischen Gemeinde, Adolf Buschhoff, gesehen. Eine Frau behauptete, sie habe die Frau des Schächters mit einem Sack zu ebenjener Scheune laufen sehen, in der der Junge später gefunden wurde. Alle katholischen Bürger Xantens wollten die Buschhoffs hinter Gittern sehen, aber die Staatsanwaltschaft ließ es nicht zu, mit der Begründung, es gebe keine handfesten Beweise.

Einige Wochen nach dem Mord brannte das Haus des Schächters, und bei anderen jüdischen Bürgern wurden Fensterscheiben eingeschmissen, einer wurde sogar auf offener Straße verprügelt. Aus Angst bat Adolf Buschhoff darum, in Haft genommen zu werden. Der Fall wurde von einem Kommissar aus Berlin untersucht, und als der Prozess stattfand, wurde der Angeklagte wegen Mangels an Beweisen freigesprochen.

Die Bürger in Xanten tobten, die Zeitungen der Region heizten die Stimmung an. Schließlich verließ die Familie Buschhoff die Stadt für immer und siedelte sich in Krefeld an. Aber in Xanten und Umgebung waren Juden seitdem nicht mehr erwünscht, und Frauen, die einen Juden heirateten, sowie ihre Familien wurden verachtet.

Gertrud versuchte, sich zu beruhigen, doch ihr kamen erneut die Tränen. Es war Karl gegenüber ungerecht, das wusste sie. Aber sie konnte das ihrem Vater nicht antun, er hatte es ohnehin schon schwer genug.

Gertrud ging zurück in den Speiseraum. Es war alles gesagt. Die Familie saß stumm am Tisch, jeder stocherte im Essen herum. Nicht einmal Karl hatte noch Lust, zu sprechen. Er aß schnell der Höflichkeit halber sein Brot zu Ende, empfahl sich und verließ das Haus.

Als Gertrud am nächsten Tag zum Hotel van Bebber kam, um sich zu erklären, war er bereits abgereist. Er hatte ihr eine kleine Notiz zurückgelassen. Darauf stand ein einziges trauriges Wort: *Désolé*.

Der 100. Geburtstag – Samstag
Nicht ohne Fehl und Tadel

Katty schreckte hoch. Eine unangenehme Ahnung hatte sie geweckt. War es nur ein Albtraum gewesen oder hatte sie irgendetwas Wichtiges vergessen? Sie tastete auf dem Nachttisch nach dem Schalter der Lampe. Es war stockfinster im Zimmer, aber das ließ keine Rückschlüsse auf die Uhrzeit zu. Da Katty gerne lang schlief, hatte sie sich angewöhnt, das Fenster im Schlafzimmer mit einer Wolldecke zu verhängen.

Hoffentlich ist es noch nicht allzu spät, dachte sie, und machte sich in Gedanken eine Liste der Dinge, die sie vor dem großen Fest erledigen musste. Die Kartoffeln würde sie heute schon schälen, außerdem das Fleisch in Buttermilch einlegen, das Silberbesteck musste geputzt werden, und am Nachmittag hatte sie einen Friseurtermin in Xanten. Auf dem Rückweg würde sie schließlich Josélein abholen und sie auf den Tellemannshof mitnehmen, und dann konnte man meist ohnehin nichts mehr tun, weil die Schwägerin immerzu die volle Aufmerksamkeit verlangte. Ach, und kommt heute Vormittag nicht noch einmal der Journalist?, fragte sie sich.

Wie spät ist es denn jetzt? Sie hatte endlich den Lichtschalter gefunden, aber konnte die Zeiger des Weckers immer noch nicht erkennen. Katty war stark kurzsichtig, und vor vielen Jahren hatte sich auch noch eine Altersweitsichtigkeit dazugesellt. Sie probierte ein bisschen und suchte nach dem perfekten Abstand zwischen Auge und Wecker.

Halb acht, das war nun aber doch sehr früh. Sie seufzte, schob ihre Beine aus dem Bett und wartete ein paar Sekunden, bis ihr Kreislauf in die Gänge kam, dann stand sie auf, zog die Wolldecke vom Fenster und sah, dass es ein schöner Tag werden würde. Ihr Zimmer hatte Blick nach Osten, und die ersten Sonnenstrahlen blitzten ihr entgegen. Vielleicht sollte ich in die Stadt fahren und Croissants kaufen, überlegte sie. Piet, der Belgier, hatte sie auf den Geschmack gebracht. Eines Tages war er mit dem süßen Gebäck angekommen und hatte gescherzt, das sei das richtige Frühstück für ältere Damen und zahnlose Franzosen. Dabei fiel ihr ein, dass sie noch eine Lösung für Piets Ständchen finden musste. Es würde Gertrud sicher nicht gefallen, wenn er mit seiner lauten, modernen Einmannkapelle das offizielle Geburtstagsfest beehren würde. Sie musste lachen. Er würde das Fest sprengen, das war so sicher wie das Amen in der Kirche. Wenn man Piet ließ, hörte er nicht mehr auf, zu spielen. Er benahm sich wie ein kleiner James Last, schnippte wild mit allen zur Verfügung stehenden Fingern und animierte die versammelte Gesellschaft unermüdlich, auf die Tanzfläche zu gehen, selbst wenn es keine gab. Katty stellte sich Gertrud vor, wie sie mit großer Fassungslosigkeit neben dem Xantener Bürgermeister stehend von Piet zum Tanzen aufgefordert wurde. Eine wundervolle Szene, griente sie, ich muss Paula davon erzählen. Aber das sollte besser nur in ihrer Fantasie stattfinden. »Problem Piet lösen«, schrieb sie im Geist auf ihre Liste.

Katty zog sich an, ging in die Küche und dann, mit einer Tasse in der Hand, ins Wohnzimmer, um dort an der Heizung den ersten Kaffee zu trinken. Sie erstarrte, denn als sie um die Ecke bog, wurde ihr jäh bewusst, von welchem unguten Gefühl sie in aller Herrgottsfrühe aufgeschreckt worden war: Sie hatte vergessen, das Wohnzimmer aufzuräumen, nachdem sie dort mit Paula gesessen hatte. Auf dem Tisch lag noch der Ordner mit den Scheidungsunterlagen. Katty stellte die gefüllte Kaffeetasse zu den leeren Gläsern vom Vorabend. Gott sei Dank ist Gertrud noch nicht aufgestanden, atmete sie erleichtert auf. Sie wollte den Ordner gerade zurück in die Kommode legen, doch als sie ihn anhob, entdeckte sie darunter ein kleines buntes Buch. Sie war sicher, dass es am Vorabend nicht da gelegen hatte. Das darf nicht wahr sein, dachte sie. Wenn Gertrud den ganzen Schlamassel gelesen hat, ist der Tag gelaufen. Sie biss sich auf die Unterlippe. Hatte das Buch dort gestern schon gelegen? Und warum sollte Gertrud sich mitten in der Nacht überhaupt ein Buch nehmen? Weil sie nicht schlafen kann, gab Katty sich selbst die Antwort. Und vielleicht hatte sie in Erinnerungen geschwelgt. Sie sah auf den Titel: »Es geschah im Nachbarhaus«. Ein Buch, das häufig in Schulen besprochen wurde. Ob Gertrud es damals ebenfalls durchgenommen hat, überlegte Katty, doch dann stellte sie fest, dass das nicht sein konnte. Als das Buch erschienen war, war Gertrud längst pensioniert gewesen. Das Thema Antisemitismus hatte ihre große Schwester immer umgetrieben. Katty erinnerte sich noch gut, dass Gertrud sich selbst, aber auch ihrer Familie Vorwürfe gemacht hatte ob ihres Stillhaltens in der Nazizeit. Wenn Katty und Paula sich verteidigt hatten, war sie fuchsteufelswild geworden. »Du kannst dein schlechtes Gewissen nicht an uns auslassen«, hatte Paula daraufhin einmal gegrantelt. Gertrud hatte offenbar Schuldgefühle wegen dieses Mannes, den sie beinahe geheiratet hätte, hatte Paula ihr nach dem Streit zugeraunt. Wie hieß der noch einmal? Katty kramte in ihrem Gedächtnis, aber der Name wollte ihr nicht einfallen. Sie hatte ihn nur einmal gesehen. Schade eigentlich, er war sympathisch gewesen, bis auf diese »Sache« eben. Gertrud hatte sich von ihm getrennt, weil er der Familie wegen seiner

Religion Schwierigkeiten bereitet hätte, so hatte sie ihre Entscheidung zumindest begründet. Das war noch vor der Nazizeit gewesen, entsann sich Katty. Sie schüttelte sich bei dem Gedanken, wohin solche Vorurteile geführt hatten. Doch auch Katty war damals erschrocken gewesen, als sich herausgestellt hatte, dass Gertruds Auserwählter ein Jude war. Sie erinnerte sich voller Scham daran, dass sie vor den Juden Angst gehabt hatte. Für Gertrud war ihr Kleinmut in Bezug auf ihren jüdischen Freund immer ein Makel geblieben. Und sie hatte Katty einmal gestanden, dass sie das Risiko, Wolodomir zu verstecken, wahrscheinlich nicht eingegangen wäre, wenn sie nicht dieses dringende Bedürfnis gehabt hätte, ihren Fehler wiedergutzumachen. Ob sie nach dem Krieg noch einmal etwas von ihm gehört hatte? Karl! Genau, jetzt fiel Katty auch sein Name wieder ein. Was wäre wohl passiert, wenn Gertrud Karl geheiratet hätte? Wären sie dann alle verfolgt worden? Wäre Gertrud mit ihrem Mann geflohen und hätte die Familie sie verleugnen müssen?

Es reicht, schimpfte Katty mit sich, ich will solche Gedanken jetzt nicht haben, übermorgen feiern wir ein schönes Fest, da werde ich doch jetzt nicht trübsinnig werden.

Aber das Thema ließ sie immer noch nicht los. Wenn Gertrud geheiratet hätte, wäre vielleicht heute vieles einfacher, dachte sie manchmal. Vielleicht wäre Gertrud so glücklich und unkompliziert wie Paula. Obwohl die nun auch nicht gerade ein glückliches Händchen bei der Wahl des Ehemanns an den Tag gelegt hatte. Dass Paula mit Alfred noch so lange Kontakt gehabt hatte, hätte sie ihr nicht zugetraut, und sie konnte es nicht billigen. Immerhin hatte dieser Mann ihren Cousin auf dem Gewissen. Das konnte Paula nicht einfach ignorieren. Für Katty kam das einem Verrat an der eigenen Familie gleich, und bei aller Liebe zu ihrer Schwester, darüber würde sie ein ernstes Wort mit ihr reden müssen. Aber dazu war nun keine Zeit, und außerdem war ihr eine Front im Hause wirklich genug. Wenn sie jetzt noch einen Streit mit Paula anzettelte, wäre Hopfen und Malz verloren. Nun ging es erst einmal darum, Gertruds Erinnerungen im Zaum zu halten.

Katty schlug ärgerlich mit der flachen Hand auf den Ordner, räumte ihn zurück in die Kommode und atmete tief durch. Es würde nicht leicht sein, Gertrud an diesem Tag aufzuheitern, fürchtete sie. Hoffentlich wollte sie nicht zurück in ihre Wohnung nach Xanten. Katty konnte sich vorstellen, wie Gertrud theatralisch intonierte, sie werde im Haus dieses unmoralischen Brudermörders keine weitere Nacht verbringen.

»Warten wir es ab«, seufzte Katty laut, »es nützt ja nicht, wenn ich die Pferde scheu mache.« Sie schnappte sich ihren Sommermantel, suchte den Autoschlüssel und fuhr, wie immer ein bisschen zu schnell, rückwärts über die gekieste Auffahrt. Mit ihren vierundachtzig Jahren fuhr sie selbstverständlich noch Auto und wollte nichts davon hören, dass sie zu alt oder nicht reaktionsschnell genug sein könnte. Einmal hatte ihr angeheirateter Neffe Bernhard gewagt, sie vorsichtig darauf anzusprechen, dass es vielleicht an der Zeit sei, den Führerschein abzugeben. Die jungen Leute sollten erst mal so viel Erfahrung sammeln wie sie, dann könnten sie ihr mit komischen Ermahnungen kommen, hatte sie wütend entgegnet. Und der Anlass für dieses Gespräch war wirklich nichtig gewesen. Sie hatte beim Verlassen des Hofes etwas zu viel Gas gegeben und war dabei rückwärts in den Graben gerutscht. Das konnte doch jedem mal passieren, fand sie. Mein Gott, die sollten sich nicht so aufregen. Bernhard hatte daraus nämlich ein kleines Drama gemacht und ihr gesagt, sie gefährde nicht nur ihr eigenes Leben, sondern auch das anderer Menschen. Völlig übertrieben, ärgerte Katty sich sogar jetzt noch. Der tut ja gerade so, als wäre ich alt. Aus ihrer Sicht war es wirklich eine Kleinigkeit gewesen, aber offensichtlich sah Bernhard sie, wie sie selbst auf Gertrud blickte. Aus seiner Sicht bin ich alt, wurde ihr bewusst. Und aus meiner Sicht ist Gertrud alt, wobei wir uns beide topfit fühlen, schloss sie zufrieden.

Energisch legte sie den ersten Gang ein. Die Kupplung ihres Opel Kadetts war nicht mehr ganz in Ordnung, deswegen gab das Auto ein unwilliges Geräusch von sich, als sie sich auf den Weg ins vier Kilometer entfernte Xanten machte, denn nur dort gab es die vorzüglichen Croissants. Eins nach dem anderen erledigen, dachte Katty unterwegs, das war schon immer die beste Methode, um schwierige Situationen zu meistern.

9. März 1945
Evakuierung

Katty gab sich einen Ruck. Sie hatte keine Zeit, zu trauern, das würde sie später nachholen. Jetzt galt es, eins nach dem anderen zu erledigen. Wenigstens blieb Theodor erspart, dass er mitansehen musste, was nun mit dem Hof geschehen würde. Sie legte ihre Sachen zurecht und begann, sorgfältig den Koffer zu packen. Sie fühlte sich nicht wohl bei dem Gedanken, den Hof zu verlassen.

Drei Familien lebten und arbeiteten derzeit auf Tellemann, neben Heinrich Hegmann waren das die Eheleute Zumkley mit ihren Kindern und die Düke-Brüder, die die schweren Arbeiten wie Misten und Füttern übernahmen, dazu kamen die drei alleinstehenden Hausmädchen und sie selbst. Alle waren sie nun auf Anordnung der Alliierten damit beschäftigt, zu packen. Englische Soldaten sollten auf dem Hof stationiert werden, denn Wesel und damit die letzte noch intakte Rheinbrücke waren von hier aus gut zu erreichen. Möglicherweise würde auf dem Tellemannshof ein Lazarett entstehen, hieß es.

Es waren fast alle Bewohner der linksrheinischen Höfe betroffen. Und die, die auf der östlichen Rheinseite lebten, versuchten die Seite zu wechseln. Der Rhein war die Frontlinie, und bis auf ein paar Fanatiker zweifelte niemand mehr daran, dass die Alliierten früher oder später die Oberhand gewinnen würden. Paula war deshalb längst vom rechtsrheinischen Empel nach Westen gezogen, Katty hoffte, ihre Schwester in Bedburg-Hau wiederzutreffen. Mit Paula wären die letzten Kriegstage sicher erträglicher, und vielleicht hatte sie sogar Nachricht von Gertrud. Gertrud lebte in Duisburg, ebenfalls auf der anderen Rheinseite, auf der noch die Nationalsozialisten herrschten. Katty betete, dass ihre älteste Schwester nach Norden geflohen war und sich auf den elterlichen Hof zu Paula durchgeschlagen hatte. Vielleicht hatten sie den Rhein gemeinsam überquert. Von Gertrud hatte sie seit Wochen keinerlei Lebenszeichen. Es geht ihr gut, beruhigte sich Katty, sie ist schlau, Gertrud kommt immer durch.

Katty machte sich nicht nur um die Schwestern Sorgen, sondern auch um ihr Zuhause, um den Tellemannshof. Wer würde sich hier um die Tiere kümmern? Eine der sechs Stuten war tragend. Was, wenn niemand zur Stelle wäre, wenn das Fohlen geboren würde? Es war eine großartige Zuchtstute, für die Heinrich bei den rheinischen Zuchtschauen bereits mehrfach Preise gewonnen hatte. Das Pferd war sicher 700 Mark wert, wenn nicht mehr. Undenkbar, wenn es bei der Geburt einginge.

Schlagartig wurde ihr klar, dass sie nicht mitgehen konnte. Sie würde bleiben. Der Hof war ihre Heimat, er war alles, was sie hatte, und seit sie das erste Mal auf den Tellemannshof gekommen war, hatte sie sich hier zu Hause gefühlt. Sie würde sich das nicht nehmen lassen. Von niemandem. Nicht von irgendwelchen Soldaten, die keine Ahnung von der Landwirtschaft hatten, und schon gar nicht von denen, die ihren geliebten Theodor auf dem Gewissen hatten.

Katty wusste, was sie zu tun hatte. Sie würde den anderen ihren Entschluss erst in letzter Minute mitteilen. Bis dahin würde sie den Schein wahren und ihr Hab und Gut zusammenpacken. Nicht, dass sie irgendetwas Wertvolles besessen hätte, aber an der alten Spieluhr ihres Vaters hing sie und wollte sie vor den Soldaten in Sicherheit wissen. Die Spieluhr stammte aus dem 19. Jahrhundert, ihr Vater hatte sie von seinem Vater geschenkt bekommen. Sie sah aus wie eine Schatztruhe in Miniaturformat, das Holz war in einem wunderschönen Dunkelrot gehalten, oben auf dem gewölbten Truhendeckel tanzten drei Knaben auf einer Wiese um einen Brunnen herum.

Auf der Unterseite hatte das Kästchen eine metallene Schraube. Wenn man damit die Feder im Inneren aufzog, begann sich eine kleine Walze mit Noppen zu drehen, die an einer Blechtastatur vorbeistrichen und das Lied »Laurentia, liebe Laurentia mein« spielten. Katty liebte diesen Klang, besonders, wenn die Feder kaum noch Schwung hatte und die Walze sich so langsam drehte, dass jeder Ton nur ganz zart herauszitterte. Es klang dann so wunderbar melancholisch. Diese Uhr war ihr wertvollstes Erinnerungsstück. Ihr Vater hatte ihr damit die Wochentage beigebracht, denn in jeder Strophe des Liedes traf man Laurentia an einem anderen Tag. Er war vor sechs Jahren gestorben, kurz bevor der Krieg begonnen hatte, Katty vermisste ihn. Auch von ihrer Mutter hatte sie nur ein kleines Erbstück, eine schlichte unverzierte Hutnadel aus Silber. Katty nahm sie aus dem Schrank und legte sie neben die Spieluhr.

Obwohl ihr das Leben mit ihren Geschwistern manchmal fehlte, wusste sie doch, wie gut es ihr bei Heinrich Hegmann ging. Sie hatte eine respektable Anstellung, sie bekam Achtung und Respekt, sowohl von den Hofmitarbeitern als auch von ihrem Arbeitgeber, dem sie sich ungewöhnlich nah fühlte. Er und vor allem Theodor waren ihre Familie. Gewesen, verbesserte sie sich und spürte, wie die Trauer über Theodors Tod erneut von ihr Besitz ergriff. Sie hatte selbst nie ernsthaft ans Heiraten gedacht, wozu auch, sie hatte ja Theodor und Vatti gehabt, und vielleicht war das insgeheim eine gute Entschuldigung gewesen, denn tatsächlich hatte nie ein ernst zu nehmender Mann um sie gefreit. Die Leute hier in Wardt mochten sie, aber kein kluger Bauer wäre auf die Idee gekommen, ein so armes Mädchen zu heiraten, und Katty wiederum war inzwischen vom Leben auf dem Tellemannshof zu verwöhnt, um sich an einen Bauern zu binden, der ihr nicht den gleichen Lebensstandard bieten konnte.

Einmal hatte sie mit Vatti Hegmann über die Möglichkeit einer Ehe gesprochen. Der Bruder von Grete Meisen aus Ginderich schien sich für sie zu interessieren, und als Katty es in Vattis Beisein erwähnte, so beiläufig, wie es nur ging, reagierte dieser mit unerwarteter Heftigkeit.

»Sie werden doch keine Dummheiten machen, Fräulein Franken. Der Bauer Meisen hat nichts an de Föß. Da bleiben Sie mal lieber bei mir und Theodor, da wird es Ihnen sicher besser ergehen.«

Katty war verwundert, dass Vatti sie mit Fräulein Franken angesprochen hatte. Natürlich siezten sie sich, aber normalerweise nannte er sie Katty, »Fräulein Franken« hatte so etwas Offizielles, es klang fast wie ein Verbot, und so verfolgte Katty die Geschichte nicht weiter. Außerdem war sie stolz gewesen, dass der große Heinrich Hegmann sie auf dem Hof halten wollte. Das Gefühl hatte sie auch jetzt. Sie wurde auf dem Hof gebraucht, sie war hier nicht wegzudenken.

Sie machte sich auf den Weg in Vattis Schlafzimmer, um dessen Koffer zu packen. Mit einem Kopfnicken öffnete er ihr die Tür, und als Katty sich wortlos auf seinen Schrank zubewegte, machte er ihr ein Zeichen, stehen zu bleiben.

»Katty, ich kann den Hof nicht im Stich lassen. Mein Sohn ist gestorben, um sein Land zu verteidigen, soll ich nun weglaufen wie ein Hase? Ich werde hier bleiben. Vielleicht kann man sich arrangieren, vielleicht werden die Engländer verstehen, dass man so ein Haus bewirtschaften muss und dass man das Vieh nicht sich selbst überlassen kann.« Katty nickte. Sie hatte einen Kloß im Hals und erkannte wieder einmal, wie ähnlich sie sich waren. »Ich werde ebenfalls bleiben«, antwortete sie schließlich. Heinrich sah sie lange an, als überlegte er, wie er darauf reagieren sollte. In seinen Augen blitzte etwas wie Stolz, aber auch tiefe Zuneigung. Katty wurde ganz blümerant, als er sie so ansah. Irgendetwas an diesem Blick war anders als sonst. Mit sanfter Stimme sprach er auf sie ein. »Katty, es wird gefährlich werden hier. Die englischen Soldaten sind wild und wütend, man weiß nicht, wie sie sich gegenüber Frauen benehmen. Von rheinaufwärts hört man die schrecklichsten Dinge.«

Katty wurde mulmig. Nach allem, was man sich in diesen Tagen erzählte, waren Plünderungen an der Tagesordnung. Dabei wurden die Bauersleute manches Mal geschunden und verprügelt, man hörte auch von Vergewaltigungen.

Ach was, sagte sie zu sich, jetzt reiß dich mal zusammen, Katty Franken. Sie würde die Engländer schon in Schach halten. Die sollten nur kommen, dachte sie trotzig und fragte sich ganz ernsthaft, ob sie nicht lieber auf dem Hof ihr Leben ließ, als nachher nicht mehr zu wissen, wohin. Sie würde jedenfalls nicht zulassen, dass Vatti allein auf dem Hof blieb.

»Ich bleibe«, sagte Katty deshalb so bestimmt, dass nicht einmal ein Heinrich Hegmann es wagte, zu widersprechen.

»Gut«, sagte er nach einer Weile und ein Lächeln umspielte seine Mundwinkel, »dann geh und sag Theo Zumkley, er möge unsere Bediensteten anführen.«

9. März 1945
Wenn es Nacht wird

Wardt wurde dunkel und still. Sie waren alle weg: die meisten Dorfbewohner, die Knechte und Mägde und wahrscheinlich auch viele Bauern. Falls doch jemand geblieben war, so konnte man es nicht sehen, denn niemand wagte, das Licht anzumachen. Es lag eine gespenstische Stille über dem Ort. Wenn eine Kuh mit dem Huf vor die Stallwand schlug, zuckte Katty unwillkürlich zusammen. Sie hörte diese Geräusche sonst auch, aber normalerweise lauschte sie nicht so angestrengt. Sie hatte Angst. Die Soldaten konnten jeden Moment auf dem Hof eintreffen. Was hatten sie von ihnen zu erwarten? Immerhin war die Bevölkerung aufgefordert worden, zu verschwinden, war das eine humane Geste gewesen, oder hatte man nur Angst vor Gegenwehr? Katty fröstelte. Vielleicht würden die Engländer sie sofort aufhängen. Oder erschießen. Vielleicht würden sie in den Keller gesperrt, wo sie elendig verhungerten. Erst Vatti und dann sie. Sie war plötzlich sicher, dass sie länger ohne Nahrung auskommen könnte als er. Was aber, wenn Vatti sie ermorden und aufessen würde? Hatte es so etwas nicht schon gegeben, im Winter an der Ostfront? Hungernde Soldaten waren dort angeblich über die Toten hergefallen, um zu überleben. Da war es schließlich nur noch ein kleiner Schritt, bis man einen Menschen umbrachte, um nicht zu verhungern. Plötzlich grauste ihr vor Vatti. Was, wenn dieser Mann ihr etwas antat? Gertrud hatte sie immer vor Heinrich Hegmann gewarnt und behauptet, er sei skrupellos und gehe über Leichen.

Katty stand auf. Sie musste aufhören, so einen Unsinn zu denken, sie benahm sich ja wie ein kleines Mädchen. Früher in Empel hatte sie häufig solche Räuberpistolengedanken gehabt, in die sie sich hineinsteigern konnte. Aber nun war sie erwachsen und sollte ihren Kopf lieber vernünftig benutzen. Sie hatte Angst vor den Engländern, vor den Fremden, nicht vor dem Mann, dessen Haus und Hof sie führte. Aber es war an der Zeit, sich das »Vatti« abzugewöhnen. Er war Heinrich Hegmann. »Vatti« war Theodors Spitzname für ihn gewesen, und jetzt, da Theodor tot war, erschien es ihr unangebracht, ihn weiterhin zu benutzen.

Die Stille machte sie verrückt. Sie beschloss, sich in der Küche ein Glas Milch zu holen. Vielleicht könnte sie sich dann mit einer Kerze in das kleine fensterlose Büro setzen. Sie wäre wach und gewappnet für die fremden Soldaten. Vielleicht sollte sie zur Sicherheit noch ein großes Fleischmesser aus der Küche mitnehmen.

Leise schlüpfte sie aus dem Zimmer und zählte die Stufen der alten Holztreppe. Die fünfte musste man auslassen, denn Nummer fünf von oben ächzte jedes Mal, wenn man auf sie trat. Bei der Stille im Dorf wäre das Geräusch womöglich bis zu den Alliierten zu hören gewesen.

Sie schlich in die Küche, holte eine Kerze, ein Glas Milch und das große Messer.

Plötzlich hörte sie ein Rascheln. Nein, das waren Schritte. Sie konnte es nicht genau zuordnen, denn in ihren Ohren rauschte das Blut. Sie hielt die Luft an. Das Blut rauschte noch lauter. Nach einer Minute konnte sie nicht mehr und prustete die Luft aus der Lunge. Jetzt hörte sie nur ihren eigenen Atem.

Vermutlich war es eine Katze gewesen, aber Katty spürte die Angst zurückkehren. Sie überlegte, ob sie sich in der Küche unter der Bank verstecken könnte, und verwarf den Gedanken im selben Moment. Wenn die Alliierten kamen, würden sie das Licht anmachen und eine Frau unter der Bank kauern sehen, schlotternd vor Angst. Wie peinlich, sie hatte schließlich Stolz. Eine Weile redete sich Katty gut zu, sie müsse sich verhört haben, doch da war es wieder. Ein Knarren, aber das kam nicht von den Treppenstufen, es klang eher wie die Holzdielen im Wohnzimmer. Natürlich. Sie waren wohl gerade zur Tür hereingekommen. Oder nein, die Tür war ja verschlossen. Aber vielleicht hatte Heinrich vergessen, das kleine Fenster in der Diele zu schließen. Katty spürte, wie Panik in ihr aufstieg. Ihre Füße kribbelten und sie wusste, was bald passieren würde. Wenn sie sich nicht schnell beruhigte, würde sie wegrennen. Egal wohin. Rennen, als ob der Teufel hinter ihr her wäre. Sie hatte als Kind oft furchtbare Angst gehabt, ohne genau zu wissen, wovor. Vielleicht sogar vor Geistern, obwohl sie eigentlich kein bisschen abergläubisch war. Manchmal hatte sie nachts das Gefühl gehabt, dass irgendetwas in ihrem Nacken war. Wenn sie in ihrem Bettchen unter der Decke kauerte, glaubte sie zu spüren, wie jemand näher kam, wie sich jemand über sie beugte, aber wenn sie die Decke wegschlug, war niemand da. Sie harrte dann lange im Bett aus, bis sie die Kraft hatte, um aufzuspringen und ins Bett ihrer Schwester Paula zu hüpfen.

Aber Paula war nicht da, und eine gestandene Frau war sie nun auch, sie konnte wohl kaum zu Heinrich Hegmann rennen. Sie musste sich ihrer Angst stellen, sie musste angreifen. Da hörte sie wieder ein Geräusch. Und diesmal waren es wirklich Schritte. Sie kamen näher. Katty war wie gelähmt. Wahrscheinlich waren die englischen Soldaten ausgehungert und suchten etwas zu essen. Verstecken, sie musste sich verstecken. Aber wo? Die Schritte kamen näher. Einer schien schon den kleinen Flur zur Küche erreicht zu haben. Mit einem Satz ergriff sie das Messer und stellte sich hinter die Tür, doch dabei war sie mit den Schuhen über den Steinboden geschleift, der Engländer musste sie gehört haben. Die Klinke ging ein paar Zentimeter herunter und schnellte zurück. Katty fasste das Messer fester, sie war bereit, sich auf den Eindringling zu stürzen, sobald der eintrat.

Mit einem Ruck ging die Tür auf. »Was machen Sie hier?«, schrie eine dunkle Stimme. Katty kreischte auf. Und in dem Moment merkte sie auch schon, wie sie von einem Mann gepackt wurde. Verzweifelt versuchte sie, sich zu befreien. Sie schrie wie am Spieß und stieß dabei laute Flüche aus, bis der Angreifer ihr eine kräftige Ohrfeige gab und ihr den Mund zuhielt. Es dauerte eine Weile, bis die Stimme zu ihr durchdrang.

»Katty, ich bin's. Beruhigen Sie sich doch. Sie wecken ja alle Alliierten im Umkreis von zehn Kilometern auf.«

Erst jetzt merkte Katty, dass sie vor lauter Angst die Augen zugekniffen hatte. Als sie langsam eines zu öffnen wagte, lachte der Mann mit vertrauter Stimme. Als sie das andere auch noch aufmachte, streichelte er ihr über die Wange, auf die er vorher geschlagen hatte, und murmelte irgendetwas von Entschuldigung. Als sie erkannte, dass es Heinrich war, der vor ihr stand, wurde ihr schwindlig.

Sie brauchte eine Weile, bis sie wieder zu sich kam. Sie lag auf Heinrichs Bett, er saß auf der Bettkante. Hatte er sie etwa hierher getragen, oder war sie selbst gelaufen?

»Was ist passiert?«

»Nichts, Sie wollten mich nur erstechen. Aber als es blutete, sind Sie umgekippt.« Er lächelte schief und zeigte ihr eine Schnittwunde an seiner Hand.

»Oh Gott, war ich das etwa? Ich bin schrecklich dumm. Bitte entschuldigen Sie!«

»Nein, nein. Ich bin sicher, Sie hätten alle Soldaten verjagt, es waren bloß keine da. Aber ich bin froh, dass ich eine so mutige Haustochter habe.«

Katty kamen die Tränen. Sie fühlte sich jämmerlich. Eine fantastische Hilfe war sie auf dem Hof. Gleich in der ersten Nacht wurde sie hysterisch und fiel Heinrich zur Last.

»Ich bin unnütz«, schniefte sie. Heinrich sah sie an.

»Katty«, sagte er ernst, »Sie sind die Einzige, die bei mir geblieben ist. Und ich möchte hier nicht ohne Sie sein.«

»Ich möchte hierbleiben. Das passiert mir nicht noch mal«, sagte sie und versuchte, ihrer Stimme einen entschlossenen Klang zu geben.

»Ich weiß«, erwiderte Heinrich. »Wir werden ab jetzt ein Zimmer teilen. Dann werden wir uns wenigstens nicht gegenseitig jagen. Bleiben Sie auf dem Bett liegen, ich werde für heute Nacht die Sessel zusammenschieben und morgen früh holen wir das Sofa ins Zimmer.« Er gab ihr einen Kuss auf die Wange. »Schlafen Sie gut, liebe Katty.«

Katty war merkwürdig berührt von dieser Geste. Seine Stimme hatte so anders geklungen als sonst. Liebevoll, fast zärtlich. Sie war verunsichert und stellte sich schlafend, während Heinrich die Sessel zusammenschob, sich aus dem Wohnzimmer eine Wolldecke holte und es sich so bequem machte, wie es eben ging.

Als Katty früh am Morgen aufwachte, war Heinrich bereits fort. Sie fragte sich, ob er wohl auf der Weide war, die Kühe melken. Aber da hörte sie Geräusche in der Küche und kurz darauf kam Heinrich zur Tür herein. Er hatte Malzkaffee gemacht, dazu ein paar Kanten Brot geschnitten und Butter und Wurst auf ein Tablett gelegt.

»Guten Morgen, Katty. Wir werden jetzt ordentlich frühstücken und uns dann an die Arbeit machen. Die Kühe wollen gemolken werden. Man hört sie schon muhen.«

Katty war die Situation ein wenig unangenehm. Sie saß da im Nachthemd und einer verrutschten Strickjacke, wie sie am Abend zuvor ihr Bett verlassen hatte. Schnell nestelte sie an dem grauen Wolljäckchen, um ihren Busen angemessen zu bedecken. Dabei fing sie einen Blick von Heinrich auf. Der hatte längst mehr Haut gesehen, als es ihm normalerweise vergönnt war, doch er tat, als hätte er nichts bemerkt.

Er setzte sich auf die Bettkante, stellte das Tablett auf Kattys Beine und nahm sich eine Scheibe Brot.

Katty rührte sich nicht. Sie konnte auch nicht, denn das Tablett samt heißem Kaffee hätte sich über sie ergossen, wenn sie aufgestanden wäre. Einmal noch schaute sie verstohlen an sich herunter, dann fügte sie sich in ihr Schicksal. Sie griff ebenfalls zum Brot, schmierte ordentlich Butter darauf und belegte es mit Wurst, die Martha Zumkley selbst gemacht hatte. Katty ärgerte sich, dass sie niemals richtig zugeschaut hatte, wenn geschlachtet wurde. Natürlich hatte sie das theoretisch auf der Landwirtschaftsschule gelernt, aber hingucken mochte sie nicht, denn sie ekelte sich davor. Nun könnte es mir das Leben retten, machte sie sich über ihre Angst vom Vorabend lustig, Heinrich müsste mich nicht umbringen, wenn ich schlachten könnte, genug Tiere auf dem Hof gibt es ja.

»Warum lachen Sie?«

»Oh, Entschuldigung, ich musste nur an meine Dummheit heute Nacht denken.«

Heinrich schüttelte den Kopf. »Sie hätten mich umbringen können mit diesem Fleischermesser.«

»Sehen Sie, und kurz vorher habe ich mir vorgestellt, was Sie wohl mit mir machen, wenn die Engländer uns in den Keller sperren und wir kurz vor dem Verhungern sind.« Katty fletschte die Zähne wie ein bissiger Hund.

»Sie meinen, ich hätte Sie verwurstet und genüsslich Stück für Stück verspeist?«, ging Heinrich scherzhaft auf sie ein.

»Ich hätte schon einen ordentlich nahrhaften Schinken zu bieten gehabt«, feixte Katty und freute sich nach der grauenvollen Nacht über die Leichtigkeit des neuen Tages. Und Heinrich ging es anscheinend genauso.

»… aber bestimmt nicht so leicht zu verdauen«, antwortete er schließlich: »Los jetzt, wir haben keine Zeit für Müßiggang.«

Sie hatten sich vorgenommen, erst die Tiere in den Ställen zu füttern und dann mit Eimern und Melkschemel bepackt auf die Weide zu den Rindern und Kühen zu gehen. Eine halbe Stunde länger würden die Kühe mit ihren vollen Eutern noch warten können. Katty und Heinrich wunderten sich allerdings, dass sie so laut brüllten. Zu spät war es eigentlich nicht, die Kühe wurden oft erst gegen sieben Uhr gemolken.

Heinrich hatte einen ähnlichen Lebensrhythmus wie Katty. Am Morgen kam er nur schwer aus dem Bett, und abends blieb er bis weit nach Mitternacht in der Stube sitzen. Oft hatten sie an langen Abenden zusammengesessen, über den Hof geredet oder Radio gehört. Heinrich hatte sie nie weggeschickt, im Gegenteil, er mochte ihre Gesellschaft, und wie sehr, das zeigte sich in der jetzigen Situation besonders, fiel ihr auf, und sie fragte sich, ob er auch einer der anderen Angestellten erlaubt hätte, auf dem Hof zu bleiben. Die anderen Haustöchter hatten sie des Öfteren wegen der Vertrautheit, die angeblich zwischen Heinrich und ihr herrschte, aufgezogen. Der Hausherr wache eifersüchtig darüber, dass kein potenzieller Ehemann ihm das Fräulein Franken vom Hof hole, hatten sie gern geneckt, und ihre Spöttelei hatte spätestens durch die Geschichte des armen Friedrich Duckerboom zusätzlichen Nährboden gefunden. Duckerboom war ein junger Anwalt aus Duisburg, der in Xanten eine Stelle in der Kanzlei Gantermann übernommen hatte. Katty hatte ihn durch Gertrud kennengelernt, denn Friedrichs Mutter war eine Kollegin von ihr, und sie hatte Katty deshalb gebeten, den jungen Mann in Xanten ein wenig bekannt zu machen. Katty hatte diesen Auftrag gerne angenommen. Menschen miteinander in Kontakt zu bringen, ein bisschen zu feiern, das beherrschte sie aus dem Effeff. Sie hatte ein paar junge Leute zusammengetrommelt, und man hatte sich im Hotel van Bebber getroffen. Auch Heinrich war an jenem Abend da gewesen und hatte sich angeregt mit dem jungen Anwalt unterhalten. Es war der Beginn einer Freundschaft geworden. Mehrfach hatte Katty Friedrich in Xanten getroffen, und es hatte nicht lange gedauert, bis Heinrich davon Wind bekam. Eines Tages fragte er Katty, ob da ernsthafte Absichten im Spiel seien. Sie glaube, eigentlich nicht, antwortete sie, man habe niemals darüber gesprochen.

»Gut«, erklärte Heinrich daraufhin, »denn ich habe mit Gantermann gesprochen. Der junge Duckerboom ist wohl ein Lächgänger, der ist faul und arbeitet nicht gut. Für so einen Kerl sind Sie mir zu schade.«

Katty wusste, dass das nicht stimmen konnte. Friedrich war ehrgeizig, und er arbeitete viel. Sie wunderte sich, warum Heinrich Hegmann so etwas erzählte, und fragte sich, ob er sich über sie geärgert hatte. Ob sie ihre Arbeit vernachlässigt habe, erkundigte sie sich daher.

Misstrauisch und verwundert sah er sie an. »Natürlich nicht, ich bin sehr zufrieden mit Ihnen. Deshalb möchte ich Sie ja schützen. Sie sollten sich um Ihren Umgang sorgen.«

Katty wurde bockig, sie würde sich nicht verbieten lassen, wen sie mochte und wen nicht, aber vielleicht sollte Heinrich Hegmann einfach nichts mehr davon mitbekommen, entschied sie.

Und so traf sie sich fortan heimlich mit Friedrich. Es hatte bislang nie ein Tête-à-Tête gegeben, doch Katty wusste, dass Friedrich darauf drängte.

An einem Samstagabend kündigte er schließlich an, er wolle am nächsten Tag zum Frühschoppen auf den Tellemannshof kommen. Katty sagte zu, zumal sie annahm, dass Heinrich nicht da sein würde. Gewöhnlich ging er sonntags nach der Kirche in die Kneipe und traf dort die anderen Bauern. Bis er wiederkam, war es meist Zeit für den Nachmittagskaffee, und bis dahin würde Friedrich sicher wieder gegangen sein.

Katty, der inzwischen sechzehnjährige Theodor Hegmann, ihre Nichte und zwei andere Haustöchter hatten den kleinen Tisch in der Küche der Hofangestellten gedeckt. Sie lag ein bisschen abseits, und deshalb hatte Katty es für klug gehalten, hier zu frühstücken.

Friedrich wurde ein bisschen mürrisch, als er feststellte, dass sie schon wieder nicht allein wären, doch seine schlechte Laune verflog in der lustigen Runde schnell – bis man aus dem Vorderhaus Rufe hörte. Heinrich hatte nach Katty gerufen.

Die Frühstücksgesellschaft erstarrte. Alle wussten, dass Friedrich auf dem Hof nicht geduldet wurde. Und noch während Katty ein »Ich komme sofort, Herr Hegmann!« nach oben schrie, hörten sie bereits Schritte auf dem Flur.

»Schnell hier in den Putzschrank«, flüsterte Katty, zog Friedrich am Ärmel, quetschte ihn unsanft zwischen Wischmob, Eimer und Schrubber, stellte sich mit dem Rücken vor den Schrank und wartete auf Heinrichs Eintreten. Als der Hausherr hereinkam, fand er seinen Sohn und seine Haustöchter in besonders heiterem Zustand vor.

»Herr Hegmann, wir wollten gerade mit dem Putzen beginnen«, sagte eines der Mädchen, die anderen johlten vor Vergnügen.

»Warum sind Sie denn nicht in der Kneipe? Gab es heute keinen Frühschoppen?« Die letzten Worte waren in Tränen und Grunzen untergegangen. Heinrich schaute belustigt in die Runde.

»Habt ihr etwa getrunken? Kommt, dann mache ich meinen Frühschoppen eben mit euch. In der Dorfkneipe waren die Parteigänger unterwegs, da war mir nicht nach Trinken zumute. Aber hier scheint ja eine fröhliche Stimmung zu herrschen.«

Heinrich mochte seine Haustöchter, das wusste Katty. Er mochte die Jugend, die jungen Leute, mit ihnen saß er gerne zusammen und klönte, wie er es nannte, wenn er über Politik und Landwirtschaft sprach oder sich den neuesten Dorfklatsch berichten ließ. Das drohte also eine längere Sitzung zu werden. Theodor war es schließlich, der sehr zu Kattys Erleichterung die Situation rettete. Entweder hatte er ihre Not begriffen oder er hatte sich in die Lage des armen Friedrichs versetzt, der da im Schrank hockte und dem vermutlich bald die Luft ausging. Als Heinrich sich anschickte, es sich gemütlich zu machen, ergriff Theodor die Initiative.

»Vater, gut, dass du so früh kommst. Hättest du vielleicht einen Moment Zeit für mich, ich würde gerne im Büro mit dir sprechen.« Leicht ließ Heinrich sich nicht von seinem Frühschoppen abbringen, und so musste Theodor mehrfach insistieren, bis sein Vater missmutig loszog.

Katty lauschte noch eine Weile, dann erst öffnete sie den Schrank. Friedrich sah erbärmlich aus, nachdem er eine Viertelstunde lang in diesem Schrank ausgeharrt hatte, völlig bewegungslos. Er hatte kaum Luft bekommen, geschwitzt, und als er nun sein enges Gefängnis verlassen konnte, stöhnte er laut auf.

»Los!«, sagte Katty. »Du musst hier weg. Schleich dich hinten über das Burenend, damit du nicht am Vorderhaus vorbeimusst …«

»… und pass auf, hinten auf der Weide läuft der Stier frei rum. Mit deinem hochroten Kopf wird er dich schon von Weitem sehen«, erlaubte Kattys Nichte sich zu allem Überfluss noch einen bösen Scherz. Alle lachten, bis auf Friedrich, denn der war ein Stadtkind, und er hatte keine Ahnung, was er tun sollte, wenn dort auf der Wiese tatsächlich ein wilder Stier umherrannte, zumindest ließ seine entsetzte Miene darauf schließen.

»Lasst den Unsinn«, prustete Katty deshalb, »und du, zisch ab. Bis bald.«

Sie gab Friedrich einen liebevollen Klaps auf den Rücken und schob ihn sanft, aber bestimmt zur Tür.

Einige Tage später begegnete Heinrich seinem Nachbarn.

»Hast du Probleme?«, fragte der sogleich mitfühlend und neugierig zugleich.

»Nein, was meinst du?«

»Na, ich dachte nur. Denn, warum hast du sonst am heiligen Sonntag den Anwalt auf dem Hof?« Der Nachbar hatte sich bei der Frage bestimmt nichts Böses gedacht, aber Heinrich begriff sofort, was an dem heiteren Sonntag vorgefallen war, und reagierte ungewöhnlich heftig. Er rief Katty zu sich und verbat ihr rigoros, Friedrich Duckerboom noch einmal zu treffen. Er hatte eigentlich nicht das Recht dazu, und sie wunderte sich, dass er sich so sehr in ihr Privatleben einmischte. Etwas Vergleichbares hatte er bei den anderen Haustöchtern nie getan. Aber vielleicht fühlte er sich verantwortlich, weil er sie schon als Kind gekannt hatte, überlegte sie. Verlegen und mit einem Nicken akzeptierte sie das Verbot.

Erst viel später hatte sie von Theodor erfahren, was danach passiert war. Heinrich hatte Friedrich Duckerboom zur Rede gestellt, ihm Hausverbot erteilt und ihn gewarnt. Er, Hegmann, habe herausragende Beziehungen zum Chef der Anwaltskanzlei. Theodor hatte sich furchtbar darüber aufgeregt und einen heftigen Streit mit seinem Vater angefangen.

Katty war entsetzt gewesen, das hatte sie nicht gewollt. Weder, dass Friedrich um seine Anstellung bangen musste, noch, dass Theodor und Heinrich sich wieder stritten. Sie hatte nicht verstanden, was an diesem Sonntagvormittag so dramatisch gewesen sein sollte, aber beschlossen, sich zu fügen. Friedrich Duckerboom war nie mehr auf den Tellemannshof gekommen. Einige Male hatte Katty ihn noch auf Stadtfesten gesehen und einen Gruß mit ihm ausgetauscht, aber selbst ein längeres Gespräch hatte sich nicht mehr ergeben.

Heinrich hatte sich wie ein eifersüchtiger Junge gebärdet, und Katty fragte sich inzwischen, ob er tatsächlich mehr für sie empfand, als er sollte. Oder lag es einfach daran, dass Theodor sie immer wie eine Mutter behandelt hatte? Der Gedanke an Theodor versetzte ihr einen Stich, und ihre Augen begannen gefährlich zu brennen. Schnell nahm sie eine Heugabel und begann die Pferde zu füttern.

Es war eine schwere Arbeit, die Pferde bekamen ausschließlich angefeuchtetes Heu, damit es nicht zu staubig war. Vor dem Stall stand eine alte Blechwanne mit Wasser, in das sie das Heu tauchte. Das nasse Heu wurde zum Abtropfen auf einen Rost über der Wanne geworfen, erst dann schob sie es den Pferden in die Raufe. Nach einer Weile musste sie das Wasser säubern, es stank bestialisch. Irgendwie hoffte sie, dass Heinrich in der Nähe wäre und ihr diese unangenehme Aufgabe abnehmen könnte, aber er war bei den Schweinen. Sie nahm einen Schlauch, der an der Wand hing, rieb das eine Ende mit einem Tuch sauber und steckte das andere Ende in die dreckige Brühe. Man musste das Dreckwasser ansaugen, damit die Wanne durch den Unterdruck von selbst leerlief. Um das Wasser in Gang zu bringen, musste man also recht heftig saugen, aber auch rechtzeitig aufhören, um das widerliche Wasser nicht zu schlucken.

Ein-, zweimal atmete sie aus, dann saugte sie kräftig und spuckte den Schlauch wieder aus. Es kam kein Wasser. Katty brauchte immer mehrere Versuche, alle anderen hatten den

Bogen besser raus. Beim vierten Versuch hörte sie Heinrich schreien, vor Schreck saugte sie noch beherzter und ein paar Tropfen der Brühe gelangten in ihren Mund. Sie spuckte angewidert aus und hörte Heinrich erneut rufen, in seiner Stimme war jetzt Entsetzen.

Der Schrei kam von der Wiese hinter dem Stall. Katty lief, so schnell sie konnte. Sie sah Heinrich im Gras hocken und fragte sich, ob wohl eine der Kühe ohne ihr Wissen tragend gewesen war und ihr Kälbchen in der Nacht bekommen hatte. Aber Heinrichs Schrei hatte anders geklungen. Als sie näher kam, sah sie das Elend. Geruch und Geschmack des Heuwassers mischten sich mit Ekel vor dem, was sie da vor sich sah, und sie musste sich übergeben.

Eine Kuh lag aufgeschlitzt auf der Wiese, die Kehle war durchtrennt, der Rumpf geöffnet und ein Schwarm Fliegen hatte sich bereits darüber hergemacht. An den Flanken, wo sich die Filets befanden, waren große Stücke einfach herausgetrennt. Sie hatten das Euter des armen Tieres aufgeschlitzt und die Zunge herausgeschnitten. Es war ein erbärmlicher Anblick.

Katty hoffte nur, dass man das arme Tier getötet hatte, bevor es so zugerichtet worden war. Nun erklärte sich auch, warum die Kühe schon den ganzen Morgen so wild blökten. Kühe waren nicht besonders intelligent, aber sie spürten den Tod.

Heinrich schaute Katty an, seine Augen waren rot vor Zorn.

»Sie waren hier«, sagte er. »Vermutlich in den frühen Morgenstunden.«

»Meinen Sie, es waren die Engländer?«

»Vielleicht, aber fast glaube ich, es waren deutsche Plünderer. Auf jeden Fall jemand, der kurz vor dem Verhungern ist. Hoffentlich hat sie wenigstens Leben gerettet.«

»Aber hier aus dem Dorf würde uns so etwas doch niemand antun. Ich kann mir das nicht vorstellen.«

»Mag sein, aber die Engländer hätten sicher mehr als nur eine Kuh getötet. Wie dem auch sei, wir müssen die Tiere heute Nacht in den Stall bringen und bewachen.«

Katty und Heinrich holten eine alte Karre und zogen die tote Kuh mithilfe eines Seils darauf. Dann fuhren sie den Kadaver in den Innenhof, um ihn zu verbrennen.

Der Geruch von brennendem Fleisch war widerwärtig, der von Horn und Knochen erst recht. Katty unterdrückte den Impuls, sich ein weiteres Mal übergeben zu müssen. Nach einer Weile ließen sie den Kadaver brennen und gingen wieder an die Arbeit.

Als sie die Tiere versorgt und gemolken hatten, nahm Heinrich Katty mit in die Jagdstube. Hinten im Stall gab es ein kleines verschlossenes Kämmerchen, in dem Heinrich seine Jagdutensilien aufbewahrte. Er besaß zwei Schrotflinten, ein Jagdgewehr und die entsprechende Munition. Nun schien er fest entschlossen, Katty das Schießen beizubringen. Als sie begriff, was er vorhatte, wehrte sie sich vehement, doch Heinrich bestimmte:

»Sie müssen ab jetzt eine Waffe bedienen können. Ich kann schließlich nicht die ganze Nacht allein Wache schieben. Nehmen Sie das Gewehr.«

Sie gingen auf die Wiese. Heinrich nahm einen weißen Eimer und malte darauf eine Zielscheibe.

»So, nun müssen Sie Kimme, Korn und Ziel zusammenbringen. Wenn Sie alles in einer Achse haben, treffen Sie. Darf ich mal sehen?«

Katty hatte das Gewehr angelegt, wie Heinrich es vorgemacht hatte. Nun schaute er über ihre Schulter, um sicherzugehen, dass sie richtig zielte, und dabei konnte sie ihn plötzlich riechen. Er roch nach Stallarbeit, aber da war noch ein anderer Duft, den sie bisher nie an ihm wahrgenommen hatte. Die feinen Härchen auf ihrer Wange begannen zu kribbeln. Er war mit seinem Gesicht sehr nah an ihrem und verharrte dort, als würde auch er diesem Moment nachspüren. Katty hielt es nicht länger aus.

»Soll ich jetzt schießen?«, durchbrach sie das Schweigen.

»Wie? Ähm, ja, aber die Waffe ist nicht geladen. Wir wollen doch nicht, dass die Alliierten mit Kanonenfeuer antworten. Ich muss Ihnen nur noch etwas zeigen. Moment. Legen Sie wieder an. Ja, so und Achtung …«

Er stieß ihr das Gewehr mit Wucht gegen das Schlüsselbein. Katty erschrak. Sie war völlig unvorbereitet gewesen. Wütend starrte sie Heinrich an.

»Entschuldigung. Aber wenn man schießt, hat das Gewehr einen Rückstoß, das ist etwa so, wie ich gerade demonstriert habe. Der Schütze sollte also sicher sein, dass er einen festen Stand hat und das Gewehr an die Schulter drückt. Sonst geht vor Schreck jeder Schuss in die Luft.«

Katty hatte begriffen. Sie drückte ihm das Gewehr in die Hand und rieb sich die Schulter. Da würde spätestens morgen ein blauer Fleck sein.

»Ich werde niemanden erschießen«, sagte sie mit Bestimmtheit und stapfte Richtung Haus. Sie wollte sich waschen und etwas essen. Der Tag war anstrengend gewesen, und die Vorstellung, dass sie auf einen Menschen zielte, erschien ihr völlig absurd. Heinrich holte sie ein.

»Katty, darf ich Sie an gestern Abend erinnern. Sie waren bereit, jemanden abzustechen, um Ihr Leben und den Hof zu verteidigen. Ich weiß, die Vorstellung ist nicht angenehm, aber wir sind im Krieg. Und wir können nicht davon ausgehen, dass die Alliierten wissen, dass wir die Nazis auch nicht leiden können. Nun hören Sie auf zu schmollen. Machen Sie sich frisch, dann werden wir zu Abend essen und uns ein kleines Lager im Stall herrichten.«

Nach dem Essen setzten sie sich vors Radio. Der deutsche Dienst der BBC berichtete, dass die Nazis die Rheinbrücke bei Wesel gesprengt hatten. Sie zogen sich demnach ins Ruhrgebiet zurück und ließen die Alliierten auf der linken Rheinseite hinter sich. Hoffentlich ist Gertrud rechtzeitig aus Duisburg herausgekommen, dachte Katty.

»Was bedeutet das für uns?«, fragte sie Heinrich.

»Dass der Krieg länger dauert. Die Alliierten werden sich bei uns sammeln. Engländer, Amerikaner und Kanadier werden den Rhein vermutlich in Xanten überqueren, denn in Wesel ist er breiter. Katty, wir werden hier noch eine Weile ausharren müssen.«

Katty und Heinrich hatten ein Nachtlager auf der Tenne hergerichtet. Auf Licht würden sie auch in dieser Nacht verzichten müssen. Elektrisches Licht war zu hell und Kerzen verboten sich zwischen Heu und Stroh von selbst.

»Ich werde die erste Nachtwache übernehmen«, bot Heinrich an. »Und wenn ich in ein paar Stunden die Augen nicht mehr offen halten kann, wechseln wir uns ab.«

Katty war hundemüde, aber nun, da sie keine Ablenkung mehr hatte, ließen sich die Gedanken an Theodor nicht mehr verdrängen. Im Dunkeln ließ sie ihren Tränen freien Lauf. Falls Heinrich ihr Weinen bemerkte, so reagierte er nicht darauf. Ob es ihm genauso ging? Oder bewahrte ihn die Sorge um den Hof momentan noch vor der Trauer um seinen einzigen Sohn? Sie überlegte, ob sie mit Heinrich über Theodor reden konnte oder ob er das als allzu indiskret empfände, sie entschied sich, zu schweigen, und fiel in einen unruhigen Schlaf. Als Heinrich sie vorsichtig weckte, stellte sie fest, dass sie mit dem Kopf auf seinen Beinen lag. Sie zuckte zurück und richtete sich auf.

»Sie sind dran. Ich muss einen Moment die Augen schließen. Bis jetzt ist alles ruhig.«

Benommen nahm Katty das Jagdgewehr, das er ihr entgegenhielt. So wie zuvor Heinrich lehnte sie sich mit dem Rücken an einen großen Heuballen. Es dauerte eine Weile, bis sich ihre Augen an die Dunkelheit gewöhnt hatten und sie wenigstens die Umrisse der Tiere erkannte. Die Rinder waren ruhig. Einige schnauften vor sich hin, andere hörte man gemächlich wiederkäuen. Vielleicht sind die Alliierten ja gar nicht bei uns in Wardt, überlegte Katty. Vielleicht waren viele von ihnen bei der Sprengung der Weseler Rheinbrücke gestorben und sie hatten längst den Rückzug angetreten. Nein, das war naiv, Heinrich hatte doch gesagt, die Deutschen hätten keine Chance mehr, den Krieg zu gewinnen. Hier am Niederrhein kämpften drei Nationen gegen die deutschen Soldaten, und allein Amerika, hieß es, wäre unendlich groß mit unendlich vielen Einwohnern und Soldaten. Und die hatten schon den Ersten Weltkrieg für sich entschieden.

Heinrich rollte sich im Schlaf hin und her. Erst als er Kattys Bein gefunden, es umklammert und seine Wange daran gelegt hatte, schien er zufrieden. Katty lächelte wehmütig. Wie Theodor, dachte sie. Der hatte sich als kleiner Junge im Schlaf auch immer an irgendetwas oder irgendjemandem festhalten wollen. Sie hatte es geliebt, den Jungen im Schlaf zu beobachten. Jetzt stellte sie fest, dass es ihr ebenfalls nicht unangenehm war, seinen Vater zu beobachten. Eigentlich hätte es ihr peinlich sein müssen, zusammen mit einem Mann im Stroh zu liegen. Aber es war eben Krieg, da konnte man sich schlecht hinter der christlichen Moral verstecken, wenn es galt, Leben und Existenz zu verteidigen. Wann immer sie mit sich haderte, argumentierte sie in Gedanken mit ihrer großen Schwester, so auch jetzt. Gertrud hätte den Krieg als Ausrede nicht gelten lassen. Wo sie wohl steckte? Irgendwo auf der anderen Rheinseite, beschützt von den deutschen Soldaten? Oder war das vielleicht sogar das größere Risiko, noch auf der Seite der Deutschen zu stehen?

Heinrichs Hand war hochgerutscht und lag nun auf ihrem Schoß. Das war Katty dann doch zu viel. Sie nahm seine Hand und versuchte sie vorsichtig auf den Boden zu legen, aber davon wurde Heinrich wach. Er maulte im Halbschlaf unverständliche Sätze, dann drehte er sich um und schlief weiter.

Der 100. Geburtstag – Samstag

Die Hörnchen des Belgiers

»Hallo, Frau Franken.«

»Guten Morgen«, antwortete Katty der Verkäuferin an der Bäckereitheke und ärgerte sich ein bisschen über das sehr beiläufige ›Hallo‹. Sie mochte diesen Ausdruck nicht, ›Hallo‹ besaß so gar nichts Konkretes, es ließ nicht einmal auf eine Tageszeit schließen, man konnte es immer sagen oder nie. »Guten Morgen«, wiederholte sie deshalb laut, »haben Sie Krossangs?« Katty wusste, dass sie den Namen dieser Hörnchen falsch aussprach. Piet, der Belgier, schüttelte jedes Mal den Kopf, aber es war ihr egal. Sollten die Franzosen es halt richtig aussprechen, wenn sie mochten, sie hatte noch immer bekommen, was sie wollte.

»Selbstverständlich haben wir Croissants«, sagte die Bäckerin und legte Wert auf die korrekte nasale Aussprache.

Das hört sich lächerlich an, fand Katty, und es wirkte, als wollte sich die junge Dame über eine alte Schachtel wie sie lustig machen. Katty überlegte, ob sie beleidigt sein sollte.

»Sie sprechen aber gut Französisch«, sagte sie stattdessen, »wo haben Sie das denn gelernt?« Die junge Frau fühlte sich offensichtlich geschmeichelt, plötzlich schien es, als wären ihre Augen lebendiger als zuvor und als übte sie ihren Beruf mit größerer Freude aus.

»Wie schön, dass Sie das bemerken, Frau Franken, ich belege seit einem Semester Französisch an der Volkshochschule. Soll ich Ihnen einen Prospekt besorgen?«

»Nein, vielen Dank, nicht nötig«, lachte Katty, »für so etwas bin ich wirklich zu alt.«

Was ein kleines Lob so alles bewirken kann, dachte sie, als sie zurück zum Auto ging, und nahm sich vor, das Experiment zu Hause mit ihren Schwestern fortzusetzen und damit gegebenenfalls Gertruds schlechte Laune zu untergraben.

Als sie auf dem Tellemannshof ankam, waren die beiden bereits aufgestanden. Sie saßen im Wohnzimmer, Gertrud las Zeitung, Paula hörte Radio.

»Guten Morgen!«, rief Katty beschwingt. »Habt ihr gut geschlafen?«

»Du bist schon auf?« Paula sah verblüfft aus. »Mit dir haben wir noch gar nicht gerechnet, sonst hätten wir den Frühstückstisch vorbereitet. Du bist doch sonst so eine Langschläferin.«

»Wie wäre es erst mal mit einer freundlichen Begrüßung, bevor du über mich herziehst? Sonst gibt's überhaupt kein Frühstück heute!« Katty lachte und verschränkte dabei die Arme wie ein störrisches Kind.

»Wo kommst du denn jetzt her?«, mischte Gertrud sich ein, und Katty hörte, wie so oft, einen vorwurfsvollen Ton heraus.

»Ich habe euch extra in Xanten Krossangs gekauft.«

»Das heißt ›Croissants‹«, verbesserte Gertrud. Katty biss sich auf die Lippen, hätte sie nur von französischen Hörnchen gesprochen, ärgerte sie sich, und beschloss ihr Experiment fortzusetzen.

»Die bordeauxfarbene Bluse steht dir wirklich ausgezeichnet, Gertrud. Du siehst so frisch und erholt damit aus.« Katty bemühte sich um einen sehr fröhlichen Ton, sie betrachtete ihre Schwester aufmerksam, konnte aber keinerlei Veränderung an ihr feststellen. Vielleicht klappte das mit dem Loben nur bei schlichteren Naturen, Gertrud jedenfalls reagierte überhaupt nicht.

Katty seufzte. »Ich decke den Frühstückstisch, ihr könnt ja nachkommen«, sagte sie und ging. Ich lasse mir meine gute Stimmung heute nicht nehmen, beschwor sie sich auf dem Weg in die Küche. Niemand konnte sie so gezielt und mit so wenig Aufwand provozieren wie Gertrud. Manchmal reichte schon ein Blick und Katty fühlte in sich ein Aufbegehren gegen die Arroganz, die Gertrud ihr gegenüber an den Tag legte. Was bildet die sich eigentlich ein, schnaubte sie. Komm, egal, ermahnte sie sich gleich wieder, Gertrud ist alt, da kann man schon mal verschroben werden. Ich höre einfach nicht hin, das wird sie am meisten ärgern. Katty pfiff extra laut vor sich hin, setzte einen Topf mit Wasser auf und kochte Eier. Sie platzierte einen Brotkorb mit Croissants in der Mitte des Tisches, dazu Marmelade, Butter und Käse.

»Frühstück ist fertig!«, rief sie ins Wohnzimmer.

Es dauerte fünf Minuten, bis erst Paula und schließlich auch Gertrud am Tisch saßen. Katty nahm den Brotkorb und reichte ihn Gertrud.

»Hier, bitte, bedien dich.« Ihre Schwester blickte suchend in den Korb hinein.

»Hast du kein Brot mehr?«, fragte sie und Katty schloss kurz die Augen, sammelte sich und antwortete in einem Ton, der gelassener klang, als ihr zumute war:

»Natürlich habe ich Brot da, aber ich dachte, ich würde euch mit den … französischen Hörnchen eine Freude machen.«

»Also mir nicht. Ich hätte lieber eine Scheibe Graubrot.«

»Bitte!«, sagte Katty und pfefferte den Brotkorb auf den Tisch. »Schneide ich dir halt schnell eine Scheibe Graubrot ab. Ist ja kein Problem.«

»Also ich bin dir für das Krossom sehr dankbar«, veralberte Paula nun sich selbst, vermutlich um die Situation zu retten. »Meine Dritten sitzen im Moment gar nicht gut. Harte Sachen kann ich nicht beißen. Ich habe überall wunde Stellen am Zahnfleisch. Gertrud, du hattest das doch vor Jahren auch mal. Was hast du dagegen gemacht?«

»Graubrot gegessen!« Die Bemerkung war Katty herausgerutscht, noch ehe sie darüber hatte nachdenken können, aber bei Paula hatte die Stichelei eine nachhaltige Wirkung. Sie bekam erst einen Lachkrampf, und als das Ploppen aus ihrem Mund beinahe wieder abgeebbt war, musste ihr wohl ein Croissantkrümel in die Luftröhre gerutscht sein, denn sie hustete jämmerlich und ihr Gesicht wechselte bedrohlich die Farbe, bis Katty ihr kräftig auf den Rücken klopfte.

»Herrje, ich hab da was in den falschen Hals bekommen«, schniefte Paula mit Tränen in den Augen.

»Da bist du wohl nicht die Einzige«, antwortete Katty trocken und blickte zu Gertrud, die völlig ungerührt dasaß. Katty bekam ein schlechtes Gewissen, als Paula erneut loslachte. Sie holte ein Glas Wasser für Paula und Graubrot für Gertrud und biss sich auf die Lippen, um nicht zu lachen, während sie ihrer Schwester eine Scheibe abschnitt. Schließlich nahm sie sich selbst ein Croissant und aß es so, wie Piet es ihr gezeigt hatte. Sie schnitt das Hörnchen in kleine Stücke, löffelte einen Klecks Erdbeermarmelade auf den Teller und tunkte die Stückchen hinein. »Wisst ihr, ob die Franzosen ihre Hörnchen auch so essen? Oder macht man das nur in Belgien?«, bemühte sie sich, ein Gespräch in Gang zu bringen.

»Das weiß ich nicht«, antwortete Paula, »aber ich glaube sogar, das macht nur Piet.« Sie grinste. Paula konnte den Belgier gut leiden. »Wann kommt er denn?«

»Am Abend, es kann aber auch morgen früh werden. Das weiß man nie so genau bei ihm. Ich glaube, er hat erst noch einen Auftritt und dann kommt er. Das sind ja höchstens zwei Stunden Autofahrt.«

»Was will der hier?«, fragte Gertrud mit galligem Unterton und traf Katty empfindlich. Sie holte tief Luft.

»Er kommt deinetwegen, Gertrud. Er hat dich nämlich gern und möchte dir morgen zum Geburtstag gratulieren.«

»Mir bleibt auch nichts erspart«, jammerte ihre große Schwester, »aber wehe, der packt sein Tastophon aus. Ich will das nicht hören.«

Katty dachte daran, dass Piet sich genau das sehnlich wünschte und sie immer noch keine Ahnung hatte, wie sie ihn davon abbringen sollte. Als sie sich so in der Zwickmühle fühlte, platzte ihr der Kragen.

»Du bist unverschämt, Gertrud. Was ist nur los mit dir? Wir haben noch keine zehn Uhr morgens, und du meckerst schon die ganze Zeit. Alle versuchen, es dir recht zu machen und nett zu sein, aber du bist nie zufrieden. Auch wenn du fast hundert bist, kannst du dich anständig benehmen.«

Gertrud hatte sich über Kattys Heftigkeit offenbar erschrocken. Als sie sich gesammelt hatte, sprach sie leise und ruhig, und Katty hatte den Eindruck, dass sich die Raumtemperatur gerade um einige Grad senkte.

»Es ist nicht meine Schuld, wenn du dich immer mit den falschen Leuten umgibst. Den Belgier will ich jedenfalls morgen nicht hören.«

»Wie kommst du eigentlich darauf, dass du etwas Besseres bist als die anderen? Außerdem geht es hier nicht um Piet. Mich willst du verletzten. Egal, was ich mache, es ist falsch. Egal, wen ich mag, er ist nicht gut genug. Ständig spielst du dich als Moralapostel auf. Das war schon immer so und ich habe genug davon.« Katty war laut geworden und schmiss den Kaffeelöffel wütend auf den Teller.

»Ihr hört jetzt beide auf!«, mischte Paula sich ein. »Gertrud, das war wirklich nicht nett von dir. Und du, Katty, bist jetzt mal nicht so empfindlich. Wer austeilt, der muss auch einstecken können. Ihr seid steinalt und benehmt euch wie kleine Gören.«

Katty war der Appetit vergangen. Sie stand auf und verließ die Küche.

Ich kann das doch heute Abend nicht absagen, überlegte sie verzweifelt. Sie war in dem kleinen dunklen Flur stehen geblieben und hatte den Kopf an die Wand gelehnt. Wie soll ich das denn begründen? Aber wenn Gertrud sich so benimmt wie gerade, blamiert sie mich vor der versammelten Nachbarschaft. Katty hatte mit Nachbarn und Verwandten aus der Region eine Mitternachtsüberraschung für Gertrud geplant. Das konnte sie jetzt wohl vergessen. Jeder Versuch, es Gertrud recht zu machen, scheiterte und endete in einem Krach. Soll sie bleiben, wo der Pfeffer wächst, dachte Katty wütend, wenn sie partout nicht hier wohnen will und kein gutes Haar an mir lässt, muss sie halt sehen, wie sie zurechtkommt. Ich kann es nicht ändern. Katty stapfte in Richtung Dienstbotenküche. Sie brauchte jetzt etwas zu bügeln.

11. März 1945
Alltag im Ausnahmezustand

»Großer Gott!« Katty war sofort hellwach und das Schuldgefühl stellte sich unmittelbar ein. Sie war eingenickt. Nein, regelrecht eingeschlafen. Sie schüttelte sich kurz und rekonstruierte, was passiert war. Da war allerdings nicht viel zu rekonstruieren. Heinrich hatte sie geweckt, damit sie Nachtwache hielt, er hatte sich umgedreht und war sofort eingeschlafen. Dann hatte es nur noch ein paar weitere Minuten gedauert, bis auch sie tief und fest schlief. Sie war eine erbärmliche Nachtwächterin. Heinrich lag immer noch neben ihr, wenigstens hatte er nichts bemerkt.

Ein bisschen Helligkeit stahl sich durch das Dach des alten Stalls, es war also sicher schon fünf Uhr morgens. Einige der Kühe saßen auf dem Boden, andere standen vor dem Trog und hatten die Augen halb geschlossen, ein Hinterbein angewinkelt. Katty atmete durch. Hier war heute Nacht niemand, stellte sie erleichtert fest, wahrscheinlich haben sie sich nicht getraut. Vermutlich hatten Heinrich und sie geschnarcht wie eine Gruppe Holzfäller. Katty neigte dazu, sehr geräuschvoll zu schlafen. Das lag an einem anatomischen Problem. Ihre Nase hatte einen Engpass an der Wurzel, und sobald sie einschlief, klappte ihr Unterkiefer auf, sie atmete durch den Mund und schnarchte und röchelte, was das Zeug hielt. Ihre Schwestern hatten einmal eine regelrechte Hausrebellion angezettelt, weil keine von ihnen länger mit Katty in einem Zimmer schlafen wollte, allerdings ohne Erfolg. Es gab auf dem Hof der Familie Franken einfach nicht genug Zimmer, und so blieben Gertrud und Paula dazu verdammt, mit Katty einen Raum zu teilen.

Es war ja nicht nur das Schnarchen, Katty ließ sich zudem nicht wecken. Wenn sie schlief, dann schlief sie. Der ganze Bauernhof hätte in sich zusammenfallen können, und Katty hätte vermutlich seelenruhig weitergeschlafen. Das hatten ihre geplagten Schwestern zu nutzen gewusst. Sie hatten Katty mitten in der Nacht aus dem Bett gehoben, den schlafenden Körper durchs Treppenhaus balanciert, ihn aus dem Haus getragen und unter einem dichten Hartriegelstrauch abgelegt. Ein kleiner Akt schwesterlicher Nächstenliebe, denn der Busch war so dicht gewesen, dass man darunter kaum nass wurde, wenn es regnete, und vor allem kein Vogel auf einen draufscheißen konnte. Und so war Katty ein ums andere Mal unter dem Hartriegelhimmel wach geworden und völlig verwirrt wieder ins Haus getapst. Die Schwestern hatten ihr und den Eltern eingeredet, Katty sei Schlafwandlerin und müsse nachts aus dem Zimmer gewandelt sein.

Erst als sie kurz davor gewesen war, ihre Arbeit auf dem Tellemannshof anzutreten, hatte Paula sie aufgeklärt, nachdem Katty bang gefragt hatte, wie sie das Herrn Hegmann erklären solle, wenn sie mitten in der Nacht vor ihm stünde. Das würde er doch niemals glauben. Paula hatte sie daraufhin in den Arm genommen und laut lachend mit dem Geständnis der durchtriebenen Schwestern getröstet.

Wie die Zeiten sich ändern, schmunzelte Katty. Jetzt vertreibe ich mit meinem Schnarchen nicht nur böse Geister und ältere Schwestern, sondern auch englische Soldaten. Sie war inzwischen munter und da sie einen weiteren arbeitsreichen Tag vor sich hatten, beschloss Katty, ein Frühstück mit Muckefuck und Rosinenbrot herzurichten. Muckefuck war zwar nicht gerade das, was sie am frühen Morgen brauchte, aber es gab nun mal keinen echten Kaffee, und so hoffte sie, sich die belebende Wirkung wenigstens einbilden zu können.

Als sie mit dem Tablett zurück in den Stall kam, schlief Heinrich immer noch. Katty beobachtete ihn und fragte sich, ob sie ihn wecken sollte. Er lag auf dem Rücken und hatte buchstäblich alle viere von sich gestreckt. Wie ein Hampelmann aus Pappe, dessen Arme und Beine mit einem Bindfaden verbunden waren. Wenn man an dem Fädchen zwischen den Beinen zog, hoben sich Arme und Beine gleichzeitig an. Sie hatte solche Männchen mit Theodor gebastelt, nach Paulas Anleitung, die als Lehrerin einige Bastelspiele kannte.

Ein Anflug von Scham riss Katty aus ihren Gedanken. Sie hatte die ganze Zeit auf Heinrichs Geschlecht gestarrt. Sie wurde rot. Das lag doch nur an dieser Hampelmann-Idee, verteidigte sie sich, was war schon dabei? Sie stellte das Tablett lautstark auf den Boden und ging schnell in die Küche, um noch etwas Wurst zu holen. Sie ließ sich bewusst Zeit, und als sie zurückkam, war Heinrich aufgestanden.

»Waren Sie etwa die ganze Nacht auf, Katty?«

»Natürlich«, log sie und stellte befriedigt fest, dass sie dabei nicht mal ansatzweise errötete. »Dafür sind Sie heute Nacht dran«, flötete sie.

»Warum sollten wir auf dem Boden frühstücken?«, fragte Heinrich und wies mit dem Kopf auf das Tablett. »Haben uns die Engländer schon Tische und Stühle geklaut? Kommen Sie, nehmen wir das Tablett und setzen uns ins Esszimmer, wie es sich gehört!«

Katty kam sich plötzlich sehr dumm vor. Wieso war sie nur auf die Idee gekommen, das Frühstück in den Stall zu bringen? Die ungewohnte Situation auf Tellemann nahm sie anscheinend mehr mit, als sie geglaubt hatte. Sie würde sich ab jetzt am Riemen reißen. Sie nahm das Frühstückstablett und ging voran ins Esszimmer. Heinrich hatte offenbar gut geschlafen, denn er kam direkt zur Tagesordnung.

»Wir müssen unsere Vorräte prüfen. Dieser Zustand kann noch wochenlang andauern. Vielleicht sollten wir eine Kuh schlachten.« Katty betete inständig, dass die Speisekammer voll genug wäre. Sie hatte keine Lust, noch eine aufgeschnittene Kuh zu sehen. Schon bei dem Gedanken daran drehte sich ihr der Magen um.

»Ich werde nachsehen«, sagte sie, »und Käse machen und Brot backen. Ich bin sicher, dass wir genug Fleisch haben«, fügte sie an, mehr, um sich selbst zu beruhigen.

Während sie den Tisch abräumte, wunderte sich Katty über Heinrich, der offensichtlich nicht mal in einer Situation wie dieser beim Frühstück, das sie früher oft zusammen mit Theodor eingenommen hatten, an seinen gefallenen Sohn dachte. Im Gegenteil, er schien die Einsamkeit auf dem Hof zu genießen, so unbekümmert war er zur Tat geschritten. Oder wollte er sich vor ihr keine Blöße geben? Sie versuchte ja ebenfalls, vor Heinrich gefasst aufzutreten. Vielleicht aber sah Heinrich in der Arbeit auch nur den wirksamsten Seelenbalsam, überlegte sie und machte sich ebenfalls ans Werk. In der Speisekammer hatte Frau Zumkley stets getrocknete Kälbermägen gelagert. Die würde sie zerschneiden und in Wasser lösen, so gewann sie das Lab, durch das Milch zu Käse wurde.

Als sie die Flüssigkeit angesetzt hatte, ging sie in den Stall, um zu melken. Zehn Minuten brauchte sie pro Kuh, und so war sie nach knapp zwei Stunden fertig und hatte sechzehn Eimer voll Milch. Einen Teil davon brachte sie in den Kälberstall, ein paar Eimer bekamen die Schweine. Normalerweise wurde die Milch heutzutage zur Molkerei gebracht und verkauft, aber der ganze Landstrich war evakuiert worden, wer hätte da Milch kaufen sollen. Also beschloss Katty, die Milch so sinnvoll wie möglich zu nutzen. Etwa hundert Liter goss sie in zwei verschiedene Bottiche. Aus dem einen Teil der Milch würde sie Butter machen, die dabei abfallende Buttermilch wäre gut haltbar. In die restlichen sechzig Liter goss sie die am Vormittag angesetzte Lablösung, um daraus Käse zu gewinnen. Jetzt war Katty in ihrem Element. Sie liebte die Landwirtschaft und wusste, was zu tun war. Außerdem lenkte es sie ab. Von der Trauer um Theodor, aber auch von den merkwürdigen Gedanken, die sie seit Beginn der Evakuierung beschlichen hatten und die um die ungewohnte Nähe zu Heinrich kreisten. Als Heinrich zum Mittagessen in die Küche kam, war er von oben bis unten voll Dreck, seine Handinnenflächen waren gerötet und aufgerieben, und es sah aus, als würde er dort Blasen bekommen.

»Soll ich Ihnen etwas zum Einreiben der Handflächen holen?«, fragte Katty besorgt, doch Heinrich winkte ab.

»Ich habe mich schon lange nicht mehr so rechtschaffen müde gefühlt. Ich mache zu viel Verbandsarbeit, statt selbst aufs Feld zu gehen. Aber ich muss sagen, so ein Vormittag an der frischen Luft scheint mir gutzutun.«

»Das trifft sich, denn wir müssen unbedingt das Getreide säen«, ging Katty auf seinen Tatendrang ein. »Viel länger können wir kaum warten. Und wenn wir ohnehin noch einige Wochen allein auf dem Hof sind, sollten wir möglichst bald damit anfangen.«

»Ein paar Tage werden wir noch warten müssen. Der Boden ist zu nass, da kommen wir mit unserer Drillmaschine nicht durch.«

»Glauben Sie denn, wir kommen zu zweit mit dem Ding zurecht?«, fragte Katty skeptisch.

Heinrich Hegmann besaß ein Drillgerät, das von zwei Pferden über den Acker gezogen wurde. Um es zu bedienen, brauchte man mindestens drei Männer: einen, der die Pferde führte, einen weiteren, der die Maschine gerade hielt, damit die Furchen nicht kreuz und quer über den Acker verliefen, was eine schweißtreibende Arbeit war, gerade bei feuchtem Boden. Der Dritte ließ das Saatgut ein, und im Idealfall lief noch ein Vierter an den Furchen entlang und drückte sie zu, damit die Krähen nicht gleich alle Samen wegpickten.

»Außerdem ist die Stute trächtig und wird bald ihr Fohlen bekommen. Sie wird das Drillgerät nicht mehr ziehen können«, fügte sie hinzu.

Heinrich nickte: »Darüber habe ich auch schon nachgedacht. Vermutlich sollten wir einfach mit dem Säsack aufs Feld gehen, so wie früher. Dann ist die Ernte vielleicht nicht so gut, aber es wird reichen, um über den Winter zu kommen. Falls uns nicht ohnehin die Tommys alles wegnehmen. Man weiß ja nie, was passiert, wenn der Krieg zu Ende ist.«

»Es ist ihr erstes Fohlen«, sagte Katty, die entschlossen war, jeden Kommentar zum Thema Krieg für heute zu überhören. »Ich werde heute Nacht lieber im Pferdestall schlafen. Das ist mir weiß Gott lieber, als wegen irgendwelcher versprengten Soldaten und Plünderer Wache zu halten.«

»Also gut«, sagte Heinrich, »wir ziehen um.«

Das war nicht das, was Katty erwartet hatte. Sie hatte gedacht, Heinrich würde im Kuhstall bleiben oder in sein Schlafzimmer zurückkehren. Aber sie musste zugeben, dass sie sich in dieser Situation allein im Dunkeln unbehaglich fühlte. Also beeilte sie sich und platzierte die Matratzen diesmal auf der Tenne des kleinen Pferdestalls. Unter normalen Umständen hätte Theodor die Nachtwache übernommen, denn ihm hatte die Stute gehört, die jetzt fohlen würde. Und einen Moment stellte sie sich vor, wie es wäre, mit Theodor im Stall zu sitzen und den Beginn eines neuen Lebens zu bewachen.

13. März 1945

Von Flamen und Fohlen

Zwei Nächte später war es so weit: Die Stute rammte sich das Maul in die Seite, sie war unruhig, tänzelte auf der Stelle, zog das Hinterbein bis zur Bauchdecke und schlug kraftvoll aus. Ihr Huf traf die hölzerne Stallwand und hob sie beinahe aus den Angeln.

Katty und Heinrich beobachteten, wie die Stute sich um die eigene Achse drehte, in wenigen Augenblicken würde sie sich auf den Boden werfen, und etwa eine halbe Stunde später wäre das Fohlen da, wenn nichts schiefging. Aber da es sich um eine junge Stute handelte, konnte man nie sicher sein, ob bei der Geburt alles nach Plan verlief. Katty war skeptisch. Die Stute war auf dem Hof gezogen und schon als Fohlen kapriziös gewesen, jetzt als erwachsenes Tier benahm sie sich zickig und launisch. Und auch, wenn sie noch nie jemanden verletzt hatte, so hatte sie doch die meiste Zeit die Ohren zur Warnung flach an den Kopf gelegt.

»Überzüchtete Mähre«, nannte Katty sie für gewöhnlich und ärgerte das Tier, indem sie vor seinem Stall auf und ab lief. Das hatte sich natürlich geändert, seit sie die Stute vergangenes Jahr im April hatten decken lassen. Edda war eine wunderschöne Friesenstute, und ihr Fohlen würde wertvoll sein. Reinrassige friesische Kaltblüter waren selten, sie waren beinahe ausgestorben. Dabei waren diese Tiere besonders schön, für Kaltblutpferde ausgesprochen elegant und gelehrig. Heinrich hatte Eddas Mutter damals in Zahlung genommen. Zu Beginn des Krieges, in den Dreißigerjahren, waren verarmte Flamen übers Land gereist. Fast wöchentlich war eine Gruppe auf dem Hof vorbeigekommen und hatte nach Arbeit gefragt. Manche hatten ihr Hab und Gut in einem Handkarren hinter sich hergezogen und den Bauern gegen etwas Essbares geboten, was sie besaßen. Manchmal waren wertvolle Sachen darunter gewesen, die die armen Streuner im wahrsten Sinne des Wortes gegen »en Appel und en Ei« eintauschten. Sie waren eines Tages auch zu ihrem Bruder Josef auf den Hof in Mörmter gekommen, erinnerte sich Katty, während sie Edda beobachtete, die immer noch unruhig in ihrer Stallbox hin und her ging. Die Flamen hatten ihrem Bruder ein Bild angeboten, von dem sie behaupteten, es sei ein echter Rembrandt. Josef Franken hatte keine Ahnung, wer oder was Rembrandt war. Katty genauso wenig, aber Josefs frisch angetraute Ehefrau José stammte aus einer reichen Familie in Euskirchen und erkannte den Namen. Im Kölner Wallraf-Richartz-Museum hingen viele Gemälde dieses Malers, wusste sie, weil sie als Mädchen mit ihrer Großmutter oft dorthin gegangen war. Sie behauptete, das Bild sei zigtausende Mark wert, und überredete Josef, den Flamen ein Huhn zum Tausch anzubieten. Außerdem gab sie bereitwillig einen Laib Brot und eine Schale Butter dazu. Es kam danach zu einem Streit zwischen José und Gertrud, da Gertrud behauptete, das Bild könne nicht von Rembrandt stammen, ein Rembrandt wäre niemals in den Besitz einer einfachen niederländischen Familie gelangt, immerhin sei Rembrandt bereits zu Lebzeiten teuer und berühmt gewesen. José war schon geneigt, ihrer Schwägerin ausnahmsweise Glauben zu schenken, als das Unerwartete geschah: Die Flamen kamen wieder, und sie verlangten das Bild zurück. José und Josef waren verdutzt. Ob es doch wertvoll war?

José zeigte sich unnachgiebig, sie war fasziniert von der Vorstellung, möglicherweise im Besitz eines echten Kunstschatzes zu sein. Und alles, was danach folgte, bestätigte sie in der Annahme: Die Flamen kamen immer wieder auf den Hof. Und nach einigen Malen baten sie nicht mehr nur um die Herausgabe des Bildes, sie drohten der Familie sogar. Einmal stand das Ehepaar Franken vorne mit dem Anführer der Flamen an der Haustür, als plötzlich der Knecht eines der flämischen Kinder aus dem Stall herausschleifte. Offenbar hatte der Kleine versucht, durch die Hintertür hereinzukommen und das Bild zu stehlen, während die Hausherren abgelenkt waren. José, die ein ängstliches Wesen hatte, konnte von Stund an nicht mehr ruhig schlafen. So musste Josef den Rahmen des Bildes schließlich absägen, damit es etwas handlicher wurde, und jeden Abend wurde das Bild von nun an in eine schwere Wolldecke eingeschlagen und unterm Ehebett versteckt. Dort wurde es außerdem verborgen, wenn die Familie zur Kirche oder aufs Feld ging. Eigentlich lag das Bild bald nur noch unter dem Bett und man bekam es kaum mehr zu Gesicht. Die Flamen hatten irgendwann aufgegeben und waren nicht mehr wiedergekommen. Ob das Bild wirklich wertvoll war, wusste Kattys Familie bis heute nicht. Es zeigte den heiligen Johannes, so viel hatten sie herausgefunden. Doch bevor sie zu einem Kunstverständigen nach Köln hatten fahren können, war der Krieg ausgebrochen und niemand hatte mehr daran gedacht. Vermutlich lag es nach wie vor auf dem Hof ihres Bruders in Mörmter unterm Bett und José prahlte immer noch damit, einen echten Rembrandt zu besitzen. Hoffentlich bekamen die Alliierten keinen Wind von der Geschichte, überlegte sie, die würden bestimmt nicht lange fackeln, sondern das Haus so lange auf den Kopf stellen, bis sie es gefunden hatten. Dabei fiel ihr ein, dass die vielleicht auch Interesse an wertvollen Pferden hätten. Würden sie das Fohlen in der nächsten Zeit überhaupt auf die Wiese lassen können, oder riskierten sie, dass es gestohlen wurde?

Jetzt musste es erst einmal geboren werden, wischte Katty den Gedanken beiseite, denn Edda hatte sich immer noch nicht ins Stroh gelegt, sondern bewegte unruhig den Kopf hin und her. Die Stute war ebenfalls das Ergebnis eines Handels mit den Flamen gewesen, denn auch Heinrich hatte einen Tausch mit dem fahrenden Volk gemacht. Er hatte eine Familie einen Monat lang auf dem Hof wohnen und bei der Ernte helfen lassen. Als sie im September weiterzogen, tauschten sie ihre Friesenstute gegen eine Milchkuh. Es war gütig von Heinrich, dass er diesen Tausch einging, denn natürlich war eine Milchkuh für einen Bauernhof überlebenswichtig, während die meisten Pferde ein Luxusgut waren. Doch trotz des Krieges konnte Heinrich sich diesen Tausch leisten, und er war als Pferdenarr stolz auf das edle Tier. Alma hieß die Stute, und sie war reinrassig. Drei Jahre dauerte es, bis Heinrich in Kranenburg, direkt an der holländischen Grenze, einen passenden Hengst fand.

Alma hatte Zwillinge ausgetragen, was bei Pferden eine absolute Seltenheit und besonders schwierig war. Weder die Zuchtstute Alma noch das zweite Fohlen hatten überlebt, nur Edda war übrig geblieben, und Theodor hatte das Tier mit der Flasche aufgezogen.

Hoffentlich war so eine schwere Zwillingsgeburt bei Friesen nicht üblich, grübelte Katty. Für das Fohlen würde man bestimmt 2000 Mark verlangen können, 2500 sogar, falls es ein Hengstfohlen war. In einem Jahr würde man es auf dem Pferdemarkt in Emmerich versteigern können.

»Wie lange schlägt sie schon um sich?«, holte Heinrich sie in die Gegenwart zurück und zog die Augenbrauen besorgt nach oben. »Sie sieht aus, als hätte sie starke Schmerzen. Ist die Fruchtblase schon geplatzt?«

Katty öffnete vorsichtig die Stalltür. Irgendetwas mit Edda schien tatsächlich nicht in Ordnung. Statt wie sonst die Ohren anzulegen, schnaubte sie nur, als wäre sie erleichtert, Katty zu sehen.

»Ruhig, meine Dicke«, raunte Katty. Sie fasste die Stute an den Kopf und strich mit der Hand langsam ihren Hals entlang. Das schwarze Fell des Pferdes war nass von Schweiß, und als Katty es streichelte, begann es zu schäumen. Edda kämpfte nun seit einer ganzen Weile gegen das Fohlen und die Schmerzen in ihrem Bauch. Katty strich weiter am Hals entlang in Richtung Bauch. Peng. Edda hatte ausgeschlagen und erneut die Stallwand getroffen.

»Sie hat starke Schmerzen. Ich glaube, dass das schon viel länger so geht, als wir dachten. Es sieht nicht gut aus.«

»Kommen Sie erst mal aus dem Stall heraus, Katty. Das ist zu gefährlich«, ließ sich Heinrichs besorgte Stimme vernehmen. Es dauerte noch eine Weile, bis Edda zu Boden ging. Die Stute hatte keine Kraft mehr, aber bisher war nichts von dem Fohlen zu sehen. Als sie endlich lag, übernahm Katty das Kommando.

»Gehen Sie an den Kopf und beruhigen Sie das Tier«, befahl sie Heinrich, »ich versuche zu ertasten, wo das Problem liegt.«

Katty überlegte kurz, ob es irgendwo noch lange Gummihandschuhe gab. Dann verwarf sie den Gedanken und lief ins Haus. Sie krempelte einen Ärmel ihrer Bluse so hoch, wie es ging, und wusch sich den Arm. Sie machte eine Schüssel mit heißem Wasser fertig und ging zurück in den Stall.

»Waschen Sie der Stute den Schweiß ab«, sagte sie und reichte Heinrich den Schwamm, »und geben Sie ihr Hafer. Vielleicht lenkt sie das ab. Und wenn sie Durst hat, kann sie ein bisschen auf dem Schwamm herumlutschen.«

Katty glitt mit ihrer Hand an der schwitzenden Stute entlang. Sie wusste nur theoretisch, wie man die Gebärmutter eines Tieres ertastete. Sie legte eine Schlinge um die Hinterbeine der Stute, das Ende des Seils warf sie Heinrich zu.

»Sie müssen mich schützen, falls sie aufstehen oder schlagen will«, erklärte sie.

»Passen Sie gut auf.« Heinrich machte keinerlei Anstalten, Katty diesen nicht ungefährlichen Job abzunehmen. Er wäre wohl auch nicht dazu in der Lage, vermutete sie. Heinrich war mehr Kaufmann und Politiker als Bauer, noch nie in seinem Leben hatte er einer Kuh beim Kalben oder einer Stute beim Fohlen assistiert. Das hatten immer Knechte und Tierärzte übernommen.

Katty nahm die langen Haare des Schweifes und flocht sie schnell und geschickt, damit sie nicht ständig davon gepeitscht wurde. Sie richtete ein kurzes Stoßgebet zum Himmel.

Sie wollte sich keine Blöße geben, doch ganz geheuer war ihr die Sache nicht. Sie legte ihren Daumen und kleinen Finger zusammen, um die Hand möglichst schmal zu machen, und drückte sie in die Stute.

Nach einem kurzen Widerstand spürte sie eine Art Hohlraum, in dem sie ihre Finger bewegen konnte. Langsam ließ sie ihren Arm weiter in das Tier gleiten, bis sie plötzlich etwas ertastete. Unwillkürlich zuckte sie zurück.

»Das wird die Fruchtblase sein«, sagte Heinrich und Katty erschrak. Offensichtlich hatte sie laut vor sich hingesprochen, das tat sie immer, wenn sie nervös war. Und immer fühlte sie sich ertappt, wenn man ihr antwortete.

»Können Sie fühlen, ob sie schon geplatzt ist?«, fragte Heinrich. Katty überlegte.

»Das, was ich fühle, ist nicht glatt und gespannt. Es ist etwas Hartes dahinter, wahrscheinlich die Hufe.«

Katty versuchte das, was sie für Hufe hielt, zu fassen zu bekommen. Die Stute hielt verblüffend still, sie schien zu verstehen, dass Katty ihr helfen wollte.

»Legen Sie ihr etwas Heu vors Maul und träufeln Sie ihr Wasser in den Mund«, instruierte sie Heinrich, »sie muss bei Kräften bleiben, denn selbst, wenn ich an dem Fohlen zerre, muss die Stute immer noch mitpressen.«

Sie hatte ihre Finger inzwischen vorsichtig um das Harte geschlossen, das sie ertastet hatte. Wenn das Fohlen richtig herum im Bauch lag, müsste sie auch bald den kleinen Pferdekopf fühlen können. Wenn nicht, wäre alles verloren, dann würden sie die Stute erschießen müssen. Endlich fühlte sie die Nase des Fohlens.

»Es liegt richtig herum!«, schrie sie vor Freude. »Alles in Ordnung, Edda. Wir kriegen den kleinen Racker schon raus!«

Tatsächlich jedoch war gar nichts in Ordnung. Sie konnte nämlich nur ein Bein des Fohlens ertasten, vermutlich war das der Grund für die schwere Geburt. Das Fohlen hatte sich mit den Vorderbeinen im Bauch verkantet. Die Stute lag inzwischen völlig apathisch da, und Katty fragte sich, ob sie es schaffen würde.

Als das Tier keinerlei Regung mehr zeigte, kniete Heinrich sich auf den Bauch der Stute und presste für sie mit. Mit vereinten Kräften, Heinrich am Bauch, Katty im Bauch, zerrten sie das Fohlen der Welt entgegen. Als die Fohlenbeine endlich aus dem Bauch herauskamen, wechselte Heinrich die Position und stellte sich neben Katty.

Nun schien auch die Stute wieder zu Kräften zu kommen. Edda schnaubte und schlug mit dem Kopf, sie stupste mit der Nase gegen ihren Bauch und mit einer unerwarteten Presswehe schoss schließlich das Fohlen aus dem Pferdeleib.

Heinrich und Katty, die sich mit ihrem ganzen Gewicht in Rücklage gestemmt hatten, fielen ohne Widerstand um wie Kegel.

»Immer langsam mit den jungen Pferden«, scherzte Heinrich und Katty musste lachen. Sie versuchte verzweifelt, sich aufzurichten, hatte aber angesichts des Zentners Fohlengewichts keine Chance. Das Kleine lag schräg über ihrem Körper und war von einer milchigen Haut überzogen. Nur ein schwarzes Ohr stand aufrecht und sah aus wie eine Antenne. Katty entfernte die Reste der Fruchtblase vorsichtig vom Kopf des Fohlens, erst jetzt kam auch das andere Ohr zum Vorschein. Beide Ohren wirkten allerdings völlig überdimensioniert und hingen ein wenig schlapp zur Seite.

»Ich glaube, Edda hat ein Häschen geboren«, frotzelte Katty. Die Anspannung ließ von ihr ab und Heinrich schien es genauso zu gehen. Immer wieder schauten sie sich das Fohlen an, das etwas belämmert dreinschaute, und lachten laut. Katty japste nach Luft und wunderte sich, dass sie sich kein bisschen ekelte. Denn sie war von oben bis unten mit einer Mischung aus Blut und anderen Pferdeflüssigkeiten besudelt. Aber im Gegenteil: Sie war glücklich und stolz, und sie war schon jetzt ganz vernarrt in das kleine Wesen.

Seine Mutter anscheinend auch. Mit der Nase stupste die sonst so zickige Edda das Fohlen sanft an und versuchte es zum Aufstehen zu bewegen, aber seine Beine waren einfach zu lang. Immer wieder torkelte das Fohlen wie betrunken und fiel sofort wieder hin. Einmal hatte es sich mühsam aufgerappelt und stand für längere Zeit, Katty und Heinrich applaudierten schon, da rutschten die Vorderbeine doch wieder in einen Spagat und es fiel zur Seite. Benommen blieb es eine Weile liegen und Katty stand auf, um ihm auf die Beine zu helfen.

Heinrich und sie hatten Tränen gelacht über das ungeschickte kleine Wesen. Beide waren gerührt, aber auch müde von der Arbeit und den Ereignissen und Katty hatte das Bedürfnis, das neue Lebewesen in den Armen zu halten.

Heinrich hielt sie an der Hand fest. »Lassen Sie das. Es ist ein Tier und wird von selbst auf die Beine kommen.«

»Was für ein Tag«, fügte er nachdenklich an, und Katty pflichtete ihm in Gedanken bei. Es war ein merkwürdiger Zustand, so allein auf dem Hof, ohne zu wissen, was kommen würde. Es war, als lebten sie in einem anderen Leben, in einem Kokon, in dem alles entrückt war und sich die Bedeutungen verschoben.

Sie merkte, wie ihr Tränen in die Augen schossen, und sie begann zu schluchzen. Sie dachte an Theodor, an ihre Mutter und die Geschwister, an das Fohlen und Heinrich. Alles vermischte sich und sie hatte ein Gefühl von Trauer und Glück zugleich.

Heinrich nahm ihren Kopf und drückte ihn an seine Schulter, es schien ihm genauso zu gehen. Sie waren sich in vielen Belangen immer sehr einig gewesen und hatten sich gut verstanden, aber das hier war etwas anderes, spürte Katty. Sie vergrub ihren Kopf an Heinrichs Brust, doch der nahm ihr Gesicht in seine großen Hände und zwang sie, ihren Blick zu heben. Er küsste sie auf die Stirn.

»Sehen Sie mich an. Ich möchte Ihnen etwas versprechen«, sagte er. »Theodor hat mir kurz vor seinem Tod einen Brief geschrieben. Er hatte Angst an der Front, er hatte es im Gefühl, dass er sterben würde. Ich begreife diesen Brief als sein Vermächtnis. Eine Passage darin, liebe Katty, betrifft Sie. Er hat von Ihnen geschwärmt, von Ihrer Herzenswärme, von Ihrem Witz, von Ihrer Loyalität und Ihrer Liebe zum Tellemannshof. Und er hat mich gebeten …« – Heinrich stockte, und Katty wusste nicht, ob auch er nun von der Trauer übermannt wurde oder ob es ihm nur schwerfiel, wiederzugeben, was sein Sohn geschrieben hatte. An ihrem Hinterkopf begann es zu kribbeln und ihr wurde flau, weil sie zu wissen glaubte, was in diesem Brief stand.

Theodor hatte sich immer gewünscht, Katty könne Teil der Familie werden. Deshalb hatte er sie mit sechzehn eines Sonntags gefragt, ob sie ihn heiraten wolle. Katty hatte nur gelacht und gesagt, sie könne vom Alter her höchstens seine Mutter sein. Und sie hatte ihn liebevoll einen Dummkopf gescholten, doch Theodor hatte daraufhin trotzig geantwortet: »Warum wirst du dann nicht meine Mutter?«

Möglicherweise hatte er sieben Jahre später einen erneuten Versuch unternommen, sie zum Familienmitglied zu machen. In Katty stritten Angst und Hoffnung miteinander, während Heinrich weiter nach Worten rang.

»... er hat mir das Versprechen abgenommen, dass ich, wie soll ich sagen, er wollte, dass ich für Sie sorge. Egal was passiert, dass Sie immer hier bei uns auf dem Hof zu Hause sind, das war ihm wichtig.« Heinrich atmete hörbar aus. Und auch Katty stellte fest, dass sie die Luft angehalten hatte. Beide atmeten einen Moment schwer vor sich hin, bis Heinrich fast feierlich fortfuhr:

»Katty«, er nahm ihre Hände, »ich möchte Ihnen fest versprechen: Ich werde immer für Sie da sein, ich werde für Sie sorgen, solange ich lebe.«

Was war das, stutzte sie, etwa ein Heiratsantrag? In diesem unwirklichen Moment schien ihr das nicht mehr unmöglich. Was sonst hätte er mit dieser merkwürdigen Rede ausdrücken wollen? Und was sollte sie jetzt tun? Erwartete er eine Antwort? Nach einer Weile sagte sie schlicht: »Ja!«

Heinrich schaute sie an, aber sie konnte diesen Blick nicht deuten. Er nickte bestimmt und antwortete: »Gut.«

»Wie wollen Sie das Kleine nennen?«, fragte er, nun wieder ganz der Alte. Katty war verwirrt, sie hatte sich diesen Moment etwas anders vorgestellt. Vielleicht hatte sie seine Frage missverstanden. Waren sie nun verlobt oder nicht? Sie konnte schlecht danach fragen, also beschloss sie, abzuwarten. Sie würde es schon erkennen. Und bis dahin fühlte sie sich einfach als zukünftige Ehefrau von Heinrich Hegmann.

»Ich soll dem Fohlen einen Namen geben?«, fragte sie.

»Ich denke ja«, schmunzelte Heinrich, »schließlich haben Sie das Pferdchen auf die Welt gebracht. Und deshalb soll es Ihr Fohlen sein. Passen Sie gut darauf auf. Der kleine Kerl ist ganz schön wild.«

Katty betrachtete das kleine Hengstfohlen nachdenklich, rabenschwarz war es, nirgendwo auch nur ein Pünktchen, eine Blässe oder weiße Fessel. Es war wunderschön. Aber konnte sie das Geschenk annehmen? Vielleicht war es so etwas wie ein Verlobungsgeschenk?

»Er muss wie sein Vater mit P beginnen«, merkte Heinrich an und schlug vor: »Wie wäre es mit Peace, das ist Englisch und bedeutet Frieden.«

»Schon«, sagte Katty zögerlich, »aber hier auf dem Land werden sie ihn einfach ›Piss‹ nennen. Ich möchte ihn Pegasus nennen. Das geflügelte Pferd. So, wie er aus seiner Mutter herausgeflogen kam, passt der Name doch.«

Das Fohlen stand inzwischen sicher auf den Beinen, hatte das Euter der Mutter gefunden und trank sich satt. Und Edda tat das, was sie am liebsten tat: Sie legte die Ohren an, bleckte die Zähne und sah Katty böse an.

Der 100. Geburtstag – Samstag
Schwester Schlichters Betriebsgeheimnis

»Sie wünscht sich einen echten rheinischen Sauerbraten zum Geburtstag.« Paula setzte einen gespielt entrüsteten Gesichtsausdruck auf, als sie zu Katty in die Küche ging, und als sie sah, wie deren Gesichtsfarbe bei ihren Worten zwischen weiß und dunkelrot changierte, konnte sie sich ein Lachen nicht mehr verkneifen.

»Das hat sie nicht wirklich gesagt, oder?«, fragte Katty unsicher.

»Doch, und alternativ dazu kannst du ihr den Belgier zum Fraß vorwerfen. Keine Sorge, sie ist seit heute früh wie ausgewechselt und bester Stimmung«, beruhigte sie ihre Schwester schnell. »Sie macht Scherze, meistens natürlich auf unsere Kosten, und möchte gerne mit uns über die Zukunft reden«, Paula musste schon wieder lachen. Sie war achtundneunzig Jahre alt und malte sich aus, über welche Zukunft es wohl noch zu reden galt. Ihr war sehr bewusst, dass der Tod irgendwo da draußen lauerte, und sie machte gerne Witze darüber, wen der Sensenmann wohl zuerst am Schlafittchen packen würde. Sie hatte genug gelebt, fand sie. Nicht, dass sie sich nach dem Tod sehnte, aber wenn er denn käme, würde sie sich nicht wehren. Der graue Star war inzwischen nicht mehr zu operieren, ihr Gehör ließ merklich nach, und allzu sicher stand sie auch nicht mehr auf den Beinen. Für achtundneunzig war sie allerdings noch gut dabei, versicherten ihr ihre Kinder meist eifrig, also stemmte sie jetzt, nur für ihr eigenes Vergnügen, die Hände in die Hüften und wiegte sich wie ein Model auf dem Laufsteg. Kokett, liebe Paula, dachte sie, über sich selbst spöttelnd.

Was Alter und Tod anging, so hatte sie nur Angst davor, dass ihr Blut irgendwann nicht mehr die Kraft hätte, den Kopf zu versorgen. Und dumpf dahindämmern, das wollte sie auf keinen Fall. Doch der liebe Gott hatte ihr ein unglaublich langes Leben beschert, da würde sie jetzt um die letzten Jahre und Stunden nicht feilschen. Sie hatte eine größere Gelassenheit als Gertrud, da war sie sich sicher. Ihre ältere Schwester war sogar beim Sterben noch ehrgeizig. Sie hatte bereits ein biblisches Alter erreicht, würde es aber unter hundertundzehn auf keinen Fall tun, dachte Paula, und stellte sich vor, wie Gertrud den Sensenmann mit einem Schrubber in die Flucht schlug.

»Worüber lachst du jetzt schon wieder?«, fragte Katty, die unglaublich flink einen Eimer voller Kartoffeln schälte. Sie benutzte dazu ein stark abgenutztes Messer, das sie stets mit den Worten »Das hat bereits so viele Kartoffeln geschnitten, dass es praktischerweise selbst die Form einer Kartoffel angenommen hat« verteidigte, wenn man ihr nahelegte, sich endlich ein schärferes Modell zuzulegen.

»Ich stelle mir gerade vor, wie Gertrud ein Skelett mit Umhang verprügelt, ungefähr so wie gestern den armen Doktor Duscher.«

Katty schaute sie verstört an. So etwas amüsierte die jüngere Schwester nicht im Mindesten, das hätte Paula sich denken können. Genau wie Gertrud ging auch Katty davon aus, dass das ewige Leben auf der Erde stattfinden würde. Und diese Vorstellung nahm sie ebenso für alle ihre Lieben in Anspruch.

Sie verweigerte dem Tod und seinem Vorboten jegliche Aufmerksamkeit, strafte beide mit unerschütterlicher Ignoranz und ging mit ihren vierundachtzig Jahren deshalb so oft wie möglich zu Feierlichkeiten, welche sie grundsätzlich als Letzte verließ. Wenn im Dorf Kirmes oder Karneval war, musste man Katty mit der Kehrmaschine aus dem Festzelt fegen, hatte Paula manchmal den Eindruck. Ihre Schwester hatte trotz ihres Alters ein beachtliches Stehvermögen. Dementsprechend erschien es ihr wohl völlig selbstverständlich, dass Gertrud ihrer aller Zukunft besprechen wollte, ein Ende war ja nicht absehbar.

Ungeachtet aller Streitereien würde Katty Gertruds Tod nur schwer verkraften können, wusste Paula. Sie liebte Gertrud aufrichtig und verzweifelte daran, dass diese ihre Gefühle immer noch in mütterliche Strenge hüllte.

Vielleicht ist es leichter, solche Dinge zu sehen, wenn man fast blind ist, mutmaßte Paula und fragte sich, ob es vernünftig wäre, beide Schwestern an einen Tisch zu platzieren und sich aussprechen zu lassen. Das Thema Heinrich Hegmann hatte immer schon Anlass für Auseinandersetzungen gegeben, aber so heftig wie in diesen Tagen waren die beiden seit Langem nicht mehr aneinandergeraten. Vielleicht waren sie nervös wegen der Geburtstagsfeier oder es lag an dem immer noch nicht ausdiskutierten Einzug von Gertrud auf dem Tellemannshof, dass sowohl Gertrud als auch Katty im Moment bei der kleinsten Kleinigkeit in die Luft gingen wie ein HB-Männchen.

»Was hat denn dazu geführt, dass sich ihre Laune auf einmal so gebessert hat?«, fragte Katty jetzt.

»Schwester Schlichters Betriebsgeheimnis!«, antwortete Paula mit einem Augenzwinkern.

»Hast du ihr gesagt, dass sie sich so nicht benehmen darf? Ich war schon drauf und dran, die Überraschung heute Abend abzusagen. Und wie hätte ich dann dagestanden?«, Katty begann sich erneut aufzuregen und Paula ärgerte sich über Kattys Selbstbezogenheit.

»Nun lass mal gut sein. Es geht weder heute noch morgen in erster Linie um dich. Es geht um unsere Jubilarin, und das ist womöglich auch ein Stimmungsaufheller. Jetzt gerade ist nämlich der Journalist wieder da, und unsere Gertrud doziert über die vergangenen Jahrhunderte. Das scheint ihr sehr viel Freude zu bereiten.«

»Ach richtig«, murmelte Katty und schien nicht zu begreifen, was Paula hatte sagen wollen, »der Herr Wollentarski ist ja heute wieder da. Wer hat ihm denn die Türe geöffnet? Ich hab's gar nicht läuten hören. Ich mache schnell ein Tablett fertig.« Paula hielt sie zurück.

»Lass die beiden in Ruhe. Gertrud ist diejenige, mit der er sprechen will, und sie wird schon wissen, was sie sagt.« Doch Katty wurde energisch.

»Du siehst doch selbst, wie schnell ihre Laune im Moment kippt. Und ich dulde nicht, dass sie schlecht über Heinrich redet.«

Paula ächzte und ließ Katty ziehen. Die Gedanken ihrer beiden Schwestern kreisten ständig um verstorbene Männer, die nie ihre Ehemänner gewesen waren. Das war seit vielen Jahrzehnten so, und es würde sich wohl nicht mehr ändern.

Sie selbst hatte ihr Leben in dieser Hinsicht besser in den Griff bekommen, fand Paula. Aber sie hatte ja auch Kinder und inzwischen sogar Enkel als Lebensmittelpunkt. Da konnte man den missratenen Ehemann schon mal vergessen. Wobei »missraten« nun wirklich nicht der passende Begriff war, korrigierte sie sich.

Als ihre Wut und Scham verflogen waren, hatte sie sich nicht dagegen wehren können, Mitleid für Alfred zu empfinden. Er war immer gut zu ihr gewesen, auch zu den Kindern, nur war er eben unfähig gewesen, seine Leidenschaft in den Griff zu bekommen.

Nachdem Alfred mit ihrem Cousin im Gewächshaus erwischt worden war, hatte sie auf Gertrud und Katty gehört. Beide hatten ihr geraten, Alfred weder anzuzeigen noch sich scheiden zu lassen, um das Ansehen der Familie nicht zu gefährden. Vor allem Katty hatte ihren und Heinrichs Ruf angeführt, der als Politiker gerade in einer unappetitlichen Scheidungsschlacht steckte. Katty hatte sie beinahe angefleht, Alfreds Homosexualität und die wahren Gründe für Peters Tod zu vertuschen, und Paula hatte es nicht übers Herz gebracht, ihr diese Bitte abzuschlagen. Und eigentlich war es ihr nach einer Weile auch nicht mehr schwergefallen. Man hatte Stillschweigen bewahrt und das getan, was auf dem Lande bei heiklen Angelegenheiten häufig passierte: Man hatte die Sache unter den Teppich gekehrt. Und tatsächlich, musste Paula in der Rückschau zugeben, war die Situation erträglich gewesen, solange niemand darüber sprach.

Sie hatte sich verblüffend schnell mit dem Zustand arrangiert, und Alfred hatte, nachdem Paula ihn mit Strick und Leiter in der Scheune gefunden hatte, jegliche Selbstmordabsichten aufgegeben. Sie hatten rein freundschaftlich sogar wieder zueinandergefunden. Paula war im Nachhinein davon überzeugt, dass es größtenteils an Alfreds Humor gelegen hatte. Ihm war es immer wieder gelungen, sie selbst in den unmöglichsten Situationen zum Lachen zu bringen, und niemand konnte besser über sein eigenes Elend spotten als er. Das machte seinen Charakter für Paula unwiderstehlich. Sie hätte es niemals ihrer Familie eingestanden, aber in Wahrheit hatte sie Alfred sogar verziehen.

Im Grunde war Paula damals nicht unglücklich gewesen. Sie war nach wie vor eine achtbare Ehefrau, niemand beschuldigte sie einer Unanständigkeit, sie hatte mit Alfred vortreffliche Gesellschaft, ging mit großer Leidenschaft ihrem Beruf als Sportlehrerin nach, und auf die körperliche Nähe verzichtete sie eben. Die war zwischen ihr und Alfred ohnehin schon lange nicht mehr vorhanden gewesen, außerdem war sie mittlerweile vierundfünfzig und nicht mehr so ungestüm wie noch mit Mitte zwanzig. Ihre Schwestern, so tröstete sie sich, hatten schließlich ihr ganzes Leben lang keinen Mann gehabt und kamen auch damit zurande. Paula glaubte mittlerweile, dass es sich mit der Lust wie mit allen Bedürfnissen verhielt, und so war es mit dem Beischlaf letztlich wie mit dem Essen: Je weniger man aß, umso weniger Hunger hatte man auf lange Sicht, und wer sich ständig vollfraß, der konnte seine Gier irgendwann überhaupt nicht mehr zügeln. Da sie schon seit geraumer Weile keusch gelebt hatte, hatte ihr nicht wirklich etwas gefehlt. Und wenn sie die Zuwendung Alfreds doch einmal vermisst hatte, hatte sie schnell an etwas anderes zu denken versucht.

Paula hatte nach Kattys Abgang deren Platz in der Küche eingenommen. Sie begann, die übrig gebliebenen Kartoffeln zu schälen, und fragte sich, wie ihre Schwester das so rasend schnell schaffte. Sie suchte in den Schubladen nach einem richtigen Schälmesser, nahm eine besonders dicke Kartoffel und entfernte damit die erdige Schale.

Mit einem Messer hatte Alfred es versucht, Tabletten hatte er genommen, und dann hatte Paula ihn in der Scheune mit dem Strick gefunden. Alfreds Selbstmordversuche waren auf Misslingen angelegt gewesen, er war nicht der Typ für eine derart radikale Handlung gewesen, eher ein sanfter Mensch. Er hatte Blumen geliebt, eigentlich hatte er alles geliebt, was lebte, und er hätte niemals ein Leben nehmen können, schon gar nicht sein eigenes. Paula hatte den Eindruck gehabt, Alfred wollte eine öffentliche Selbstgeißelung inszenieren, um keine Zweifel an seinen Schuldgefühlen aufkommen zu lassen. Angst um ihn hatte sie nicht gehabt, und als er erkannt hatte, dass seine Selbstmordversuche ihre Wirkung verfehlten, ließ er es sein. Die Episode am Strang war die letzte gewesen, danach hatte Alfred den dramatischen Fehltritt mit Paulas Cousin dem Vergessen anheimfallen lassen. Und später, als sie beide in gewisser Weise wieder zueinandergefunden hatten, da hatte er ihr geschworen, dass ihm etwas Ähnliches nie wieder passieren würde.

Paula lächelte nachsichtig. Sie hatte ihm damals geglaubt. Und vermutlich hatte Alfred es selbst geglaubt. Sechs Jahre lang war alles gut gegangen. Dann hatte plötzlich die Polizei vor ihrer Tür gestanden.

13. September 1954
Flucht vor der Wahrheit

Es war ein verlockender Spätsommertag, ein Montag. Paula genoss die Nachmittagssonne im Garten. An ihrer Lebenssituation hatte sich wenig geändert, nur Ria, die Witwe ihres Cousins, war samt Kind ausgezogen und lebte jetzt in Wardt, gar nicht weit von Heinrich und Katty entfernt.

Paula hatte sich an diesem Nachmittag einen Eimer Pflaumen aus dem Keller geholt, um Marmelade einzukochen. Mit Eimer, Einmachgläsern, Zucker und Messer bewaffnet, ging sie zu dem kleinen Tischchen im Halbschatten vor der Küchentür und ließ sich dort nieder. Sie halbierte die Pflaumen, holte die Steine heraus und beschloss, dass etwa jede dritte Pflaume zu hübsch für Marmelade war. Die aß sie gleich. So füllte sich ihr Magen und ihre Laune hätte nicht besser sein können.

Schon von Weitem sah sie die beiden uniformierten Herren und ahnte, dass der Tag anders enden würde als gehofft.

Den Wachtmeister erkannte sie zuerst, er war schon einmal auf dem Hof gewesen. Damals, als Peter sich erschossen hatte. Er war der Einzige im Dorf, der wusste, dass Peter sich umgebracht hatte und er nicht etwa in eine Heckenschere gefallen war. Aber er hatte dichtgehalten. Zumindest hatte niemand die Familie jemals auf einen Selbstmord angesprochen, zum Glück, sonst hätten sie Peter nicht einmal begraben können.

Der Priester hätte nicht zugelassen, dass ein Selbstmörder in geweihte Erde einging. Sie hätten ihren Cousin, der mit ihnen zusammen aufgewachsen war, vor dem Dorf wie einen Hund begraben müssen, und die Dorfbewohner hätten keine Ruhe gegeben, bevor nicht alles aufgeklärt gewesen wäre. Sie hatten den Wachtmeister damals inständig gebeten, Stillschweigen zu bewahren, ihm erklärt, dass Peter durch die vielen Toten im Krieg trübsinnig geworden, er aber ein gläubiger Christ gewesen sei, der dem Teufel nicht habe standhalten können. Ja, ein Sünder, aber er, der Wachtmeister, möge doch keinen Verdammten aus ihm machen. So hatten sie auf den Polizisten eingeredet, und der hatte ein Einsehen gezeigt.

Sein Erscheinen kann unmöglich mit den Ereignissen damals zusammenhängen, versuchte Paula sich zu beruhigen.

»Wir suchen Ihren Gatten, Frau Jorges.«

»Alfred? Ist ihm etwas zugestoßen?« Paula wurde heiß. Sie erkannte diesen leichten Schwindel, der sie immer erfasste, wenn schlechte Nachrichten in der Luft lagen. Sie hatte für den Bruchteil einer Sekunde das Gefühl, ins Bodenlose zu fallen. Dann fasste sie sich wieder, riss sich zusammen und blickte den Wachtmeister fest an.

»Was kann mein Mann für Sie tun?«

»Wir müssen ihn festnehmen.«

»Was müssen Sie?« Paula wollte Zeit schinden. In Wahrheit wusste sie, was los war. Es war die Situation eingetreten, vor der sie sich sechs Jahre lang gefürchtet hatte. Alfred würde ins Gefängnis gehen. Er würde büßen für die Sünden, die sie beide, Alfred und Paula, verdrängt hatten, und all ihre Ausreden, sie habe es der Familie zuliebe getan, das wusste sie in diesem Moment, wären nichtig. Sie war aus Eigennutz mit Alfred zusammengeblieben. Und aus Bequemlichkeit. Nun bekäme sie die Quittung.

Hatte der Wachtmeister von sich aus Lunte gerochen, oder

war Alfred denunziert worden? Immerhin war der Paragraf 175 derzeit regelrecht in Mode. Man hörte aus den Städten von Verhaftungswellen gegen die Schwulen. Zu Recht, dachte Paula. Natürlich war dieses Verhalten wider die Natur und gegen Gottes Willen, andererseits galt all das nicht für ihren Alfred. Ihr wollte es inzwischen einfach nicht mehr gelingen, ihn pervers, krank oder eklig zu finden. Homosexuell oder nicht, er war bestimmt kein schlechter Mann. Er war nur nicht ganz normal. Deshalb war sie vor den Polizisten gewillt, zu ihm zu stehen und jede Anschuldigung zu leugnen.

»Was wollen Sie von ihm?«, sagte sie mit gefasster Stimme.

»Er hat sich an seinen Schülern vergriffen, dieses Schwein!« Der Wachtmeister hatte jegliche Milde verloren. Er spie die Worte nur so aus, und Paula rang nach Luft, als hätte ihr jemand in den Magen geboxt.

»Das … das kann nicht … was soll das heißen?« Der Schwindel hatte nun vollends Besitz von ihr ergriffen. Sie merkte, wie ihr schwarz vor Augen wurde, und einen Moment lang fürchtete sie, ohnmächtig zu werden.

»Sagen Sie uns bitte, wo Ihr Mann ist, Frau Jorges. Sie haben nichts zu befürchten.«

»Ja, aber was soll er denn angerichtet haben? Er kann keiner Fliege was zuleide tun.« Paula verstand mittlerweile wirklich nicht mehr, was passiert war. Und wo war Alfred überhaupt? Es war mindestens drei Uhr nachmittags. Er hätte längst zu Hause sein müssen.

Paula war aufgestanden und hatte sich unwillkürlich in die Eingangstür gestellt.

»Lassen Sie uns durch, Frau Jorges. Sie wollen doch nicht der Beihilfe beschuldigt werden. Glauben Sie mir, Sie wollen nicht einmal genau wissen, was Ihr Mann getan hat. Gehen Sie und nehmen Sie sich einen Anwalt. Es dürfte kein Problem sein, von diesem Schwein geschieden zu werden.« Der Polizist hatte Paulas Arm gefasst und streichelte beinahe liebevoll ihre Hand. In ihrem Kopf rasten die Gedanken, aber sie war nicht in der Lage, auch nur einen davon zu fassen.

»Er ist nicht hier«, stammelte sie hilflos, »er ist wohl noch in der Schule.«

»Da kommen wir her. Bitte lassen Sie uns durch, wir müssen Ihr Haus durchsuchen.«

Ehe Paula reagieren konnte, hatten die beiden Polizisten sie zur Seite geschoben und stürmten die Treppen hinauf zu den Schlafzimmern. Seit dem Vorfall damals und seit Rias Auszug hatten Paula und Alfred getrennte Zimmer. Paula ahnte, dass das gegen ihren Mann verwendet werden konnte. Dabei hätten sie vermutlich auch unter anderen Umständen in verschiedenen Zimmern geschlafen, denn sie neigte seit Jahren dazu, im Schlaf zu reden, und Alfred hatte einen leichten Schlaf. Oft genug hatte er morgens gejammert, weil er sich nicht ausgeschlafen fühlte, nachdem er die Nacht damit zugebracht hatte, sich von einer Seite auf die andere zu wälzen, sich die Ohren mit dem Kopfkissen zuzuhalten, wieder aufzustehen, Paula anzustupsen und irgendwann verzweifelt auf den Morgen zu hoffen. Jetzt, mit den beiden Schlafzimmern, waren sie wunderbar zurechtgekommen. Die Abende hatten sie gemeinsam im Wohnzimmer verbracht und gelesen, oder wenn die Kinder zu Besuch waren, mit ihnen Karten gespielt. Anschließend hatten sie sich in einem schönen Ritual jeden Abend einen Gutenachtkuss gegeben und sich bis zum Frühstück verabschiedet.

Paula hörte oben ein Rascheln, Schritte und bald darauf Schreie. Ein Mann war im ersten Stock aus dem Fenster gesprungen, und die Polizisten hatten ihn gesehen. Wieder drängte der Wachtmeister Paula zur Seite, dieses Mal aus der anderen Richtung, und rannte hinter dem Mann her, von dem Paula vermutete, dass es Alfred war. Sie hatte keine Ahnung, wann und wie er ins Haus gekommen war, aber derjenige, der verzweifelt versuchte, vor den Polizisten wegzurennen, war chancenlos. Es würde höchstens noch eine Minute dauern, bis die beiden jungen Polizisten ihn erwischten, denn der Mann hatte sich beim Sprung aus dem Fenster anscheinend den Fuß verstaucht, wenn nicht gebrochen, und humpelte nun in Richtung Rhein davon. Es war ein erbarmungswürdiger Anblick und doch nur der Anfang eines weit unwürdigeren Schauspiels, wie Paula schnell erkannte. Die Polizisten ergriffen den Mann, aller Verwirrung zum Trotz war Paula sich jetzt sicher, dass es sich um Alfred handelte, überwältigten ihn, warfen ihn zu Boden, verdrehten ihm die Arme und legten ihm Handschellen an. Einer der beiden trat Alfred in die Rippen und brachte ihn dazu, schwer zu husten, dann schleppten sie ihn zum Haus zurück.

»Warum haben Sie ihn gedeckt?«, schrie der Wachtmeister. »Sind Sie etwa auch so eine? Ist Ihnen nicht klar, dass auf dieses Vergehen eine Gefängnisstrafe steht? Dieser Mann hat unbescholtene Schüler des Gymnasiums auf der Toilette belästigt. Wenn man ihn nicht erwischt hätte, wäre er vielleicht sogar über sie hergefallen und hätte sie anschließend ermordet. Ihr Mann ist ein widerlicher Lüstling. Wussten Sie das, Frau Jorges? Sollen wir Sie gleich mitnehmen, gehören Sie auch ins Gefängnis?«

Paula versuchte, Alfred in die Augen zu schauen. Doch der sah nur zu Boden, und Paula bemerkte eine Träne, die ihm die Wange herunterlief. Sie wusste, dass der Vorwurf wahr war. Angegriffen hatte Alfred sicherlich keinen der Jungen, dazu war er weder stark noch mutig genug, aber es reichte schon, wenn er sich die nackten Schüler in der Umkleidekabine der Turnhalle angeschaut hatte und dabei ertappt worden war. Alfred war schwach. Er hatte keine Disziplin. Paula wurde bewusst, dass sie Alfreds Keuschheitsversprechen nie hätte Glauben schenken dürfen. Sie hatte nicht darüber nachdenken, ihr Leben nicht von Grund auf neu gestalten wollen. Sie blickte Alfred lange an, dann drehte sie sich um und ging, ohne ein Wort zu sagen, ins Haus.

Sie konnte ihren Mann nicht mehr retten, er würde ins Gefängnis gehen. Der Paragraf 175 wurde vor allem im katholischen Rheinland mit besonderer Beflissenheit angewandt. Ein Richter aus Bonn hatte gerade erst eine nochmalige Verschärfung der Strafe gefordert. Paula, die wegen Alfred bei diesem Thema stets hellhörig wurde, hatte in der Zeitung gelesen, dass sich in Frankfurt mehrere 175er aus Angst vor dem Mob umgebracht hatten. In dieser Welt war kein Platz für Alfred.

Paula hörte, wie die Polizisten ihn vor dem Haus beschimpften, aber die Stimmen wurden leiser und entfernten sich. Sie ging die Treppe hinauf ins Schlafzimmer, setzte sich aufs Bett und vergrub ihr Gesicht in beiden Händen. Nach einer Weile schlug sie ein Kreuz. Sie erkannte, dass dieser Lebensabschnitt beendet war, ein neuer würde beginnen.

Der 100. Geburtstag – Samstag

Das Ende eines Glücklosen

Paula warf die letzte geschälte Kartoffel in den randvollen Eimer mit Wasser. Es waren bestimmt zehn Kilo, die Katty für das Fest vorbereitet hatte. Sie ging zum Herd und hob den Deckel von dem großen Bräter, um eine Riechprobe zu nehmen. Kochen konnte Katty, das musste man ihr lassen. Es roch vorzüglich, und Paula lief das Wasser im Munde zusammen.

Nach dem Krach der beiden Schwestern war sie zwar mit Gertrud noch am Frühstückstisch sitzen geblieben. Gegessen hatten sie nichts mehr, stattdessen sehr intensiv miteinander geredet. Zwischen Gertrud und ihr waren die Gespräche fast immer fruchtbar, Katty aber blieb für Gertrud das ungezogene Kind, das sie einst großgezogen hatte, während Paula Respekt genoss und gleichwertig behandelt wurde. Und diesen Respekt hatte Paula heute Morgen beim Frühstück zu nutzen versucht. Sie hatte die Taktik angewendet, die im Dreiecksverhältnis der Schwestern meist funktionierte: Sie hatte Gertruds Missbilligung auf sich gezogen und damit Katty aus der Schusslinie gebracht. Sie hatte Gertrud erklärt, dass ihnen allen vielleicht nicht mehr so viel Zeit bliebe, wie ihnen lieb wäre, und sie deshalb endlich reinen Tisch machen wolle. Also hatte sie auch ihr gestanden, dass sie bis an sein Lebensende Kontakt zu Alfred gepflegt hatte. Doch Gertrud hatte völlig anders reagiert als Katty und damit auch anders, als Paula erwartet hatte. Sie war nicht aufbrausend geworden, sie hatte nur gefragt: »Warum?«

Und Paula hatte geantwortet, dass er auch nur ein Mensch gewesen sei, der einen furchtbaren Fehler gemacht habe. Ein Mensch eben.

»Das kann nicht alles entschuldigen«, hatte Gertrud gekontert, »manche Fehler kann man nicht wieder gutmachen.«

Paula hatte ihr recht gegeben, aber beharrt, es mache auch niemanden wieder lebendig, wenn man Hass kultiviere. Sie hatte Gertrud erzählt, wie sehr ihr Leben dadurch erleichtert worden war, dass sie Alfred hatte verzeihen können. Offenbar hatte sie dabei den richtigen Ton getroffen, denn Gertruds Gesichtsausdruck war deutlich milder geworden, und ihre Laune schien sich gebessert zu haben.

Paula nahm einen kleinen Löffel aus der Schublade und konnte nicht widerstehen. Sie musste etwas von der Bratensoße probieren. Köstlich, dachte sie und überlegte einen Moment, ob sie den abgeleckten Löffel noch einmal in den Topf tauchen sollte. Sie ließ davon ab und ging aus der hellen Küche hinaus in den dunklen Flur. Treppen steigen war für sie kein Problem, aber dieser düstere steile Gang war wirklich nichts für alte Frauen, dachte sie seufzend und machte sich vorsichtig mit einer Hand an der Wand auf den Weg zu den anderen.

Paula hoffte, dass Gertrud nach ihrem Geständnis darüber nachdenken würde, dass auch ihr nicht mehr viel Zeit blieb, um sich mit dem Schicksal auszusöhnen. Verzeihen war eine Grundvoraussetzung dafür, anderen verzeihen, aber auch sich selbst. Paula jedenfalls hatte es so erlebt.

Alfred hatte damals niemanden angefasst, er hatte nur beobachtet. Also konnte man ihm nur die Verderbtheit der Gedanken und seine Triebhaftigkeit nachweisen. Aber das reichte, um ihn nach einem kurzen Prozess ins Gefängnis nach Kleve zu schicken. Für achtzehn Monate wurde er eingesperrt, eine Zeit, von der er sich nie mehr erholen sollte. Paula ließ sich scheiden und kündigte ihre Anstellung, sie wollte die Enge des Dorfes und die mitleidigen Blicke hinter sich lassen. Manchmal hatten sogar Mütter mit ihren Kindern die Straßenseite gewechselt, wenn sie ihnen entgegengekommen war. Als habe sie eine ansteckende Krankheit. Paula fiel es nicht schwer, zu gehen.

Sie ging an die Mädchenberufsschule in Duisburg-Homberg, denn hier war Gertrud inzwischen Rektorin geworden. Als solche konnte sie Paula problemlos als Sportlehrerin einstellen, und eine Weile teilten sie sich sogar wieder eine Wohnung, aber niemals mehr sprachen die beiden über Alfred. Nachdem er verhaftet worden war, hatten Katty und Gertrud, die sie sechs Jahre zuvor noch beschworen hatten, bei Alfred zu bleiben, ihre Meinung ins Gegenteil verkehrt. Alfred war aus der Familie und den Gedanken verbannt worden. Dass Paula mit ihren Gefühlen bei dieser gedanklichen Volte nicht mitkam, schien die Schwestern nicht zu interessieren. Paula behielt deshalb ihre Gefühle fortan für sich. Sie fühlte sich schuldig und fragte sich immer wieder, ob sie Alfred sein Schicksal hätte ersparen können, wenn sie die Scheidung verweigert hätte, wenn sie geschworen hätte, dass alles ein Missverständnis gewesen war. Ob sie ihn vielleicht vor dem Gefängnis hätte bewahren können. Aber sie hatte nicht zu Alfred gestanden, sie erwähnte ihn vor ihren Schwestern nicht mal mehr.

Natürlich besuchte sie ihn niemals in Kleve, aber sie schrieb ihm heimlich und, damit Gertrud und Katty davon nichts mitbekamen, ließ sie sich seine Antworten an ein Postfach schicken. Alfred erging es schlecht im Gefängnis. Nach der Kriegsgefangenschaft konnte er es kaum ertragen, schon wieder auf Freiheit zu verzichten. Die Lunge machte ihm zu schaffen, weil es ständig zog und er sich häufig erkältete. Aber das Schlimmste war für ihn, dass er als Homosexueller brutalem Spott und Übergriffen ausgeliefert war. In den ersten Monaten war er mehrfach verprügelt worden, die Wärter hatten zugesehen und gelacht. Jeder konnte an ihm seine Launen auslassen und bekam dafür noch Applaus. Durch die körperlichen und seelischen Grausamkeiten zermürbt, wurde Alfred schwermütig und schrieb in seinen Briefen von dem Wunsch, zu sterben.

Als er nach eineinhalb Jahren aus dem Gefängnis entlassen wurde, war er ein Wrack, abgemagert bis auf die Knochen, die Nase krumm und schief im Gesicht, weil sie mehrfach gebrochen worden war, ohne dass Ärzte sich um ihn gekümmert hätten, und von dem schlechten Essen war sein Magen völlig übersäuert. Außer Milchbrei behielt er kaum etwas bei sich. In diesem Zustand zog Alfred schließlich nach Berlin. Dort, so hatte er gehört, hatten die Menschen andere Sorgen, als sich über Homosexuelle aufzuregen. Es hieß, man lasse einander dort in Ruhe. Für die letzten Jahre seines Lebens hatte er sich vorgenommen, seiner Leidenschaft nachzugehen: nicht Männern, sondern Blumen. Er hatte sich in einem Floristikgeschäft anstellen lassen und noch ein paar Jahre gelebt, bis er mit neunundsechzig Jahren an Lungenkrebs gestorben war. Paula hatte ihn nie mehr wiedergesehen. Ein Mann hatte ihr nach seinem Tod Alfreds Tagebücher zukommen lassen. Sie hatte nicht gefragt, ob der Mann ein Freund gewesen war oder Alfreds Partner. Es war ihr egal gewesen.

Dreißig Jahre war das nun her, und es hatte lange gedauert, bis sie sich ihre Feigheit verziehen hatte. Doch seitdem ging es ihr besser. Paula tastete sich durch den Flur. Als sie im Vorderhaus angekommen war, hörte sie, dass mehrere Gäste anwesend waren. Herr Wollentarski war nicht allein gekommen. Sie konnte außerdem die Stimme ihrer Nichte aus der Nachbarschaft ausmachen.

»Sie müssen eine Menge Veränderungen mitgemacht haben, Frau Franken«, hörte sie den Journalisten jetzt sagen. Ja, dachte Paula, wir haben eine Menge mitgemacht, wäre Alfred so alt geworden wie ich, hätte er miterlebt, dass seine Neigung nicht mehr bestraft würde. Im Fernsehen zeigten sie mittlerweile Männer, die sich auf offener Straße umarmten und küssten. Das allerdings ging Paula dann doch zu weit. Man musste diese Schwulen ja nicht einsperren, aber sie sollten ihr Anderssein auch nicht gleich zur Schau stellen. Das war ja gerade so, als wären sie stolz darauf. Paula schüttelte den Kopf.

Sie hätte es heutzutage sicherlich ebenfalls leichter gehabt. Anfang der Sechzigerjahre war sie selbst in einer Stadt wie Duisburg immer »die Geschiedene« gewesen. Die Frauen hatten es hinter ihrem Rücken geraunt, einige waren mit ihren Töchtern auf der Straße stehen geblieben und hatten den Mädchen erklärt, dass Frauen, die sich nicht fügten, geschieden wurden. Manchmal hatte Paula dieses dumme Geschwätz nicht ertragen, dann hatte sie auf dem Absatz kehrtgemacht, war auf Mutter und Tochter zugestürmt und hatte in ausgesuchter Höflichkeit gefragt: »Ich bin Lehrerin, kann ich Ihnen bei der Erziehungsstunde behilflich sein?« Meistens hatten die Mütter ihre Töchter schnell weitergeschleift.

Inzwischen ließ sich jede dritte Ehefrau scheiden, erklärten sie permanent in den Frauenzeitschriften, die ihre Enkelinnen lasen. Das war nichts Ungewöhnliches mehr, im Gegenteil, man hatte fast das Gefühl, die Frauen betrachteten es als ein Zeichen ihrer Emanzipation, wenn sie sich von ihrem Mann trennten. Lächerlich. Es wurde alles immer gleich so übertrieben. Sie war damit zurechtgekommen, auf eigenen Füßen zu stehen, aber ihr war ja auch nichts anderes übrig geblieben, dachte Paula, sie hätte sich allerdings ebenso gut vorstellen können, einfach nur Mann und Kinder zu versorgen, so wie es eine Zeit lang gewesen war. Das hatte sie glücklich gemacht und hätte ihretwegen gerne bis an ihr Lebensende andauern können. Bei Gertrud und Katty war das anders, ihre Schwestern hatten die Eigenständigkeit mehr genossen. Sie waren eigensinnigere Persönlichkeiten, wollten stärker bestimmen. Paula musste lachen bei der Vorstellung, dass Gertrud einem Manne hätte Untertan sein sollen. Der arme Kerl, schmunzelte sie und fragte sich in diesem Moment, ob sich das Leben dem Schicksal anpasste oder ob es sich umgekehrt verhielt. Wäre Gertrud vielleicht eine sanftere Natur geworden, wenn sie Franz geheiratet und mit ihm Kinder bekommen hätte? Oder wäre diese Ehe gescheitert, noch bevor sie begonnen hätte, auch ohne Franz' tragischen Tod? Und Katty, wäre sie als Ehefrau vorstellbar gewesen? Natürlich war die kleine Schwester herzlich und liebevoll, aber sie hatte stets einen ausgeprägten Hang zur Macht gehabt. Sie wollte bestimmen, wo es langging. Vielleicht war das der Grund, warum Heinrich Katty nicht geheiratet hatte. Paula wollte den Gedanken gerade weiterspinnen, als Katty ihr entgegenkam und sie freundlich anrempelte.

»Komm, los, Zeit fürs Elf-Ührken«, sagte sie fröhlich und zog mit einem Tablett an Paula vorbei in die Küche, vermutlich um Nachschub an Leckereien zu besorgen. Ihr fiel der vorzügliche Schweinebraten aus der Küche wieder ein, und Paula beeilte sich, ins Wohnzimmer zu den anderen zu gelangen, wo der Journalist immer noch Fragen stellte.

»Guter Schnaps als zweites Frühstück, das ist also Ihr Geheimnis«, stellte er gerade fest. Heute, bei seinem zweiten Besuch, schien er sich bereits wohlzufühlen im Kreise der alten Damen. Was mochte er von ihnen denken, fragte sich Paula. Hielt er Gertrud für die strenge, moralische Instanz und Katty für einen Wirbelsturm, der stets den Mittelpunkt für sich beanspruchte und mit vierundachtzig Jahren vergnügt durchs Leben tanzte? Und welches Bild gab sie selbst wohl ab?

Zum Elf-Ührken saßen inzwischen sechs Frauen am Tisch, die alle durcheinanderplapperten. Nachbarinnen, die gekommen waren, um mit Katty die Geburtstagsüberraschung für Gertrud genauer zu besprechen. Alle hatten sich wie selbstverständlich zu Wollentarski gesetzt.

Katty kam mit frischen Schnapsgläsern, ein paar Schinkenröllchen und Käseschnittchen aus der Küche zurück. Paulas Magen knurrte, sie hatte auf den Schweinebraten gehofft. Vielleicht würde sie später noch ein Häppchen klauen.

Der Journalist trank einen weiteren Schnaps, dann nahm er Zettel und Stift erneut zur Hand.

»Also, welcher Fortschritt, welche Erfindung war für Sie denn in Ihrem Leben«, er korrigierte sich, »nein, in Ihrem ersten Jahrhundert auf der Erde«, und dabei betonte er das erste über die Maßen, »am beeindruckendsten?« Wollentarski hielt das offenbar für ein gelungenes Kompliment, und alle am Tisch quittierten die Formulierung mit fröhlichem Gejohle.

»Sie haben es begriffen, junger Mann«, flötete Gertrud, »man sollte den Tag nicht vor dem Abend loben. Wer weiß, was ich noch alles erlebe?«

Wollentarski lachte. »Sicher, sicher, aber bevor wir in die Zukunft schauen, lassen Sie uns doch zurückblicken. Was hat Sie geprägt?«

»Die Pille«, warf eine Nachbarin albern ein, und dann riefen alle durcheinander:

»Mondlandung!«

»Telefon!«

»Emanzipation!«

»Das Auto!«

»Starker Kaffee!« – »Hä, starker Kaffee? Den gab es doch auch schon vorher, du Tröte!« – »Ach so.«

»Antibiotika!«

»Radio!«

»Genau, und später Kino und Fernsehen, überhaupt die Medien«, schwärmte Katty und versuchte, die Aufmerksamkeit des

Journalisten zu erlangen. Doch Gertrud war nicht bereit, sich die Show stehlen zu lassen. Sie räusperte sich sehr laut:

»Nun seid mal ruhig, Kinder. Der Herr Wollentarski hat mich ganz ernsthaft gefragt. Also soll er auch eine ernsthafte Antwort bekommen. Wissen Sie, ich bin in einer Zeit geboren, die man Belle Époque nannte. Albert Einstein entwarf seine Relativitätstheorie, der Jugendstil verschönerte das Leben und dann kam der Erste Weltkrieg. Und dennoch ging das Leben nach 1918 weiter, bahnte sich seinen Weg durch die Gräber und Lazarette. Es wurde wieder gefeiert, es wurde das Radio erfunden, es gab Filme, elektrisches Licht war überall. Und die Demokratie. Bis zum Zweiten Weltkrieg, der all den Fortschritt wieder zunichte machte und noch mehr Zerstörung und Verheerung anrichtete als zuvor der Erste. Nun sind wir wieder in einer Phase des Aufbaus. Wie haben Computer erfunden und Fernsehen und Raketen, wir haben die Freiheit und die EG. Ich freue mich über jeden Fortschritt, aber ich fürchte mich vor dem nächsten Rückschritt. Die Menschheit kommt mir vor wie ein Kind, das einen Turm baut, immer höher, immer größer, aber zwischendurch verspürt es unbändige Lust, alles zu zerstören. Und je höher das Kind baut, umso mehr Kraft wendet es für die Zerstörung auf. Ich wünschte mir einen strengen Vater für dieses Kind. Vielleicht mehr Gottvertrauen, mehr Glauben, um Kriege zu verhindern. Also, die größte Erfindung der Menschheit, Herr Wollentarski, ist Frieden. Ich bin mir nur nicht sicher, ob der wirklich schon erfunden ist.«

Die kleine Gesellschaft schwieg einen Moment andächtig.

»Das hast du gut gesagt, Gertrud«, pflichtete Katty ihrer Schwester bei und schien ehrlich stolz auf deren geschliffene Rede. Die hat sie doch bestimmt vorbereitet, überlegte Paula, das würde zu ihrer perfektionistischen Schwester passen. Auch Wollentarski schien beeindruckt. Der hätte sich wahrscheinlich nicht träumen lassen, dass er mal eine politische Diskussion mit einer Hundertjährigen führen würde.

»Haben Sie jemals für den Frieden demonstriert?«, lautete seine nächste Frage, und Paula freute sich auf das, was jetzt von ihren beiden konservativen Schwestern zu erwarten war: eine Schimpftirade.

»Um Gottes willen, nein!«, stieß Gertrud auch prompt aus, warf den Kopf nach hinten und ihre langen dünnen Finger umrahmten dabei ihr Gesicht. Ein bisschen erinnerte Paula diese Geste an Edvard Munchs »Der Schrei«. »Demonstranten, das war nichts für uns. Diese langhaarigen, unrasierten Störenfriede. Nein, mit denen wollten wir nichts zu tun haben«, erklärte Gertrud, und Paula blickte zu Katty, die wahrscheinlich gerade zur Hochform auflief. Und richtig, da ging es schon los:

»Wofür sind die denn auf die Straße gegangen?«, begann sich ihre kleine Schwester zu ereifern. Politik war ihr Steckenpferd und es gab ein paar Reizworte, auf die Katty immer mit heftigem Gezeter reagierte. »Wohngemeinschaft« gehörte zu diesen Reizworten, »Sozialisten« und natürlich auch »Demonstranten«.

»Dieses Pack will doch gar keinen Frieden«, schob Katty nach, und Paula versuchte erst gar nicht, den Zusammenhang zu verstehen. »Die wollen zu den Russen. Bitte schön, sollen sie doch gehen und mal schauen, wie es da zugeht, wenn es ihnen besser gefällt. Die wollen nur stören. Die sollten lieber vernünftig studieren, statt mit Plakaten die Straßen zu blockieren.«

»Na ja«, entgegnete Wollentarski vorsichtig und gab damit Kattys politischem Furor neue Nahrung, »immerhin ist der Kalte Krieg ja nun beendet …«

»… aber sie wollen doch jetzt bitte nicht sagen, dass das ein Verdienst dieser lächerlichen Demonstranten ist. Das haben wir Adenauer und Kohl zu verdanken. Ich bitte Sie, Sie sind doch ein kluger junger Mann! Wissen Sie eigentlich, dass Adenauer hier auf dem Hof war und die CDU gegründet hat?« Katty war nicht mehr zu bremsen, Paula lehnte sich im Sessel zurück, da unterbrach Gertrud ihre Schwester.

»Jetzt übertreib nicht, Katty. Er hat hier nicht die Partei gegründet, er war einfach nur zu Besuch. Und auch nicht ständig. Zwei Mal, wenn deine früheren Erzählungen der Wahrheit entsprechen.«

Hoffentlich geht jetzt nicht gleich der Streit wieder los, dachte Paula, die Blöße würden sich die beiden hoffentlich nicht vor einem Journalisten geben. Zum Glück schien es, als würden sie sich gerade noch zusammenreißen. Katty gab Gertrud recht, prahlte aber trotzdem mit ihrer Nähe zu den großen Politikern der damaligen Zeit.

»Also, egal wie oft er da war, immerhin waren wir ihm so wichtig, dass er 1965 noch zu Heinrichs achtzigstem Geburtstag höchstpersönlich ein Telegramm geschickt hat. Ebenso wie der Bundespräsident. War das nicht ein wunderbares Fest, Gertrud, sag mal ehrlich. Und genauso werden wir am Sonntag deinen Geburtstag feiern. Nur dass der Kanzler nicht kommt, aber wer weiß, vielleicht gratuliert er ja schriftlich.« Paula war erleichtert, ihre kleine Schwester hatte die Kurve wider Erwarten elegant genommen. Die Stimmung blieb gut, die Jubilarin stand im Mittelpunkt, wo sie hingehörte, und dennoch hatte Katty ganz geschickt ein paar Köder für den Journalisten ausgelegt, der sie auch brav schluckte.

»Erzählen Sie mir von diesem Fest, Frau Franken«, bat Wollentarski Katty, und die gab der Bitte mit offensichtlichem Vergnügen nach.

»Heinrich Hegmann war ein berühmter Politiker. Er kannte den späteren Bundeskanzler schon aus der Zeit vor dem Krieg. Genauso wie Heinrich Lübke. Alle zusammen haben 1932 für die Zentrumspartei im Preußischen Landtag gesessen und sich nach dem Krieg wiedergefunden. Als die CDU gegründet wurde, gelang es Heinrich Hegmann, die Bauern hinter sich zu versammeln, deshalb war er bis zu seinem Tod Landtagsabgeordneter in Nordrhein-Westfalen. Als er 1965 seinen achtzigsten Geburtstag feierte, da war natürlich was los hier in Wardt. Dieser Hof reichte gar nicht aus, deshalb wurde vor der Tür noch ein großes Festzelt aufgebaut.« Katty holte kurz Luft und diesen Moment nutzte Paula, um den Hegmann-Elogen ein Ende zu bereiten.

»Werden wir am Sonntag auch ein Festzelt haben, Gertrud? Der Aufmarsch zu deinem Geburtstag dürfte ungefähr genauso groß sein, nicht wahr, Katty?«

»Selbstverständlich«, antwortete die, »ich rechne mit dem Spielmannschor aus Xanten, dem Feuerwehrkorps aus Lüttingen, und der Kirchenchor aus Wardt wird natürlich vollzählig antreten. Aber die bekommen alle nur ein Glas Sekt gereicht. Damals war das anders«, schaffte ihre Schwester es erneut, zu ihrem Lieblingsthema zurückzukehren. »Heinrich hat Wert darauf gelegt, dass jeder mitverköstigt wurde. Und so gab es über fünfhundert Gäste, die zur rheinischen Kaffeetafel gebeten wurden, darunter viele Würdenträger, Landespolitiker. Erinnert ihr euch noch an die Rede von Minister Lauscher, die war großartig.«

»Ja, ein bisschen zu schmeichlerisch vielleicht«, ätzte Gertrud, »und als der Landtagspräsident mit dem Glückwunschtelegramm von Heinrich Lübke ankam, na da hatte der Herr Hegmann aber die Welt im Döschen.«

Paula kam sich nun doch wieder vor wie der Schiedsrichter bei einem Boxkampf. Sie musste dem ein Ende bereiten.

»Katty, dir ist hoffentlich klar, dass du morgen wieder etwas Ähnliches zustande bringen musst. Statt in der Vergangenheit zu schwelgen, sollten wir lieber das Fest planen.«

»Lass dich überraschen!«, antwortete Katty selbstgewiss. »Wir werden Gertrud schon gebührend feiern.«

»Na, Sie scheinen ja legendäre Feste zu geben auf dem Tellemannshof«, ließ sich der Journalist amüsiert vernehmen.

»Das kann man wohl sagen. Warten Sie, Herr Wollentarski«, Katty sprang auf, »ich hole Ihnen schnell einen Zeitungsartikel von damals. Natürlich hat die *Rheinische Post* ausführlich berichtet.« Katty kramte in einer kleinen Holzschatulle und kam triumphierend mit einem Stück Zeitung zurück.

»Da, lesen Sie, hier steht es: Polizeibeamte wiesen den Besuchern den Weg über die schmale Dorfstraße bis an den Hof, den Heinrich Hegmann von seinen Eltern übernahm, als er zwanzig Jahre alt wurde.« Katty schien nach einer bestimmten Stelle zu suchen. »Hier! Der Tellemannshof war auf den Geburtstag gut vorbereitet. Für seine Gastfreundschaft schon oft gerühmt, war auch diesmal der Empfang herzlich, ja freundschaftlich.« Sie strahlte in die Runde. »Ja, das steht da wirklich so. Und da werden wir doch morgen mal zeigen, dass wir nichts davon verlernt haben, nicht wahr?«

Wollentarski nahm Katty den Zeitungsartikel aus der Hand und vertiefte sich darin. Paula wusste, was dort alles über ihre kleine Schwester zu lesen war. Und nichts davon war übertrieben. Sie hatte es verstanden, die politischen Größen jener Zeit auf den Tellemannshof zu holen und sie vortrefflich zu bewirten. Sie war die perfekte Öffentlichkeitsarbeiterin für Heinrich Hegmann gewesen. Und der hatte es ihr gedankt. Nach seinem Tod hatte er Katty den Tellemannshof vermacht. Ob das nur Ausdruck von Dankbarkeit gewesen war? So wie sie mit Gertrud niemals über ihre Gefühle zu Alfred gesprochen hatte, so hatte Paula auch Katty niemals gefragt, ob sie Heinrich geliebt hatte. Sie hatte immer den äußeren Schein akzeptiert, und demnach war Katty die Hauswirtschafterin gewesen. Mehr nicht. Gerüchte hatte es damals genug gegeben. Es war an der

Zeit, befand Paula, endlich über alles zu reden, bevor jede von ihnen ihre Geschichte mit ins Grab nahm. Heute Abend würde sie Katty fragen, was damals gewesen war, vor allem in der Zeit, als sie während der großen Evakuierung allein mit Heinrich Hegmann auf dem Tellemannshof zurückgeblieben war. Paula konnte sich noch gut daran erinnern. Sie hatte die gesamte Belegschaft des Hofes in Bedburg-Hau getroffen und sich furchtbare Sorgen gemacht, als sie erfuhr, dass Katty auf dem Hof geblieben war. Ihre Schwester hatte darüber nie etwas erzählt. Das war Paula nicht ungewöhnlich erschienen, denn alle hatten nach vorne schauen wollen, niemand zurück. Doch vielleicht war es jetzt an der Zeit, Fragen zu stellen.

24. März 1945

Leiche im Keller

»Katty, sie sind da! Kommen Sie schnell. Sie sind da!«, rief Heinrich aufgeregt über den Hof.

»Wer?« Katty hoffte, dass Heinrich von ihren Geschwistern sprach. Noch immer hatte sie kein Lebenszeichen von ihnen, nicht einmal von Josef, der mit seiner Frau und den Kindern nur wenige Kilometer entfernt wohnte. Aber in den letzten Wochen hatte sich niemand vor die Tür getraut, Xanten war dem Erdboden gleichgemacht worden. Heinrich war nach seinem letzten Besuch dort entsetzt gewesen: »Die Toten liegen auf den Straßen herum. Frauen und Kinder sind darunter. Der Dom ist zerstört und es steht kein Stein mehr auf dem anderen. Es ist schrecklich.«

Umso mehr hoffte Katty, dass tatsächlich ihr Bruder mit seiner Familie vor der Tür stand. Gespannt warf sie die Futtergabel hin und eilte ins Haus. Seit zwei Wochen waren sie nun allein auf dem Hof. Katty hatte kräftig abgenommen, denn sie arbeiteten schwer, und das war sie als Hauswirtschafterin nicht mehr gewohnt gewesen. Vielleicht würde Josef ihr bei der Arbeit helfen, hoffte sie. Sie ging ins Wohnzimmer und war enttäuscht, als Heinrich sie nur vor das Radio zerrte.

»Hier, hören Sie, es sind die Engländer, die in Deutsch senden. Sie gehen über den Rhein. Jetzt, in diesem Moment.«

Katty begriff: Das war das Ende. Heinrich und Katty lauschten angestrengt und hatten Mühe, bei dem Rauschen etwas zu verstehen. Aber gegenseitig versicherten sie sich immer wieder, was sie gerade gehört hatten. Winston Churchill, der britische Premierminister, war in Xanten. Er stand oben auf dem Fürstenberg und beobachtete, wie seine Truppen den Rhein überquerten. Er hatte sich zunächst in Walbeck mit den Feldherren Eisenhower und Montgomery getroffen, berichtete der Sprecher, und sie hielten die Deutschen für endgültig geschlagen.

»Katty, ich will ihn sehen.«

»Wen?«

»Churchill!«

»Den englischen Premierminister?«

»Ja. Ich will den Mann sehen. Er ist unser Befreier.«

»Haben Sie den Verstand verloren? Was stellen Sie sich denn vor? Dass er sich freut, seinen künftigen Untertan zu sehen? Wahrscheinlich werden Sie schon auf dem Weg von Wardt nach Xanten erschossen.«

Einen Moment lang war Katty erschrocken darüber, dass sie so energisch mit Heinrich sprach, aber auch darüber, dass sie sich von Heinrich in seiner Freude anstecken ließ. Immerhin hatten sie gerade den Krieg verloren. Doch Heinrich schien das als eine selten gute Nachricht aufzunehmen. Er nahm Katty in den Arm und vollführte dabei ein paar Tanzschritte.

»Ach Katty, Sie haben eine so wundervoll pragmatische Art. Sie haben ganz recht. Und dennoch würde ich gerne zu ihm gehen und mich bedanken.«

»Na, dafür, dass er die Stadt kaputt gebombt hat, finde ich bedanken nicht ganz passend«, bemerkte Katty trocken. Sie war nicht so optimistisch wie Heinrich, der der festen Überzeugung war, dass es nach Hitlers Sturz sofort wieder bergauf ginge. Er war sich sicher, dass die Alliierten die Guten waren und dass sie einen Unterschied machen würden zwischen

Hitler und all den Menschen, die es in Deutschland auch noch gab. Seiner Ansicht nach konnte es nicht im Interesse eines klugen Strategen sein, ein Land zu zerstören. »Ich muss meine Kollegen aus dem preußischen Landtag treffen. Wir müssen vorbereitet sein. Bald wird alles gut.«

Katty freute sich, Heinrich so gelöst zu sehen, denn sie wusste, dass Theodors Tod ihm den Boden unter den Füßen weggezogen hatte, auch wenn er bislang alles daran gesetzt hatte, es nicht zu zeigen, auch nicht, als er ihr von Theodors letztem Brief und seinem Vermächtnis erzählt hatte. Noch immer war sie nicht sicher, in welchem Verhältnis sie nun zueinander standen, aber Heinrich würde etwas so Wichtiges wie eine Verlobung bestimmt vor Zeugen wiederholen, wenn er es denn so gemeint hatte. Ein Eheversprechen galt schließlich wie ein Vertrag, und so etwas machte man nicht zwischen Heu, Stroh und Pferdenachgeburt.

Katty gab sich nicht weiter ihren Fragen und ihrem Zweifel hin, nahm stattdessen seine Hand und zog ihn hinter sich her. »Kommen Sie. Wenn die Zukunft so rosig ist, wird man wohl ein Gläschen darauf trinken dürfen.« Sie stiegen in den Keller hinab und Katty ging zielstrebig auf die eingelagerten Flaschen zu. Sie suchte nach einem besonders guten Birnenschnaps, den die Bauern hier in Wardt brauten. Ein Schlückchen davon wäre jetzt genau das Richtige. Katty ging in die Hocke und stöberte in den halb leeren Regalen, als ihr Blick auf etwas Merkwürdiges am Boden stieß. Kaum hatte sie verstanden, worum es sich handelte, schnappte die Hand auch schon zu und hielt sie erstaunlich fest.

Katty schrie auf. Sie wusste nicht, ob vor Schreck oder vor Schmerz. Verzweifelt versuchte sie, den Angreifer abzuschütteln, doch sie war in keiner Position, aus der heraus man eine große Kraft entwickeln konnte. Endlich sprang Heinrich hinzu.

»Lassen Sie die Frau los!«, schrie er den Soldaten an. »Wer sind Sie?« Und als er keine Antwort bekam, stellte er fest: »Sie brauchen Hilfe.« Der Mann rührte sich nicht.

»Haben Sie denn nicht verstanden? Sie müssen verarztet werden.« Heinrich nahm die Hand des Mannes und versuchte, Kattys Arm zu befreien. »Helfen Sie mir und machen Sie sich los«, herrschte Heinrich sie an, »von dem Mann geht keine Gefahr aus.« Katty war immer noch verstört, stellte aber fest, dass sie sich mit einer Drehung aus ihrer misslichen Situation befreien konnte. Sobald sie sich aus der Umklammerung gelöst hatte, rollte der Körper des Soldaten schlaff zur Seite. Jetzt erst sah sie, dass der Mann ein Deutscher war. Er trug eine Wehrmachtsuniform, die nass und schmutzig war. Er war fast noch ein Junge und sah aus, als wäre er höchstens sechzehn. Und er lag im Sterben. Jetzt, da er auf dem Rücken lag, sah man, dass er sich in der Bauchregion eine große Wunde zugezogen hatte. Er war über und über mit Blut verschmiert, nur sein kleines Jungengesicht war blass und beinahe sauber. Katty schluckte. Die großen Augen starrten sie ängstlich an. Er schien etwas sagen zu wollen, Heinrich beugte sich über ihn. Mit dem Ohr fast an seinen Lippen schaute er Katty an. »Was können wir tun?«

Katty wusste es nicht. Sie schüttelte den Kopf. Dann nahm sie den Birnenschnaps aus dem Regal und schenkte ein kleines Gläschen ein. Vorsichtig hob sie den Kopf des Jungen an und benetzte seine Lippen. Das Gesicht verzog sich und Heinrich lächelte ihn an.

»Na, das schmeckt dir wohl? Komm, trink noch einen Schluck, das wird dir guttun!«

Ob der Schnaps ihn getötet oder getröstet hatte, konnten Katty und Heinrich nicht klären, aber mit dem nächsten Schluck verschied der junge Soldat. Katty bekreuzigte sich, Heinrich ebenfalls. Dann schloss er dem Jungen die Augen und durchsuchte seine Taschen nach einem Hinweis auf seine Identität. Er fand nichts.

Eine Weile knieten sie schweigend neben dem Toten, dann nahm Heinrich die Schnapsflasche und goss sich ein Glas ein. Mit einem Ruck warf er den Kopf nach hinten und ließ die klare Flüssigkeit im Mund verschwinden. Er schenkte nach, und in der nächsten Sekunde verschwand auch der zweite Schnaps.

»Sie haben unsere Kinder getötet«, brach es aus Heinrich heraus, »eine ganze Generation Kinder haben sie elendig verrecken lassen.«

Katty erschrak. Sie hatte selten erlebt, dass Heinrich sich so gehen ließ, und überdies war sie nicht sicher, gegen wen sich seine Wut richtete. Gegen die eben noch gepriesenen Alliierten oder gegen die eigenen Landsleute und den Führer?

»Wir haben keine Kinder mehr. Das ist schrecklich.« Erneut goss er sich einen Schnaps ein und wies Katty an, mitzutrinken.

»Ich trinke auf dich, tapferer junger Mann. Ich wünschte, ich hätte dir den Tod ersparen können.«

Heinrich war wie besessen und redete sich in einen pathetischen Rausch. Dabei trank er weiter, einen Schnaps nach dem anderen. Vielleicht das einzig Richtige in diesem Moment, dachte Katty und beschloss, ebenfalls zu trinken.

Dann überließ sie Heinrich die Flasche und ging hinaus, um eine Schaufel zu holen. Sie wollte ein Grab ausheben, sie wollte den Jungen bestatten, so gut es ging. Später würden sie den Pastor bitten, das Grab zu segnen, aber jetzt musste er erst mal beerdigt werden, im Keller konnte die Leiche schließlich nicht bleiben.

Unter einer Tanne im Garten fand sie einen geeigneten Platz. Hier würde der Junge sich wohlfühlen. Tränen traten ihr in die Augen und vermischten sich mit Schweiß, als sie anfing zu graben. Die Erde war locker und es ging leichter, als sie erwartet hatte. Etwa eine halbe Stunde später stieß Heinrich zu ihr. Er hatte den toten Soldaten im Arm, seinen Körper in eine Decke gewickelt. Einen Arm hatte er in den Kniekehlen des Toten, den anderen in dessen Nacken. Es war die gleiche Haltung, mit der man eine Braut über die Schwelle trug, kam es Katty in den Sinn, und sie schämte sich sofort für diesen unpassenden Gedanken. Der Kopf des toten Soldaten war nach hinten geschlagen und ein Arm baumelte wild umher.

Heinrich ging auf die Knie und Katty war erstaunt, wie zärtlich er den Jungen ablegte. Er musste eine Menge Kraft dafür aufgebracht haben, denn obwohl der Junge sehr schlank war, so war er doch groß. Heinrich nahm ihr die Schaufel ab und grub weiter. Als würde irgendjemand in seinem Kopf eine Trommel schlagen, blieb er im immer gleichen Rhythmus: Schaufel ansetzen, Fuß auf den Rand der Schaufel, durchtreten, ausheben, Erde wegwerfen und wieder von vorne. Ohne abzusetzen, grub Heinrich, bis das Loch groß genug war.

Behutsam legte er die Schaufel neben das Grab, parallel zur Längsseite. Dann ging er ans Kopfende, blickte auf die Schaufel, ging zurück und korrigierte deren Lage. Noch einmal prüfte er, ob Schaufel und Grab wirklich exakt parallel waren, dann war er offenbar zufrieden.

Katty trat einen Schritt zurück und betrachtete Heinrich. Sechzig Jahre war er alt, aber das sah man ihm nicht an. Er hatte nach wie vor diese sehr aufrechte Haltung, die ihm etwas Majestätisches, vielleicht auch Arrogantes verlieh, dachte sie, das kam sicher auf das Verhältnis an, das man zu ihm hatte.

Heinrich war tief bewegt, das sah Katty an seinen Fingern. Er hielt sich gerade und unbewegt, nur seine Finger spielten am Knopf seiner Anzugjacke. Auf – zu, auf – zu. Immer wieder, fast zwanghaft, rückte er alles zurecht, als wollte er in diesem Moment besonders korrekt erscheinen. Heinrich versuchte angestrengt, sich auf etwas zu konzentrieren, um seine Gefühle zu unterdrücken.

»Helfen Sie mir«, sagte er nach einer Weile. Er dirigierte Katty mit dem Kopf zur anderen Seite der Wolldecke, und gemeinsam ließen sie den Leichnam in das ausgehobene Grab hinunter. Als er den Boden berührte, musste Katty sich abstützen, um nicht das Gleichgewicht zu verlieren. Sie legten die Decke sanft über den Körper, nur das Gesicht ließen sie frei. Andächtig stellten Heinrich und Katty sich vor das Grab und begannen zu beten. Es dauerte nicht lange, bis Heinrich seinen inneren Kampf verloren hatte und hemmungslos weinte. Katty konnte sich nicht erinnern, ihn jemals so gesehen zu haben. Heinrichs massiger Körper schüttelte sich, dann sank er auf die Knie. Er jammerte, hustete und rief den Namen seines Sohnes. Der Schmerz, den er bis zu diesem Moment mit aller Kraft verdrängt hatte, brach sich nun Bahn. Katty schossen ebenfalls Tränen in die Augen, und zum ersten Mal seit der Nachricht von Theodors Tod trauerten sie gemeinsam. Sie kniete sich neben Heinrich und nahm ihn in den Arm. Ohne weiter darüber nachzudenken, hielt sie Heinrichs Kopf in den Händen und strich ihm liebevoll die Tränen aus dem Gesicht. Er wirkte in diesem Moment so zerbrechlich wie Theodor, als er noch ein kleines Kind gewesen war. Heinrich vergrub sein Gesicht an Kattys Schulter. Sie fühlte etwas Feuchtes an ihrem Hals und fragte sich, ob es Heinrichs Tränen waren oder seine Lippen. Ihr war schwindlig, sie war benebelt vom Birnenschnaps auf beinahe nüchternen Magen und ihre Augen brannten vom Weinen. Auf einmal küsste Heinrich sie auf den Mund, dann stand er auf und streckte ihr die Hand entgegen.

»Komm mit«, sagte er und führte sie ins Haus.

Der 100. Geburtstag – Samstag
Bratkartoffelverhältnis

Es war ihm peinlich gewesen, das hatte Katty sofort gemerkt. Obwohl die Frage an sich keinen Grund dafür hergab. Es war wohl mehr ihre eigene Reaktion gewesen, aus der er geschlossen hatte, dass er zu forsch gewesen war.

»Waren Sie und Heinrich Hegmann eigentlich ein Paar?«, hatte Wollentarski wissen wollen, und Katty hatte keine Antwort gegeben. Sie hatte Wollentarski angeschaut und nach einer Antwort gesucht, aber sie hatte keine gefunden. Sie hatten im Flur gestanden, Katty hatte den Journalisten hinausbegleitet. Sie hatte ihm gedankt für die sensible Art, die er bei Gertrud an den Tag legte, und ihn für den nächsten Tag zur Feier eingeladen. Und dann, als sie schon die Tür geöffnet hatte, hatte er sich umgedreht und diese eine Frage gestellt. Erst hatte sie geschwiegen, und als ihr nichts Besseres eingefallen war, hatte sie sich eine so persönliche Frage einfach verbeten. Das war nicht besonders diplomatisch gewesen, tadelte sie sich, während sie ihm nachsah. Er war eilig in seinen Volvo gestiegen und fuhr nun so schnell vom Hof, dass der Kies zur Seite spritzte. Endlich schloss sie die Tür. Es war schon so lange her, ein halbes Jahrhundert, ein halbes Leben. Niemals hatte sie darüber gesprochen, mit niemandem. Nicht mit ihren Schwestern, nicht einmal mit Heinrich. Es gab keine Zeugen für das, was in dieser Nacht passiert war, und manchmal fragte sie sich, ob sie sich das alles nicht nur eingebildet hatte. Sie wusste nur noch, dass sie am nächsten Morgen in Heinrichs Bett aufgewacht war und nicht im Stall. Er war schon aufgestanden, und als sie in den Stall gekommen war, war er so aufgeräumt gewesen wie in den Tagen zuvor. Er hatte sie begrüßt, und Katty hatte nichts Besonderes an ihm erkennen können. Er hatte nichts gesagt, und so hatte auch sie beschlossen zu schweigen. Und dann war es bereits vergessen gewesen.

Aber bis heute wusste sie genau, an welcher Stelle im Garten sie den jungen Soldaten beerdigt hatten. Wer der junge Mann gewesen war, hatten sie nie herausgefunden. Sie wussten auch nicht, wer ihn auf dem Gewissen hatte. Waren es die Alliierten in der dramatischen Schlacht um Xanten? Oder war der Junge ein Deserteur gewesen? Es war Spekulation. Nach Kriegsende war er umgebettet worden und hatte einige Jahre auf dem Wardter Friedhof gelegen, zusammen mit anderen namenlosen Soldaten, und 1951 waren dann alle erneut exhumiert und zum Soldatenfriedhof Niersenbruch gebracht worden.

Die drei Wochen allein auf dem Hof waren eine dramatische Zeit gewesen, aber keine unglückliche. Es war, als hätten Heinrich und sie dort in einer anderen Welt gelebt, ein anderes Leben gehabt. Sie waren abgekapselt von der Außenwelt, Gefangene der Kriegswirren und doch merkwürdig frei. Die alten Herren waren noch nicht weg, aber schon geschlagen, die neuen noch nicht da. Es war so etwas wie zuversichtliche Anarchie gewesen. Katty schmunzelte darüber, dass ausgerechnet sie dem Wort »Anarchie« ein positives Attribut gab. Sie schaute auf die Uhr. Es war bereits eins durch, und sie hatte Hunger. Bratkartoffeln wären jetzt genau das Richtige. Bratkartoffeln mit Speck und Zwiebeln.

Die Frauen im Wohnzimmer waren in bester Stimmung,

wie sie hören konnte, auch Gertrud. Gut so, dachte Katty, so soll es bleiben. Ich will mich nicht mehr mit ihr streiten. Sie nahm den alten Artikel über Heinrichs achtzigsten Geburtstag und ging in das angrenzende Büro, um ihn abzuheften. Die *Rheinische Post* schrieb, dass Heinrich sich bei ihr bedankt habe für die Treue und Unterstützung. Von »seiner Katty« habe er in aller Öffentlichkeit gesprochen, stand da zu lesen. Vielleicht hätte sie Wollentarski den Artikel gar nicht zeigen sollen, ärgerte sie sich. Dann hätte er nicht diese kompromittierenden Fragen gestellt. Andererseits hatte er unbedingt begreifen sollen, welche besondere Persönlichkeit Heinrich Hegmann gewesen war. Hoffentlich hatte er das verstanden, sonst würde sie es ihm morgen bei der Feier noch einmal verdeutlichen.

»Wer außer mir möchte ein paar leckere Bratkartoffeln mit Spiegelei zum Mittagessen?«, erkundigte sie sich, als sie ins Wohnzimmer kam. Alle streckten die Finger in die Luft.

»Wunderbar! Könntest du mir kurz helfen?«, fragte Katty ihre Nachbarin. Die junge Frau begriff sofort. »Natürlich«, antwortete sie und ging mit Katty in die Küche. Sie mussten dringend über die Überraschung für den Abend sprechen, die sie gemeinsam vorbereitet hatten. Um Mitternacht, in der ersten Minute ihres hundertsten Geburtstages, wollten sie Gertrud vor die Tür locken und ihr ein ganz besonderes Geschenk machen.

Sie hatten ein Mitternachtsfeuerwerk zu Ehren ihrer Schwester geplant.

8. Mai 1945
Endlich Frieden

Gertrud hörte die Gewehrsalven und beobachtete den Jubel der Festgäste. Einer warf seinen Hut in die Luft, ein anderer rief »Hurra!«. Der 8. Mai war ein Freudentag. Es hatte sich herumgesprochen, dass Generaloberst Alfred Jodl in den Ardennen die bedingungslose Kapitulation unterzeichnet hatte. Endlich war es vorbei, endlich waren sie frei, und endlich hatten sie sich wiedergefunden. Doch der Friedensschluss war nicht der eigentliche Grund für die Feier, vielmehr ihr einundfünfzigster Geburtstag. Wie üblich hatte ihre kleine Schwester die Familie eingeladen. Und da sie sich so lange nicht gesehen hatten, erzählte nun jeder, wie es ihm in den letzten Kriegstagen ergangen war.

Paula war wie die meisten Zivilisten, die am Rhein wohnten, ein paar Wochen in Bedburg-Hau gewesen, wo die Engländer alle Deutschen zusammengepfercht hatten. Auch die Belegschaft des Tellemannshofes war dort zusammengekommen. Hunderte waren in einer Scheune untergebracht worden, es hatte keine vernünftigen Waschräume gegeben, die hygienischen Zustände waren erschreckend gewesen. Gertrud konnte den Ekel ihrer Schwester nachvollziehen, als die erzählte, wie sie gegen Läuse angekämpft hatte. Gertrud gruselte sich bei der Vorstellung, wie viele Tiere sich auf ihren Köpfen tummeln könnten, denn alle drei Schwestern hatten auffallend dichtes und dickes Haar. Anfang April, so erzählte Paula weiter, hatte sie Katty endlich eine Nachricht zukommen lassen können und diese hatte ihr umgehend geantwortet.

Gertrud selbst war am längsten für ihre Schwestern verschollen gewesen. Sie hatte zu lange gezögert, hatte ihre Schülerinnen nicht im Stich lassen wollen und war nicht mehr aus dem Ruhrkessel herausgekommen. Die Alliierten hatten eine Kampflinie rund um das Ruhrgebiet gezogen. Erst vor drei Wochen hatte Gertrud sich nach Norden zum unteren Niederrhein durchschlagen können. Es war eine kräftezehrende Flucht gewesen, und obwohl sie sonst eher hartgesotten war, fühlte sie sich angesichts der vielen Toten und des Leids hilflos und ausgelaugt. Sie hatte nicht gewusst, ob ihre Wohnung in Duisburg noch existierte oder ob alles, was sie nicht auf die Schnelle hatte zusammenraffen können, im Bombenhagel explodiert und verbrannt war. Nach einer Zwischenstation in Mörmter bei ihrem Bruder Josef und seiner Frau José hatte Katty sie auf den Tellemannshof geholt. Gertrud hatte sich dagegen gewehrt, sie wollte nicht bei Heinrich wohnen. Aber als ihre kleine Schwester irgendwann sehr entschieden gesagt hatte, das sei ein lächerliches Gebaren, sie wisse ja, dass Gertrud Heinrich nicht besonders möge, aber im Krieg und angesichts ihres Zustandes sei so etwas nun wirklich kindisch, sie solle mit dem Unsinn aufhören und bis auf Weiteres auf den Hof kommen, hatte sie klein beigegeben. Katty wusste nicht, was damals geschehen war. Sie war zu jung gewesen, um sich zu erinnern, und in der Familie hatte man später nicht mehr darüber gesprochen. Aber in dem Moment vor zwei Wochen, als Katty sie so energisch zurechtgewiesen hatte, war sie zu schwach und zu bedürftig gewesen, um dagegenzuhalten. Gertrud hatte zugestimmt und beschlossen, schnell zu Kräften zu kommen, um Heinrichs Gastfreundschaft nicht länger als nötig in Anspruch nehmen zu müssen. Sie riss sich also zusammen und versuchte, Heinrich möglichst nicht in die Quere zu kommen. Sie musste zugeben, dass er sich sehr großzügig verhielt. Als Katty ihn gefragt hatte, ob sie eine Weile auf dem Hof Unterschlupf finden könne, hatte er, zumindest, wenn Katty die Wahrheit sagte, sofort geantwortet, das sei doch selbstverständlich und Gertrud könne bleiben, so lange sie wolle. Das schlechte Gewissen war ihm in den letzten Jahrzehnten nicht abhandengekommen. Sie wischte den Gedanken weg, so gut es ging, und widmete sich dem Fest, für das es so viele gute Gründe auf einmal gab. Wie es für Katty üblich war, hatte sie zu einer großen Feier geladen. Es gebe genug Eier und Mehl für einen Kuchen, hatte sie versichert, und ihre Geschwister waren der Einladung mit Freude gefolgt. Gertrud freute sich ebenso, alle wiederzusehen.

Paula war die Einzige, die sich noch Sorgen um den Verbleib eines Familienmitglieds machte. Alfred hatte sich zuletzt von der Ostfront gemeldet, aber das war schon ein paar Monate her. Nun fürchtete sie, dass ihm etwas zugestoßen sein könnte. Gertrud betrachtete ihren jüngeren Bruder, der gerade wieder neben Paula Platz genommen hatte. Josef hatte, wie so viele, gedarbt. Er war rappeldürr, genauso wie seine vier Kinder. Die Wehrmacht hatte seinen Hof geplündert, das Vieh beschlagnahmt und es im Februar mit einem Viehtreck Richtung Ruhrgebiet getrieben, damit die Soldaten dort etwas zu essen bekamen. Was mit der Bauernfamilie passierte, war dem Deutschen Reich egal gewesen. Später, als die Alliierten kamen, hatte ihre Schwägerin José eine alte Brosche von ihrer Großmutter geopfert. Es hieß, die Engländer seien besonders kinderlieb, deshalb hatte sie ihre Tochter Liesel mit der Brosche in der Hand zu den ausländischen Soldaten geschickt, sie sollte das Schmuckstück gegen etwas Essbares eintauschen. Voller Stolz war die Kleine nach zwei Stunden aus Xanten zurückgekehrt, hatte José erzählt. Sie hatte ihre Tochter schon von Weitem gesehen. Liesel hatte einen großen Kartoffelsack auf den Rücken geschnallt und es hatte einen Moment gedauert, bis José begriff, dass ein Kind unmöglich in der Lage sein konnte, einen Sack voller Kartoffeln zu schleppen. Sie lief also ihrer Tochter entgegen, und das Kind erzählte freudestrahlend von dem netten Mann, der ihr einen ganzen Sack mit Nahrungsmitteln verkauft hatte. Skeptisch öffnete José den Sack. Er war voller Schalen. Kartoffelschalen, sonst nichts. José biss sich auf die Lippen und spielte ihrer Tochter große Freude vor. Am Abend hatte es Kartoffelsuppe gegeben und auch am nächsten Abend und an allen anderen Abenden der Woche.

Es würde ihnen guttun, sich hier auf dem Tellemannshof satt zu essen, freute sich Gertrud. Katty hatte für den Festtag Fasan vorbereitet, den Heinrich angeblich extra für Gertruds Geburtstag geschossen hatte. Wenn das stimmte, hatte er sich dafür ernsthaft in Gefahr begeben, denn in diesen Zeiten war es nicht klug, mit einem Gewehr durch die Gegend zu laufen. Die Engländer machten ihnen allen Angst, aber noch mehr die Russen. Man erzählte sich Schauermärchen von dem, was sie in Berlin trieben. Einige dieser Geschichte hatten auch José erreicht, die jetzt im Garten bei der Kaffeetafel nicht umhinkonnte, sie in all ihrer Dramatik zum Besten zu geben.

»Gottlose sind das«, schloss sie, »sie morden und vergewaltigen.«

»Was sagt denn unser Politiker Heinrich Hegmann dazu, Katty? Was wird aus Deutschland werden?«, versuchte Gertrud, das Thema in etwas andere Bahnen zu lenken, außerdem war sie ernsthaft an Heinrichs Meinung interessiert. Doch Katty schaute sie misstrauisch an. Offenbar suchte sie nach einer Spitze, einem sarkastischen Unterton. Die Frage erschien Gertrud naheliegend, denn Heinrich hatte vor dem Krieg im

Parlament gesessen und seine alten Parteifreunde wohl bereits im April angeschrieben.

»Er wird in der nächsten Woche nach Köln reisen«, antwortete Katty schließlich. »Dort gibt es schon wieder einen deutschen Oberbürgermeister. Herr Hegmann kennt ihn von früher. Ein großer Mann, Konrad Adenauer. Der verhandelt anscheinend mit den Amerikanern. Und ich bin sicher, in der nächsten Woche werden wir mehr wissen.«

»Werden wir dann alle amerikanisch? Hällau, wohnta Tschoklett? Wolllt irrr Schockoladde?«, imitierte Paula die Amerikaner, die sie in Bedburg-Hau gesehen hatte, und brachte damit alle zum Lachen.

»Wo ist Herr Hegmann eigentlich?«, fragte Josef.

»Er wird gleich kommen. Er bereitet noch ein Telegramm vor. Spätestens wenn das Essen auf dem Tisch steht, wird er sich zu uns gesellen«, sagte Katty und blickte hinauf zum Haus. Gertrud folgte ihrem Blick und sah das Fenster, hinter dem Heinrich bereits bei ihrer Verlobungsfeier vor dreißig Jahren gestanden hatte. Dort vermutete sie ihn auch jetzt, da Heinrich die Angewohnheit hatte, eine Gesellschaft zu beobachten, bevor er sich unter sie mischte. Heinrich war alt geworden, fand sie, aber sie selbst wahrscheinlich auch. Damals war sie nicht einmal einundzwanzig gewesen. Was wäre gewesen, wenn Heinrich ihre Hochzeit mit Franz nicht vereitelt hätte? Wäre sie heute mit Franz glücklich? Hätte er die beiden Kriege überlebt?

Als Heinrich endlich auf die Gesellschaft zukam, blickte Gertrud ihn gedankenverloren an. Sie wünschte sich, sie könnte aufhören, ihm gram zu sein, aber das ging nicht, nicht einmal jetzt, wo sie ihm eigentlich dankbar sein sollte.

»Herr Hegmann, was haben die Alliierten mit uns vor?«, fragte jemand. »Stimmt es, dass Deutschland zerschlagen wird?«

»Meines Wissens sind die Russen und die Amerikaner längst zerstritten. Und wir sollten uns mit den Amerikanern gut stellen. Die meinen es besser mit uns als die Russen. In Köln gibt es einen deutschen Oberbürgermeister, ich denke, das ist ein gutes Zeichen. Die Amerikaner wollen es wohl noch einmal mit uns versuchen.«

»Aber sind die Russen mit ihrem Kommunismus nicht eine interessante Alternative? Immerhin wollen die, dass jeder die gleichen Chancen in der Welt hat?«, fragte Paula. Schön wär's, dachte Gertrud, aber sie persönlich glaubte nicht daran. Dieser Idealismus stand Paula besser, die immer versuchte, Gerechtigkeit und Harmonie herzustellen. Ganz anders als Katty, die konfliktfreudig war und in ihren Ansichten mittlerweile stark von Heinrich Hegmann beeinflusst wurde, wie Gertrud jetzt bemerkte. Denn sie hörte, wie ihre Schwester umgehend zu schimpfen begann.

»Paula, jetzt bitte ich dich aber. Nichts ist so schlimm wie diese Kommunisten. Bei denen geht es allen Menschen gleich, meinst du? Gleich schlecht vielleicht. Die werden gleichgemacht, indem man die Großen einen Kopf kürzer macht. Das ist Kommunismus. Ihr habt doch gerade selbst gesagt, wie die Russen in Berlin hausen.«

»Sie haben das klug erkannt«, lobte Heinrich. »Ich denke auch, dass wir mit der amerikanischen Freiheit mehr erreichen können.« Währenddessen musterte er Katty intensiv. Katty gefiel Heinrich, das war nicht zu übersehen und das war auch kein Wunder, dachte Gertrud. Sie hatte einen ausgeprägten politischen Instinkt, dazu eine große Leidenschaft und die Gabe, Menschen zu begeistern. Sie könnte jemandem wie Heinrich in diesen Zeiten des Umbruchs sehr nützlich sein. Die Wangen ihrer jüngsten Schwester glühten vor Stolz und Freude über Heinrichs Lob oder gab es dafür etwa noch einen anderen Grund? Als Katty ihren Blick bemerkte, schaute sie weg, als fühlte sie sich ertappt. Gertrud begann, die beiden genauer zu beobachten. Bislang hatte sie Katty und Heinrich nie so vertraut zusammen erlebt. Konnte es daran liegen, dass sie ein sehr vertrauensvolles Arbeitsverhältnis hatten? Aber wenn Gertrud nicht alles täuschte, benahm sich ihre Schwester wie eine verliebte Frau. Sie lächelte Heinrich fast unentwegt an, was sie selbst gar nicht zu bemerken schien, außerdem gestikulierte sie auf eine Art und Weise, die kokett wirkte. Jemand anderes als Heinrich konnte damit kaum gemeint sein. Und auch Heinrich war deutlich weicher, als Gertrud ihn in Erinnerung hatte. Sie hatte ihn noch nie mit einem so samtigen Blick gesehen wie eben, als er Katty gelobt hatte. Gertrud konnte es sich kaum vorstellen, aber dennoch: Im Verhalten der beiden deutete einiges darauf hin, dass sie ein Paar waren. Das alles gab Anlass zur Sorge, denn sie war sich sicher, dass Heinrich Hegmann seinem Standesdünkel nie abschwören würde. Er würde nie das tun, was er seinem Bruder verboten hatte. Und Katty würde unglücklich werden, so viel war sicher. Sie würde ihre kleine Schwester beiseitenehmen müssen, um sie vor Heinrich zu warnen.

Gertrud konzentrierte sich wieder auf das Tischgespräch und hoffte auf einen Moment, in dem sie ungestört mit Katty reden könnte.

Die Gelegenheit ergab sich am Nachmittag, als die Gesellschaft sich langsam auflöste und Katty das benutzte Geschirr abräumte. Gertrud folgte ihr, mehrere Teller balancierend, bis sie zu zweit in der Küche standen.

»Wir sollten uns unterhalten«, begann sie das Gespräch und versuchte aus der Miene ihrer Schwester herauszulesen, ob die ahnte, worum es ging. Sie fühlte sich bestätigt, denn Katty tat, als hätte sie nichts gehört.

»Über Heinrich Hegmann«, setzte sie nach und fixierte Katty, die nicht aufsah, sondern den Blick auf das schmutzige Geschirr geheftet hielt.

»Katty, habe ich dir jemals erzählt, warum ich Heinrich so verachte?«, ging sie ohne weiteres Zögern in die Offensive.

Ihre Schwester runzelte die Stirn. »Musst du immer so übertreiben? Du bist nur wütend auf ihn, weil er damals nicht einverstanden mit der Verlobung zwischen Franz und dir war. Aber das ist eine Ewigkeit her, was fängst du denn jetzt davon an?«

»Er hat seinen Bruder in den Krieg geschickt, Katty. Heinrich Hegmann ist kein guter Mensch. Er mag ein guter Politiker und ein begabter Kaufmann sein, aber er ist kaltblütig, wenn es um seine Interessen geht.«

»Nun mach mal halblang. Es wurden alle eingezogen. Wäre Heinrich der jüngere Bruder gewesen, hätte es ihn getroffen. Aber das kannst du ihm doch nicht vorwerfen! Das ist doch nicht seine Schuld! Mein Gott, es sind so viele Menschen gestorben in diesen beiden furchtbaren Kriegen. Kannst du denn nicht glücklich sein mit denen, die noch leben?«

»Katty, sei nicht naiv, Heinrich hat Franz vom Hof geschickt und ihn damit absichtlich dem Militär überlassen. Und das wusste er auch, das war kein Zufall. Er hätte ihn davor schützen können. Und weißt du, warum er ihn nicht auf dem Hof behalten hat, weißt du, was der einzige lächerliche Grund dafür war?«

Katty antwortete nicht, deshalb gab Gertrud sich die Antwort selbst. »Weil er mich heiraten wollte. Und weil ich für einen Hegmann nicht standesgemäß war.« Sie schaute Katty durchdringend an und glaubte, ein Schlucken gesehen zu haben. Sie hatte das Wort »standesgemäß« Silbe für Silbe betont und gedehnt, und Katty schien verstanden zu haben, was sie damit sagen wollte. Ganz entgegen ihrer Art diskutierte ihre

Schwester nämlich nicht weiter, sondern schwieg. Sie sah ein bisschen blass aus.

»Ist etwas zwischen euch vorgefallen?«, fragte Gertrud deshalb und bemühte sich um einen sanfteren Tonfall. »Katty, sprich mit mir darüber, bitte. Glaub mir, ich kenne diese Familie.« Und ich kenne dich, fügte sie in Gedanken hinzu, denn sie sah Katty an, dass sie mit ihrer Vermutung richtiglag. Dennoch log ihre kleine Schwester.

»Natürlich nicht«, schnaubte diese und versuchte sich empört zu geben. Gertrud merkte ihr Enttäuschung an, vielleicht sogar Traurigkeit, aber sie wusste, dass Katty sich jetzt nicht trösten ließe.

»Was auch immer geschieht, lass dich nicht auf ihn ein. Er wird dich niemals heiraten. Er kann dich nicht heiraten. Es war doch wirklich nichts zwischen euch, oder?«

»Nein!«, antwortete Katty mit Nachdruck. »Der ist auch viel zu alt für mich.«

»Das stimmt, und mit sechzig denkt man außerdem eher ans Vaterland als ans Vaterwerden«, versuchte Gertrud die Situation zu entspannen, merkte aber schnell, dass es nicht gelang. Katty schenkte ihr einen undefinierbaren Blick. Es war, als hätte sie sich eine Maske aufgesetzt, und genauso wirkte ihre Erklärung auf Gertrud: ein bisschen zu perfekt, um wahr zu sein.

»Es ist doch alles ganz harmlos. Theodor hat Heinrich gebeten, für mich zu sorgen, solange er lebt. Und das hat er mir versprochen. Das ist alles. Mehr gibt es dazu nicht zu sagen. Kein Grund zur Aufregung.«

Gertrud blieb argwöhnisch, aber sie sah ein, dass es keinen Zweck hatte, zu insistieren. »Dann ist es ja gut. Benimm dich weiterhin ordentlich. Du hast eine großartige Stellung auf dem Hof. Etwas Ähnliches findet man heutzutage nicht so schnell.« Sie nahm ihre kleine Schwester in den Arm, nach einem Moment sagte sie:

»Danke für das schöne Geburtstagsfest!«

»Herzlichen Glückwunsch!«

Katty hatte sich offenbar wieder völlig unter Kontrolle. Sie küsste Gertrud auf die Wange und gemeinsam gingen sie zurück in den Garten.

Der 100. Geburtstag – Sonntag
Mitternachtsständchen

»Drei, zwei, eins«, zählte Katty im Rhythmus des Atomzeitweckers an, dann legten sie los und schmetterten Gertrud ein Ständchen: »Sie lebe hoch, sie lebe hoch, hoch, hoch, sie leeeebeeee hoooooch!«

»Den Text konnten wir uns gerade noch merken«, krächzte Paula, sehr zu Kattys Vergnügen, »zu mehr waren unsere alten Gehirne leider nicht in der Lage. Alles Liebe zum Geburtstag, Gertrud.«

Es war gerade Mitternacht, die erste Minute des 8. Mai war angebrochen und Gertrud war nun offiziell hundert Jahre alt. Sie hatte »gedoppelnullt«, wie es der Journalist am Vormittag formuliert hatte, und im Hinblick auf Gertruds Vorliebe für Agentenfilme fand Katty diesen Ausdruck sehr treffend. Sie war ihrer Schwester schon vor dem Ständchen um den Hals gefallen, so nervös war sie. Den ganzen Tag war sie durch die Gegend gehetzt, war beim Friseur gewesen, hatte José anschließend in Xanten abgeholt und mit nach Wardt gebracht, und dann hatte sie auch noch Piet in Empfang genommen, und zwar so, dass Gertrud ihn nicht bemerkte. Ihr war auf dem Weg nach Xanten eine Lösung für das »Problem Piet« eingefallen: Er sollte beim Überraschungsfeuerwerk spielen. Dagegen würde Gertrud nichts haben, denn das war ja ein inoffizielles Fest, und wenn alles nach Plan verliefe, wäre Gertrud außerdem zu beschäftigt, um sich über Piet aufzuregen. Von Josés Wohnung aus hatte sie Piet angerufen und ihn um einen Mitternachtsauftritt gebeten. Er hatte sofort zugesagt, glaubte Katty zumindest. Sie hatte nur die Hälfte verstehen können, denn José hatte unentwegt dazwischengeredet, Katty solle jetzt auflegen, sie müsse das Gespräch sofort beenden, das sei viel zu teuer. José hatte nicht viel Geld und sie lag wegen ihrer Telefonrechnungen im Dauerstreit mit ihren Schwiegersöhnen. Ein Telefonat ins Ausland, vor allem, wenn sie es nicht selbst führte, versetzte sie in Panik.

Um zehn Uhr abends war Piet schließlich angekommen. Katty hatte den ganzen Abend mit Gertrud, Paula und José im Wohnzimmer verbracht. Allen war unausgesprochen klar gewesen, dass sie bis Mitternacht wach bleiben würden, um Gertrud zu gratulieren. Sie hatten deshalb José zugestimmt, als diese wie so oft vorgeschlagen hatte, man könne doch »Karten kloppen«. José kam gebürtig aus Euskirchen und hatte sich etwas von dem rheinischen Dialekt bis heute erhalten. Sie war eine leidenschaftliche Kartenspielerin und leider eine sehr schlechte Verliererin. Hatte eine der anderen bei ihrem Lieblingsspiel Rommé ein perfektes Blatt auf der Hand, wurde sie fuchsteufelswild und verfiel erst recht in rheinischen Dialekt. »Du has jefuttelt«, maulte sie dann.

»Niemand futtelt hier außer dir, Josélein«, frotzelten die anderen. Meist ging das Spiel in großem Gelächter unter, vor allem, weil Paula Katty immer in ihre Karten gucken ließ und fragte, was sie auf der Hand habe. Es war absurd, dass sie überhaupt mitspielte, denn in dem schummrigen Wohnzimmerlicht konnte sie vermutlich rein gar nichts sehen. Für José jedoch waren das wenig beachtenswerte Kleinigkeiten, solange Paula nicht gewann. An diesem Abend war José ganz auf der Gewinnerstraße gewesen und daher bestens gelaunt, bis zu dem Moment, als sie ein Auto über den Kiesweg vorm Haus hatte fahren hören.

Der Schwägerin war nicht bewusst gewesen, dass es eine Geburtstagsüberraschung für Gertrud geben sollte, und sie hätte beinahe alles verdorben. »Da ist jemand gekommen«, hatte sie ängstlich gesagt und sich auch nicht vom Gegenteil überzeugen lassen, als erst Paula, dann Katty ihr zu verstehen gaben, sie müsse sich verhört haben.

»Janz bestimp nich«, hatte José insistiert und war im Begriff gewesen, ans Fenster zu gehen.

»Vorsichtig«, hatte Katty schnell gesagt und war aufgesprungen, »lass mich lieber nachgucken. Das ist zu gefährlich.« Katty hatte Paulas leises Ploppen gehört, darüber ebenfalls lachen müssen und gleichzeitig ein schlechtes Gewissen bekommen. Alle veräppelten ihre überängstliche Schwägerin bei jeder sich bietenden Gelegenheit, und wenn sie es merkte, ging sie beleidigt ins Bett.

»Ich hole schnell eine Taschenlampe und geh mit dem Hund draußen nachsehen. Nur zur Sicherheit«, hatte Katty gesagt. »Ihr könnt ganz in Ruhe weiter Karten spielen. Es ist wahrscheinlich niemand da.«

»Was soll der Quatsch? So was machst du doch sonst auch nicht«, hatte Gertrud sich zu Wort gemeldet, und Katty hatte gelogen: »Ach, ich tu es halt José zuliebe«, dann war sie aus dem Wohnzimmer hinausgelaufen, Piet entgegen. Sie hatte ihn über den hinteren Flur ins Haus gelotst und ihm gezeigt, wo er seine Musikanlage aufbauen sollte.

Im Wohnzimmer hatte niemand etwas von seinen Vorbereitungen mitbekommen. Und auch von der Ankunft der anderen Gäste nicht, die hoffentlich bereits draußen standen, dachte Katty und kommandierte jetzt die ganze Kompanie in Richtung Tür. Die drei alten Damen nahmen sich Sektglas und Jäckchen und zogen wie bei einer Polonaise, alle drei leicht vornübergebeugt, in tippelnden Schritten an Katty vorbei. An der Haustür sorgte sie dafür, dass José als Erste hinausging. »Stell dich zu den anderen und stimm ein Lied an«, flüsterte sie ihr ins Ohr. Dann hakte sie sich bei Paula und Gertrud unter, bis sie alle drei auf dem leicht erhöhten Treppenabsatz standen wie auf einer kleinen Empore. Draußen hatte sich zu Kattys Erleichterung tatsächlich eine kleine Menschenmenge versammelt. Sie hatte alle ihre Nichten, Großnichten und -neffen sowie deren Familien eingespannt, die in erreichbarer Entfernung wohnten, und dazu waren die Nachbarn ebenfalls fast vollzählig angetreten. Es waren insgesamt bestimmt vierzig Gratulanten da, obwohl es schon Mitternacht war.

Als Katty mit ihren beiden Schwestern über die Schwelle nach draußen getreten war, hatte ein verblüffend harmonisch klingender Chorgesang eingesetzt, nun hörte man die Feuerwerkskörper zischen und es fielen Sterne vom Himmel. Katty begutachtete beseelt ihre Geburtstagsüberraschung. Sie war ein bisschen gerührt von sich selbst, bis sie ihre Schwestern musterte und ein Lachen nicht unterdrücken konnte. Paula, die zwar noch hören, aber nicht mehr gut sehen konnte, versuchte verzweifelt, ihr Gesicht in die richtige Richtung zu halten. Der Versuch misslang jedoch. Sie schaute nach links ins Dunkel der Hofeinfahrt. Und Gertrud, die zwar noch sehen, aber dafür nicht mehr so gut hören konnte, wollte sichergehen, dass sie nur ja keine wichtigen Ansprachen ihr zu Ehren verpasste, und hielt deshalb sehr entschlossen ihr besseres linkes Ohr dorthin, wo die Menschen standen. Ihr Blick verfing sich im Grün der Tannen. So standen sie da, Katty in der Mitte, die vor Lachen Mühe hatte, gerade zu stehen, bei ihr untergehakt die beiden Schwestern, eine schaute nach links, die andere nach rechts, und jedem neutralen Beobachter mussten Zweifel daran kommen, ob das Feuerwerk wirklich so eine brillante Idee gewesen war. Zumindest sorgt der Anblick für

Erheiterung, dachte Katty, und das ist alles, was zählt, man muss dem Volk was bieten.

»Es gibt noch einen Absacker, aber dann schmeiß ich euch alle raus. Wir wollen schließlich morgen wieder fit sein«, mahnte Katty, als sie die Gratulantenschar wenig später ins Esszimmer bat, und wusste im selben Moment, dass es damit nicht getan wäre. Piet hatte seine Hammondorgel mitten im Zimmer aufgebaut. Er hatte draußen zwar schon gesungen, aber er wollte wohl noch einen Soloauftritt.

Katty schaute Gertrud an und hoffte, dass sie glimpflich davonkämen, denn so mürrisch Gertrud manchmal sein konnte, sie liebte es, hofiert zu werden. Ihre Augen leuchteten und sie genoss den Rummel um ihre Person sichtlich. Katty ging mit dem Tablett herum, und als jeder ein Gläschen in der Hand hielt, konnte Piet es nicht länger aushalten.

»Liebe Gertrud«, riss er das Wort an sich, »Katty hat alles versucht, um mich aufzuhalten«, er grinste breit in die Runde, »aber wenn es darum geht, dir meine große Verehrung zu verkünden, dann renne ich mit die Kopf auf die Wand.«

Piet tat sich schwer mit der deutschen Grammatik und so verrutschten ihm zum Vergnügen aller Beteiligten oft die Sprachbilder. Die ehemalige Deutschlehrerin lächelte milde, und Katty hoffte, dass Piet diesen Gemütszustand nicht überstrapazieren würde. Er begann zu singen, ein amerikanisches Lied, das »Happy Birthday« hieß. Katty schaute in die Runde, die jüngeren Gäste sangen mit, offenbar war dieses Ständchen gerade modern. Aber Piet hatte ein Gespür dafür, dass englischsprachige Kunst bei den alten Damen nicht so richtig verfing, also schwenkte er um auf »Zum Geburtstag viel Glück«. Gertrud lächelte immer noch, doch Katty bemerkte, dass sie unruhig wurde. Als Piet erneut losschmettern wollte, gebot sie ihm Einhalt. »Danke, Piet, vielen Dank. Das war wirklich sehr nett von dir. Aber du wirst mich heute Abend nicht mehr zum Tanzen bringen. Ich danke euch allen, dass ihr um diese Uhrzeit gekommen seid, um mir zu gratulieren. Aber jetzt muss ich euch auf morgen vertrösten. Ihr müsst wissen, ich bin schon hundert, da muss man früh ins Bett!«

»Einen ham wir noch!«, ließ Piet sich nicht beirren, »Gertrud, den einen musst du noch durchhalten.« Dann setzte er an und ließ für Gertrud rote Rosen regnen. Katty traten Tränen in die Augen, verstohlen wischte sie sie weg und wusste nicht, ob es das Lied war, das sie so berührte, oder ob sie vielleicht einfach nur einen Aschepartikel vom Feuerwerk im Auge hatte. Gertrud stand einen Moment in der Mitte des Raumes, hielt die Augen geschlossen und schien die Musik zu genießen. Dann ging sie zur Tür, drehte sich noch einmal um und winkte zum Abschied. Das Winken war eine fast mädchenhafte Geste, es passte eigentlich so gar nicht zu einer Hundertjährigen, es war, als wäre die Hand einen Moment lang wieder zwanzig, ein wenig genant, ein wenig kokett. Katty sah ihrer Schwester nach, sah Paula, die sich Gertrud anschloss, und beide gingen, während Piet die letzten Zeilen von Hildegard Knefs Lied sang.

Gott sei Dank würden sie Zeit genug haben, um sich auszuschlafen, stellte sie erleichtert fest, als sie den Rest der Mannschaft verabschiedete, die Gäste würden am nächsten Morgen sicher nicht vor elf Uhr erscheinen. Katty hatte niemanden schriftlich eingeladen. Das war auch nicht nötig. Sooft sie im Dorf gewesen war, hatte sie darauf hingewiesen, dass Gertrud ihren hundertsten Geburtstag feiern würde und dass jeder, der für sie Zeit aufbringen wollte, auf dem Tellemannshof willkommen sei. Sie wusste, dass es die raffinierteste Art war, einzuladen. Wie schnell hatte man bei Einladungskarten jemanden vergessen, und dann gab es böses Blut. So war sie sich sicher, dass es sich im Dorf verbreitet hatte, sich niemand ausgeschlossen fühlte und es sich zugleich niemand erlauben konnte, nicht zum Gratulieren vorbeizukommen. Für den Abend hatte sie im Kreis der Familie ein Essen im Waldrestaurant »Höfer« in Sonsbeck arrangiert. Aber da kamen auch schon hundert Personen zusammen. Wie gut, dass die Ländereien ausgekiest wurden, dachte Katty. Die ganze Region war Auskiesungsgebiet, und sie hatte einige Ländereien des Tellemannshofes für sehr viel Geld an Kiesunternehmen verkaufen können, sodass aus ihr in den vergangenen zwanzig Jahren eine halbwegs betuchte Frau geworden war. Das Geburtstagsmenü für ihre Schwester konnte sie sich locker leisten, und das machte sie stolz und zufrieden.

»Auf dich, Heinrich«, sagte sie zu dem Foto, das im Esszimmer auf dem Büfett stand, es zeigte Heinrich Hegmann gemeinsam mit Heinrich Lübke. Sie betrachtete die Männer auf dem Bild. Heinrich hatte in ihrer Erinnerung immer genau so ausgesehen, egal ob mit dreißig oder zum Schluss mit fünfundachtzig Jahren. Sie hob das Gläschen und genehmigte sich noch einen halben Schnaps. Sie musste an die Szene vorhin beim Feuerwerk denken und erneut darüber lachen. Dann gingen ihre Gedanken zurück zum ersten Feuerwerk nach Kriegsende.

31. Dezember 1945

Prosit Neujahr!

Wardt feierte, das ganze Dorf war auf den Beinen. »Frohes neues Jahr!«, hörte man aus allen Ecken, und zum ersten Mal seit Jahren duckte sich niemand, als es vom Himmel her knallte. Die Silvesterfeier in der Dorfkneipe war gut besucht, es floss viel Hochprozentiges.

Auch Heinrich und Katty waren angeheitert, und der Einfachheit halber war Heinrich für diesen Abend zum Du übergegangen. Er umarmte Katty lange und innig, als die Glocke zur Mitternacht schlug, und küsste sie auf beide Wangen.

»Alles Gute und Schöne fürs neue Jahr, liebste Katty. Bleib gesund und munter, denn ohne dich mag ich nicht mehr sein.«

Katty küsste ihn ebenfalls, vielleicht etwas stürmischer, als es sich geschickt hätte, aber sie war an diesem Abend ausgelassen und glücklich. Sie tanzte mit jedem, der sie aufforderte, lachte mal mit diesem, mal mit jenem und hatte für jeden ein paar freundliche Worte übrig. Katty war in Wardt beliebt, das wusste sie, Männer wie Frauen schätzten sie als lebenslustige Frau, die Nachbarinnen machten ihr entsprechende Komplimente. Und dennoch schauten vor allem die Frauen seit einer Weile pikiert, wenn Heinrich und Katty gemeinsam in die Gastwirtschaft kamen. Sie begannen zu tuscheln, denn es ziemte sich nicht, dass eine ledige junge Frau mit dem Hausherrn ausging, und es hatte sich herumgesprochen, dass Heinrich Hegmann seine Hauswirtschafterin bevorzugt behandelte. Kurz vor Weihnachten hatte eine der Nachbarinnen ein ernstes Wort mit Katty gesprochen und ihr gesteckt, was die Leute redeten. »Das gehört sich nicht, Katty«, hatte sie gesagt, »so vertraulich geht man nur mit seiner Ehefrau um.« Sie hatte außerdem zu berichten gewusst, dass Heinrichs Parteifreunde bereits seine Glaubwürdigkeit infrage stellten.

Im Juni war die Christlich Demokratische Union im Rheinland gegründet worden. Und eine Partei, die das »christlich« im Namen trug, musste natürlich von ihren Mitgliedern erwarten, dass diese sich entsprechend der christlichen Lehre aufführten, hatte die Nachbarin betont, das habe ihr Mann schon mehrfach bemängelt. Heinrich hatte sich inzwischen einige Male mit den Kollegen getroffen, einmal waren sie sogar auf dem Tellemannshof gewesen. Katty hatte darauf bestanden, mit an der Kaffeetafel zu sitzen, denn sie war durch Heinrichs Erzählungen zu einer glühenden Verehrerin von Konrad Adenauer geworden und hatte es sich deshalb nicht nehmen lassen wollen, dem »Alten«, wie er genannt wurde, persönlich zu begegnen. Sie hatte an dem Tag mitgeschrieben wie eine Sekretärin. Aber vielleicht war das ein Fehler gewesen, vielleicht hatte sie da dem Augenschein nach eine Rolle innegehabt, die ihr nicht zustand. Jetzt tratschte man jedenfalls über sie, und zwar nicht nur die Klatschtanten im Dorf, sondern selbst in Parteikreisen, und das, so fürchtete Katty, könnte ernsthafte Konsequenzen haben. Ihr war bewusst, dass sich etwas ändern musste. Eine Zeit lang hatte sie gehofft, Heinrich würde sie doch noch zu einer ehrbaren Frau machen, dass Gertrud im Unrecht wäre und er seinen Standesdünkel längst überwunden hätte. Schließlich war sie seine wichtigste Kraft auf dem Hof. Und vielleicht bin ich für ihn noch viel mehr, hatte ihr Herz gehofft, während ihr Verstand längst wusste, dass es nur ein romantischer Mädchentraum gewesen war.

Sie musste sich damit abfinden, sie war seine Hauswirtschafterin, eine Angestellte, und die führte ein seriöser Mann nicht zum Altar, schon gar nicht, wenn er sich im Kreise großer Männer behaupten musste. Diese Gedanken plagten Katty seit Langem, aber heute hatte sie keine Lust, sich damit zu quälen. Zumindest an Silvester wollte sie sich amüsieren. Die Probleme würde sie im nächsten Jahr lösen. Sie suchte im Saal nach Heinrich, und als sie ihm entgegenlief, sah es aus, als wären ihm gerade ähnliche Gedanken durch den Kopf gegangen.

»Warum schauen Sie denn so traurig drein?«, fragte sie und hielt ihm als Aufforderung zum Tanz die Hand entgegen.

»Du bist eine ungestüme Person«, sagte er. »Heute Abend wird gefeiert, aber morgen reden wir über die Zukunft.«

Katty war sich nicht sicher, ob sie ihn in dem Trubel richtig verstanden hatte. Sie nickte Heinrich aufmunternd zu und zerrte ihn hinter sich her auf die Tanzfläche.

Am ersten Morgen des neuen Jahres wachte Katty auf und ahnte, dass sie gerüstet sein sollte. Man muss nur vorbereitet sein, dachte sie, es ist wie bei einem Schlag in den Bauch. Wenn man vorbereitet ist, kann man die Muskeln anspannen und den Schlag abfangen. Mit dem Herzen muss man es genauso machen: sich wappnen, anspannen, dann kann man den Stich abfangen, bevor das Herz zu bluten beginnt. Heinrich hatte ihr diese Vorbereitungszeit gegeben.

Sie gingen an diesem ersten Januar des Jahres 1946 wie jeden Sonntag und Feiertag zusammen in die Kirche. Wie immer nahmen sie gemeinsam oben an der Orgel Platz, denn von hier aus hatte man einen herrlichen Blick auf das Geschehen. Katty liebte diesen Platz, wenngleich er für die Frauen des Dorfes nicht ganz üblich war. Die saßen lieber unten in den ersten Reihen, um sicherzugehen, dass man sie in ihrer Gottesfürchtigkeit sah und beim Singen auch hörte. Wer singt, der betet doppelt, hieß es am Niederrhein, und deshalb schmetterten manche in der Kirche besonders laut mit, obwohl sie es vielleicht besser unterlassen hätten.

Katty und Heinrich zogen den etwas versteckten Platz neben der Orgel vor. Man konnte die Menschen beobachten, ohne selbst auf dem Präsentierteller zu sitzen, direkt nach der Kommunion die Kirche verlassen oder flüsternd ein, zwei Worte miteinander wechseln, ohne den Ablauf des Gottesdienstes zu stören.

Heute herrschte oben Platzmangel. Neben einigen alteingesessenen Bauern hatte sich auch der Kirchenchor für dieses besondere Hochamt versammelt. Katty und Heinrich standen fast auf der letzten Treppenstufe, deshalb fiel es niemandem auf, dass sie als Erste die Kirche verließen. Heinrich hatte Katty ein Zeichen gegeben, er wollte sie direkt nach der Einnahme der heiligen Oblate vor der Kirche treffen. Als er sie draußen umgehend auf den Heimweg lotste, ahnte Katty, dass Heinrich mit ihr zu reden hatte, und sie ahnte auch, dass es ihm nicht leicht fiel. Sie war gewappnet.

»Katty, ich kann nicht oft genug betonen, wie viel Sie mir bedeuten. Vor allem nach dem, was wir im Frühjahr zusammen durchgemacht haben.« Heinrich sprach schwerfällig und Katty schaute mit Faszination auf den Mann, von dem sie eine kurze Zeit lang geglaubt hatte, er wäre ihr Verlobter. Gott sei Dank hatte sie ihre dummen, romantischen Träume nicht verraten. Es würde für immer ein Geheimnis bleiben, was in dieser einen unwirklichen Nacht passiert war. Und sie war froh, dass sie Gertrud nicht eingeweiht hatte, die verhörartigen Fragen im Frühsommer hatten ihr gereicht. Sie hatte verstanden, was Gertrud sagen wollte, und sie hatte gewusst, dass es stimmte. Heinrich Hegmann war kein Mann, der aus romantischen Motiven heiratete. Eine Ehe war für ihn ein Geschäft, und Katty war einem Hegmann finanziell und gesellschaftlich nicht ebenbürtig. Er musste darauf achten, dass sein Ruf tadellos blieb, schließlich verkehrte er mit den mächtigsten Männern des Landes, da musste sie zurückstehen, und dafür brachte sie Verständnis auf. Sie würde ihm keine Kaltblütigkeit unterstellen, wie ihre große Schwester es so leichtfertig tat. Heinrich hatte tatsächlich einen Hang zur Macht und ein stark ausgeprägtes Bewusstsein für gesellschaftliche Klassen, aber er hätte deshalb niemals seinen Bruder ans Messer geliefert. Gertrud ist verblendet von ihrem Gram, dachte Katty, ich muss aufpassen, dass ich zwischen ihrem hysterischen Hass und den vernünftigen Ratschlägen unterscheiden lerne. Denn die Hoffnung darauf aufzugeben, Frau Hegmann zu werden, war sicherlich aus heutiger Sicht eine sehr gute Empfehlung gewesen. Wie stünde sie sonst da, wenn sie in diesem Moment voller naiver Hoffnung wäre?

Sie blickte in das vertraute Gesicht von Heinrich und stellte fest, dass es völlig ausdruckslos war. Sie konnte keine Gefühlsregung ausmachen, weder Trauer noch Liebe noch Unsicherheit. Katty schluckte. Sie hatte sich die ganze Zeit damit beschäftigt, dass er ihr bestimmt keinen Heiratsantrag machen würde, aber was er stattdessen mit ihr besprechen wollte, hatte sie sich nicht gefragt. Würde er sie etwa entlassen? Sie erschrak. Womöglich konnte Heinrich sie nicht bei sich behalten, vielleicht hatten seine Parteifreunde ihn überzeugt, dass diese Nähe nicht akzeptabel war. Vielleicht war für ihn jetzt der Moment gekommen, sich von seiner Hauswirtschafterin zu trennen. Aber das konnte er doch nicht machen, dachte Katty empört, er hatte seinem Sohn etwas versprochen. Und auch ihr. Sie wollte nicht vertrieben werden, der Tellemannshof war ihr Zuhause. Wo sollte sie denn hin?

»Bitte lassen Sie mich hierbleiben!«, platzte es aus Katty heraus.

Heinrich schien verdattert. Er hatte sich wohl auf seine Rede konzentriert, hatte die richtigen Worte gesucht und war nun sichtlich irritiert von ihrem unvermittelten Ausbruch. Er blinzelte ein paar Mal, dann huschte der Anflug eines Lächelns über sein Gesicht.

»Aber nein, liebste Katty, keine Sorge. Ich habe nur einen besonders, wie soll ich sagen, privaten Auftrag. Und es gibt niemanden sonst, dem ich zutraue, ihn in meinem Sinne zu erfüllen.« Katty stand da und hatte keinen Schimmer mehr, was Heinrich ihr eigentlich sagen wollte.

»Wissen Sie, Katty, ich bin jetzt sechzig. Das ist ein stattliches Alter, sicher, aber im Grunde fühle ich mich noch sehr frisch. Theodors Tod war ein großer Schicksalsschlag, doch in mir ist der Gedanke gereift, dass ich einen neuen Erben brauche. Und um einen Sohn zu bekommen, muss ich, nein, möchte ich mich wieder verheiraten.«

Katty sog die Luft ein. Als sie merkte, dass sie ein seltsames Geräusch dabei machte, hielt sie sofort inne und hörte für einen Moment vollständig auf, zu atmen.

»Ich wollte Sie deshalb bitten …«

Katty war kurz vor der Ohnmacht. Und deshalb tat sie genau das, was man in solchen Momenten auf gar keinen Fall tun sollte: Sie saugte noch mehr Luft in die Lunge. Ihr Brustkorb war kurz vor dem Zerplatzen. Ausatmen konnte sie allerdings auch nicht, denn dann wäre sie vermutlich sofort in ein peinliches Japsen verfallen, als wäre sie gerade um ihr Leben gerannt. Also verharrte sie regungslos, dem Ersticken nahe, und hoffte, dass es schnell vorüberginge. Und als Heinrich den Rest seiner Bitte aussprach, war sie so erleichtert, zu atmen, zu überleben, dass ihr Herz keinen Schaden nahm.

»… mir eine Frau zu suchen, die von Stand und Wesen zu mir passt.« Heinrich schaute Katty intensiv in die Augen. Es dauerte eine ganze Weile, bis sie begriff, was Heinrich ihr gesagt hatte, und es dauerte noch länger, bis sie erfasste, was seine Augen sagten. Sie baten um Verzeihung, sie bettelten um Verständnis, und Katty wusste in diesem Moment, dass Heinrich niemals einer anderen Frau gehören würde.

Der 100. Geburtstag – Sonntag

Eine sogenannte Frau Hegmann

Welch ein netter Mann. Sie war manchmal ungerecht und zu vorschnell in ihren Urteilen über Menschen, schalt Gertrud sich. Piet war wirklich reizend gewesen und wie schlecht hatte sie am Morgen noch über ihn gesprochen.

Gertrud lag im Bett und konnte nicht einschlafen. Kein Wunder, dachte sie, sie hatte den Tag über noch mehr Kaffee getrunken als üblich, zudem gerade eben ein Glas Sekt, das hatte den Kreislauf zusätzlich in Schwung gebracht. Und nun lag sie da, wollte sich eigentlich für den kommenden Tag erholen, war aber hellwach. Piets Abschiedsständchen war wirklich rührend gewesen und sie war Katty sehr dankbar dafür, dass sie solche Momente noch erleben durfte. Wie viele Menschen hatten schon Schwestern, die so aufopferungsvoll Feste gestalteten. Bei dem Gedanken musste sie lachen, weil natürlich auch ein Funken Ironie darin war. Aber sie wusste die Mühe, die Katty sich gab, durchaus zu schätzen. Beinahe stoisch ertrug Katty all ihre Launen, selbst wenn sie sie provozierte. Das ging über das hinaus, was man als selbstverständlich betrachten durfte, und zwar nicht nur an ihrem Geburtstag. Gertrud wusste sehr genau, dass Sorge um ihr Wohlergehen die Schwester umtrieb und dass es vernünftig wäre, bei ihr einzuziehen. Aber sie ahnte auch, dass sie in puncto Vernunft dazu neigte, Wasser zu predigen und Wein zu trinken. Ihr fiel es leicht, anderen Menschen kluge, nüchterne Ratschläge zu geben, aber wenn es um ihr eigenes Leben ging, gelang es ihr nicht immer, rationale Entscheidungen zu treffen. Das Gespräch mit Paula hatte sie berührt und nachdenklich gemacht, und sie fragte sich, ob sie tatsächlich verzeihen könnte. Es war nicht das erste Mal, dass sie darüber nachdachte, aber durch Paulas Bekenntnis vorhin schien Vergebung für sie mit einem Mal eine Aufgabe geworden zu sein, die man bewältigen konnte, auch nach so vielen Jahren.

Sie bemühte sich, das schwere Federbett von den Beinen zu schieben. Es ist zu warm hier in diesem Zimmer, wer soll denn da schlafen können, Katty heizt einfach zu stark, ärgerte sie sich.

Paula hatte sie vorhin gefragt, warum sie sich so dagegen wehrte, hierherzuziehen. Sie konnte die Frage nicht wirklich beantworten. Paula, die mittlerweile bei ihrer Tochter lebte, hatte ihr erzählt, wie angenehm das Leben war, wenn man sich um manche Dinge nicht mehr kümmern musste. Es sei mitnichten ein Schritt in die Abhängigkeit, sie mache, was sie wolle, und müsse manche Dinge, die sie nicht wolle, einfach nicht mehr tun.

»Du willst mir doch nicht sagen, dass du mit hundert Jahren gerne aufräumst und zum Staubwischen unters Bett kriechst, oder?«, hatte Paula sie geneckt, als sie gemeinsam am Waschbecken standen, um sich bettfertig zu machen. Es war fast ein bisschen wie damals in Empel gewesen, als sie Jugendliche gewesen waren und das Leben noch vor sich hatten. Dann hatte Paula zu lachen begonnen. »Das hätte sich der alte Hegmann sicher nicht träumen lassen, dass wir zwei mal in seinem Badezimmer stehen und unsere Dritten schrubben.« Die Vorstellung hatte auch Gertrud amüsiert, und Heinrichs Namen in Zusammenhang mit klappernden Gebissen zu erwähnen, hatte ihm in diesem Moment etwas von seiner Bedeutsamkeit genommen. Falls das Paulas Plan gewesen war, so hatte er funktioniert. Danach hatte ihre Schwester sie gefragt, ob Katty ihr jemals erzählt habe, was während der Zeit der Evakuierung auf dem Hof passiert sei, und Gertrud hatte das erste Mal ausgesprochen, was sie immer schon gedacht hatte: dass Heinrich Katty geliebt habe.

Warum er sie dann nicht geheiratet habe, hatte Paula eingewendet.

»Selbst wenn er sein Standesdenken überwunden hätte, hätte er niemals ›eine Franken‹ heiraten können, nachdem er seinem Bruder diese Liebe verboten hat. Er hätte mit einer solchen Hochzeit auf das Grab seines Bruders gespuckt. Ich weiß, dass er so gedacht hat«, hatte Gertrud erwidert und sich gewundert, wie offen sie auf einmal über vieles sprachen.

Paula hatte mit einem für sie so typischen Satz geantwortet, der zunächst unbedarft klang, bei näherer Betrachtung allerdings wie eine Lebensweisheit anmutete:

»Wenn Heinrich Katty wirklich geliebt hat, er diese Liebe aber niemals leben durfte, dann hat Heinrich für seine Fehler schwer büßen müssen.« Und über diese Aussage grübelte Gertrud nach wie vor. War Heinrich ein Opfer seiner eigenen Taten gewesen? Mit Sicherheit hatte er viele Menschen mit seiner Arroganz ins Unglück gestürzt. Franz und sie, Katty und sogar seine Ehefrau Anna Maria. Das arme Ding, sie hatte ja keinen blassen Schimmer, worauf sie sich einließ. Gertrud erinnerte sich noch genau an diesen Tag im Januar 1946, als Katty ihr von Heinrichs Auftrag erzählt hatte, und wunderte sich, dass ihr diese Szene nach einem halben Jahrhundert immer noch so präsent war. Fast glaubte sie, sich noch an jedes Wort erinnern zu können. Vielleicht lag es daran, dass sie damals so verstört gewesen war, als sie eine Seite an Katty entdeckt hatte, die ihr vorher gänzlich unbekannt gewesen war. Gertrud stand seufzend auf, sie würde jetzt nicht schlafen können. Vielleicht half das alte Hausmittel: ein Glas warme Milch. Sie legte ihr Ohr von innen an die Zimmertür, sie war nicht sicher, ob alle Gäste schon gegangen waren. Und wenn sie so, wie sie aussah, jemandem begegnete, mit offenem schlohweißem Haar und im Nachthemd, würde derjenige womöglich glauben, er habe ein Gespenst gesehen. Vorsichtig öffnete sie die Tür und ging die paar Schritte bis zur Küche. Sie setzte sich auf einen Stuhl, um zu verschnaufen.

Sie waren auf einem Familienfest gewesen, aber Gertrud erinnerte sich nicht mehr genau, wo. Sie sah sich nur mit Katty auf einer Terrasse stehen. Katty hatte ihr lakonisch mitgeteilt, worum Heinrich sie gebeten hatte, und Gertrud war wütend geworden. Dieser Schurke, hatte sie gedacht. Reichte es nicht, dass er sie unglücklich gemacht hatte, sollte ihrer kleinen Schwester nun das Gleiche widerfahren? Sie hatte Mitleid mit Katty gehabt. Zwar hatte die von ihrem Auftrag erzählt, als habe Heinrich sie zum Saatguteinkauf geschickt, aber Gertrud war der festen Überzeugung, dass diese Gleichgültigkeit nur gespielt war. Sie schlug ihr deshalb vor, zu ihr in die Stadt zu ziehen, doch Katty wies das Angebot geradezu empört zurück.

»Bist du verrückt? Was soll ich in der Stadt? Und warum sollte ich den Hof verlassen?«

»Ja meinst du denn, eine Ehefrau würde dich auf dem Hof akzeptieren? Alles, was du mittlerweile machst, ist Aufgabe der Hausherrin!«

»Das ist doch Unsinn«, entgegnete Katty patzig. »ich kann mich ruhig weiterhin um alles kümmern, dann haben Herr und Frau Hegmann wenigstens genug Zeit für den Erben.«

»Katty«, in ihrer Erinnerung hatte Gertrud ganz sanft geklungen, doch wenn sie ehrlich war, konnte es auch gut sein, dass sie aufbrausend geworden war, »keine kluge Frau der Welt wird eine andere Frau auf dem Hof akzeptieren, die dem Ehemann so …«, sie machte eine kurze Pause und suchte nach dem passenden Ausdruck, »eng verbunden ist«, fiel ihr schließlich ein.

»Na, dann muss es eben eine dumme Frau sein«, lautete die Erwiderung, und Gertrud war erschrocken über die Wucht und Kälte in Kattys Stimme. Damals war ihr klar geworden, dass ihre Schwester, genau wie Heinrich, Einfluss haben wollte und ihren Status mit allen Mitteln verteidigen würde.

»Das kannst du nicht machen«, flehte sie beinahe, aber Katty blieb hart.

»Warum nicht? Gesellschaftlichen Stand und Fruchtbarkeit, das ist alles, was wir brauchen. Ich lasse mich jedenfalls nicht vom Tellemannshof verdrängen.«

»Sag mal, wie redest du denn? Du kaufst doch keine Zuchtstute, du sollst ihm eine Ehefrau suchen. Schäm dich. So ein Verhalten hat kein Mensch verdient, weder Heinrich noch seine zukünftige Ehefrau. Das sind Stolz, Eitelkeit, Zorn und Eifersucht obendrein. Eine schöne Ansammlung von Todsünden.«

»Mit Eifersucht hat das nichts zu tun«, entgegnete Katty, »und jetzt tu nicht so frömmlerisch. Sonst wünschst du Herrn Hegmann doch auch immer die Pest an den Hals, dann wollen wir mal schauen, ob wir die nicht irgendwo finden können.«

Mit dem letzten Satz hatte sie wohl versucht, ihren Worten die Wucht zu nehmen und mit einem Scherz aus dem Streit herauszukommen, aber Gertrud konnte nicht einstimmen. Ihr war das Lachen regelrecht im Halse stecken geblieben, die Reaktion ihrer Schwester war ihr beinahe unheimlich.

»Wenn du bleiben willst, dann suche eine Frau, die ebenfalls gesellschaftliche Anerkennung und finanzielle Sicherheit sucht. Wenn sie romantisch ist, wird sie dir Ärger machen.« Den Rat hatte sie Katty noch mit auf den Weg gegeben, und sie hatte nicht geahnt, wie recht sie damit haben würde.

»Was machst du denn hier?« Gertrud fuhr hoch, Katty war in die Küche gekommen und legte ihr die Hand auf die Schulter.

»Du solltest jetzt schlafen gehen, Gertrud. Morgen wird ein großer Tag. Es wird dein Tag, meine Liebe.«

27. Januar 1946
Antrittsbesuch

Eine ganze Weile schwiegen sie schon. Was gäbe es auch zu sagen, fragte sich Katty. Sie waren auf dem Heimweg von Bislich, wo Heinrich und sie mit Familie Bruhr den Nachmittagskaffee eingenommen hatten.

Anna Maria Bruhr war die Frau, auf die Kattys Wahl gefallen war. Jetzt musste Heinrich nur noch zustimmen. Und natürlich Anna Maria. Aber das würde sich schon fügen. Anna Maria war mit Katty zur Schule gegangen, sie kannten sich seit einem Vierteljahrhundert. Anna Maria war ein schüchternes, schlichtes, aber sehr nettes Mädchen, und Katty, die schon damals vorwitzig und resolut gewesen war, hatte Anna Maria vor den Neckereien und Streichen der Mitschüler bewahrt. Die Freundin hatte etwas Verträumtes an sich gehabt, war von ätherischer Zartheit und dankbar für Kattys Unterstützung gewesen, wofür sie sich in Form von Butterbroten und Süßigkeiten erkenntlich gezeigt hatte. Anna Marias Eltern waren zwar nicht reich, aber es ging ihnen gut. Der Vater war Kaufmann und Bürgermeister von Bislich, gutbürgerlich nannte man so etwas, also durchaus das, was Heinrich sich wünschte. Ihre Mitgift wäre akzeptabel, auch wenn das für Heinrich sicherlich nicht den Ausschlag geben würde. Nach der Schulzeit hatten Katty und Anna Maria sich aus den Augen verloren, nur zu den jährlichen Klassentreffen hatten sie sich gesehen. Sie hatten zusammengestanden und über die alte Zeit geredet, doch spätestens nach einer halben Stunde hatte Katty das Bedürfnis gehabt, sich ins Getümmel zu stürzen, denn außer »Ja« und »Nein« sagte Anna Maria wenig, wirkte dabei aber immer noch anmutig. Das letzte Klassentreffen war 1942 gewesen, in den späteren Kriegsjahren hatten die Frauen weder Zeit noch Lust auf solche Treffen gehabt. Fast alle hatten jemanden verloren und zu betrauern. Anna Maria war bis heute nicht verheiratet, was Katty wunderte, denn eigentlich war sie eine gute Partie. Zwei Wochen zuvor hatte Katty Kontakt mit ihr aufgenommen. Ganz behutsam hatte sie sich über die Lebensumstände erkundigt und schnell gemerkt, dass die arme Anna Maria in einer denkbar ungünstigen Konstellation lebte: Ihre Schwägerin mochte sie nicht leiden, ihr Bruder warf ihr vor, das Haus wie ein Parasit zu bewohnen, aber Abhilfe war nicht in Sicht, denn immerhin war sie inzwischen siebenunddreißig, da fand sich ein Ehemann nicht mehr so leicht. Katty hatte sich zu ihrer Wahl gratuliert. Anna Maria würde Heinrich sicherlich mit Freuden ehelichen, und Katty wäre alle Sorgen los. Und als Anna Maria sich am Montag zuvor an ihrer Schulter ausgeweint und über ihre widrigen Lebensumstände gejammert hatte, hatte Katty sie nur zu gern getröstet.

»Weißt du was, Anna Maria«, hatte sie gesagt, »du musst heiraten, du musst hier raus. Gründe deine eigene Familie, nur dann hast du eine Chance, glücklich zu werden.«

Anna Maria hatte daraufhin wie üblich nichts gesagt und sie nur aus großen verheulten Augen angesehen.

»Ich weiß sogar jemanden!«, hatte Katty aufgeregt gerufen, als sei ihr eben erst der Gedanke gekommen. »Heinrich Hegmann, auf dessen Hof ich als Hausdame arbeite. Seine Frau ist schon vor langer Zeit gestorben. Und nun ist auch noch sein Sohn gefallen. Er will eine neue Familie gründen. Er will eine

Frau und einen Erben. Und er ist ein angesehener und gut betuchter Mann. Was meinst du, soll ich mit ihm über dich sprechen?«

»Ich weiß nicht«, hatte Anna Maria geschluchzt, »warum willst du ihn denn nicht selbst heiraten?«

»Ach Gott bewahre, das geht doch nicht. Ich bin seine Hausangestellte und es gibt da außerdem einen anderen Mann, der sich für mich interessiert. Ein Zahnarzt aus Duisburg. Ich habe ihn durch Gertrud kennengelernt«, hatte Katty ungeniert gelogen und sich über sich selbst gewundert. Da würde bald mal wieder eine Beichte fällig sein, andererseits war es eher so etwas wie eine Notlüge gewesen und schließlich wollte sie Anna Maria wirklich etwas Gutes tun. Sie hatten gekichert und waren albern gewesen wie Schulmädchen. Katty hatte zwischendurch ein schlechtes Gewissen bekommen, wenn sie an Gertruds Vorwürfe dachte. Sie war tatsächlich dabei, eine Intrige zu spinnen, doch würde dadurch niemandem ein Schaden entstehen, beruhigte sie sich. Im Gegenteil. Holte sie das arme Mädchen nicht aus ihrem Elend? Dass ihr selbst das auch einige Vorteile verschaffte, war sicher nicht schlimm. Es wäre für alle Beteiligten eine glückliche Lösung.

Einige Tage später hatte sie Heinrich von Anna Maria Bruhr erzählt und in den höchsten Tönen von ihr geschwärmt. Eine von Grund auf gute, zuverlässige und liebenswerte Frau, noch im gebärfähigen Alter, aber eben kein ganz junges Mädchen, denn das würde ja zu ihm, Heinrich, gar nicht passen. Heinrich hatte sich wenig interessiert gezeigt, sodass Katty schon in Sorge war, er könne Bedenken haben. Tatsächlich hatte er im Anschluss an Kattys Beschreibung sogar kurz gefragt:

»Glauben Sie, dass Fräulein Bruhr die Richtige für mich ist?«

»Absolut«, hatte Katty im Brustton der Überzeugung geantwortet.

»Dann machen Sie doch bitte einen Termin, damit wir uns kennenlernen und alle weiteren Formalitäten klären können.« Katty hatte daraufhin einen Termin für den heutigen 27. Januar festgelegt. Es war ein sehr geschäftliches Treffen geworden. Auch Anna Marias Bruder und dessen Ehefrau hatten mit am Kaffeetisch gesessen. Die beiden hatten sich ganz besonders bemüht, einen guten Eindruck zu hinterlassen, denn sie witterten ihre Chance, den ungeliebten Dauergast loszuwerden.

Es war nicht so, dass Heinz Bruhr seine Schwester nicht mochte, es war nur schwierig, wenn sich zwei Frauen einen Mann und einen Haushalt teilten, davon schien er ein Lied singen zu können. Und so war er es auch, der bei dem offen geführten Werbegespräch nach Kattys Verbleib auf dem Hof fragte. Überraschenderweise war es Anna Maria, die antwortete und Katty dabei kräftig zuzwinkerte.

»Ach, wer weiß das schon, vielleicht ist Katty ja noch vor mir unter der Haube.«

Heinrich riss den Kopf herum.

»Wie darf ich das verstehen?«

Hinter Kattys Schläfe pochte es und kleine Schweißtropfen bildeten sich auf Oberlippe und Stirn.

»Na, der Herr Zahnarzt hat es unserer Katty schon ganz schön angetan«, neckte Anna Maria in ihrer kindischen Art.

»Das ist doch nicht der Rede wert«, wehrte Katty ab und wurde unter Heinrichs durchdringendem Blick rot, was alle anderen als Beweis ihrer Verliebtheit in den Zahnarzt deuteten. Vielleicht gar nicht schlecht, dachte Katty, ein angeblicher Verehrer hilft mir, das Gesicht zu wahren. Dieser Zahnarzt würde noch eine Weile im Gespräch bleiben, entschied sie.

Das Thema »Katty und der Tellemannshof« war somit als potenzielles Ehehindernis aus der Welt geschafft, und als

Heinrich irgendwann leise fragte: »Aber Sie werden uns doch auf dem Hof erhalten bleiben, liebe Katty!«, schaute einzig Anna Marias Bruder skeptisch, Anna Maria selbst klatschte Beifall.

»Natürlich, Katty, das musst du mir versprechen. Bitte, bleib.«

»Freiwillig werdet ihr mich jedenfalls nicht los. Da macht euch mal keine Sorgen!«, erwiderte sie.

Heinrich hatte bald darauf den Besuch für beendet erklärt. Er hatte darauf gedrungen, dass sich alle Beteiligten noch einmal ehrlich befragten, ob an dieser Ehe gleichermaßen Interesse wie Wunsch bestünde. Er werde in diesem Falle baldigst um die Hand des Fräulein Bruhr anhalten.

Und nun saßen sie schweigend im Auto. Sie waren über Wesel, Perrich und Werrich gefahren, durch Ginderich übers Eyland. Heinrich liebte dieses Fleckchen Erde, die Bislicher Insel war eingerahmt von alten Rheinarmen, sie war besonders fruchtbar und ein Paradies für Jäger. Sie passierten gerade die Stelle, an der die Alliierten vor neun Monaten über den Fluss marschiert waren. Normalerweise hielten Katty und Heinrich kurz an, wenn sie hier vorbeikamen, und stiegen aus. Heinrich befand die Stelle eines Dankgebets für würdig und legte darauf jedes Mal großen Wert. Diesmal allerdings raste er vorbei.

»Was ist los?«, fragte Katty verblüfft.

»Warum?«

»Na, weil Sie am Übergang vorbeigefahren sind.«

»Was? Ach, ich war in Gedanken, entschuldigen Sie. Soll ich wenden?«

»Nein«, antwortete Katty, »nicht nötig. Sie haben sicher über Fräulein Bruhr nachgedacht. Wie gefällt Sie Ihnen denn?«

»Gut, sehr gut«, sagte Heinrich ohne große Euphorie und fügte hinzu: »Sie hat genau die richtige Herkunft, ist ansehnlich, und der Altersunterschied ist auch akzeptabel. Das haben

Sie gut gemacht. Schön, dass Sie beide sich so gut verstehen. Das ist mir sehr recht.«

Katty hätte sich statt der nüchternen Analyse etwas mehr Begeisterung gewünscht, aber vielleicht war das genau in ihrem Sinne, überlegte sie, und so gab sie sich mit dem kleinen Lob zufrieden und schwieg.

Nach einer Weile ergriff Heinrich das Wort und versuchte, betont beiläufig zu klingen.

»Wann dürfen wir denn mit Ihrer Heirat rechnen, Fräulein Franken? Ich meine, ich sollte es doch wissen, denn Sie wollen das Fest sicher auf dem Hof ausrichten.«

Katty war konsterniert, vor allem über die förmliche Ansprache. Heinrich wirkte geradezu beleidigt. Ein bisschen freute sie sich darüber, aber andererseits fand sie es empörend, dass er ganz offenkundig immer noch wenig einverstanden war mit einem privaten Eheglück für seine Hauswirtschafterin.

»Wir haben noch nichts geplant«, log sie deshalb, »aber ich werde es Sie rechtzeitig wissen lassen.« Es tat ihr gut, dass Heinrich merklich betrübt darüber war, das hatte er verdient.

»Ich bitte darum«, sagte er kurz angebunden, und da hatte Katty plötzlich Angst, sie könnte mit ihrer Lüge übers Ziel hinausgeschossen sein.

»Ach, Herr Hegmann, das war nur so dahingesagt von Anna Maria. Im Grunde ist es nichts Ernstes, zumindest noch nicht«, lachte sie.

»Na, bevor es ernst wird, sollten Sie mir den Mann vorführen. Ich gebe Sie doch nicht an irgendeinen Lump ab. Kommt gar nicht infrage«, flachste Heinrich und wirkte erleichtert. Katty begann, sich über Heinrichs und Anna Marias Hochzeit Gedanken zu machen, doch Heinrich zeigte sich zögerlich. Es gebe vorab noch wichtige Dinge in der Politik zu tun, erklärte er und schlug vor, die Vermählung später ins Jahr zu verlegen.

»Zum Winter hin?«, fragte Katty entsetzt. »Wo wollen Sie denn dann die ganzen Gäste unterbringen? Ich dachte, wir machen eine schöne Feier im Garten?«

»So kenne ich Sie, liebe Katty, aber ich denke, wir sollten dem Anlass angemessen im kleinen Kreis feiern.«

»Auf gar keinen Fall. Das geht nicht, Herr Hegmann, Sie sind ein angesehener Mann. Selbstverständlich wird die Hochzeit ein Ereignis, bei dem auch Ihre politischen Freunde zugegen sein werden. Wenn Sie sich alle in angenehmer Atmosphäre treffen und besprechen, kommt am Ende bestimmt auch eine gut gelaunte Politik dabei heraus. Und die hatten wir weiß Gott schon lange nicht mehr.«

»Na, so gesehen haben Sie sicher recht. Ich weiß nur nicht, ob ich es dem Anlass gemäß finde. Wir werden sehen. Jetzt kümmern wir uns erst mal um den Alltag auf Tellemannshof.«

»Nein, nein«, Katty war nicht mehr zu bremsen, »vielleicht könnten wir eine Verlobungsfeier noch im Sommer arrangieren. Mit einem Polterabend vorweg, so wie es sich gehört. Besser das Porzellan vor der Ehe zerschlagen, als darin …«

»Jetzt hören Sie mal auf, es ist ja gut. Sie werden die Feier planen und ich bin sicher, Sie werden das gut machen. Aber nun geben Sie ein wenig Ruhe«, brummte Heinrich. Beide hingen ihren Gedanken nach, bis Heinrich unerwartet rechts ranfuhr und anhielt.

»Wenn ich es mir recht überlege, Katty, ist es doch keine dumme Idee mit dem Hochzeitsfest. Sie sind großartig. Ich sollte öfter auf Ihren Rat hören.«

»Damit machen Sie grundsätzlich nichts falsch«, stichelte Katty.

»Jetzt bilden Sie sich nicht gleich etwas darauf ein«, neckte Heinrich zurück. »Aber diesmal haben Sie wirklich recht. Es wird in der britischen Besatzungszone bald wieder ein Parlament geben, und um Abgeordneter zu werden, muss ich entweder gewählt oder ernannt werden, und beides erreicht man nur, wenn die Leute von einem gehört haben. Ein Fest ist perfekt, um sich ins Gespräch zu bringen und um wichtigen Leuten durch Einladungen zu schmeicheln. Das kann nicht schaden.« Heinrichs letzte Worte wurden begleitet von einem undefinierbaren Grollen. Und als Katty schon fast fürchtete, ihr Auto könnte einen Motorschaden haben, erkannte sie, woher das Geräusch gekommen war.

»Was gibt es denn zum Abendessen?«, fragte Heinrich nämlich und rieb sich mit der Hand über den Bauch.

»Sowie wir zu Hause sind, gehe ich in die Küche und erkundige mich«, antwortete sie amüsiert. »Wenn nichts geplant ist, mache ich eine große Pfanne Bratkartoffeln mit Speck, Zwiebeln und Ei.« Katty lief das Wasser im Mund zusammen, Bratkartoffeln waren ihr Leibgericht. Sie machte Bratkartoffeln, wenn sie nachdenken musste, wenn sie betrübt war oder aber wenn es Grund zum Feiern gab.

»Katty, habe ich Ihnen schon gesagt, dass Sie unverzichtbar sind?«, lachte Heinrich und gab Gas.

2. Oktober 1946

Wir sind im Landtag

Katty stand seit einer Stunde am Fenster und trat nervös von einem Bein aufs andere. Sie hatte den Abendbrottisch mit Weißbrot, Wurst und Käse gedeckt, die eingemachten Gurken aus dem Keller geholt und zur Feier des Tages sogar Bier kalt gestellt. Sie hatte extra im Wohnzimmer gedeckt, denn wenn Heinrich und sie hier aßen, blieben sie meist sehr lange sitzen und klönten.

Heute würde sie darauf bestehen, sie würde alles wieder und wieder erfragen, und wie sie Heinrich kannte, würde der auch mit Freuden wieder und wieder erzählen. Katty verging fast vor Neugier. Sie hätte alles gegeben, um in Düsseldorf bei dieser ersten Sitzung Mäuschen spielen zu dürfen. Nun würde sie sich mit Heinrichs Berichten begnügen müssen, aber wenigstens kannte sie jemanden, der alles genau erzählen konnte. Sie barst fast vor Stolz: Sie waren im Landtag. Also Heinrich, um ganz genau zu sein, aber Katty war sich sicher, dass sie eine gehörige Portion dazu beigetragen hatte.

Heinrich hatte es geschafft, er war eines von nur sechsunddreißig CDU-Mitgliedern aus der Rheinprovinz, die zu Landtagsabgeordneten ernannt worden waren. Nordrhein-Westfalen hieß die Region, in der sie lebten, seit ein paar Monaten. Die Briten hatten Wort gehalten und den Landstrich mehr oder weniger heil an die Deutschen zurückgegeben, sie hatten ein Land gegründet und eine Regierung eingesetzt. Rudolf Amelunxen war Ministerpräsident geworden, Heinrich kannte ihn aus seinen früheren Jahren im preußischen Abgeordnetenhaus, aber anders als Heinrich war Amelunxen nach dem Krieg nicht in die neu gegründete Christlich Demokratische Union eingetreten.

»Er hat es richtig gemacht«, hatte Heinrich sich im Juli geärgert, »ich habe aufs falsche Pferd gesetzt!« Er hatte überlegt, ob er die Partei wechseln sollte, denn in der ersten Landesregierung war die CDU nicht vertreten gewesen. Adenauer hatte es vorgezogen, in die Opposition zu gehen. Letztlich aber war Heinrich Adenauer gefolgt, denn er glaubte daran, dass der gewiefte Politiker noch ein Ass im Ärmel hatte. Und nun schien seine Rechnung aufzugehen. Die CDU war im Landesparlament vertreten, und heute waren alle Abgeordneten erstmals in Düsseldorf zusammengekommen.

Katty hatte inzwischen einen Führerschein gemacht, deshalb hatte sie Heinrich angeboten, ihn nach Düsseldorf zu fahren und zu warten, bis die konstituierende Sitzung vorüber sei.

»So lange können wir Sie auf dem Hof nicht entbehren«, hatte er geantwortet. »Sie sind doch mitten in den Hochzeitsvorbereitungen, da sind Sie mir auf Tellemann nützlicher. Und außerdem haben wir ja einen Fahrer.«

Katty hatte kurz protestiert, denn sie hatte den Eindruck, sie habe mit der Verlobungsfeier einen nicht geringen Beitrag dazu geleistet, dass die CDU Nordrhein sich für Heinrich entschieden hatte. Schließlich hatte sie die führenden Politiker auf dem Tellemannshof königlich bewirtet. Lang genug hatte es bis zur Verlobung ja auch gedauert, dachte sie jetzt und fragte sich, ob die Wahl Anna Marias vielleicht doch ein Fehler gewesen war. Nach dem sehr angenehmen gemeinsamen ersten Treffen hatte diese nämlich, für Katty und Heinrich völlig überraschend, Ende Februar eine Ehe mit Heinrich Hegmann abgelehnt. Als Katty sie fragte, was sie denn zu dieser Meinungsänderung bewogen hätte, führte diese den großen Altersunterschied zwischen Heinrich und ihr an.

»Vierundzwanzig Jahre, mein Gott, das hat auch etwas Gutes«, beschwor Katty die Freundin. »Du wirst deinen Mann im Griff haben und außerdem sind die reiferen Männer die vernünftigeren. Ich bitte dich, du bist doch kein Kind mehr. Den edlen jungen Ritter kriegst du in deinem Alter nicht mehr.« In diesem Moment fing Katty einen Blick zwischen Anna Maria und ihrem Bruder auf und verstand, dass der Altersunterschied nur vorgeschoben war. In Wahrheit ging es um die Mitgift, die ihr Bruder nicht zu zahlen bereit war, wie Anna Maria ihr unter Tränen gestand, als sie allein waren.

»Mach dir keine Gedanken darüber, Kind. Herr Hegmann heiratet dich nicht des Geldes wegen. Ich bin sicher, er wird sich mit deinem Bruder einigen können. Freu du dich einfach auf die Ehe und sag Ja, wenn Heinrich Hegmann um deine Hand anhält«, beschwichtigte sie ihre Freundin, und Anna Maria nickte dankbar. Und so schlug Katty Heinrich vor, den Pfingstmontag für die Verlobung zu wählen, einen Monat später könne man dann die Feierlichkeiten ausrichten. Ein perfekter Zeitpunkt. Katty und Heinrich fuhren also Pfingsten erneut zu den Bruhrs und ohne große Umschweife, als wollte er es bloß hinter sich bringen, kam Heinrich zum Grund des Besuchs:

»Liebes Fräulein Bruhr, sehr verehrter Herr Bruhr. Ich bin heute nur aus einem einzigen Grunde zu Ihnen nach Bislich gekommen. Und nun kann ich es nicht mehr erwarten, Ihnen, liebes Fräulein Bruhr, liebe Anna Maria, mein Anliegen vorzutragen. Ich möchte Sie als meine Ehefrau auf den Tellemannshof heimführen. Würden Sie mir diese Ehre erweisen?«

Katty zuckte zusammen. Es war nicht gerade ein gefühlsbetonter Antrag gewesen. Heinrich hatte auf den Kniefall verzichtet und das Wort Liebe gar nicht erst in den Mund genommen. Hoffentlich hatte er die sensible Anna Maria damit nicht erschreckt. Kattys böse Ahnung bestätigte sich, aber anders, als sie erwartet hatte.

»Nun, lieber Herr Hegmann«, ergriff Anna Marias Bruder das Wort, »meine Schwester und ich haben Ihr Anliegen zuvor eingehend besprochen. Wir sind vom Grundsatz auch nicht abgeneigt. Es bedarf unserer Ansicht nach nur der Klärung eines einzigen Punktes, und das ist der Verbleib Ihrer Hauswirtschafterin, Katty Franken.«

Rums! Katty blieb die Luft weg. Sie war so benommen, dass sie einen Moment lang zögerte, bevor sie ihrem Ärger freien Lauf lassen konnte. Diesen Moment nutzte Heinrich und kam Katty mit einer Antwort zuvor, wobei er sie eindringlich anblickte, als wollte er sie auffordern, bloß den Mund zu halten.

»Nun, Fräulein Bruhr hat es bei meinem ersten Besuch im Januar bereits ganz zutreffend beschrieben. Fräulein Franken wird sicher bald heiraten. Ich habe sie allerdings gebeten, mit diesem Ereignis in jedem Falle zu warten, bis wir, liebe Anna Maria, Sie und ich, als Eheleute auf dem Tellemannshof leben. Und ich mag die Hoffnung nicht aufgeben, dass Sie meinem Werben zustimmen.«

Katty staunte nicht schlecht. Sie hatte die kurze Pause genutzt, um sich wieder unter Kontrolle zu bekommen, und beschloss, mitzuspielen. Doch da schaltete sich Heinz Bruhr erneut ein.

»Die Frage muss dennoch erlaubt sein, ob Fräulein Franken dann gedenkt, weiterhin als Wirtschafterin auf dem Hof zu arbeiten.«

Heinrichs Gesicht wurde hart. Er blickte seinen Schwager in spe fest an und antwortete kühl:

»Unter allen Umständen hoffe ich das, und es ist natürlich

im Interesse Ihrer Schwester, denn ich möchte ihr ungern zumuten, der Schlachtung von Schweinen und Kühen beizuwohnen. Fräulein Franken hingegen ist landwirtschaftlich hervorragend ausgebildet.«

Katty hoffte, ihre soeben gepriesenen Fähigkeiten nie am offenen Schwein unter Beweis stellen zu müssen, und während sie sich noch eine Schlachtung mit Anna Marias Bruder als landwirtschaftlichem Prüfer vorstellte, hörte sie, wie dieser weiterhin nicht lockerließ. Das, was als Verlobung geplant gewesen war, hatte inzwischen die Anmutung eines Verhörs bekommen.

»Man hört Gerüchte, dass Sie Fräulein Franken so nahestehen, dass man sich fragt, warum Sie sie nicht heiraten.«

Heinrich zog die Augenbrauen gefährlich zusammen.

»Ich verwahre mich dagegen, dass Sie das Gerede der Waschweiber annehmen. Unabhängig von Fräulein Frankens Treue zum Hof muss Ihnen bewusst sein, dass sie nicht meinem gesellschaftlichen Rang entspricht. Und dass ein Mann in meiner Position darauf Wert legen sollte, verstehen Sie sicher.« An Anna Maria gewandt fuhr er fort:

»Liebe Anna Maria, ich denke, wir sollten das heutige Verlobungsgespräch beenden. Ich bitte Sie, in sich zu gehen und über meinen Antrag sehr ernsthaft nachzudenken. Ich hoffe, dass ich heute all ihre Bedenken ausräumen konnte.«

Dann stand er zügig auf und empfahl sich. Ohne sich abzusprechen, hatten Heinrich und sie den Zahnarzt als dreiste Lüge aufgetischt, als hätten sie das gleiche Ziel: eine Ehefrau, die den Ablauf auf dem Hof möglichst wenig störte.

»Es tut mir leid, Herr Hegmann«, begann sie, als sie auf dem Heimweg waren, »ich konnte nicht ahnen, dass Anna Marias Bruder so schwierig ist. Und so ehrverletzend. Ich wundere mich, dass Sie so gelassen geblieben sind.«

»Machen Sie sich keine Gedanken. Er wird der Ehe zustimmen. Das ist Verhandlungstaktik wie beim Pferdekauf. Derjenige, der wenig bezahlen will, redet das Pferd schlecht. Fahren Sie gleich am Freitag noch einmal nach Bislich und unterbreiten Sie ein Angebot. Ich verzichte auf die Auszahlung des Erbes meiner zukünftigen Ehefrau, wie bereits versprochen, und zudem müssen sie ihrem Haushalt auch keinerlei Aussteuer entnehmen. Ich bin sicher, darauf wird sich Herr Bruhr einlassen.« Und nach einer kurzen Pause fügte er nachdenklich an: »Ein gutes Geschäft ist die richtige Basis für die Ehe.«

Was die Verlobung anging, hatte Heinrich recht behalten. Eine Woche später hatte Anna Maria der Hochzeit zugestimmt. Auf die Liste für die Verlobungsfeier hatte Katty entscheidende Politiker gesetzt und gehofft, dass Heinrich sich mit diesem Fest als Mitglied des Landtags empfehlen könnte. Es hatte funktioniert. Vielleicht wäre Heinrich auch ohne die Verlobung Abgeordneter geworden, aber Katty fand, dass sie am Erfolg kräftig mitgearbeitet hatte.

»Wir haben es geschafft: Herr Hegmann ist im Landtag.« Mit diesem Satz hatte sie deshalb jeden, der auf Tellemann arbeitete, informiert. Die Hofangestellten waren sprachlos gewesen.

Und nun hatte die erste Sitzung stattgefunden und Heinrich sollte gefälligst bald nach Hause kommen, sonst würde Katty platzen vor Neugier. Nervös ging sie in die Küche, um einen Schluck Wasser zu trinken, da hörte sie ein Auto über den Kies in die Einfahrt rollen.

»Wie ist es gelaufen?«, fragte sie schon im Flur.

»Ein ordentliches Stück Arbeit. Lassen Sie uns erst mal ins Wohnzimmer gehen, dann erzähle ich ausführlich.«

Katty nahm Heinrich Hut und Mantel ab und hängte beides an die Garderobe in der Diele.

»Ich habe zu Abend gedeckt. Sie müssen hungrig sein.«

»Großartig. Kommen Sie, leisten Sie mir Gesellschaft.«

Worauf Sie sich verlassen können, dachte Katty. Selbstverständlich hatte sie für sich selbst ebenfalls ein Gedeck aufgetragen. Sie aßen oft gemeinsam zu Abend. Das stammte noch aus der Zeit, als Theodor klein gewesen war. Damals hatte er verlangt, dass Katty mit am Tisch sitzen sollte. Manchmal hatte Heinrich sich zu ihnen gesellt, und im Laufe der Jahre war daraus etwas Selbstverständliches geworden.

»Nun erzählen Sie schon«, drängelte Katty, und Heinrich erzählte lang und ausführlich.

Sie hatten sich im Düsseldorfer Opernhaus getroffen, zweihundert Männer und ein paar Frauen.

»Lassen Sie sich das einen Ansporn sein«, neckte Heinrich sie. Eine von ihnen habe sogar denselben Nachnamen wie Katty, sie hieß Anne Franken, ob sie verwandt seien. Katty verneinte, überlegte jedoch, ob sie es tatsächlich schaffen könnte, Politikerin zu werden, wenn sie sich anstrengte, verwarf den Gedanken aber sofort wieder.

Die Sitzung selbst war unspektakulär gewesen. Besondere Befugnisse hatte der Landtag nicht, und so waren zunächst alle Mitglieder öffentlich ins Abgeordnetenhaus aufgenommen worden. »Viele haben gehofft, dass es damit vorüber wäre«, erzählte Heinrich gut gelaunt, »es gab nämlich keine Sitzgelegenheiten. Wir standen alle, hatten nicht einmal Tische, um unsere Akten abzulegen.«

Dann wurde er wieder ernst und berichtete voller Bewunderung von Konrad Adenauer, der von allen mit Abstand die größte politische Erfahrung besaß. Er war zum Fraktionsvorsitzenden der CDU gewählt worden und hatte die Versammlung in Aufruhr versetzt.

»Adenauer war entrüstet über die Zusammensetzung des Landtages«, erzählte Heinrich mit leuchtenden Augen. Er habe auf das Heftigste protestiert, weil die CDU nicht stark genug vertreten sei. Sie sei schon nicht mit einem Ministerium in der Regierung, all das entspreche sicherlich nicht der Zustimmung im Volke, habe er moniert.

»Spätestens nach den Kommunalwahlen werden die Briten das berichtigen müssen, glaubt Adenauer!«

»Was bedeutet das?«, fragte Katty.

»Dass die Karten nach der Wahl am übernächsten Sonntag neu gemischt werden. Und das bedeutet, dass wir erneut kräftig werben müssen. Wir müssen hier im Kreis Moers die meisten Stimmen bekommen.«

»Sollen wir Ihre Hochzeit vorverlegen?«

Heinrich schien belustigt.

»Ich glaube nicht, dass das für eine Wahl den Ausschlag gibt.«

»Warum? Mit der Verlobungsfeier hat es jedenfalls sehr gut funktioniert«, verteidigte Katty ihren Vorschlag.

»Sie sind durchtrieben.« Heinrich hob scherzhaft den Zeigefinger. »Aber das ist natürlich Unsinn. Die Menschen da draußen lassen sich nicht von einem Hochzeitsfest beeindrucken, außerdem käme das jetzt recht plötzlich. Aber ich muss die namhaften Bauern der Gegend bei der Stange halten. Für die müssen wir politisch etwas tun. Ich werde in der Woche ein paar Herren zu mir einladen. Bitte bereiten Sie dann alles Nötige vor.«

Sie saßen noch eine ganze Weile im Wohnzimmer. Katty berichtete von den Hochzeitsvorbereitungen. Die Trauung war für den 18. November geplant, und da es nun ärgerlicherweise doch Winter geworden war, hatte Katty ihre Pläne für ein großes Fest auf dem Tellemannshof aufgeben müssen. Zunächst sollte es jetzt zum Standesamt nach Xanten gehen, anschließend würde die kirchliche Trauung in der Magdalenenkirche in Sonsbeck stattfinden. Der Xantener Dom war nach den vielen Bombeneinschlägen immer noch nicht vollständig wiederhergestellt, und das Wardter Gotteshaus war Katty zu klein. Sie hatte Sorge, dass nicht alle Hochzeitsgäste Platz fänden. Nach der kirchlichen Trauung würde man die Eheschließung im kleineren Rahmen im Hotel van Bebber feiern, wo Heinrich ein gern gesehener Stammgast war.

»Ich habe eine schöne Pension für Ihre Hochzeitsreise gefunden, in Bad Honnef. Sie könnten dort eine Woche bleiben«, schloss sie, und Heinrich schaute Katty nachdenklich an.

»Ich möchte, dass Sie mit dorthin kommen.«

»Ich? Das geht nicht, Herr Hegmann. Das ist Ihre Hochzeitsreise!«

»Dann verlange ich, dass Sie zumindest nach ein paar Tagen zu uns stoßen. Wir werden nach Unkel gehen und Theodors Grab aufsuchen. Ich möchte Sie dort an meiner Seite wissen.«

18. November 1946
In guten wie in schlechten Tagen

Der Wardter Kirchenchor sang Wagners »Brautchor« aus dem Lohengrin. Katty liebte das Pompöse dieser Musik und Heinrich hatte nicht widersprochen. Er hatte zu den Hochzeitsvorbereitungen ohnehin wenig beigetragen. Wann immer Katty sich nach seinen Wünschen oder Präferenzen erkundigt hatte, hatte er gesagt:

»Katty, machen Sie nur, wie Sie es für richtig halten.«

»Soll ich mich in den Details vielleicht mit Fräulein Bruhr abstimmen?«, hatte sie gefragt.

»Ach, wissen Sie, es wird ja nun doch ein gesellschaftliches Ereignis. Das ist in Ihren Händen sicherlich am besten aufgehoben.«

Das fand Katty, die in dieser Hinsicht keinerlei falsche Bescheidenheit an den Tag legte, richtig. Und so hatte sie die Form von Hochzeit geplant, die sie für einen Heinrich Hegmann angemessen hielt. Trotzdem hatte sie die groben Schritte mit der zukünftigen Frau Hegmann abgesprochen. Katty hatte gewusst, dass Anna Maria ihr nicht ins Handwerk pfuschen würde, sie sollte nur nicht das Gefühl bekommen, übergangen zu werden. Jede einzelne Hochzeitseinladung hatten sie besprochen, und als Anna Maria irgendwann jammerte, sie kenne kaum jemanden ihrer eigenen Gäste, hatte Katty geantwortet, sie werde aber die Ehefrau eines bedeutenden Mannes. Und zu dieser Hochzeit müssten selbstverständlich politische Freunde kommen und auch ein Großteil der Landwirte, die im Rheinischen Landwirtschafts-Verband vertreten waren, zumindest die, die in erreichbarer Nähe ihren Hof hatten. Doch Anna Maria möge sich keine Sorge machen, im Hotel van Bebber, bei der eigentlichen Feier, seien später nur die engsten Verwandten anwesend, darauf habe Heinrich bestanden, vor allem auch, um ihrer Familie Respekt zu erweisen.

»Und dann, bei der Hochzeitsreise, seid ihr endlich ganz unter euch.« Dabei hatte Katty ihre Hand genommen und gekichert. Anna Maria hatte sie dankbar umarmt, wobei Katty sich einen kurzen Moment schuldig gefühlt, diesem Gefühl aber nicht nachgegeben hatte.

Jetzt stand sie in der Kirche und lauschte dem Lohengrin'schen »Brautchor«. Die ersten Takte erinnerten sie immer an »O Tannenbaum«. Bald ist schon wieder Weihnachten, dachte sie, und dann der Jahreswechsel. Wie schnell die Zeit verrann. In einer Phase, in der sie nicht ganz Herr ihrer Sinne gewesen war und die ihr nun unendlich weit weg erschien, hatte sie gehofft, einmal selbst vor dem Altar zu stehen. Nun war es anders gekommen. Katty verzichtete auf Selbstmitleid. Sie hatte alles, was sie wollte. Sie war Heinrich auf eine Weise verbunden, die kein Ehegelübde hätte herstellen können. Als Gehilfin in allen Lebenslagen, als Hauswirtschafterin und Sekretärin war sie seinem Einfluss und Wirken näher, als Anna Maria es jemals sein würde. Und in diesem Moment war Katty glücklich, denn sie glaubte, dass ihr Macht und Einfluss wichtiger waren als die Liebe. Liebe war vergänglich, man konnte sich ihrer nie sicher sein. Sie würde stattdessen ihre Stellung ausbauen, beschloss Katty, sie würde sich für Heinrich Hegmann unentbehrlich machen.

Und tatsächlich war sie auf dem besten Weg dahin, das

wurde ihr bewusst, als sie noch vor allen anderen die Kirche verließ. Draußen stand der Rheinische Landwirtschafts-Verband, vertreten durch zwanzig Bauern, die mit ihren Traktoren zur Sonsbecker Kirche gefahren waren und nun mit erhobenen Heugabeln ein Spalier bildeten. Sehr gut, dachte Katty, Heinrich hat die Bauern geschlossen hinter sich versammelt, das wird ihm nützlich sein. Sie hatte die Hochzeitseinladungen so verschickt, dass sie rechtzeitig vor dem Gründungstreffen des Rheinischen Landwirtschafts-Verbandes eingetroffen waren. Auch diesmal war ihre Taktik aufgegangen: Heinrich war Vizepräsident geworden und gehörte damit zur Spitze eines ausgesprochen selbstbewussten Verbandes. Die Bauern wussten, dass ohne sie oder gegen sie kein Staat zu machen war, sie fürchteten weder die Briten noch die Deutschen, denn ohne die Landwirte konnten weder die einen noch die anderen überleben.

Katty blickte zufrieden auf das Bauernspalier und zog sich den Mantelkragen höher, es war bereits ziemlich kalt. Glücklicherweise war sie nicht besonders empfindlich gegen Kälte, die Pfunde auf den Rippen isolierten hervorragend. Mit beinahe huldvollem Winken nahm sie die Grüße der Bauern entgegen. Man kannte sie und respektierte sie, Katty war eine von ihnen. Jeder wusste, dass sie die Landwirtschaftsschule mit Bravour gemeistert hatte und eine leidenschaftliche Wirtschafterin war. Und jeder wusste, dass sie die rechte Hand von Heinrich Hegmann war.

Als das Brautpaar aus der Kirche trat, begann Heinrich zu strahlen. Sein Blick wanderte zu Katty, dann wieder zurück zu den Bauern. Er ließ seine frisch angetraute Ehefrau vor der Kirche stehen und trat einen Schritt auf seine Leute zu. Dann hob er beide Arme wie der Pfarrer bei der Predigt und rief ein »Danke« in die Menge.

»Dank nicht uns, es war Kattys Idee«, gab einer zurück.

Heinrich kam zu ihr, umarmte und küsste sie auf beide Wangen.

»Herzlichen Glückwunsch zur Hochzeit, Herr Hegmann.«

»Ach, lass doch«, sagte Heinrich, drehte sich zu seiner Ehefrau, nahm sie an die Hand und schritt mit ihr durchs Spalier.

Nachdem sie eine geschlagene Stunde lang alle weiteren Glückwünsche im Freien entgegengenommen hatten, begab sich die Gesellschaft, nun schon deutlich reduziert, mit den Autos nach Xanten zum Hotel van Bebber. Heinrich, Anna Maria und Katty fuhren gemeinsam, das Brautpaar saß bequem hinten im Wagen, Katty hatte vorne beim Fahrer Platz genommen.

»Haben Sie den Bauer Paaßens gesehen?«, fragte Katty stolz. »Sogar der ist gekommen. Dabei stand der eine Zeit lang der SPD nah.«

»Sie haben mir gute Dienste erwiesen, Katty. Ich werde die Bauern und ihren Einfluss noch brauchen. Wenn es im nächsten Jahr erst richtige Wahlen gibt, werden sie mir Stimmen bringen.«

Da meldete sich Anna Maria zu Wort und beklagte, diese Bauernpolitik sei auf Dauer etwas ermüdend und es sei nun außerdem nicht der richtige Augenblick, um darüber zu sprechen. Man solle sich stattdessen lieber über die Hochzeitszeremonie unterhalten. Als Katty auch sofort darauf einging, rief Heinrich dazwischen.

»Katty, mir scheint, Sie werden bei der Hochzeitsreise dringend gebraucht, und zwar von beiden Eheleuten. Ich brauche Sie zum Diskutieren und meine Frau zum Klatschen. Sie kommen mit nach Bad Honnef, das ist dir doch recht, liebste Anna Maria?«

Anna Maria lächelte Katty an, und in diesem Lächeln war keine Spur von Misstrauen zu finden.

»Ich würde mich freuen. Du bist für mich wie eine Schwester.«

Das Hochzeitsessen war in vollem Gange, gerade trug man zwei gebratene Gänse auf, dazu Grünkohl mit Speck. Ein rustikales Winteressen ganz nach Heinrichs Geschmack. Dazu wurde Bier gereicht, und bald kreiste eine Schnapsflasche. Katty hatte Heinrichs wenige Verwandte, darunter eine bereits erwachsene Nichte, die auf dem Hof arbeitete, natürlich an den Brauttisch gesetzt. Rechts neben der Braut saßen deren Bruder und Schwägerin, eine weitere Schwester mit ihrem Mann und zwei ledige Cousinen. Links neben Heinrich saß sie selbst, und als wäre es selbstverständlich, hatte sie einen Teil ihrer eigenen Familie eingeladen. Gertrud und Paula hatten zusammen mit den Hofangestellten Platz genommen, auch Josef und José waren gekommen, ihre Töchter hatten Blumenmädchen gespielt.

Heinrich hatte Katty gebeten, neben ihm am Tisch zu sitzen.

»Sie wissen doch, dass ich mit meiner Familie nicht viel zu besprechen habe. Und zwischen mir und meinem Schwager ist es nicht zum Besten bestellt. Ich glaube, es wäre gut, wenn Sie am Tisch das Gespräch in Gang bringen könnten.«

Das hatte sie sich nicht zweimal sagen lassen. Katty liebte es, Konversation zu machen. Das hatte sie von Kindesbeinen an gelernt, da in Empel jeder animiert worden war, eigene Geschichten zu erzählen. Es war eine Eigenart ihrer Familie, denn die Bauern des Niederrheins waren an sich schweigsame Menschen. Ganz anders Katty und Heinrich, in dieser Hinsicht waren sie sich ähnlich. Manchmal dachte Katty, sie würde eigentlich nur zu diesem einen Zwecke etwas erleben, um es weitererzählen zu können. Allerdings war sie keine Klatschbase, Gerüchte interessierten sie nicht sonderlich. Zumindest interessierte es sie nicht, solche weiterzugeben. Sie wollte schon wissen, was getratscht wurde, aber dieses Wissen genügte ihr. Es würde ihr jedenfalls, da war sie ganz optimistisch, leichtfallen, die Runde an diesem Tag bis zum Ende bei Laune zu halten, mithilfe von etwas Schnaps war ihr das noch immer gelungen. »Schwatzwasser« nannte sie den guten Appelkoorn aus Holland, eigentlich eine grauslich süße Plörre, aber er erfreute sich wachsender Beliebtheit.

»War das nicht ein wunderbarer Chor?«, fragte Katty jetzt ihre Tischnachbarn. »Also wirklich, dieser junge Chorleiter hat aus dem bunten Sängerhaufen richtig was gemacht. Ich war begeistert.«

Alle stimmten zu, und Katty fühlte sich in Hochform. Es dauerte gerade mal eine weitere halbe Stunde, da hatte sie die versammelte Gesellschaft so weit, dass gesungen wurde und man das Brautpaar hochleben ließ.

Dann erhob Heinrich sich, klopfte mit der Gabel an sein Glas und hielt eine kurze Rede. Er lobte die Braut und die Familie der Braut, er schätze sich glücklich, in seinem reifen Alter eine junge Frau heimführen zu dürfen, und hoffe nach dem Tode seines geliebten Sohnes darauf, dass der liebe Gott ihn mit einem weiteren Sohn beschenken möge.

Zum Schluss seiner Rede wandte er sich an Katty.

»Liebe Katty, als wir gerade zusammen im Auto saßen, da sprach meine Ehefrau von dir als ihre Schwester. Wenn du ihre Schwester bist, so sollst du auch meine Schwester sein. Und deshalb möchte ich, dass wir von Stund an Du zueinander sagen, wie es innerhalb einer Familie üblich ist.«

Die Hochzeitsgesellschaft schwieg. Hätte Heinrich Hegmann sich in dieser Art an den Bruder der Braut gewandt, so hätten sicherlich alle applaudiert. Aber der Hauswirtschafterin das Du anzubieten, war auf Hochzeitsfeiern nicht gerade üblich.

Katty hatte für solche Fettnäpfchen ein gutes Gespür. Intuitiv stürzte sie sich auf Anna Maria, küsste sie auf beide Wangen und sagte laut und für alle vernehmlich:

»Danke, meine liebe Freundin. Ich will euch beiden wie eine Schwester sein.«

Dann nahm sie ihr Glas, hielt es in die Luft, rief »Auf das Brautpaar!« und hoffte inständig, dass die peinliche Situation damit überstanden wäre.

Warum macht er das?, fragte sie sich. Das wirkt ja gerade so, als wollte er die Braut oder ihren Bruder absichtlich provozieren. Bei der nächsten Gelegenheit nahm sie Heinrich mahnend beiseite.

»Du musst dich um Anna Marias Bruder kümmern. Er schaut finster drein. Offenbar hat er Sorge, dass seine Schwester bald wieder zurückkommt.«

Heinrich lachte und ließ diese Frechheit ungesühnt.

»Du bist ziemlich bissig, liebe Katty. Und du hast recht, nur weiß ich nicht, worüber ich mit ihm reden könnte. Als wir bei der Verlobungsfeier über Politik sprachen, stellte sich heraus, dass er in der SPD ist. Das war unangenehm vor meinen Kollegen. Nun will ich keinen weiteren Eklat riskieren.«

»Reden Sie übers Wetter. Oder, ach was, ich mach schon«, sagte sie und entschied, die Sache selbst in die Hand zu nehmen.

»Was glauben Sie, Herr Bruhr, werden wir in diesem Jahr wieder einen kalten Winter bekommen?«

Anna Marias Bruder sah Katty durchdringend an.

»Ich hoffe, dass wir alle nicht frieren müssen. Aber mit dem Wetter kenne ich mich nicht sehr gut aus. Da sind Sie als Bauern doch sicher mehr bewandert. Herr Hegmann, was meinen Sie dazu?«

»Nun, ich fürchte, dass der Winter sehr kalt wird. Und es wird nicht genug zu essen geben. Wir hier unten am Niederrhein haben auf den Bauernhöfen großes Glück gehabt. Die Felder sind zwar völlig verwüstet gewesen, aber einiges haben wir in der diesjährigen Ernte schon wieder aufholen können. Wir werden wahrscheinlich keine große Not leiden, aber nehmen Sie Städte wie Berlin, Hamburg oder im Ruhrgebiet. Ich frage mich, woher die Menschen das Geld für Lebensmittel nehmen sollen. Und anders als wir können die dort kaum mal eben ein Schwein schlachten. Ich mache mir große Sorgen.«

»Was tun Sie denn als Politiker dagegen?«, fragte Anna Marias Bruder herausfordernd.

»Wir können im Moment nur an die Besatzungsmächte appellieren. Adenauer steht mit den Westmächten in gutem Kontakt, er wird es schon richten. Ich kann mir nicht vorstellen, dass die Briten unser Volk verhungern lassen.«

»Lasst uns bitte nicht über hungernde Menschen reden«, warf Anna Maria ein, »ihr verderbt mir den Appetit.«

»Recht hat sie«, pflichtete Katty ihr bei, »wir sind schließlich hier, um zu feiern. Auf euch!«

Katty konnte einiges an Hochprozentigem vertragen. Wenn sie gut gegessen hatte, dauerte es lange, bis sie sich angeheitert fühlte. Das verschaffte ihr bei den Bauern den nötigen Respekt. An diesem Nachmittag allerdings, als sie nach dem Hochzeitsmahl mit dem Brautpaar zum Tellemannshof zurückfuhr, war sie beduselt. Egal, sagte sie sich, es ist ja jetzt vorbei. Und wenn die beiden auf Hochzeitsreise sind, kann ich alle fünfe gerade sein lassen. Sie hatte längst beschlossen, Heinrichs Wunsch nicht Folge zu leisten. Sie würde nicht mit nach Bad Honnef fahren.

Als sie auf dem Hof eintrafen, dirigierte sie das Brautpaar ins Wohnzimmer. »Bleibt hier sitzen. Ich packe nur schnell Heinrichs Sachen zusammen.«

Nach einer Weile kam Heinrich ins Schlafzimmer.

»Ich muss mich noch umkleiden.«

»Ach so, warte, ich bin gleich fertig.« Katty packte einen bereitgelegten Stapel Hemden in den schweren Lederkoffer. Als sie sich umsah, saß Heinrich ohne Anzugjacke auf dem Bett, er hatte die Hosenträger von den Schultern rutschen lassen.

»Meinst du, das hat seine Richtigkeit?«, zweifelte er.

»Ich bitte dich, du bist doch kein junger Springinsfeld mehr, der Angst vor den Fesseln der Ehe hat«, lachte Katty.

»Hast ganz recht«, erwiderte Heinrich, »es gibt Wichtigeres als eine Ehe.«

Katty schmunzelte. Für sie war alles genau richtig, eine solche Frau hatte sie sich für Heinrich gewünscht, eine, die von seiner großen Leidenschaft, der Politik, gelangweilt war und wenige Ansprüche anmeldete. Sie ging auf Heinrich zu und streckte die Hand nach ihm aus. Sie wusste nicht genau, warum sie zu dieser Geste anhob, aber in dem Moment, als ihre Hand Heinrichs Wange berührte, packte er ihren Arm wild entschlossen und küsste sie mit Nachdruck auf den Mund. Katty gelang es, sich loszumachen. Sie hatte sich erschreckt, ihr Herz raste heftig.

»So nicht!«, sagte sie energisch, drehte sich um und ging zur Tür. Sie war ganz klar im Kopf. »Das darf nie wieder passieren«, ermahnte sie Heinrich.

Als sie das Zimmer verlassen und ihre eigenen Gefühle wieder unter Kontrolle hatte, überlegte sie: Mir darf das nicht passieren, aber vielleicht schadet es nicht, seine Gefühle ein wenig am Köcheln zu halten.

Mit gerötetem Gesicht lief sie über den Flur, als die neue Frau Hegmann ihr entgegenkam.

»Ich will meinem Ehemann beim Umkleiden helfen«, erklärte Anna Maria entschlossen.

»Lass mal, der kommt schon allein zurecht. Ich habe seine Sachen gepackt und ihm Medikamente in seine Kulturtasche gelegt. Komm lieber mit mir ins Wohnzimmer und lass uns noch über die Feier klönen.«

Damit nahm sie Anna Maria bei der Hand und ignorierte deren schwachen Protest.

Der 100. Geburtstag – Sonntag

Lass uns reden!

»Bleib noch einen Moment«, sagte Gertrud, als Katty im Begriff war, die Küche zu verlassen. Gertrud war wohl noch nicht müde und hatte keine Lust, an ihrem Geburtstag allein in der Nacht herumzusitzen. Katty versuchte ihre Stimmung zu ergründen. Vielleicht würde es doch eine Standpauke geben wegen Piets Auftritts, befürchtete sie und versuchte, einem längeren Gespräch aus dem Weg zu gehen.

»Der Tag morgen wird anstrengend genug.«

»Das stimmt, aber ich bin zu aufgeregt, um einzuschlafen. Vernunft hin oder her.«

»Na gut, ein paar Minuten leiste ich dir Gesellschaft, dann muss ich wirklich schlafen. Ich habe morgen noch einiges zu tun.«

Katty war missmutig und fragte sich, welche Ursache das haben könnte. Normalerweise war sie immer für ein Schwätzchen zu haben, egal um welche Uhrzeit. Nur wenn Gertrud mit ihr reden wollte, fühlte sie sich oft müde und angestrengt. Gertrud schien ihre Gedanken erraten zu haben.

»Du hast wohl keine Lust, mit mir zu sprechen?«, fragte sie.

»Doch«, log Katty matt. »Du bist sauer wegen Piet, nicht wahr?«, mutmaßte sie. »Aber Piet hat dich gern und er wollte dir ein ganz persönliches Geschenk machen. Ich habe ihn extra heute spielen lassen. Ich kann verstehen, dass seine Musik morgen nicht so angebracht wäre. Aber ich finde, es ist kein Grund, sich darüber jetzt aufzuregen.« Katty hatte energisch gesprochen, sie wollte es kurz machen und ins Bett gehen. Gertrud schaute Katty verwundert an.

»Hältst du mich für so undankbar? Wieso denkst du, dass ich grundsätzlich unzufrieden bin?«

Katty antwortete nicht. Sie hatte das Gefühl, dass sie immer wieder auf das gleiche Gleis gerieten, das sie unweigerlich auf Konfrontationskurs brachte. »Habe ich dich jemals zu Unrecht gemaßregelt oder dir irgendetwas nicht gegönnt?«, hörte sie ihre Schwester fragen. Als Katty immer noch nicht bereit war, die erwünschte Antwort zu liefern, wurde Gertrud lauter.

»Habe ich nicht immer recht gehabt, wenn ich dir einen guten Rat gegeben habe? Muss ich dich daran erinnern, was alles schiefgelaufen ist? Ich habe dich von Anfang an gewarnt. Du hättest den Hof verlassen sollen. Ich habe dir oft genug angeboten, zu mir nach Duisburg zu kommen.« Oh nein, dachte Katty, jetzt nicht auch noch diese alte Leier.

»Wie kommst du denn schon wieder auf so olle Kamellen? Wir reden doch über Piet.«

»Nein, an Piet ist überhaupt nichts auszusetzen. Ich rede über dich, über dein Verhalten mir gegenüber. Du benimmst dich wie ein störrischer Esel und lehnst alles ab, was ich dir sage, ohne es überhaupt in Betracht zu ziehen.«

»Hat dir Piets Auftritt also gefallen?«, versuchte Katty verzweifelt einzulenken, aber es funktionierte nicht.

»Ja, bis eben war ich sehr zufrieden. Aber jetzt lenk nicht ab. Warum denkst du so schlecht von mir? Du stellst mich als eine humorlose, nörglerische Person dar. Hat Heinrich dich gegen mich aufgehetzt?«

»Ach, Gertrud, nun lass den Unsinn. Heinrich ist seit einem

Vierteljahrhundert tot. Es ist zu spät für solche Gespräche. Wir haben doch einen sehr schönen Abend verbracht. Und morgen wird es noch besser. Es werden viele Leute kommen, dir zu Ehren. Nun lass uns nicht streiten.«

»Ich wollte gar nicht streiten«, gab Gertrud kleinlaut zu. »Ich habe mich wirklich über Piets Auftritt gefreut. Und eigentlich wollte ich dir dafür danken. Warum geraten wir nur immer so schnell aneinander?«

Weil du glaubst, mich zu durchschauen, dachte Katty und schwieg. Und weil das vermutlich sogar stimmt. Katty hatte sich in der schweren Zeit mit Anna Maria von Gertrud kontrolliert und ertappt gefühlt. Ihre Schwester hatte damals alles mitbekommen, sogar das, was Katty ihr lieber verheimlicht hätte. Sie hatte ihr nie gesagt, welche Gefühle sie für Heinrich hegte, aber es war auch nicht nötig gewesen. Gertrud konnte ihr bis ins Herz schauen, und Katty hatte das nicht ertragen. Ihr fiel der furchtbare Streit ein, den sie kurz nach der Hochzeit ausgefochten hatten. Es war an Kattys Namenstag gewesen, Heinrich war in den Flitterwochen und hatte ihr ein Telegramm geschickt.

»Kommen unbedingt erwünscht!« stand darauf, er hatte ein Ausrufezeichen dahintergesetzt.

»Was schreibt er denn?«, fragte Gertrud, die zu Kattys Ehrentag zu Besuch war, unverhohlen neugierig, und Katty versuchte beiläufig zu klingen.

»Er gratuliert mir zum Namenstag.«

»Das ist nicht alles, oder? Er schickt doch nicht einfach so ein Glückwunschtelegramm. Was will er?«

Katty erinnerte sich, dass sie sich gefragt hatte, ob Gertrud Heinrich so gut kannte oder ob sie einfach nur über eine bemerkenswerte Intuition verfügte. Man konnte ihrer Schwester nichts vormachen, bis heute nicht, und das machte Katty wütend. Sie hatte sich damals dem Donnerwetter ausgesetzt: »Ich soll nach Bad Honnef kommen«, gab sie zu, und Gertrud ging regelrecht in die Luft. Sie verbat es ihr strikt.

»Wieso?«, Katty hatte vermutlich genauso scheinheilig geklungen, wie sie sich in diesem Moment fühlte. Und als ihr klar wurde, dass ihre Stimme sie verraten hatte, ging sie sofort zum Angriff über. Sie gab vor, die ersten Wahlen in Baden-Württemberg müssten besprochen werden und sie vermute, er brauche sie, um Glückwunschtelegramme aufzusetzen. Und schließlich führte sie an, dass immerhin Theodors Grab in der Nähe sei und sie beide schon lange dorthingewollt hatten.

»Hör auf zu lügen, Katharina«, fiel Gertrud ihr ins Wort. Ihre Schwester nannte sie immer nur bei vollem Namen, wenn sie sie maßregelte, als gäbe ihr das die Autorität, sogar jetzt noch in die Rolle der Erziehungsberechtigten zu schlüpfen. »Du weißt genau, dass dieses Telegramm nicht so harmlos ist, wie du tust. Er liebt dich. Ich habe euch bei der Hochzeit beobachtet, alle drei. Er hat mit dem armen Ding kaum ein Wort gewechselt, aber dich hat er angehimmelt. Und du genießt das auch noch. Warum hast du dich überhaupt neben ihn gesetzt? Dein Platz ist nicht an Heinrichs Seite. Dein Platz ist bei den Dienstboten.«

Katty war empört und ein wenig getroffen. »Ich helfe ihm bei seiner Arbeit. Und damit leiste ich ihm einen Dienst, den seine Ehefrau nicht tun kann. Die ist für andere Dinge zuständig.«

»Für die anderen Dinge bist du anscheinend auch längst zuständig, zumindest wenn nur ein Körnchen von dem stimmt, was im Dorf getratscht wird.« Bei diesen Worten aus Gertruds Mund verlor Katty die Kontrolle über sich. Sie ging ihre Schwester massiv an, unterstellte ihr, sie sei neidisch auf ihr Leben, eifersüchtig darauf, dass sie glücklich sei, vielleicht sogar rachsüchtig, weil sie für Heinrichs Bruder nicht gut genug, aber sich für eine andere Rolle als die der Ehefrau zu schade gewesen sei. Direkt nach diesem Ausbruch war sie sich schäbig vorgekommen. So heftig hatten sie noch nie gestritten. Aber wenn Gertrud sie jetzt, fast fünfzig Jahre später, fragte, warum sie sich immer missverstanden, dann lag ein Grund vielleicht in diesem unerbittlichen Streit.

»Verlass endlich den Hof und ein Leben, in dem du nichts zu suchen hast!«, hatte Gertrud sie am Ende angeschrien.

»Das ist das Leben, das ich mir erarbeitet habe!«, hatte Katty zurückgeschrien. »Es gehört mir. Um keinen Preis der Welt werde ich das aufgeben. Und darf ich dich daran erinnern, dass du selbst mir geraten hast, eine Frau zu suchen, die mir nicht das Wasser reichen kann?«

Gertrud hatte alle moralische Autorität in die Waagschale geworfen. »Ich habe dir geraten, eine Frau zu suchen, die ausschließlich gesellschaftliche Anerkennung und finanzielle Sicherheit sucht. Dieses Mädchen, deine Schulfreundin, sucht Liebe. Du bist klug genug, um diesen Unterschied zu erkennen. Du hast eine Frau ausgewählt, die du in der Hand hast. Katharina, so habe ich dich nicht erzogen. Du enttäuschst mich maßlos. Was du tust, ist anmaßend und zynisch. Du spielst mit den Gefühlen eines Menschen, das ist eine Hybris, die sich rächen wird.«

Katty schauderte bis heute, wenn sie daran dachte. Gertruds Drohung hatte etwas von einer düsteren Prophezeiung gehabt, und sie hatte sich gefühlt, als hätte ihre Schwester sie verstoßen. Und nun saßen sie da in der spärlich beleuchteten Küche, ein halbes Jahrhundert später, und Katty hatte Gertruds Frage lange unbeantwortet gelassen. Als sie bemerkte, dass ihre Schwester immer noch wartete, antwortete sie:

»Ich glaube, wir streiten, weil ich deinen hohen Ansprüchen niemals gerecht werden konnte. Ein Lob, ein bisschen Anerkennung ab und an hätten sicher nicht geschadet.«

»Ich habe dich oft gelobt, Katty, aber das hast du nicht gehört. Was du willst, ist eine Absolution, und die kann ich dir nicht geben. Aber ich habe immer zu dir gestanden.«

Damit ist das Gespräch wohl beendet, erkannte Katty, denn Gertrud duldete keine weitere Replik. Sie erhob sich, verließ ohne ein weiteres Wort oder einen Blick die Küche, und Katty blieb allein zurück. Es war wie immer: Ihre Schwester setzte den Punkt, sie war die Rektorin. Aber hatte Gertrud recht, fragte sie sich, wollte sie wirklich eine Absolution? Gertrud hatte ihr moralisches Fehlverhalten vorgeworfen, sie selbst hatte die Intrige und ihre Konsequenzen auf Heinrich abgewälzt. Er war es schließlich gewesen, der Anna Maria geheiratet hatte, obwohl er sie nicht liebte. Heinrich hatte Anna Maria wiederholt zu verstehen gegeben, dass der Platz an seiner Seite von Katty besetzt war. Damit hatte er furchtbare Szenen heraufbeschworen, die schon eingesetzt hatten, kaum dass die Hochzeitsreise beendet gewesen war.

Die Akte Hegmann gegen Hegmann wird wohl in diesem Leben nicht mehr geschlossen werden, seufzte Katty. Sie löschte das Licht in der Küche, holte den Ordner aus der Wohnzimmerkommode und ging damit in ihr Zimmer.

27. November 1946
Willkommen auf Tellemann

Anna Maria und Heinrich kamen früher als erwartet zurück. Eigentlich hatte das Brautpaar bis Freitag in Bad Honnef bleiben wollen, aber Katty vermutete, dass Anna Maria Heinrich auf die Nerven gegangen war.

Sie selbst war Heinrichs Anweisung nicht gefolgt, sondern hatte stattdessen seinem Fahrer am Montag eine Nachricht überreicht: »Unabkömmlich auf Tellemann! Post wird erledigt. Weitere Aufgaben bitte per Telegramm«.

Die Antwort war postwendend gekommen: »Werden schon übermorgen auf Tellemann sein.«

Katty hatte für den Einzug der neuen Frau Hegmann, wie Anna Maria auf dem Hof genannt wurde, ein geselliges Beisammensein arrangiert. Man wollte gemeinsam mit allen Angestellten und deren Familien zu Abend essen. Alle sollten dabei einen Platz im Hause finden, deshalb hatte Katty die untere Wohnetage, drei große Zimmer, frei geräumt, darunter auch Heinrichs Schlafzimmer. Das Ehepaar hätte für einen Abend in Kattys Zimmer schlafen sollen, sie selbst wäre diese eine Nacht bei einem der anderen Mädchen untergekommen.

Es passte Katty nicht, dass die beiden nun schon früher nach Hause kamen. Sie protestierte deshalb demonstrativ, als Heinrich sie begrüßte.

»Was macht ihr denn für Sachen? Ich kann euch hier noch gar nicht gebrauchen.«

»Ich wäre auch gerne noch geblieben«, sagte Anna Maria schnippisch und Katty vermutete, dass die Eheleute deshalb gestritten hatten. »Aber der Herr hat wichtige politische Ereignisse vorzubereiten.«

Katty überhörte die Spitze in Anna Marias Stimme und überlegte, was Heinrich damit meinen könnte.

Die Briten hatten inzwischen den zweiten Landtag zusammengesetzt, und dieser sollte demokratische Wahlen vorbereiten. Vermutlich wollte Heinrich mit Katty die konstituierende Sitzung besprechen, die für den 2. Dezember geplant war, wie Katty der Zeitung hatte entnehmen können.

»Aber die Sitzung hätten wir doch am Wochenende noch planen können«, gab Katty zu bedenken.

»Nun lass uns das nicht zwischen Tür und Angel besprechen«, sagte Heinrich schnell, ihm schien die Wendung, die das Gespräch gerade nahm, nicht zu gefallen. »Mach uns eine Kleinigkeit zu essen und dann besprechen wir alles«, beendete er die Diskussion, »und bis dahin packen wir aus.«

»Lasst nur, ich übernehme die Koffer gleich, setzt euch erst mal. Kaffee und Kuchen sind so gut wie fertig.« Katty versuchte, Zeit zu gewinnen. Sie wusste nicht recht, wie sie den frisch Getrauten beichten sollte, dass sie im Moment kein Zimmer hatten. Augen zu und durch, entschied sie.

»Ich habe ein Überraschungsfest für euch vorbereitet. Wir erwarten alle Hofangestellten, ein paar Nachbarn und Verwandte, zusammen bestimmt siebzig Leute, deshalb habe ich unten alle Zimmer ausräumen lassen.«

»Was heißt das?«, fragte Heinrich

»Dass in eurem Schlafzimmer kein Bett steht«, sagte Katty mit bemühter Fröhlichkeit. »Es tut mir leid. Ich dachte, wenn ihr die eine Nacht in meinem Zimmer schlaft, wäre das sicher kein Problem. Aber nun werden es gleich drei Nächte.«

»Dann werden wir wohl zusammenrücken müssen«, kommentierte Heinrich die Nachricht ohne große Aufregung, während Anna Maria sich entsetzt zeigte:

»Aber sie wird doch nicht mit uns gemeinsam dort schlafen?«

»Nein, nein«, sagte Katty schnell. »Ich schlafe bei einer der anderen Haustöchter. Ich habe nur euer Bett in mein Zimmer stellen lassen. Mach dir keine Sorgen, liebe Freundin. Es wird ein schöner Einstand für dich, du wirst dich ganz zu Hause fühlen. Und danach räumen wir schnell wieder um.« Anna Maria war das offensichtlich zu viel. Es war, als platzte eine aufgestaute Wut aus ihr heraus. Vielleicht waren die Flitterwochen nicht nach ihren Vorstellungen verlaufen, überlegte Katty, jedenfalls schnappte Anna Maria nach Luft und ihre Stimme schraubte sich in unangenehme Höhen:

»Ich dulde nicht, dass mein Ehemann mit dir derart intimen Umgang pflegt. Er soll nicht in deinem Zimmer übernachten, und ich will nicht, dass du ihm Potenzmittel zusteckst.«

Katty wusste nicht, ob sie belustigt oder entrüstet sein sollte.

»Wie kannst du so etwas sagen?«, fragte sie.

»Was fällt dir ein, Katty derart zu beschimpfen?«, mischte sich nun auch Heinrich ein. »Entschuldige dich bei ihr.«

»Ich soll mich entschuldigen?«, Anna Marias Stimme wurde noch schriller. »Das gehört sich nicht, was ihr zwei da treibt. Du hast es mir doch selbst gesagt mit den Tabletten. Hast du gedacht, dass mich so etwas Abstoßendes freuen könnte? Das ist widerlich und ich dulde es nicht.«

»Nun beruhige dich mal. Wovon redest du überhaupt? Welche Tabletten?« Katty machte sich langsam wirklich Sorgen um den Zustand ihrer Freundin.

»Die, die du Heinrich gegeben hast, damit er mir *Freude*

bereitet. So hast du es doch genannt, lieber Ehemann, oder etwa nicht?«

Katty schaute Heinrich an und begriff immer noch nicht. Da von Heinrich keine brauchbare Reaktion kam, ging sie in Verteidigungsstellung: »Ich habe deinem Ehemann lediglich Gelonida und Phanodorm mitgegeben, damit er gut schlafen kann und ihr etwas dabeihabt, falls ihr euch erkältet. Sonst nichts. Ich wollte verhindern, dass er in der Nähe von Theodors Grab traurig wird und dass eure Flitterwochen von einer Grippe gestört werden, jetzt, um diese Jahreszeit. Und von allem anderen weiß ich nichts«, schloss sie und verschränkte wütend die Arme vor der Brust.

Anna Marias Mund stand offen, sie war ganz blass geworden. Dann schlug sie die Hände vors Gesicht.

»Oh mein Gott, ist mir das unangenehm. Ich schäme mich so, bitte verzeiht mir.«

Heinrich nahm ihr die Hände vom Gesicht. Dabei fiel sie auf die Knie und umklammerte Kattys Beine. Heinrich zog sie wieder hoch.

»Ist schon gut, Liebes. Du hast da etwas falsch verstanden. Nun gib deiner Schwester einen Kuss und dann vergessen wir diese Szene.«

Anna Maria tat, was Heinrich ihr vorgeschlagen hatte, und Katty spürte, wie sehr es sie traf, als ihr Mann sich ihr anschloss und Katty ebenfalls liebevoll küsste. Auf die andere Wange. »Danke, dass du hiergeblieben bist«, sagte er und Katty hatte keine Idee, worauf er sich bezog, ob auf die Flitterwochen, die Evakuierung oder etwas völlig anderes. Und am heutigen Tag legte sie auch keinen Wert mehr darauf, dieses Rätsel zu lösen.

20. April 1947
Die zwei Frauen des Heinrich Hegmann

Endlich wurde auch in Nordrhein-Westfalen gewählt. Heute war der große Tag, und Katty hatte sich herausgeputzt, so stolz und glücklich war sie. Sie fühlte sich fast, als würde sie selbst zur Wahl stehen. Heinrich war für die CDU aufgestellt, und Katty hatte keinen Zweifel daran, dass er es in den Landtag schaffen würde. In den ersten beiden Parlamenten war er als Abgeordneter vertreten gewesen, weil die Briten ihn ernannt hatten. Diesmal aber würde er vom Volk gewählt. Katty hatte keine Mühen gescheut, um vor allem den Bauern einzubläuen, dass sie an diesem Sonntag zur Stimmabgabe gehen mussten und wo ihr Kreuzchen gut angebracht war.

Und so gingen sie nun zu dritt den kurzen Weg vom Tellemannshof zur Kirche. Heinrich in der Mitte, eine mittlerweile gewohnt übellaunige Anna Maria zu seiner Rechten und Katty, in alle Richtungen grüßend, an der linken Seite des künftigen Abgeordneten.

Heinrich sah müde aus, vermutlich hatte Anna Maria ihn wieder nicht schlafen lassen. Diese Frau, dachte Katty, welch ein Fehlgriff. Gertrud hatte leider recht behalten, Anna Maria hatte sich als unzufrieden und unberechenbar entpuppt. Tatsächlich reichte es Anna Maria offenbar nicht, Status und Wohlstand von ihrem Ehemann zu bekommen, sie wollte Liebe und Romantik, und der Mangel daran schlug immer mehr in Verbitterung und Eifersucht um. Ständig machte sie Heinrich Vorhaltungen, er würde sich zu wenig um sie kümmern, sie zu wenig beachten, Katty dafür zu viel Aufmerksamkeit zollen. Wie sie ihm denn einen Erben schenken solle, wenn er sich immer nur mit anderen Frauen abgebe, hatte sie ihn neulich wütend gefragt. Es hatte inzwischen mehrere hässliche Streitereien und Eifersuchtsszenen gegeben. Neujahr hatte Anna Maria erbost erklärt, sie könne nicht länger akzeptieren, dass man im Dorf ganz ungeniert von den »zwei Frauen des Heinrich Hegmann« rede.

»Du weißt doch, wie die Leute sind, die zerreißen sich über alles und jeden den Mund«, hatte Katty sie zu beschwichtigen versucht.

Aber es hatte nichts genützt. Anna Maria war gallig und irrational geworden. Ob sie es nicht tatsächlich irgendwo im Dorf hinter der Kirche oder in der Scheune trieben, hatte sie allen Ernstes gefragt, und Katty hatte sie gescholten, sie solle sich nicht benehmen wie eine rasende Furie. Dann hatte Anna Maria noch über den verdorbenen Silvesterabend lamentiert: »Kein Wort hat er mit mir gewechselt. Die ganze Zeit hat er sich nur um dich gekümmert. Er hat dir sogar den ersten Neujahrskuss gegeben. Nicht mir, seiner Ehefrau.« Dabei waren ihr die Tränen gekommen.

Im Grunde fand Katty so ein Gejammer anmaßend. Warum glaubten diese Frauen nur, dass ihnen alles auf einmal zustünde? Sie selbst gab sich doch auch damit zufrieden, Heinrich in der Politik zu unterstützen. Und angesichts der spannenden Ereignisse des heutigen Tages konnte sie dafür recht gut auf Liebe und Romantik verzichten. Und obwohl sie Anna Marias Tränen als Schwäche verurteilte, hatte sie Mitleid mit ihr, und sie hatte Heinrich ermahnt, er solle sich ein bisschen freundlicher und liebevoller verhalten. Jetzt blickte sie auf das Paar und wusste, dass es Heinrich nicht gelingen würde. Heinrichs große Leidenschaft war die Politik, und diese Leidenschaft teilte er nun einmal mit ihr, nicht mit seiner Ehefrau. Denn die interessierte sich eigentlich für nichts, und auch Katty ertappte sich dabei, dass sie sich kaum länger als ein paar Minuten am Stück mit Anna Maria beschäftigen konnte. Sie war einfach schrecklich langweilig, dachte Katty und schämte sich dafür. Vielleicht sollte ich sie trotzdem zu einem Lächeln bringen, überlegte sie, wie sieht es denn aus, wenn die Frau des Abgeordneten so mürrisch zur Wahlurne geht.

»Ist das nicht ein wunderbarer Frühlingstag, Anna Maria? Sieh nur, wie schön die Osterglocken überall blühen.«

Anna Maria schaute Katty nicht an, sie antwortete auch nicht.

»Hast du nicht gehört, was Katty gefragt hat? So antworte ihr bitte«, reagierte Heinrich umgehend, und sein Ton verriet nichts Gutes.

Katty wusste, sie würde jetzt eingreifen müssen. Heinrich konnte seine Frau nicht gut einschätzen, sie hingegen wusste, Anna Maria würde sogar auf offener Straße eine Szene machen. Und das konnten sie jetzt weiß Gott nicht gebrauchen.

»Ach, Heinrich, nun lass mal. Du bist nervös wegen der Wahl, aber dafür kann Anna Maria nichts. Der Tag ist viel zu schön, um zu streiten.«

In der Kirche angekommen, wollte Anna Maria vorne Platz nehmen, um dem Priester so nah wie möglich zu sein, doch als sie bemerkte, dass Katty und Heinrich wie gewohnt ihren Platz auf der Orgelbühne einnahmen, gesellte sie sich zu ihnen. Heinrich fasste sie fest am Arm und schickte sie wieder hinunter.

»Ich will, dass meine Frau in der Kirche von allen gesehen wird. Deshalb ist es mir wichtig, dass du durch die Reihen gehst und ganz vorne betest, verstehst du? Sei so lieb und tu mir den Gefallen.« Anna Maria widersprach nicht. Sie bedachte Katty mit einem bösen Blick und ging wieder hinunter.

»Du musst endlich aufhören, sie so zu provozieren«, flüsterte Katty Heinrich zu. Der hielt sich nur den Finger an den Mund. und zischte: »Sch!«

Katty hatte in den letzten Wochen oft versucht, »gut Wetter zu machen«, wie das bei ihnen zu Hause genannt wurde. Ohne Erfolg. An Karneval hatte es eine weitere Szene gegeben, und seitdem verlangte Anna Maria ganz unverhohlen, Katty müsse vom Hof verschwinden, sie störe die ehelichen Beziehungen.

Der Anlass für diesen Streit war banal gewesen. Anna Maria hatte zu Karneval ihren Bruder und seine Frau zum Kaffee eingeladen, und offenbar war dieses Kränzchen nicht in ihrem Sinne verlaufen. Dass sie dafür ausgerechnet Katty verantwortlich machte, war grotesk, denn sie war gar nicht zu Hause gewesen, sondern in Kamp-Lintfort bei Freunden auf einer Karnevalsfeier, wo sie auch übernachtet hatte. Es war spät geworden, und so war Katty erst gegen Mittag überhaupt aufgewacht.

Kurz darauf stürmte Heinrichs Fahrer herein und berichtete, er habe den Auftrag, sie zu holen, die Familie von Frau Hegmann sei zu Besuch. Katty verstand sofort. Heinrich mochte Anna Marias Bruder inzwischen noch weniger leiden als zuvor. »Das rote Gesocks« nannte er ihn, wenn nur Katty es hören konnte, und ihm missfiel es ungemein, wenn der Schwager mit ihm über Politik diskutieren wollte. Also würde Heinrich muffelig und wortkarg sein, mutmaßte Katty, und undiplomatisch, wie er manchmal sein konnte, wohl zudem ständig fragen, wann Katty denn wiederkäme. All das war natürlich Wasser auf die Mühlen des Bruhr'schen Argwohns.

Als sie auf dem Tellemannshof einfuhr, kam Heinrich ihr entgegengelaufen und begrüßte sie strahlend mit einem Kuss auf beide Wangen. Er hatte, so schien es, mit Eifersucht zu kämpfen, wenn sie über Nacht wegblieb. Katty freute sich darüber. Auch wenn sie wusste, dass es für das eheliche Gefüge gefährlich war, so wollte sie trotzdem die wichtigste Bezugsperson für Heinrich sein, Ehefrau hin oder her, und es tat ihr gut, zu sehen, dass es daran keinen Zweifel gab. Heinrich forderte sie zur Eile auf, sie müssten sich an die Arbeit machen.

»Lass mich wenigstens unsere Gäste begrüßen«, sagte sie, und als Anna Marias Bruder sie mit den bissigen Worten »Danke für Ihre Gastfreundschaft« empfing, ging ihr auf, dass sie einen Fehler gemacht hatte. Und zum ersten Mal hatte auch ihr gedämmert, dass auf Dauer nicht beide Frauen auf dem Hof bleiben konnten.

Eine muss weg, dachte Katty jetzt, oben an der Orgel sitzend, und das würde nicht sie sein. Sie spürte, dass heute der nächste Krach in der Luft lag. Es würde vermutlich der entscheidende sein. Bei dem Gedanken daran wurde ihr unbehaglich zumute. Beim letzten Streit war es schon hart an der Grenze gewesen. Vor drei Wochen hatte sie Heinrich noch ermutigt, Anna Maria zurückzuholen, als diese theatralisch den Hof verlassen hatte, beim nächsten Mal würde sie das nicht mehr tun.

Ende März hatten Heinrich und Katty Landwirte aus der Umgebung eingeladen, es standen schließlich die Wahlen vor der Tür. Heinrich wollte ihnen erklären, was die CDU vorhatte und warum es sich lohne, zur Wahl zu gehen. Manche von ihnen waren nämlich erbost darüber, dass sie noch immer keine Entschädigung bekommen hatten für das Vieh, das im Zweiten Weltkrieg von den Nazis beschlagnahmt worden war. Sie verlangten, dass irgendjemand das Fleisch bezahlen sollte. Stattdessen allerdings erwartete man von ihnen sogar noch, dass sie zusätzlich Fleisch spendeten, weil so viele Menschen Hunger litten. Der Winter 1946/47 war bitterkalt geworden, und in Berlin und in anderen Teilen Deutschlands waren viele Menschen erfroren oder verhungert. Obwohl der Niederrhein ebenfalls durch den Krieg verwüstet worden war, gab es genug Platz auf den Höfen, auch für diejenigen, die ohne Obdach waren. Es gab Wälder, um Feuerholz zu schlagen, und genug Vieh und Getreide in den Ställen und Scheunen, um die Menschen zu ernähren. In den Städten war das anders. Es fehlte an Wohnungen, Arbeit und Geld. Und selbst wenn es Geld gäbe, es wäre nichts Essbares in den Läden zu finden. Darüber wollte Heinrich die Bauern aufklären, er wollte an ihre Nächstenliebe appellieren, ihnen vor Augen führen, dass noch mehr Menschen sterben müssten, wenn die Landwirte nicht bereit wären zu teilen, und ihnen damit zu verstehen geben, dass niemand in Deutschland in der Lage war, ihren Verlust zu bezahlen. Er fürchtete, dass die Bauern sonst der CDU, die derzeit im Landtag die Mehrheit hatte, zürnen und wieder das Zentrum wählen könnten. Die Bauern am unteren Niederrhein waren fast alle katholisch, und so lag es nahe, dass sie die Partei wählten, die ihrer Konfession entsprach und die im Moment für nichts verantwortlich war. Heinrich und Katty wussten, dass man sie nur durch ein persönliches Gespräch würde überzeugen können. Katty, Heinrich und sogar Anna Maria waren perfekte Gastgeber, und am Ende bekundeten alle Bauern, sie würden Heinrich ihre Stimme geben und jeder von ihnen würde weiteren Bauern davon erzählen. Die Herrin des Hauses bemühte sich redlich, sie wich ihrem Ehemann bis kurz nach Mitternacht nicht von der Seite, dann aber verabschiedete sie sich und ging zu Bett. Einige der Bauern dagegen bewiesen echtes Sitzfleisch. Als der letzte aus dem Haus torkelte, wurde es schon fast wieder hell. Katty und Heinrich hatten den ganzen Abend über kaum etwas getrunken, und so setzten sie sich noch zusammen, genehmigten sich einen Schnaps und besprachen den Verlauf des Abends.

»Ich werde heute Nacht in deinem Zimmer schlafen«, verkündete Heinrich auf einmal, »ich will Anna Maria nicht wecken.«

»Das kannst du nicht machen. Sie wird morgen früh fuchsteufelswild werden, wenn sie dich nicht im Ehebett vorfindet.«

»Katty, ich habe dieses ewige Geschrei so satt«, erwiderte Heinrich mit matter Stimme, er sah müde aus. »Ich habe Wichtigeres zu tun, als mich um eine hysterische Ehefrau zu kümmern.«

Katty fühlte sich schuldig, schließlich hatte sie Heinrich das ganze Elend eingebrockt. Hätte sie nur gewissenhafter nach einer Ehefrau Ausschau gehalten. Ihr war es nicht unangenehm, dass Heinrich bei ihr im Zimmer schlafen wollte, sie hatten im Krieg immerhin einige Wochen lang ein Lager geteilt. Sie wollte aber, dass endlich Ruhe im Haus einkehrte.

»Ich glaube nicht, dass es dem häuslichen Frieden zuträglich ist, wenn du in einem anderen als deinem eigenen Zimmer schläfst«, gab sie noch einmal zu bedenken, doch Heinrich war schläfrig und wischte ihre Einwände weg.

»Es ist mir egal.«

»Mir ist es aber nicht egal, schließlich lässt sie ihre Wut immer an mir aus«, entgegnete Katty.

Heinrich tat, als würde Katty Allüren an den Tag legen, nicht vernünftige Einwände vorbringen.

»Jetzt mach du mir nicht auch noch Ärger. Eine kapriziöse Frau im Haus ist schon zu viel.« Katty fühlte sich getroffen, sie wollte auf keinen Fall mit Anna Maria in einen Topf geworfen werden und gab nach.

Doch es kam, wie es kommen musste: Gegen neun Uhr morgens stürmte Anna Maria ins Zimmer, bebend vor Zorn.

»Ihr seid liederliche Personen. Alle beide. Und du«, dabei kam sie Katty bedrohlich nahe und fuchtelte ihr mit dem Zeigefinger vor der Nase herum, »du bist ein böses, gemeines

Weib.« Anna Maria bedachte sie beide mit Ausdrücken wie »geiler Bock« und »läufige Hündin« und drohte, an die Öffentlichkeit zu gehen und Heinrich im Volk unmöglich zu machen. Es hatte sich als probates Mittel erwiesen, Anna Maria einzureden, sie habe etwas missverstanden, und so argumentierte Katty, es sei pure Rücksichtnahme von Heinrich gewesen, die ihn in Kattys Zimmer habe schlafen lassen, und ihr Ehemann sei am Vorabend so stolz auf seine Frau als Gastgeberin gewesen. Aber vergebens. Anna Maria lief weinend aus dem Zimmer, und als sie nach einigen Stunden immer noch nicht wieder aufgetaucht war, wurde Katty nervös und weckte Heinrich, der tatsächlich wieder eingeschlafen war

»Du musst etwas unternehmen. Ich will nicht, dass sie überall im Dorf erzählt, wir zwei pflegten ehewidrigen Umgang miteinander. Stell dir nur vor, was das für deine politische Karriere bedeuten würde«, mahnte sie, doch Heinrich versprach ihr zwar, Anna Maria mehr Aufmerksamkeit zu schenken, allerdings nur, um im Anschluss, und als wäre nichts geschehen, ein gemütliches Frühstück vorzuschlagen. Er fügte an, man werde wohl kaum darauf hoffen können, dass seine Ehefrau ihnen ein Frühstück am Bett serviere, und Katty erschrak über seine Gefühlskälte. Am Nachmittag war Anna Maria immer noch nicht nach Hause zurückgekehrt und Katty begann, sich ernsthaft Sorgen zu machen. Hatte Anna Maria nicht sogar einmal gedroht, sie werde ins Wasser gehen? Hatten sie es so weit getrieben, dass sie sich das Leben nehmen wollte? Sie flehte Heinrich, der in aller Seelenruhe an seinem Schreibtisch saß und die *Rheinische Post* vom Vortag studierte, an, nun endlich etwas zu unternehmen. »Ich habe Angst, dass sie sich etwas antut!«

In Heinrichs Augen nahm sie ein merkwürdiges Blitzen wahr und fragte sich, ob er so weit ginge, sich Anna Marias Tod zu wünschen. Es wäre die einzige Möglichkeit, alle anderen

Formen der Trennung waren ausgeschlossen. Wie kannst du so schlecht von ihm denken, ermahnte sie sich sofort, niemals würde Heinrich so etwas wünschen. Niemals!, wiederholte sie in Gedanken und versuchte, Gertruds Stimme aus ihrem Kopf zu verscheuchen.

Am Abend hatte Heinrich Anna Maria zurückgeholt. Sie war in Bislich bei ihrer Familie gewesen.

Katty spürte die harte Kirchenbank im Rücken und hatte das Bedürfnis, sofort zu beichten. Dass sie ausgerechnet an diesem Ort über Anna Marias Tod nachdachte, war abscheulich. Was Heinrich wohl getan hat, damit Anna Maria zurückkommt, fragte sie sich. Ob er der Familie Bruhr versprochen hatte, er würde Katty vom Hof schicken? Vielleicht nach der Wahl? Womöglich hätte sie schon morgen kein Zuhause mehr. Verstohlen blickte sie zu Heinrich. Er blickte zurück und lächelte sie an.

»Wir werden gewinnen«, sagte er, »mach dir keine Gedanken.« Er hatte ihren sorgenvollen Blick anscheinend missdeutet, aber Katty entdeckte in seinem Verhalten keine Unaufrichtigkeit und beruhigte sich. Vor drei Wochen, nachdem Heinrich sie zurückgeholt hatte, hatte Anna Maria versprochen, sie würde keine Dummheiten mehr machen. Vielleicht würde doch noch alles gut, hoffte Katty, und Anna Maria hatte nur Schwierigkeiten mit der Eingewöhnung. Vielleicht hatte sie Heimweh oder sie fühlte sich unter Druck, weil sie noch nicht schwanger war. Einmal hatte Katty die beiden am Nachmittag überrascht. Sie hatte gedacht, Heinrich säße allein am Schreibtisch und war nach kurzem Anklopfen und, ohne eine Antwort abzuwarten, ins Zimmer gestürmt. Und da hatte sie es gesehen. Natürlich hatte sie gewusst, dass die beiden miteinander verkehrten. Wie angewurzelt hatte sie in der Tür gestanden und nicht gewusst, was sie tun sollte. Bis sie bemerkt hatte, dass Anna Maria sie voller Entsetzen anstarrte, aber ebenfalls keinen Ton herausbrachte. Erst da hatte Katty sich von dem Anblick lösen können, war auf ihr Zimmer gegangen und hatte sich die Fingernägel in die Handballen gedrückt, bis es blutete.

Katty schüttelte sich. Sie wollte nicht daran denken. Heute ist ein guter Tag, ermunterte sie sich, wir werden die Wahlen gewinnen.

»Sehen wir euch gleich bei der Wahl?« Die Kirche war beendet, und Katty und Heinrich animierten bis zuletzt alle, denen sie begegneten, und kaum jemand sagte Nein. So zog das ganze Dorf in einem Tross von der Kirche in die kleine Gastwirtschaft, die man zum Wahllokal umfunktioniert hatte. Noch vor Mittag hatte Wardt gewählt und nach den aufmunternden Zurufen zu urteilen, die Heinrich in der Kneipe geerntet hatte, würde er sicher weit über neunzig Prozent der Stimmen bekommen, dachte Katty zufrieden. Sie freute sich auf den Abend. Die Wahlergebnisse würden im Radio übertragen werden, und sie würde für ein vortreffliches Abendbrot sorgen, mit feinstem Schinken, gutem Weißbrot, Schmalz und Butter. Dazu würde sie ein paar Spiegeleier machen, und vielleicht könnte sie eine der anderen Haustöchter überreden, ein paar Kartoffeln zu braten. Es wurden natürlich Gäste erwartet, darunter auch ein Teil ihrer Familie. Heinrich hatte vorgeschlagen, Gertrud und Paula einzuladen. Im Grunde konnte man das als einen weiteren Affront verstehen, denn Anna Marias Familie, die ja unseligerweise die falsche Partei wählte, war an diesem Abend nicht willkommen. Was Anna Maria wohl wählt, fragte sich Katty, und es kam ihr in den Sinn, dass die Ehefrau vielleicht die Einzige am Tisch sein könnte, die Heinrich nicht gewählt hatte.

An diesem Abend war Katty in ihrem Element. Leidenschaftlich diskutierte sie beim Abendessen mit Gertrud, die es wagte, vermutlich nur um ihre Schwester zu ärgern, an Konrad Adenauer herumzumäkeln. Er sei als Kölner Oberbürgermeister mal wegen Unfähigkeit abgesetzt worden, stichelte sie. Dass er sich nun trotzdem an die Briten heranschmeiße, das verstehe sie persönlich nicht. Ob das nicht ein wenig stillos sei, fragte sie provozierend in die Runde. Und als Katty daraufhin Heinrich, der mit der angemessenen Ironie antworten wollte, über den Mund fuhr und die eigene Schwester angiftete, sie habe ja keine Ahnung, sie habe diesen charismatischen, klugen Menschen schließlich niemals persönlich erlebt, mussten alle Anwesenden lachen.

»Herr Adenauer braucht keinen Wachhund mehr«, juchzte Paula, »er kriegt Katty.« Kurz darauf verließ die Gesellschaft das Esszimmer, und man setzte sich im Wohnzimmer vor das Radio. Heinrich drehte vorsichtig an den Knöpfen und suchte den entsprechenden Kanal, als handelte es sich um einen heiligen Akt.

»Du spielst so liebevoll an dem Radio rum, als wäre es deine Ehefrau«, Theo Düke hatte diesen etwas unfeinen Scherz gemacht und grinste nun breit in die Runde.

Heinrich ging auf den Scherz ein und erwiderte: »Ich verkneife mir jetzt jeden Vergleich mit den Tönen, die da herauskommen.« Die Gesellschaft lachte schallend, bis Anna Maria aufstand.

»So, die Herrschaften. Ich werde nun zu Bett gehen.«

»Aber Anna Maria, du kannst doch jetzt nicht schlafen gehen. Wir haben die Wahlergebnisse noch gar nicht gehört.« Katty war fassungslos. Wie konnte sie gehen, wenn es um die Zukunft ihres Ehemanns ging?

»Liebes, du bist hoffentlich nicht böse, weil wir Männer dumme Scherze machen?«, fragte Heinrich und schaute seine Frau schuldbewusst an.

»Nein, ihr langweilt mich nur mit eurer Politik. Wenn ich die Wahlergebnisse morgen erfahre, ist das immer noch früh genug. Gute Nacht allerseits.« Damit verließ sie den Raum.

Es vermisst sie niemand, dachte Katty und fühlte sich ertappt, als sie den bohrenden Blick ihrer Schwester Gertrud bemerkte. In diesem Moment hatte Heinrich den Kanal gefunden und Katty vergaß alle Alarmsignale. Es dauerte noch eine Weile, bis der Radiosprecher ein vorläufiges Endergebnis verkünden konnte. In Nordrhein-Westfalen hatte die CDU haushoch gewonnen, Heinrich war im Wahlkreis Moers mit sagenhaften neunundsiebzig Prozent gewählt worden. Katty fiel ihm um den Hals, so sehr freute sie sich, und es war ihr egal, was die anderen dazu sagten. Das war ihr gemeinsames Verdienst, sie war beseelt. Es gab an diesem Abend auch noch Grund, hitzig zu diskutieren, denn in Niedersachsen und Schleswig-Holstein hatte die SPD sich durchgesetzt, und überall waren die Kommunisten und ihre KPD erschreckend stark in den Landtagen vertreten. Für einen Moment hatte Katty alles um sich herum vergessen. Und nicht einmal Gertrud schien Heinrich an diesem Abend übel zu wollen, sie verstand sich sogar verblüffend gut mit ihm. Nachdem sie in den letzten Kriegstagen auf dem Tellemannshof untergekommen war, hatte sich Gertruds Verhältnis zu Heinrich ein wenig entspannt, glaubte Katty. Gertrud war nicht unbedingt ein regelmäßiger Gast in Wardt, sie legte auch keinen gesteigerten Wert darauf, Heinrich zu begegnen, aber wenn dies geschah, so waren beide ausgesucht höflich im Umgang miteinander. Die große Liebe war es nicht, doch vielleicht hatte Katty Gertrud inzwischen doch von Heinrichs Redlichkeit überzeugen können. Vielleicht lag die Zurückhaltung ihrer Schwester aber auch nur daran, dass Heinrich inzwischen ein bedeutender Mann war, jetzt nach der Wahl umso mehr. Heinrich wiederum bemühte sich um Gertruds Wohlwollen und hatte sie auch am heutigen Abend immer wieder nach ihrer Meinung gefragt. Katty war glücklich darüber, obwohl sie dem Burgfrieden nicht recht traute. Aber es reichte, wenn es an einer Front im Hause Streit gab. Ein weiteres Schlachtfeld konnte sie nicht gebrauchen.

Kurz vor Mitternacht kam Anna Maria erneut ins Wohnzimmer. Sie hatte die Haare geöffnet und einen Morgenmantel über das Nachthemd gezogen. Vorwurfsvoll stand sie im Türrahmen und herrschte ihren Ehemann an.

»Wie lange willst du denn mit deinen Freunden dieses Saufgelage weitertreiben? Ist das etwa wichtiger als deine Ehefrau?«

Heinrich wurde kreidebleich. Er brauchte einige Sekunden, um seine Beherrschung zurückzugewinnen, dann sprach er in die Runde und entschuldigte sich.

»Es tut mir leid, Anna Maria ist sehr müde, nur so ist ihr unangemessenes Verhalten zu erklären. Geh ins Bett, Liebes. Wir reden morgen darüber.«

»Ich will, dass du jetzt mitkommst.«

»Nein, Liebes. Wir feiern meine Wahl zum Landtagsabgeordneten. Du kannst mir gerne gratulieren. Aber nun geh schlafen.« Heinrich sprach langsam und leise, was Katty signalisierte, wie wütend er über den Auftritt seiner Frau war.

Als Anna Maria sich zurückgezogen hatte, herrschte im Wohnzimmer peinliches Schweigen. Katty versuchte, die gute Stimmung wiederherzustellen, aber es gelang ihr nicht. Eine knappe Dreiviertelstunde später waren die Gäste verschwunden, auch Paula war zurück nach Empel gefahren, während es für Gertrud bis Duisburg zu weit war. Sie übernachtete auf dem Hof. Heinrich, Gertrud und Katty saßen im Wohnzimmer und schwiegen sich an. Schließlich stand Heinrich auf und empfahl sich.

Die Frauen warteten noch einen Moment, bis Heinrich hörbar das Badezimmer verlassen hatte, dann zogen sie sich dort zur Nacht um. Der Streit im Zimmer der Eheleute war nicht zu überhören, da das Badezimmer an Heinrichs Schlafzimmer grenzte. Katty verbot sich zu lauschen. Es reichte ihr, dass sie sich nun bestimmt von Gertrud Vorhaltungen würde anhören müssen. Ihr war schon flau im Magen, denn sie wusste, was Gertrud sagen und dass sie in allen Punkten recht haben würde.

»Sie tut mir leid«, begann Gertrud auch sofort, als sie im Bett lagen.

»Ja, aber sie benimmt sich unmöglich«, verteidigte sich Katty. »Warum muss sie Heinrich so blamieren und der ganzen Welt zeigen, dass sie sich nicht für seine Arbeit interessiert. Das war wirklich unverschämt.«

»Katty, hör auf. Ihr bringt das Mädchen um. Merkst du denn nicht, wie verzweifelt sie ist? Sie hat keine Chance gegen dich. Heinrich hängt an deinen Lippen. Er lacht mit dir, er diskutiert mit dir, du machst seine Post, du teilst seinen Erfolg. Und sie hat nichts.«

»Sie wird bald seine Kinder bekommen.«

»Und vermutlich wird Heinrich dann dir die Kinder geben, damit du sie erziehst. Er liebt dich und nicht sie, das musst du doch sehen. Ihr könnt diese Ménage-à-trois nicht weiterführen.«

»Ménage-à-trois – was erlaubst du dir?!«

»Jetzt tu nicht so unschuldig, du weißt genau, was ich meine. Eine von euch beiden muss gehen.«

»Heinrich kann sich nicht scheiden lassen. Es würde ihn seine Karriere kosten.«

»Wenn ihm seine Karriere wichtiger ist, dann musst du den Hof verlassen.«

»Die Diskussion hatten wir doch schon, ich werde niemals hier weggehen«, beharrte Katty und wünschte, sie könnten jetzt endlich schlafen. Doch Gertrud ließ nicht locker.

»Katharina, kleine Schwester, ich meine es nicht böse. Ich weiß, wie sehr du an diesem Haus hängst. Aber du stürzt euch alle drei ins Unglück. Anna Maria wird sich an dir rächen. Ich sorge mich um dich.«

»Auch um Heinrich? Warum kommst du inzwischen so selbstverständlich auf den Hof, wenn ich dich einlade? Früher hast du das nicht getan. Um mir anschließend eine Moralpredigt zu halten?«, erwiderte Katty und wusste, dass sie ungerecht wurde, doch ihr Ärger über den Ausgang des Abends war stärker.

»Ich bin deine Schwester, und ich habe mein Leben lang auf dich aufgepasst. Ich fürchte, dass einer von euch dreien dieses Drama nicht überstehen wird.«

»Jetzt übertreibst du aber. Anna Maria wird sich schon beruhigen. Wenn sie erst schwanger ist, wird alles gut.«

»Es ist zu spät dazu. Sie ist längst voller Gift. Es wird niemals gut, es sei denn, du verschwindest hier.«

»Heinrich wird das Problem lösen. Er kriegt das wieder hin.« Katty war erschöpft.

»Heinrich ist kalt wie ein Stein und dieser Frau gegenüber so unsensibel wie ein Klotz. Ich werde mit ihm reden und ihn bitten, dich gehen zu lassen.«

Das war endgültig zu viel für Katty. »Das kannst du nicht machen! Du bist meine Schwester, du hast gesagt, dass du zu mir stehst. Bitte. Ich will hier nicht weg. Eher will ich sterben.«

»Jetzt sei nicht so pathetisch. Andere Menschen haben schon weit größere Verluste verkraften müssen. Wir werden mit Heinrich reden und uns eine Lösung überlegen. So kann es jedenfalls nicht weitergehen.«

Es dauerte nach diesem Gespräch lange, bis Katty einschlief. Sie erwachte erst am späten Vormittag. Als sie in die Küche kam, sah sie, dass sich dort fast alle Hofangestellten versammelt hatten und entsetzte Gesichter machten. Auch Gertrud war bereits auf und stand bei den anderen. Noch ehe Katty fragen konnte, hörte sie, was los war. Das, was nachts begonnen hatte, wurde anscheinend seit dem frühen Morgen fortgesetzt. Anna Maria schrie in einem fort. Manchmal konnten sie Schimpfworte wie »Großmaul« oder »Säufer« hören.

»Wie lange geht das schon so?«, fragte Katty.

»Ich weiß nicht. Ich bin vor einer Stunde gekommen und seitdem streiten die beiden. Und ich glaube, dass sie auch etwas an die Wand geschmissen hat«, erwiderte eine der Angestellten.

»Hat jemand von euch mal angeklopft oder lauscht ihr etwa nur die ganze Zeit?«, fragte Katty wütend. Sie erntete Schweigen.

»Ich geh jetzt da rein«, sagte sie entschlossen. »Und ihr geht an die Arbeit. Wenn Herr Hegmann rauskommt, wird er euch nicht vor der Tür sehen wollen.«

»Ob das so schlau ist, wenn ausgerechnet du reingehst?«, Heinrichs Nichte Elise Koppers schaute sie frech an.

Katty glaubte, sie hätte sich verhört. »Was willst du damit sagen?«

»Na, ich meine nur, Tante Anna Maria kann einem schon leidtun.«

»Was erlaubst du dir eigentlich, du Göre. Das sag ich deinem Onkel. Und nun haut ab!«, schimpfte Katty und schaute zu ihrer Schwester. Gertrud stand ein wenig abseits. Siehst du, sogar die Angestellten reden bereits über dich, sagte ihr Blick. Dann drehte Gertrud sich um und verließ schweigend das Haus. Katty war verunsichert. Plötzlich hörte sie, wie Glas zerschellte. Ohne weiter nachzudenken, stürmte sie ins Zimmer.

»Was ist denn hier los?«, fragte sie, und sofort ging Anna Maria auf sie los und beschimpfte sie. Heinrichs Frau sah schrecklich aus. Ihre Augen waren rot und aufgequollen, sie traten so stark aus den Höhlen hervor, dass Katty einen Moment Sorge hatte, sie könnten platzen, wenn Anna Maria nicht aufhörte zu schreien. Heinrich lag angezogen auf dem Bett. Als Katty hereingekommen war, hatte er das Kissen vom Kopf genommen und Katty fragte sich, ob er sich damit vor Wurfgeschossen hatte schützen wollen oder lediglich versucht hatte, die Lautstärke des Geschreis ein wenig abzumildern. Er sah mitleiderregend aus und wirkte traurig. Er schien in diesem Moment vollkommen unfähig, sich gegen seine Frau zu wehren.

»Nun beruhigt euch bitte. Draußen steht der gesamte Hausstab. Wollt ihr denn, dass eure Auseinandersetzung bis ins Dorf getragen wird?«

Das war offenbar Anna Marias Stichwort. Sie spuckte Katty beim Sprechen ins Gesicht, so aufgeregt war sie.

»Es weiß sowieso das ganze Dorf, was hier nachts passiert, wenn ich nicht da bin!« Und zu Heinrich gewandt rief sie: »Deine eigene Nichte, hat mich gewarnt. Ich solle nicht mehr aus dem Haus gehen. Dann würde nämlich Katty bei dir schlafen!«

Anna Maria war nicht mehr zu stoppen. Mit Engelszungen versuchten sowohl Katty als auch Heinrich, auf sie einzureden. Vergeblich. Dann startete Anna Maria einen letzten Versuch, ihre Position an der Seite ihres Ehemanns zu behaupten:

»Dieses schamlose Weib muss verschwinden, Heinrich, sonst gehe ich. Und dann soll die ganze Welt wissen, wie es hier zugeht.« Katty hielt den Atem an. Es war nicht mehr zu vermeiden, sie wusste es, Gertrud wusste es und alle anderen wohl auch: Eine Frau musste den Hof verlassen. Nur Heinrich wollte das anscheinend nicht wahrhaben.

»Anna Maria«, setzte er noch einmal an, »du wusstest von Anfang an, welche Stellung Katty hier einnimmt. Ich habe meinem verstorbenen Sohn versprochen, dass sie auf dem Hof bleiben kann, solange sie will.«

Als Anna Maria erkannte, dass sie verloren hatte, schluchzte sie laut auf. Katty bekam Mitleid. Diese Frau war zutiefst verletzt, vielleicht durch das, was Katty und Heinrich getan hatten, möglicherweise auch nur deshalb, weil sich fortsetzte, was sie zuvor im Hause ihres Bruders hatte spüren müssen: Sie war nur geduldet, nicht geliebt.

Katty versuchte, Anna Maria in den Arm zu nehmen, aber die missdeutete den ehrlich gemeinten Versöhnungsversuch und schien sich bedroht zu fühlen. Sie stieß Katty mit aller Kraft von sich. Katty strauchelte und fiel rückwärts auf das Bett, wo sie unsanft auf Heinrich landete.

»Ja, legt euch nur zusammen, jetzt müsst ihr es nicht mehr heimlich tun«, giftete Anna Maria und rannte hinaus.

Katty blickte Heinrich an. Der sagte nichts, er atmete einfach nur sehr laut aus und sank in sich zusammen.

Der 100. Geburtstag – Sonntag

Schwesternliebe

Gertrud hatte sich wieder ins Bett gelegt. Jetzt war an Schlaf erst recht nicht mehr zu denken. Sie war aufgewühlt von dem Streit in der Küche. War sie zu streng mit Katty, konnte die ihr wirklich nichts recht machen? Gertrud schüttelte den Kopf. Es gab vieles, wofür sie Katty bewunderte, ob das ihr einnehmendes Wesen oder ihr Organisationstalent waren. Ihre Schwester legte nur manchmal eine fatale Neigung an den Tag, sich alles schönzureden. Es war inzwischen zwei Uhr durch und Gertrud nahm ihr Büchlein vom Nachttisch und blätterte darin. Nach »Löffelchen verschluckt« hatte sie nichts mehr eingetragen. Sie versuchte sich zu erinnern, was noch alles vor dem Ersten Weltkrieg geschehen war, aber ihr fiel immer nur die Begegnung mit Franz ein. Sie versuchte sich vorzustellen, wie es wäre, wenn sie ihren hundertsten Geburtstag gemeinsam feiern könnten. Franz wäre inzwischen einhundertfünf. Warum eigentlich nicht?, feixte sie. Ob er noch Haare hätte? Wenn Gertrud sich Franz im hohen Alter vorstellte, landete sie unglücklicherweise immer bei Heinrich. Die Brüder hatten sich als junge Männer sehr ähnlich gesehen. Eigentlich hätte Heinrich eher zu Gertruds Charakter gepasst. Die fröhliche Neugier von Franz hatte sie nie besessen, aber sie hatte damals das Gefühl, er sei eine perfekte Ergänzung zu ihrer zurückhaltenden, ernsten Art. Konnte sie nachvollziehen, dass Katty Heinrich verfallen war, hatte sie sich manchmal gefragt. Er war zweifellos eine charismatische Persönlichkeit gewesen, doch sie hatte nie verstanden, wie es Katty gelungen war, auszublenden, dass Heinrich eiskalt gewesen war, wenn es um seine Ziele ging. Und sie hatte es ihrer Schwester übel genommen. Als die Dreiecksbeziehung völlig eskaliert war, hatte Paula deshalb eines Nachmittags Gertrud beschworen, sie dürfe Katty nicht fallen lassen und gegen ihren Willen vom Hof holen.

»Hättest du auf Kommando aufhören können, Franz zu lieben?«, hatte Paula sie gefragt und ihre eigene Ansicht gleich mitgeliefert: »Man kann verhindern, dass die Karre losrollt, aber wenn sie rollt, dann ist sie nicht mehr zu stoppen.«

»Heißt das, ich muss zusehen, wie die Karre vor die Wand fährt und zerschellt?«, hatte sie zurückgefragt.

»Ja«, hatte Paula nur geantwortet, »und dann sei da und hilf beim Aufräumen. Mehr kannst du jetzt nicht tun. Wenn du dich vor die Karre schmeißt, wirst du überrollt, und davon hat niemand was.«

Gertrud hatte das nicht akzeptieren können. Sie hatte die Gerechtigkeit beschworen und dass Anna Maria unschuldig in den Schlamassel geraten sei, während Katty ihn sich selbst eingebrockt habe, doch Paula hatte ihr vehement widersprochen. Die ganze Familie habe befürwortet, dass Katty zu Heinrich auf den Hof gehe, und damit in Kauf genommen, dass sich ein junges Mädchen in diesen imposanten Mann verliebe. Katty treffe in dieser Hinsicht nun wirklich keine Schuld.

Paula hatte ins Schwarze getroffen. Trotz ihrer Wut auf Heinrich hatte nicht einmal Gertrud dagegen aufbegehrt, dass Katty auf den Tellemannshof ging, denn nach dem Tod ihrer Mutter und nach dem Notverkauf des Hofes war ihr Vater in einem erbärmlichen Zustand gewesen. Und als das Angebot von Heinrich gekommen war, Katty aufzunehmen und ihr eine gute Ausbildung zu ermöglichen, waren sie alle froh gewesen. Ja, Paula hatte mit ihrem Einwand absolut richtiggelegen. Damals hätte es vielleicht die Möglichkeit gegeben, das Schicksal in eine andere Richtung zu lenken. Danach nicht mehr.

»Was soll ich denn tun?«, hatte Gertrud Paula am Ende des Gesprächs um Rat gebeten, und die hatte geantwortet, sie solle einfach Schwester sein.

Gertrud nahm ihr Büchlein mit Bleistift und schrieb: »Wir sind doch Schwestern.« Sie legte das Buch zufrieden weg und nahm den gedanklichen Faden wieder auf. Katty hatte den Teweshof in Empel, ihr Elternhaus, nicht freiwillig verlassen. Kein Wunder also, dass sie um ihr nächstes Zuhause, den Tellemannshof, später so gekämpft hatte. Der Hof war für Katty von Anfang an mehr gewesen als eine Bleibe. Bis heute betonte sie, dass sie ihn nur über ihre Leiche verlassen würde. Eigentlich könnte sie mehr Verständnis dafür aufbringen, dass ich meine Wohnung in Xanten nicht aufgeben will, dachte Gertrud und wusste sofort, dass das nicht zu vergleichen war. Für sie war das Appartement eine Wohnung und nicht ihre Heimat.

Doch wo war ihr Zuhause dann? Sie war oft umgezogen in ihrem Leben. Nachdem sie Empel verlassen hatte, war sie nach Xanten gegangen, dann nach Bad Honnef und Duisburg, schließlich, als sie schon in Rente gewesen war, hatte sie sich wieder in Xanten niedergelassen, wegen der Nähe zu Katty. Sie hätte für keine der Bleiben gekämpft, nicht einmal jetzt. Es ging ihr um Selbstständigkeit, egal wo. Doch mit einem Mal wurde ihr bewusst, dass auch sie immer für etwas gekämpft hatte, selbst wenn die Umstände widrig gewesen waren: für ihre Schwestern. Eigentlich waren ihre Schwestern ihre Heimat, und die würde sie nicht verlassen, solange sie lebte.

Vielleicht sollte sie endlich nach Hause gehen, überlegte Gertrud und merkte, dass sie sich entspannte. Mit dieser Entscheidung würde sie ruhig schlafen können.

Der 100. Geburtstag – Sonntag

Nie wieder Blümchenkaffee

»Was ist denn das für eine Plörre?«, schimpfte Gertrud wie üblich über den Kaffee, den Katty gekocht hatte. Dabei machte sie als einziges Familienmitglied genießbaren Bohnenkaffee, fand Katty. Aber heute war Gertruds Geburtstag und deshalb gab sie, ohne zu diskutieren, klein bei. Sie nahm Gertrud die noch volle Kaffeetasse aus der Hand, schüttete den Inhalt in den Ausguss und setzte neuen Kaffee auf, so wie Gertrud ihn sich wünschte.

»Das ist mein frühmorgendliches Geburtstagsgeschenk«, sagte sie fröhlich und nahm ihre Schwester in den Arm.

»Alles Gute, meine Liebe.«

»Danke. Und wenn ich mir etwas wünschen darf, dann hätt' ich den Kaffee jetzt gern jeden Morgen so.«

Katty verstand nicht, was Gertrud sagen wollte. Die genoss die Verwirrung, die sie stiftete, sichtlich, lachte ihr zahnloses heiseres Lachen und gab ebenso heiser wie feierlich bekannt:

»Ich bleibe hier. Ich gebe meine Wohnung in Xanten auf. Aber zum Einzug wünsche ich mir morgens einen vernünftigen Kaffee, außerdem ... warte mal«, sie nahm ein Blatt Papier aus dem Ärmel, das eingerollt war wie die Papyrusrolle eines früheren Herolds, »ich habe mir eine Liste gemacht. Also: eine moderne Matratze, Croissants und Schwarzbrot im Wechsel, keinerlei Behelligung durch belgische Musik, eine angenehme Raumtemperatur und morgens schon Ordnung auf und unter dem Tisch.« Ihre Schwester strahlte sie an, aber Katty wusste nicht recht, was sie davon zu halten hatte. Da stieß Gertrud sie mit dem Ellenbogen an.

»Mensch, Katty, hast du deinen Humor im Bett gelassen? Du wolltest mich doch hierhaben, oder?«

Katty brauchte noch einen Moment, um ihre entgleisten Gesichtszüge wieder zu ordnen, dann durchströmte sie ein wohliges Gefühl der Erleichterung. Sie hatte befürchtet, dass es wegen dieses Themas in einigen Tagen erneut Streit geben würde und alles, was in der Vergangenheit ruhte, noch einmal auf den Tisch käme, achtzig Jahre Bitterkeit, und dass sie, weil sie sich natürlich im Endeffekt durchsetzen würde, von Stund an täglich die Rechnung präsentiert bekäme. Und nun das: Ihre sonst so halsstarrige Schwester war nicht nur einsichtig, sie machte sogar den ersten Schritt. Katty lief eine Träne über die Wange, die sie schnell wegwischte.

»Ich bitte dich, das ist doch kein Grund zum Heulen. So schlimm bin ich nun auch wieder nicht. Nur weil ich mal den Arzt verprügle«, nahm Gertrud sich selbst auf die Schippe.

»Ach du weißt doch, wie lange ich mir schon wünsche, dass du zu mir kommst. Ich bin einsam, wenn du mich nicht maßregelst«, sagte Katty in einer Mischung aus Rührung und Heiterkeit, die ihre Stimme brüchig werden ließ, was ihre Schwester aber glücklicherweise ignorierte.

»Grund genug gibt es jedenfalls«, erwiderte Gertrud und fuchtelte mit ihrem langen knochigen Zeigefinger in gewohnter Manier vor Kattys Nase herum.

Katty verzichtete auf eine Erwiderung. Es würde schon ein ordentliches Stück Arbeit werden. Dass Gertrud nämlich in einer Nacht vom Saulus zum Paulus geworden war, hielt Katty nun wirklich nicht für möglich. Wahrscheinlich würde sie über kurz oder lang tatsächlich noch einmal den Arzt verprügeln, Piet beleidigen und Katty irgendwelche Manipulationsversuche unterstellen. Aber sie würde damit zurechtkommen. Mit einem normalen Maß an Schwesternliebe würde es ihr schon gelingen, Gertrud zu bändigen. Schließlich wusste sie, wie Gertrud tickte. Sie war immer nur garstig, wenn sie sich bei irgendetwas ertappt oder überrumpelt fühlte, dann stritt sie alles ab, log, schimpfte und war unausstehlich. Aber sobald man ihr die Möglichkeit gab, zur Ruhe zu kommen und selbstständig zu handeln, war sie sehr vernünftig. Und dann war sie auch wieder die geliebte große Schwester, so wie jetzt, an ihrem hundertsten Geburtstag. Es war schon immer so, dachte Katty. Jedes Mal, wenn sie Angst gehabt hatte, Gertrud könnte sich gegen sie stellen oder sich endgültig von ihr abwenden, hatte sie letztlich doch zu ihr gehalten. Blut war eben dicker als Wasser, und das würde sie in Zukunft ebenfalls beherzigen.

»Was ist denn hier los?« Paula stieß zu ihnen in die kleine Wohnküche und tat überrascht, ihre beiden Schwestern Arm in Arm vorzufinden. »Gibt es etwas zu feiern, pöhöhö?«

»Ja, stell dir vor, Gertrud wird in Zukunft hier wohnen. Das hat sie heute Nacht beschlossen. Wahrscheinlich glaubt sie, dass ich ihr künftig jeden Abend ein Feuerwerk organisiere«, versuchte Katty den Moment der Rührung vergessen zu machen.

»Zuzutrauen wäre es dir jedenfalls«, stimmte Gertrud ein.

»Großartig, das freut mich ganz ehrlich«, sagte Paula und klang dabei ausnahmsweise kein bisschen ironisch. Doch dann konnte sie sich nicht mehr zurückhalten. »Hättest du für mich vielleicht auch noch ein Zimmerchen im privaten Seniorenheim Wardt frei?«

»Frag doch mal Jan. Vielleicht kannst du bei ihm schlafen«, sagte Katty lachend. »Aber wenn du ernsthaft für längere Zeit bleiben willst, renoviere ich dir das Zimmer von Theodor von Grund auf. Da wohnen ohnehin keine Pensionsgäste. Und Gertrud bekommt das große Zimmer hier unten neben dem Badezimmer.« Katty bemerkte einen schnellen Blick von Paula zu Gertrud. Sie wollte wohl prüfen, ob Gertrud Einwände gegen ihr zukünftiges Zimmer hatte, aber die schien heute nichts aus der Ruhe zu bringen.

»Habe ich dir heute Morgen schon gratuliert, große Schwester?«, fragte Paula.

»Nein, aber ich hoffe, ich lebe noch lange genug, bis du dich dazu bequemst, mir zu huldigen«, erwiderte Gertrud und ließ sich bereitwillig in den Arm nehmen.

»Da ist man ja schon dankbar, dass man nicht vor dir auf die Knie fallen muss«, bemerkte Paula trocken.

»Was ziehst du eigentlich heute an, an deinem Ehrentag? Soll ich schnell irgendetwas bügeln?«, fragte Katty.

»Mein dunkelblaues Kleid mit der schönen Silberbrosche, das kommt frisch aus der Reinigung.«

»Du wirst hinreißend aussehen. Hoffentlich ist genug Platz auf deinem Tanzkärtchen«, witzelte Paula, und die beiden verfielen in eine Plauderei über Mode, als wären sie Backfische. Katty hatte Mühe, dem Geplänkel der Schwestern zu folgen, denn Gertruds Kleiderwahl hatte sie an eine Stelle in dem Scheidungsordner erinnert, die sie in der Nacht gelesen hatte. »Das blaue Kleid mit der Silberbrosche« hatte auf einer Liste gestanden, die Anna Marias Rechtsanwalt auf den Tellemannshof geschickt hatte. Eine Liste mit den persönlichen Sachen von Frau Hegmann, die man bitte zusammenlegen möge, damit ihre Schwester, Lieschen Bruhr, sie abholen könne. Es war eine absurde Auflistung gewesen, mit allem, was Anna Maria auf den Hof mitgebracht zu haben glaubte. Darauf hatten ihre Zahnbürste, eine Puderdose, zwei Glühbirnen samt Präzisierung (75 und 100 Watt) und sogar ihr Nachttopf gestanden. Bei allem Elend hatten Heinrich und Katty darüber lachen müssen, als sie sich vorstellten, dass diese Liste auch bei den Anwälten gelandet war. Das war aber der einzig komische Moment gewesen, denn damit war offiziell bestätigt: Anna Maria hatte die Scheidung eingereicht. Bis dahin hatte Heinrich alles nur Erdenkliche versucht, um seine Frau zum Bleiben zu bewegen. Alles hatte er versprochen. Fast alles, korrigierte sich Katty, denn es hatte zwei zentrale Forderungen von ihrer Seite gegeben, und beide waren für Heinrich nicht akzeptabel gewesen. Er hatte rigoros abgelehnt, Katty fortzuschicken. Als Alternative hatte Anna Maria die Möglichkeit unterbreiten lassen, zwar getrennt von Heinrich zu leben, aber die Scheidung zu umgehen, wenn er ihr eine einmalige Abfindung in Höhe von 15.000 Mark zukommen ließe. Ein solches Vermögen hatte nicht einmal Heinrich aufbringen können. Anna Maria und ihr Anwalt hatten die öffentliche Stellung Heinrich Hegmanns ausgenutzt. Sie waren sicher gewesen, dass er es niemals zu einem Scheidungsprozess kommen lassen würde. Das hatte sich Anna Maria anscheinend schon an dem Tag nach der Landtagswahl 1947 ausgerechnet, als sie Heinrich und den Hof endgültig verließ. »Ich sorge dafür, dass du blamiert bist und mit dir die ganze CDU«, hatte sie zum Abschied gesagt. Und Heinrich hatte geahnt, dass sie recht behalten würde. Ein Mann wie er, der von seiner eigenen Ehefrau wegen ehewidrigen Verhaltens vor Gericht geschleppt wurde, hatte keine Chance, erneut gewählt zu werden. Und da viele Bauern die CDU im Kreis Moers seinetwegen wählten, wäre nicht auszuschließen gewesen, dass beim nächsten Mal die SPD den Wahlkreis Moers-Nord gewinnen würde, was einer Katastrophe gleichgekommen wäre. An jenem Tag hatte er sich eingehend mit Katty beraten und befunden:

»Ich kann mein Landtagsmandat nicht antreten. Ich muss mit den Verbänden reden. Sie müssen einen anderen aufstellen.«

»Das kommt gar nicht infrage«, hatte Katty erwidert, »daran haben wir zu lange gearbeitet. Und du bist gestern gewählt worden, weil das Volk dir vertraut. Du musst das Mandat antreten. Du kannst die Menschen nicht enttäuschen. Es ist deine Pflicht. Und wenn es nicht anders geht, dann hole sie wieder zurück. Dann, … dann muss ich eben gehen«, hatte sie mit zitternder Stimme angeboten.

»Wenn du nicht mehr da bist, wird sie einen anderen Grund finden, um mir das Leben schwer zu machen. Ich glaube überdies nicht, dass sie noch einmal mit mir auf den Hof kommt.«

»Dann musst du mit deinen Kollegen im Landtag, im Kreistag und bei den Verbänden sprechen. Erkläre ihnen, was passiert ist.«

»Das kann ich nicht. Ich bin blamiert. Stell dir vor: ein Mann wie ich, der von seiner Frau verlassen wird.«

Heinrich hatte daraufhin zwar einen Rechtsanwalt eingeschaltet, aber versucht, eine außergerichtliche Einigung zu erwirken, die eine Scheidung vermeiden könnte. Vergeblich. Nach langen Verhandlungen hatte die Klage in der Post gelegen.

Die Klageschrift war eine einzige Ungeheuerlichkeit gewesen, Katty hatte gestern Abend sofort wieder Herzklopfen bekommen, als sie sie erneut gelesen hatte. Seit sie ihn im Schrank gefunden hatte, übte dieser Ordner eine merkwürdige Anziehungskraft auf sie aus. Sie konnte nicht anders, als diese unsäglichen Vorwürfe immer wieder zu lesen, um sie dann angewidert wegzulegen. Die vierzehnseitige Klageschrift hatte sie nun zum dritten Mal durchgearbeitet, und sie wusste nicht einmal genau, warum. Es kam ihr vor, als suchte sie darin etwas Bestimmtes, vielleicht den einen Satz, der jeden Zweifel daran nahm, dass auch nur ein Fünkchen Wahrheit in diesen Anschuldigungen steckte. Aber Katty wusste es besser.

Anna Maria beschuldigte Heinrich in der Klageschrift des

Betrugs und eines lieblosen Verhaltens gegenüber seiner Ehefrau, damit habe er eine nicht mehr zu kittende Zerrüttung der Eheleute verschuldet. Der Bestand der Ehe, so hieß es, sei insbesondere dadurch erschüttert, dass der Beklagte, also Heinrich, intimen Umgang mit seiner Wirtschafterin Fräulein Katharina Franken unterhalte. Außerdem räume der Beklagte der Wirtschafterin Franken eine Stellung ein, die einer Ehefrau zukomme, er bevorzuge sie in der Öffentlichkeit in einem Maße, das alle Vorstellungen übersteige. Die Klägerin behalte sich vor, dazu weiter ins Detail zu gehen.

Katty kannte den Text inzwischen so gut wie auswendig. Und immer noch stieg ihr die Schamesröte ins Gesicht, wenn sie daran dachte, welche peinlichen und schlüpfrigen Vorwürfe Anna Maria ihnen gemacht hatte, zu denen Katty vor Gericht in aller Öffentlichkeit hatte Stellung nehmen müssen.

Katty bemerkte, dass ihre Schwestern sie angesprochen hatten. Sie war so in Gedanken gewesen, dass sie es nicht gehört hatte.

»Wie bitte?«, fragte sie.

»Wann müssen wir los?«, wiederholte Gertrud, und Katty spürte, dass Paula sie schelmisch ansah.

»Wo bist du denn gewesen in deinen Tagträumen? Du bist ja ganz rot. Legst du dir etwa schon Ausreden zurecht, falls Gertrud dich in Zukunft der wiederholten Unordnung bezichtigt?«, fragte sie auch prompt.

»Erwischt«, Katty war froh, in die Gegenwart zurückgeholt zu werden, »aber sonst habe ich alles im Griff: Wir fahren in zwei Stunden in die Kirche. Ich habe dem Pfarrer gesagt, er soll das Hochamt nicht ausufern lassen. Ich will nicht, dass ihr so lange in der kalten Kirche sitzen müsst. Und dann fahren wir zurück auf den Hof und wollen mal sehen, wer alles kommt.«

Die drei Schwestern verließen die Küche, jede ging auf ihr Zimmer, um sich fein zu machen für den großen Auftritt.

15. November 1949
Nichts als die Wahrheit

Katty wurde als Erste aufgerufen. Sie betrat den Zeugenstand und machte unbeholfen einen Knicks vor dem hohen Gericht, weil sie nicht ganz sicher war, wie man hier grüßte.

»Guten Tag, Fräulein Franken«, sagte der Richter des Landgerichts Kleve, »könnten Sie uns bitte Ihren vollständigen Namen, das Geburtsdatum und Ihre Adresse mitteilen?«

»Katharina Franken, geboren am 5. März 1910, wohnhaft Tellemannshof in Wardt.« Der Richter hatte freundlich geklungen, trotzdem war Katty nervös. Sie hatte am Morgen lange überlegt, was sie anziehen sollte. Was trug man denn, wenn man als Hauptzeugin in einem Scheidungsprozess aussagen sollte? Katty hatte noch nie einem Scheidungsprozess beigewohnt, so etwas gab es nicht alle Tage, schon gar nicht mit so vielen Zeugen. Und eigentlich war sie nicht nur Zeugin. War sie nicht sogar inoffiziell die eigentlich Beschuldigte? Die Scheidungsklage richtete sich natürlich gegen Heinrich, doch, so war der Vorwurf, war er vor allem schuldig, ihr, der Zeugin Franken, hörig zu sein und mit ihr ein intimes Verhältnis zu pflegen. Katty kannte die Anschuldigungen, sie hatte bereits mehrfach vor Rechtsanwälten aussagen müssen. Diesmal aber sollte sie für ihre Aussagen sogar eine Erklärung unter Eid abgeben. Das hatte die Klägerin, Anna Maria

Bruhr, verlangt. Katty hatte furchtbare Angst, dass sie etwas Falsches sagte, denn eine Freiheitsstrafe von bis zu fünfzehn Jahren stand auf Meineid. Was, wenn man ihr nicht glaubte, wenn andere Zeugen gegen sie sprachen? Sie wusste nicht genau, wer alles vorgeladen war. Sie hatte in einem abgelegenen Raum allein warten müssen. Natürlich wusste sie, dass die anderen Haustöchter ebenfalls aussagen mussten, auch einige Nachbarn, vermutete sie, und Verwandte von Anna Maria. Ob es noch mehr Zeugen gab? Katty spielte nervös mit den Fingern. Plötzlich fürchtete sie, dass die Richter ihre Nervosität als Schuldgeständnis werten könnten.

»Sind Sie mit der Klägerin oder dem Beklagten verwandt oder verschwägert?«

»Nein.«

»Sind Sie bereit, Ihre Aussage später auf Verlangen der Klägerin oder des Beklagten zu beeiden?«

»Ja.«

Heinrichs Anwalt hatte Katty geraten, immer kurz und knapp zu antworten. Sie solle sich nicht zu weitschweifenden Erklärungen hinreißen lassen. Je mehr sie aussage, desto mehr Fehler könne sie machen. Katty war gewillt, sich daran zu halten.

»Die Klägerin wirft Ihnen vor, intimen Umgang mit dem Beklagten Heinrich Hegmann gehabt zu haben. Ist das richtig?« Katty versuchte, das Bild aus den letzten Kriegstagen zu verdrängen.

»Das ist nicht richtig!«, antwortete sie. »Herr Hegmann und ich haben keinerlei intimen Umgang gepflegt.«

»Hat er Ihnen eine Stellung im Haushalt eingeräumt, die eigentlich der Ehefrau zugestanden hätte, die er dieser aber verweigerte?«

»Ich war als Hauswirtschafterin für alle Belange des Hofes zuständig, die landwirtschaftlicher Natur waren. Die Klägerin übernahm, sobald sie auf den Hof kam, das hausfrauliche Regiment. Und das begann direkt nach dem Ende der Hochzeitsreise.«

»Die Klägerin behauptet, Sie hätten den Schlüssel für den Schrank mit alkoholischen Getränken behalten und sich nicht nur um die geschäftliche, sondern auch um die private Post des Hausherrn gekümmert.«

»Im Hause Hegmann ist nichts abgeschlossen, deshalb kann ich keinen Schlüssel einbehalten haben. Ich habe die Geschäftspost für Herrn Hegmann erledigt und nur in seiner Abwesenheit und in ausdrücklicher Abstimmung mit ihm auch private Post geöffnet, die mir wichtig erschien.«

Es ging stundenlang so weiter. Katty hatte das Gefühl, dass sie zu jedem einzelnen Tag der nur fünf Monate währenden Ehe befragt wurde. Hinter allem stand die zentrale Frage: Mochte der Ehemann seine Hauswirtschafterin lieber als seine Ehefrau? Diese Frage hätte Katty mit Ja beantworten müssen, aber sie wurde nicht gestellt.

Stattdessen musste sie Stellung dazu nehmen, dass Heinrich ihr das Du angeboten hatte, dass er sie nach der Kirche geküsst hatte und warum er sie gebeten hatte, in Bad Honnef zu erscheinen. Sie wurde gefragt, ob sie Heinrich potenzsteigernde Mittel mit auf die Reise gegeben habe, und sie musste sich dazu erklären, warum sie alle drei in einem Schlafzimmer übernachtet hatten, als das Ehepaar von der Hochzeitsreise heimgekehrt war. Sie musste darüber Auskunft geben, ob sie allein mit dem Beklagten in einem Zimmer übernachtet habe. Katty erklärte, es habe daran gelegen, dass man sehr früh am Morgen erst zu Bett gegangen sei und die Klägerin nicht habe wecken wollen. Ein diesbezügliches Missverständnis mit der Klägerin sei noch am selben Tag ausgeräumt worden.

»Ist es denn richtig, dass Sie sich in dem Badezimmer umkleiden, das an das eheliche Schlafzimmer grenzt, und dass Sie sich dem Beklagten regelmäßig im Hemd gezeigt haben?«

Ein Raunen ging durch den Gerichtssaal. Je intimer die Beschuldigungen wurden, desto empörter taten die Menschen im Saal. Widerliches Volk, dachte Katty und straffte die Schultern.

»Es ist richtig, dass das einzige Badezimmer im Haus an das Schlafzimmer der Eheleute Hegmann grenzt. Mein Schlafzimmer ist in der oberen Etage. Ich kleide mich im gemeinsamen Badezimmer um, wie es alle Haustöchter tun. Aber ich habe mich nicht ›regelmäßig im Hemd gezeigt‹, wie es mir die Klägerin vorwirft.«

»Sie haben es nicht ›regelmäßig‹ getan, sagen Sie«, warf Anna Marias Anwalt ein, »aber Sie geben zu, dass Sie es gelegentlich getan haben?«

»Nein, ich kann mich nicht entsinnen, dass das jemals passiert wäre.« Kattys Stimme zitterte. Sie würde sich stärker konzentrieren müssen. Seit einer gefühlten Ewigkeit wurde sie nun verhört, sie konnte nicht mehr. Das alles war unerträglich. Sie merkte erst jetzt, dass sie dicke Schweißtropfen auf der Stirn hatte. Sie schaute zu Heinrich. Der saß auf der Anklagebank und hatte sie fest im Blick. Als sich ihre Blicke kreuzten, nickte er ihr aufmunternd zu. Sie machte ihre Sache also gut. Reiß dich zusammen, ermahnte sich Katty, weiter im Text. Als hätten die Richter ihre Selbstermahnung gehört, machten sie stakkatohaft mit ihrer Befragung weiter. Ob Heinrich Hegmann sie Karneval 1947 inständig erwartet habe, während seine Ehefrau mit ihren Verwandten Kaffee getrunken und ob er sie mit Küssen begrüßt habe. Sie verneinte die Küsse und gab alles andere zu. Es war lächerlich, wie konnten sich diese seriösen Richter mit so dummen Fragen auseinandersetzen? War es wirklich wichtig, ob er auf sie gewartet hatte oder nicht? All diese merkwürdigen Anschuldigungen konnten Kattys Ansicht nach doch nur eines beweisen, nämlich, dass die Klägerin Anna Maria krankhaft eifersüchtig und darüber hinaus wahrscheinlich sogar verrückt war. Wer würde sonst ernsthaft mit so etwas vor Gericht gehen?

Aber die Richter des Landgerichts arbeiteten gewissenhaft einen Anklagepunkt nach dem anderen ab. Und beim letzten Punkt der Klägerin stockte Katty der Atem. Der Vorwurf war in dieser Form völlig neu für sie und sie fühlte, wie die Scham von ihr Besitz ergriff. Unwillkürlich schlug sie die Hände vors Gesicht.

»Die Beklagte wirft Ihnen vor, Sie hätten ungehindert Zutritt zum Schlafzimmer der Eheleute gehabt. Sie hätten dieses sogar einmal betreten, als die Eheleute geschlechtlich verkehrten. Sie sollen ans Bett getreten sein und die beiden ungeniert zugedeckt haben.«

»Niemals«, stammelte Katty, hochrot im Gesicht, »das habe ich nie gemacht, das ist eine infame Lüge.« Katty war bereit gewesen zuzugeben, dass sie einmal versehentlich die Tür geöffnet hatte, aber diese Anschuldigung war abscheulich. Und es wurde noch schlimmer, als Anna Marias Anwalt sich einschaltete:

»Ist es denn vielleicht zutreffend in der Version, die die Brüder Theodor und Klaus Düke, immerhin die Neffen des Beklagten, zu berichten wissen? Demnach hat die Klägerin den Zeugen erzählt, und die beiden sind bereit, das vor Gericht zu beeiden, dass Sie, Fräulein Franken, nicht nur die beiden ungeniert zugedeckt haben, sondern sogar im Gegenteil, dass sie ins Zimmer gekommen sind, die Bettdecke hochgehoben und die beiden beobachtet haben.«

Katty atmete aus, als hätte man ihr in den Magen geboxt, und die Zuschauer stöhnten auf. Der Anwalt war noch nicht fertig, seine Stimme wurde lauter und Anna Marias Gesicht verzerrte sich vor Abscheu.

»Ist es nicht so, dass Sie sichergehen wollten, dass Heinrich Hegmann mit seiner Ehefrau ein Kind zeugte, da das in Wahrheit der einzige Grund war, warum er Sie nicht geheiratet hat? Weil Sie keine Kinder bekommen konnten?«

»Herr Anwalt, bitte mäßigen Sie Ihre Lautstärke«, mahnte der Richter und sagte an Katty gewandt:

»Fräulein Franken, uns liegt die eben zitierte Aussage der Düke-Brüder vor. Würden Sie bitte dazu Stellung nehmen. Die weiteren Mutmaßungen des Herrn Rechtsanwalt streichen wir aus dem Protokoll. Fräulein Franken, Ihre Antwort bitte.«

Katty hatte die Hände vom Gesicht genommen. Diese Frau war einmal ihre Freundin gewesen. Wie hatte sie zu einem solchen Racheengel werden können? Sie hörte in Gedanken die Worte ihrer großen Schwester, die ihr die Antwort lieferte. Ja, dachte Katty, vielleicht habe ich diese Schande verdient, als Quittung für meine Hybris, aber ich werde nicht kampflos aufgeben. Sie richtete den Blick auf die Klägerin, als wollte sie diese durchbohren. Nicht mal eine Sekunde hielt Anna Maria ihrem Blick stand.

»Ich weiß nicht, warum die Zeugen Düke eine solch unfassbare Geschichte erzählen. Ich kann darüber nur spekulieren. Falls aber die Klägerin ihnen tatsächlich so etwas erzählt hat, dann hat die Klägerin gelogen. So etwas ist niemals im Hause Hegmann passiert. Und wenn ich sicher sein kann, dass die Klägerin solche Lügen über mich verbreitet, so werde ich sie wegen übler Nachrede anklagen.«

»Bravo«, irgendjemand auf den Besucherbänken begann zu klatschen, aber Katty hatte nicht den Mut, sich umzudrehen.

»Ruhe bitte!« Der Richter schlug mit dem Hammer auf eine Holzschale und verbat sich jegliche Kommentierung aus dem Zuschauerraum.

Katty war immer noch nicht als Zeugin entlassen. Nun musste sie zu den Behauptungen Stellung nehmen, die Heinrich aufgestellt hatte. Das fiel ihr leicht, denn natürlich hatten sie sich abgesprochen. Heinrich hatte, nachdem er wegen Verschuldens einer Scheidung beklagt worden war, Gegenklage eingereicht. Das hatte ihm nicht nur sein Anwalt empfohlen, sondern auch seine Parteifreunde. Mit Beginn des Scheidungsverfahrens hatte er sich in sämtlichen Verbänden, in denen er tätig war, vom Feuerwehrverband über den Landwirtschafts-Verband bis hin zum Landesverband der CDU, offenbart. In schier unzähligen Sitzungen hatte er seinen Kollegen immer wieder zerknirscht erklärt, dass seine Frau ihn verlassen habe und nun unter allen Umständen die Scheidung verlange. Jedes Mal hatte er anheimgestellt, ihm die Ämter zu entziehen, er habe dafür jedes Verständnis, da er verhindern wolle, dass sein Schicksal in der Öffentlichkeit für den gesamten Verband ein untragbares Bild abgebe. Alle Kollegen in allen Verbänden hatten ausnahmslos zu ihm gestanden. Nicht einer wollte seinen Rücktritt annehmen. Aber man bedeutete ihm, er müsse sich in der Öffentlichkeit von allen Vorwürfen reinwaschen. Er solle zusehen, dass ihm Recht und der pathologischen Ehefrau die Schuld am Zerwürfnis zugeschrieben werde. Also hatte Heinrich sich zwei teure Anwälte genommen, die ihn in dieser Sache vertraten.

Geschlagene drei Stunden nachdem sie ihren Namen genannt hatte, wurde Katty auf alle ihre Aussagen vereidigt, dann war sie fertig. Sie hatte Mühe, aufzustehen, so sehr zitterten ihr die Knie. Außerdem begann nun, nach der Anstrengung, ihr Magen laut zu knurren. Sie hatte nicht gefrühstückt und fühlte sich, als hätte sie auf nüchternen Magen den kompletten Schweinestall ausgemistet, was ihr im übertragenen Sinne auch so vorkam.

Sie wurde aufgefordert, im Gerichtssaal Platz zu nehmen, falls sich aus den anderen Zeugenaussagen noch weitere Fragen an sie ergäben. Katty war zu schwach, um zu protestieren, aber im Grunde war es ihr unerträglich, jetzt zwischen den Menschen zu sitzen, die gerade die abscheulichsten Behauptungen über sie gehört hatten. Sie hatte keine Wahl. Den Blick fest auf den Boden geheftet, ging sie zur ersten Bank. Dort waren für die Zeugen Plätze freigehalten. Als Nächster wurde der Pfarrer aus Bislich in den Zeugenstand gerufen. Er wurde dazu befragt, ob Heinrich Katty vor der Kirche geküsst habe und seine Ehefrau nicht. Der Pfarrer bestätigte das.

»Ich muss gestehen, ich war durch diese Begrüßung unangenehm berührt.«

Als die Richter nach einigen weiteren Fragen verkündeten, der Pfarrer bleibe unvereidigt, ging ein Lachen durch die Reihen und selbst Katty musste darüber schmunzeln. Ein Mann Gottes würde wohl kaum lügen, um eines seiner Schäfchen unschuldig geschieden zu sehen.

Heinrichs Nichte Elise folgte, die würde zu ihren Gunsten aussagen, da war Katty sich sicher. Heinrich hatte sich seine Nichte vorgeknöpft, denn offenbar hatte sie vor Anna Marias Familie böse über Katty gelästert. Heinrich hatte ihr eingeschärft, dass sie für die Konsequenzen ihrer Lästerei haftbar gemacht würde, wenn es zum Äußersten käme. Jetzt kam es zum Äußersten und Elise hatte sicher mehr Angst vor ihrem Onkel als vor irgendwelchen Richtern.

»Nein, ich habe die Hauswirtschafterin Katty Franken nie um Mitternacht aus dem Schlafzimmer des Beklagten kommen sehen, wenn die Klägerin nicht zu Hause nächtigte.«

»Haben Sie dies der Klägerin gegenüber behauptet und sie ermahnt, nachts das Haus nicht mehr zu verlassen?« Elise blickte verstohlen zu ihrem Onkel. Dann sagte sie:

»Nein, das ist nicht wahr.«

»Ich beantrage, die Zeugin zu vereiden«, gab der Anwalt der Gegenseite zu Protokoll.

Als Elise Koppers ihren Eid geschworen hatte, schrie Anna

Maria: »Du Lügnerin. Dafür gehst du in den Knast«, was die Zuschauer zu einem grotesken Lachen anspornte.

Es ging immer so weiter. Es wurden die Hausangestellten vernommen, Metzger, Fahrer, Nachbarn und anwesende Gäste der Silvesterfeier zum Jahreswechsel 1946/47. Sie wurden gefragt, ob Heinrich bei der Feier in der Gaststätte Katty bevorzugt behandelt und seine Ehefrau ignoriert habe. Keiner von ihnen stützte die Behauptungen der Klägerin. Katty wurde ruhiger. Die Zuschauer dagegen, so hatte sie den Eindruck, waren von Zeuge zu Zeuge enttäuschter. Sie hatten sich noch weitere deftige Details erhofft.

Nach der Mittagspause wurden weitere Nachbarn vernommen. Alle gaben zu Protokoll, sie hätten von einer ehewidrigen Beziehung zwischen Katty und Heinrich nichts bemerkt und man könne sich nicht erinnern, dass die Klägerin regelmäßig zurückgesetzt behandelt worden sei.

Am Nachmittag schlossen die Richter die Beweisaufnahme. Der nächste Verhandlungstag würde erst im neuen Jahr stattfinden. Katty hatte kein Gefühl dafür, wie es gelaufen war. Sie ahnte, dass auch die Richter von den Vorwürfen zu Beginn der Verhandlung schockiert gewesen waren. Ob all die belanglosen Aussagen, die für Heinrich sprachen, stärker oder weniger stark gewichtet würden, vermochte sie nicht zu beurteilen. Entgegen ihrem Drang lief sie nicht gleich zu Heinrich und seinem Anwalt, sondern verließ wie die anderen Zuschauer ruhigen Schrittes den Gerichtssaal durch den großen Haupteingang.

30. März 1950

Lübke kommt

»Liesel, du hast einen Fleck auf deiner Bluse. Geh und zieh dich um.« Kattys Nichten und Neffen standen aufgereiht wie die Orgelpfeifen vor ihr, und sie inspizierte die Kinderschar mit strengem Blick. Ausgerechnet die zehnjährige Tochter ihres Bruders Josef war mal wieder der Pechvogel. Sie hatte einen großen roten Tupfer am Kragen, vermutlich hatte sie von den Kirschen für den Nachtisch genascht. »Aber ich habe keine andere weiße Bluse«, gab das Mädchen kleinlaut zurück.

»Herrje, dann nimm dir eine von deiner Schwester.« Katty war aufgeregt und entsprechend ungehalten, was ihr in dem Moment schon wieder leidtat, als sie sah, dass Liesels Augen verräterisch glänzten. Jetzt bloß kein Drama, dachte sie und tätschelte Liesel zur Sicherheit den Kopf.

Christel, die kleine Schwester, meldete sich vorlaut zu Wort. »Aber ich trage meine weiße Bluse selbst.«

Katty musste lachen. »Passt auf, ihr zwei. Ihr geht jetzt ins Bad und wascht den Kragen mit kaltem Wasser. Hört ihr, mit kaltem Wasser. Und wenn anschließend noch etwas zu sehen ist, streut ein bisschen Mehl drauf. Aber flott, beeilt euch, der Herr Minister kommt gleich.«

Katty schaute sich die anderen Kinder an und war zufrieden. Sie sahen alle sehr adrett aus in ihren schwarzen Röcken oder

Hosen und den weißen Oberteilen. Bislang lief alles perfekt. Das würde Heinrich die Wahl im Sommer sichern, egal, was vorher noch im Gerichtssaal passierte, hoffte sie inständig. Und vielleicht waren die Richter ja auch eher geneigt, einem Mann zu glauben, der mit den Ministern des Landes befreundet war, als einer Frau, die sich hysterisch und selbstsüchtig gebärdete. Sicher würden die Ereignisse des heutigen Tages das Gericht von Heinrichs und auch von Kattys Unschuld überzeugen.

Im Februar war Heinrich der Verzweiflung nahe gewesen. Nach der ersten mündlichen Verhandlung hatte er sich immer wieder mit seinen Anwälten getroffen. Die Gegenseite schikanierte ihn. Es wurden Zweifel an jedem einzelnen Zeugen angemeldet, der vor Gericht aufgetreten war. In endlosen Schreiben wurde darauf hingewiesen, dass diese Zeugen in Abhängigkeit vom Beklagten lebten und man deshalb nicht einmal dann das Gesagte für bare Münze zu nehmen habe, wenn es unter Eid ausgesagt worden sei. Darüber hinaus wurden neue Zeugen benannt, von denen Heinrich sich zum Teil nicht einmal entsinnen konnte, sie jemals auf dem Hof gesehen zu haben. Zum Beispiel ein Apothekerpaar aus Köln, dessen Namen er noch nie gehört hatte. Dieses nun sollte bezeugen, wie auffallend lieblos er sich seiner Frau gegenüber verhalten habe. Es zog immer mehr Zeit ins Land, und irgendwann dämmerte ihm, was Anna Maria vorhatte: Sie versuchte, den nächsten Gerichtstermin, an dem all die peinlichen Vorwürfe erneut aufs Tapet kämen und die Zeitungen genüsslich darüber schreiben würden, so nah wie möglich an den nächsten Wahltermin heranzurücken. Sie wollte Heinrich Hegmanns politische Karriere beenden. Vielleicht war das nicht ihre Idee gewesen, aber die ihres Bruders, der in der SPD aktiv war, ganz sicher, vermutete Katty. Die Erkenntnis traf Heinrich wie ein Schlag, und sie erörterten eines Abends lange, was sie tun könnten. Dann bestellte Katty ein paar Bratkartoffeln.

»Man kann besser denken, wenn der Magen nicht knurrt«, sagte sie, auch, weil sie wusste, dass ihre Unaufgeregtheit Heinrich ein wenig amüsieren würde. »Ich bin sicher, die Bratkartoffeln nähren das Hirn. Wir essen jetzt in Ruhe, und dann finden wir eine Lösung.«

Katty ging an jenem Abend in die Küche, um das Braten selbst zu beaufsichtigen. Und als sie die alte Frau am Herd sah, kam ihr eine grandiose Idee. Eine, die so naheliegend war, dass sie sich fragte, warum sie nicht eher drauf gekommen war. Sie würden ein Fest geben. Das hatte immer funktioniert. Und hier vor ihr, mit der Bratpfanne in der Hand, stand auch schon der fleischgewordene Anlass: Anna Zumkley. Erst eine Woche zuvor hatte ein Hausmädchen ihr verraten, dass das Ehepaar Zumkley demnächst Goldhochzeit feierte. Theodor und Anna Zumkley waren seit fünfzig Jahren verheiratet, kennengelernt hatten sich die beiden auf dem Tellemannshof. Anna war 1899 als junge Frau auf den Hof gekommen, und es hatte nicht lange gedauert, bis sie sich in den schmucken Theodor verliebte, der auf Tellemann Mädchen für alles war, aber sich vor allem um die Tiere kümmerte. Im April 1900 hatten die beiden geheiratet. Ein schöner Grund zum Feiern, aber nicht der einzige. Denn Theodor Zumkley hatte noch ein weiteres Jubiläum: Er stand im März seit sechzig Jahren in den Diensten des Tellemannshofes. Es würde ein sehr gutes Licht auf Heinrich werfen, wenn er solche Treue im großen Stil ehrte.

Aufgeregt lief Katty daraufhin zurück zu Heinrich ins Wohnzimmer und erzählte ihm von ihrem Plan. Als kurz danach Anna ins Wohnzimmer kam und eine große Schüssel mit Bratkartoffeln brachte, strahlte Heinrich sie an. Anna schaute etwas verlegen zurück. Sie war engen Kontakt zum Hausherrn nicht gewohnt und im Umgang mit ihm etwas gehemmt. Anna sprach nicht viel, und wenn, dann tiefstes niederrheinisches Platt, sodass selbst Katty Mühe hatte, sie zu verstehen, zumal die fast Siebzigjährige kaum noch Zähne im Mund hatte.

»Wie geht es Ihnen und Ihrem Mann, Anna?«, versuchte Heinrich, ein Gespräch zu eröffnen.

»Watt willse dat dahn wähten?«, fragte sie derb zurück, und als Katty Heinrichs entgeistertes Gesicht bemerkte, schritt sie ein. Sie wusste, es war nicht so gemeint, wie es geklungen hatte.

»Anna, der Herr Hegmann will, dass es euch gut geht auf dem Hof. Sag deinem Mann einen schönen Gruß. Wir werden euer Jubiläum schön feiern, ja?«

Anna verschwand ohne einen weiteren Blick in der Küche.

»Das ist vielleicht doch keine gute Idee!«, stellte Heinrich enttäuscht fest und grübelte erneut dumpf vor sich hin.

»Das klappt schon«, machte Katty ihm Mut, »wir müssen nur andere für sie reden lassen. Das hat außerdem den Vorteil, dass wir bestimmen können, was gesagt wird. Wie wäre es, wenn ich als Hauswirtschafterin eine Rede halte?«

»Katty, du stehst unter Verdacht, ein sittenwidriges Verhältnis zu mir zu haben. Die Leute werden uns auslachen, wenn du denen etwas von Treue erzählst.«

Heinrich suchte ihren Blick. Es war nach langer Zeit der erste Augenblick, in dem sie sich wieder gefährlich nah waren. Katty sah in Heinrichs Augen etwas Provozierendes, als wollte er sagen: Wenn wir sowieso verdächtigt werden, warum haben wir dieses Verhältnis dann eigentlich nicht? Katty hielt seinem Blick stand. Sie wusste, dass sie sich nicht gehen lassen würde. Es war gut so, wie es war, und sie würde niemals durch eine unbedachte Handlung riskieren, zu Recht in Verruf zu kommen. Sie hatte sich vor langer Zeit entschieden: Ihre Liebe gehörte Heinrich, die Leidenschaft dem Hof und der Politik.

Herausfordernd erwiderte sie schließlich:

»Dann lad doch den Ministerpräsidenten ein, damit er eine Rede hält. Oder noch besser den Bundeskanzler, den kennst du doch schon so lange. Und ich würde mich freuen, Herrn Adenauer einmal wiederzusehen.«

Heinrich erklärte sie für verrückt. Und tatsächlich war es eigentlich ein Scherz gewesen, aber einmal ausgesprochen, fand Katty diesen Gedanken gar nicht mehr so absurd, und mit jedem Argument, das sie spontan ins Feld führte, schien ihr die Idee einleuchtender. Katty redete sich dermaßen in Rage und betonte so häufig, dass es doch nur im Sinne der Partei sei, wenn Heinrich wiedergewählt werde, und die politischen Freunde daher schon aus eigenem Interesse in die Bresche springen müssten, dass Heinrich sie schließlich mit einem anerkennenden Nicken bedachte.

»Vielleicht hast du recht. Wir werden es versuchen. Aber den Bundeskanzler frage ich nicht. Ich bin sicher, Herr Adenauer hat Wichtigeres zu tun, als sich um einen Knecht zu kümmern, der seit sechzig Jahren auf Tellemannshof arbeitet. Wir werden sehen, was sich machen lässt.«

Danach widmete Heinrich sich mit großem Appetit den Bratkartoffeln, die, so musste Katty zugeben, mit Zwiebeln und ein bisschen Speck gebraten fast noch besser schmeckten als die, die sie selbst zubereitete.

Vier Wochen später stand fest, dass der Landwirtschaftsminister kommen würde. Heinrich Lübke, ein langjähriger Wegbegleiter von Heinrich, hatte die Aufgabe mit Freude und Verständnis angenommen. Heinrich hatte ihm erneut von seinem schrecklichen Scheidungsprozess erzählt und die Bredouille erklärt, in der er steckte. Lübke hatte sofort begriffen und Wort gehalten. Sein Sekretariat würde dafür Sorge tragen, dass der Minister vom Rundfunk begleitet werde, hatte man Katty mitgeteilt und sie gebeten, sich bitte eigenständig um die örtlichen Zeitungen zu bemühen.

So hatten sie es gemacht, und nun war der große Tag gekommen. Seit sechs Uhr morgens war Katty auf den Beinen, sie war seit Tagen so nervös, dass sie keinen Bissen herunterbekam. Gestern erst hatte sie die Näherin bitten müssen, ihren grauen Rock enger zu machen. Sie war heilfroh, dass sie ihn kurz vor diesem Tag noch einmal anprobiert hatte, sonst hätte sie vor dem Minister ziemlich dumm dagestanden mit einem Rock, der ihr auf die Hüften rutschte. Sie war so aufgedreht an diesem Morgen, dass sie nicht einmal den Wecker hatte stellen müssen, obwohl sie sonst um diese Zeit eher zu Bett ging, als es zu verlassen. Ein Großteil ihrer Familie war eingespannt, denn es sollte sogar ein Mittagessen mit dem Minister geben. Katty hatte draußen ein Zelt aufstellen lassen für alle Vertreter der Verbände, in denen Heinrich tätig war, natürlich für die Belegschaft des Tellemannshofes, für die Nachbarn und wie üblich für ein paar ausgewählte Bauern aus den umliegenden Dörfern. Im Wohnzimmer hatte sie für den engsten Kreis decken lassen. Hier würden das Jubelpaar sitzen, der Minister, weitere Würdenträger, außerdem Katty und Heinrich. Sie alle, draußen wie drinnen, würden von Kattys Familie bewirtet. Suppe auftragen sollten die etwas älteren, geschickteren Mädchen, Schüsseln auf den Tisch stellen, dazu wären auch die kleineren Nichten und Neffen fähig. Ein paar Nachbarinnen hatte sie zudem gebeten, mitzuhelfen und das schmutzige Geschirr abzutragen. Sie hatte eine Ochsenschwanzsuppe kochen lassen, als Hauptgang gab es Schweinekotelett mit Salat und Bratkartoffeln, die hatte Katty sich gewünscht, als Erinnerung an den Abend, an dem sie alles ausgeheckt hatten. Als Nachspeise Waffeln mit heißen Kirschen. Es war ein Festmahl, dabei war noch nicht einmal ganz sicher, ob der Landwirtschaftsminister die Zeit aufbringen könnte, bis zum Dessert zu bleiben.

Katty hatte den Zumkleys gut zureden müssen, ihnen war das alles zu viel, sie wussten nicht einmal, wer dieser Minister überhaupt war. Ihr Interesse galt allein dem Geschehen auf dem Hof, und als Katty versucht hatte, sie von dem Fest zu überzeugen, war sie auf einmal nicht sicher gewesen, ob die beiden überhaupt schon mitbekommen hatten, dass der Krieg zu Ende war. Sie hatte sich um alles gekümmert, hatte für Herrn Zumkley einen Anzug von ihrem Vetter Heinz organisiert und für Frau Zumkley ein Kleid. Dann hatte sie ihnen erklärt, dass ihnen zu Ehren ein wichtiger Mann aus Düsseldorf käme, dass sie aber nicht viel tun müssten, da sein und sich freuen, das sei alles, was man von ihnen verlange. Der Knecht und seine Gattin hatten schließlich eingewilligt, aber nicht etwa glücklich, sondern eher so, wie man eine unangenehme Dienstanweisung befolgt. Nicht schlimm, hatte Katty gedacht, wer schweigt, der kann auch keinen Unsinn reden.

Ein bisschen panisch wurde sie nun aber doch, als die Herren vom Nordwestdeutschen Rundfunk mit ihrem Aufnahmewagen angereist kamen.

Noch bevor Katty sie herumführen konnte, baten sie darum, den Jubilar kennenzulernen. Man wolle ihn für die Sendung am Samstag interviewen.

»Oh«, entfuhr es Katty, »ich weiß nicht, ob das möglich ist. Herr Zumkley ist ein sehr zurückhaltender und bescheidener Mensch. Ich glaube nicht, dass ihm das recht sein wird, so öffentlich zu sprechen.«

»Ach«, sagte der Reporter mit einer wegwerfenden Handbewegung, »es sind ja nur ein paar Fragen. Er soll uns einfach erzählen, wie es so ist hier auf dem Hof. Und wie er sich fühlt, wenn der Minister Lübke kommt, um ihn zu ehren.«

»Gut, meine Herren, ich werde mich darum kümmern. Darf ich Sie an eine unserer Hausdamen verweisen, die wird Ihnen den Hof und die Stallungen zeigen«, sagte Katty und lief, so schnell sie konnte, zu Heinrich ins Büro, um mit ihm zu besprechen, was der NWDR sich wünschte.

»Ja, dann soll Theodor Zumkley das bitte machen,« war dessen einziger Kommentar.

»Das kann er nicht, und vermutlich will er das auch gar nicht«, entgegnete Katty aufgeregt, »du weißt doch wie die Zumkleys sind. Was ist, wenn er eine Frage nicht beantworten kann? Wenn er nach dem Minister gefragt wird und zugibt, dass er ihn gar nicht kennt?«

»So sind die Menschen auf den Höfen eben, Katty. Geh zu ihm und überrede ihn zu diesem Interview. Das schaffst du schon. Und vielleicht kannst du ihm auch mit dem einen oder anderen Gedanken auf die Sprünge helfen«, beruhigte Heinrich sie und strahlte. Er war an diesem Tag ganz der souveräne Politiker, der dem Volk Vertrauen einflößte. Der hat gut reden, grummelte Katty innerlich, er muss Herrn Zumkley ja nicht rundfunktauglich machen.

Sie ging zu Theodor und Anna in das kleine Zimmerchen am Rande der Stallungen, wo die beiden gestriegelt und geschniegelt auf ihren Auftritt warteten. Katty setzte sich, erzählte vom Radio und davon, dass man Theodor interviewen wollte. Der ganze Hof und das ganze Dorf könnten dann am Samstag hören, was er gesagt hätte.

»Wie geht dat denn?«, bekam sie als Antwort.

Natürlich, dachte Katty, die Zumkleys kannten gar kein Radio, die Belegschaft hinten hatte keinen Empfänger. Sie ärgerte sich, dass sie nicht eher darauf gekommen war, und überlegte, wie sie es möglichst bildhaft und simpel erklären sollte.

»Die nehmen dein Reden auf, das ist ein bisschen so wie ein Silo. Da lagern die deine Stimme ein und holen sie später wieder vor. Genau wie das Getreide im Stall.« Theodor Zumkley guckte sie ungläubig an.

»Wat wollen die denn wissen?«

»Ach, nicht viel. Sag denen nur, wie schön es auf dem Tellemannshof ist und dass du hier seit sechzig Jahren glücklich bist.

Vielleicht kannst du noch sagen, dass du sehr stolz darauf bist, dass der Herr Minister zu deinen Ehren auf dem Hof ist, und du dich freust, dass Heinrich Hegmann dieses Fest für dich ausrichtet.«

»Dat es aver viel«, war die einzige Reaktion, die der Knecht Katty schenkte. Sie überlegte.

»Weißt du was, ich bleibe einfach bei dir, wenn die Leute dich fragen. Dann kann ich dir zwischendurch helfen.«

»Ja, mach dat. Du kanns ja woll schlau daherprote.«

Katty lachte und nahm den Knecht in den Arm. Über diese Geste freute er sich sichtlich. Dann begleitete sie ihn ins Wohnzimmer. Auf der Schwelle streifte er sich artig die Schuhe ab, obwohl er damit noch keinen Schritt vor die Tür gesetzt hatte, sie waren blitzsauber. Aber der Knecht trug sonst nur Stiefel und es irritierte ihn offensichtlich, so leichte Füße zu haben. Seine Schritte waren an diesem Tag unangemessen groß, und er stapfte unsicher von einem Raum in den nächsten.

Katty führte ihn zu dem gemütlichen Ohrensessel. Die Leute vom Rundfunk begrüßten Theodor Zumkley sehr höflich und gratulierten ihm zu seinem Jubiläum. Als er Platz genommen hatte, stellten sie einen großen Kasten vor seinen linken Fuß. Zu seiner Rechten schlängelten sich meterweise Kabel, und vor seiner Nase stand ein schwerer Ständer, an dem die Männer ein Mikrofon befestigten.

»Können Sie bitte dort hineinsprechen?«, fragte einer der Techniker.

Theodor Zumkley sah Katty hilflos an.

»Wie mach ich dat denn?«

Katty übersetzte: »Die Herren meinen, du sollst einfach in dieses Dingen reinsprechen, stell dir vor, das wäre ein Ohr. Also einfach in die Richtung reden. So war das gemeint.«

»Genau, entschuldigen Sie. Wir sollten Ihnen erklären, was

wir hier tun. Wir nehmen jetzt als Erstes eine Tonprobe. Bitte schön, Herr Zumkley.« Der Techniker vom NWDR hatte es gut gemeint, aber natürlich hatte der Knecht keine Ahnung, was eine Tonprobe sein könnte. Er sank in sich zusammen. Katty munterte ihn auf. Er tat ihr leid und sie schämte sich, weil sie ihn an seinem Ehrentag so hoffnungslos überforderte.

»Theodor, einfach da vor die Kugel klopfen, das ist alles.« Theodor Zumkley ballte eine Faust und klopfte gegen das Mikrofon wie gegen eine Holztür. Der Techniker riss die Kopfhörer vom Ohr und verzog vor Schmerz das Gesicht.

»Vielen Dank«, sagte er gequält.

»Dann können wir ja jetzt loslegen«, mischte sich nun der dritte Kollege ein. Ein Mann, den Katty auf Mitte fünfzig schätzte. Er würde die Fragen stellen.

»Herr Zumkley«, begann der Redakteur, dann hörte man von draußen einen ohrenbetäubenden Lärm.

»Was ist denn da los?«, fragte er, als auch schon Kattys Nichte aufgeregt hereingerannt kam.

»Er kommt angeflogen, Tante Katty, der kommt geflogen. Das musst du dir ansehen.« Und schon rannte sie wie ein flatterndes Huhn an der Radiomannschaft und dem Jubilar vorbei wieder hinaus. Katty und der Redakteur sahen sich an und liefen hinterher. Auch die beiden Techniker konnten ihre Neugier nicht bremsen und wollten sich das Schauspiel nicht entgehen lassen. Und so blieb der arme Theodor Zumkley allein übrig, eingemauert zwischen Kabel, Mikrofon und Aufnahmegerät.

Als die Mitarbeiter des NWDR und Katty auf der Wiese ankamen, war der Hubschrauber bereits im Landeanflug. Der große Augenblick war gekommen.

Seit elf Uhr vormittags stand das Wardter Spielmannskorps bereit, der Bürgermeister hatte tagelang eine von Heinrich vorformulierte Ansprache geübt und alle warfen den Kopf in den Nacken. Die Nachbarjungs stürmten herbei und kreischten vor Freude, ihre Mütter riefen ihnen noch ein skeptisches »Seid um Himmels willen vorsichtig« hinterher, und dann setzte die Höllenmaschine auch schon zur Landung an. Einigen Frauen wehten die Hüte vom Kopf, Heinz Ackermanns Haarschopf, der normalerweise von einem Ohr über den Kopf bis zum anderen Ohr gekämmt war, klappte bedrohlich nach links weg, Heinrich, der schon lange keine Haare mehr hatte, hielt sich den Arm vor die Augen, um sie vor dem aufwirbelnden Staub zu schützen. Katty überlegte gerade, ob es gut oder schlecht war, dass die Kuhfladen auf der Wiese noch nicht ganz getrocknet waren, als die Kufen des Hubschraubers sich bereits in den Matsch drückten. Heinrich Lübke stieg aus und umging mit geschickten Trippelschritten jede der wiedergekäuten Tretminen, die in großer Zahl über die Wiese verteilt waren. Der Minister ging auf Heinrich zu und begrüßte ihn innig, indem er ihm beide Hände entgegenstreckte.

»Wie schön, Sie hier besuchen zu dürfen, lieber Herr Hegmann. Wie lange arbeiten wir jetzt zusammen? Seit zwanzig Jahren? Und es ist mir nach wie vor eine Ehre. Ich denke immer noch mit großer Freude an unsere gemeinsame Zeit im Preußischen Landtag«, erklärte er den staunenden Anwesenden, die gar nicht wussten, ob nun der Herr Minister oder der Hubschrauber spannender war. Katty war ebenso erstaunt wie der Rest des Dorfes. Sie hatte sich gar nicht die Frage gestellt, wie der Minister denn wohl anreisen würde, da sie selbstverständlich von einem Auto ausgegangen war. Aber das war viel besser. Sie vollführte innerlich einen Freudensprung. Ein echter Minister, der mit einem Hubschrauber gekommen war, das war unfassbar für die bodenständigen Niederrheiner. Was für ein Kerl, würden die Menschen denken, der diesen Draht nach ganz oben hatte. Sie war noch völlig benommen vor Stolz, als sich Heinrich Hegmann und Heinrich Lübke ihr näherten und sie sah, wie der Landwirtschaftsminister sich suchend umblickte.

»Wo ist denn der Jubilar?«, fragte er, als er eine einsame ältere Dame fein herausgeputzt am Rande der Wiese stehen sah und ganz richtig geschlossen hatte, dass das die Ehefrau des Knechts war. Heinrich Hegmann hatte Anna Zumkley dort platziert, und sie hatte sich nicht vom Fleck gerührt, genauso wie ihr Ehemann, der in einem Ohrensessel im Kaminzimmer saß und vermutlich ebenfalls darauf hoffte, irgendwann wieder befreit zu werden.

»Ach herrje«, entfuhr es in diesem Moment den Journalisten vom Rundfunk, und sie liefen zurück ins Wohnzimmer.

»Guten Tag, verehrter Herr Minister Lübke«, wandte sich Katty jetzt an den Ehrengast und machte vor Verlegenheit einen unangemessen tiefen Knicks. »Der Jubilar wartet im Haus. Ich werde schnell vorauseilen.« Heinrich blickte sie missbilligend an. Er hatte erwartet, dass der Empfang besser organisiert wäre. Sie eilte ins Wohnzimmer und verkündete: »Wir werden das Interview verschieben müssen. Es gibt jetzt erst die Suppe.«

Die Radiomitarbeiter waren gezwungenermaßen einverstanden, sie befreiten Theodor Zumkley aus seiner misslichen Lage und schickten ihn ins Esszimmer.

Kaum saß er, wurde auch schon aufgetragen. Eines der Mädchen ließ eine Suppentasse fallen, aber der Minister nahm es mit Humor. Und als er danach seine Ansprache hielt, wäre Katty ihm am liebsten um den Hals gefallen. Eine solch enge Bindung an Hof und Mensch sehe man immer seltener, war da zu hören. Ein sechzigjähriges Dienstjubiläum stehe für eine besondere Treue, zu der er sowohl den Jubilar und seine Gattin als auch den Hausherrn Heinrich Hegmann beglückwünsche. Das Beispiel der Zumkleys brauche Nachahmung, gerade in einer Zeit, da sich die Bindungen der Menschen untereinander immer mehr lockerten. Dann überreichte er dem Jubilar eine bronzene Medaille des Landes Nordrhein-Westfalen. Mit ähnlichen Worten schloss der Präsident der Landwirtschaftskammer sich an und überreichte eine große Urkunde. Katty war selig. Ein Mann, der die Treue seiner Angestellten zum Hof so wichtig nahm, dem würden sicher auch die Richter in Kleve nachsehen, dass er seine treue Hauswirtschafterin nicht einfach auf die Straße setzen konnte. Und einen Mann, zu dem sogar der Landwirtschaftsminister höchstpersönlich geflogen kam, den würden die Bauern weiterhin wählen. Dieser Tag war ein Triumph.

Nach dem Essen fand das Interview doch noch statt, Theodor Zumkley brachte ausreichend freundliche Sätze zustande, und der Fotograf vom *Boten für Stadt und Land* machte mehrere schöne Fotos. Eins von Heinrich im Gespräch mit dem Minister, ein paar von Heinrich und seinem Knecht, und schließlich hatte Katty im Garten alle Hausangestellten versammelt. Das Jubelpaar saß in der Mitte, eingerahmt von Katty auf der einen und Heinrich auf der anderen Seite, die restlichen Angestellten hatten sich rundherum aufgestellt.

Als alle Gäste am Nachmittag verschwunden waren und das Gröbste wieder aufgeräumt war, legte Katty sich hin, sie war hundemüde und schlief sofort ein.

Als sie erwachte, saß Gertrud an ihrem Bett.

»Ich wollte mich verabschieden. Der Fahrer bringt mich zurück nach Duisburg.«

»Oh, wie lange habe ich denn geschlafen?«

»Es ist halb fünf.«

»Komm, lass uns noch schnell Kaffee trinken, so viel Zeit ist doch.«

Zum Kaffee musste man Gertrud nie lange überreden. Sie zögerte nur einen kurzen Moment, dann willigte sie ein. Katty beeilte sich, sie zog den Rock vom Mittag noch einmal an und dazu eine etwas weniger feine Bluse. Auf der Treppe nach unten fragte sie sich, was Gertrud wohl auf dem Herzen hatte. Irgendetwas war da, das konnte Katty fühlen.

Als sie sich ins Wohnzimmer setzten, gesellte sich ein gut gelaunter Heinrich dazu. »Ein wunderbarer Tag, nicht wahr, Gertrud.«

»Das habt ihr sehr gut gemacht, ihr zwei«, antwortete Gertrud nachdenklich. Heinrich sonnte sich in dem unerwarteten Lob, aber Katty kannte ihre Schwester und war alarmiert. Das würde wieder einen Tadel geben, dachte sie und wappnete sich.

»Ihr habt es aufs Trefflichste verstanden, Anna Maria in aller Öffentlichkeit als eine Verrückte dastehen zu lassen.« Katty fiel die Kinnlade herunter. Damit hatte sie nicht gerechnet.

»Wie kommst du denn darauf? Der Name Anna Maria ist nicht ein einziges Mal gefallen. Es ging doch gar nicht um sie«, verteidigte sie sich etwas lahm. Sie wusste, wann sie bei Gertrud verloren hatte: Immer dann, wenn die große Schwester sie mit ihrem Scharfsinn entlarvte.

»Halt den Mund, Katty. Das ist durchtrieben, was ihr da macht. Könnt ihr die arme Frau nicht in Ruhe lassen? Es reicht, dass ihr sie unglücklich gemacht habt. Stellt sie nicht auch noch als Verrückte dar, nur weil sie nicht beweisen kann, was doch jeder ahnt.«

»Gertrud«, wandte Heinrich zaghaft ein, »es geht um die Politik. Das hat nichts mit ihr zu tun. Denk nicht schlechter von mir als nötig.«

Gertrud schnaubte verächtlich. »Ich wollte nur, dass ihr es wisst, ich habe gestern eine Vorladung bekommen. Ich soll als Zeugin vor Gericht aussagen. Am 13. Juni ist der Termin.«

Katty schien es, als genieße ihre Schwester die Drohung, die darin mitschwang. Sie erfasste sofort, was das bedeuten könnte: Wenn Gertrud aussagte, dass die Klägerin nie eine Chance gehabt hatte, als Ehefrau im Hause Hegmann anzukommen, würden die Richter ihr wahrscheinlich Glauben schenken und Heinrich Hegmann die Schuld an der Zerrüttung der Ehe zuschreiben. Gertrud war Schulrektorin, galt damit als klug und integer, und wenn sie sich gegen die eigene Schwester stellte, wäre Heinrichs und Kattys Schicksal besiegelt. Heinrich war offenbar zu demselben Schluss gekommen.

»Gertrud«, sagte er leise, »das kannst du nicht machen. Du würdest mein Leben ruinieren.«

Gertrud blickte ihn kalt an.

»Das hast du mit meinem auch getan«, flüsterte sie, stellte die leere Kaffeetasse auf den Unterteller und ging.

Der 100. Geburtstag – Sonntag

Ein gesegnetes Alter

Ich muss das Ding endlich in den Müll werfen, ärgerte sich Katty, deren Blick schon wieder auf der Scheidungsakte gelandet war. Schnell zog sie eine zweite Nylonstrumpfhose über die erste, um sich in der Kirche nicht zu erkälten, ihr graues Kostüm mit der bordeauxroten Bluse darüber und stellte sich vor die Spiegelkommode, um ihre Frisur zu prüfen. Die Friseurin hatte gestern ganze Arbeit geleistet, ihre Haare saßen so perfekt wie am Vortag. Katty vermutete tonnenweise Haarspray als Grund für dieses Wunder. Sie überlegte kurz, ob sie sich zu diesem feierlichen Anlass schminken sollte, doch ein Blick auf die Uhr ließ sie die Idee verwerfen. Außerdem war sie nicht sonderlich begabt darin, und als sie zu ihren Schwestern in die Küche kam, stellte sie wieder einmal fest, dass auch Gertrud dieses Talent nicht besaß. Ohne eine Erklärung nahm sie etwas Handcreme, die am Spülbecken stand, und rieb kräftig am Hals ihrer großen Schwester, um die Schminkstreifen zu entfernen.

»So, jetzt siehst du aus wie zwanzig«, urteilte sie, nachdem sie einen Schritt von Gertrud weggetreten war. Gertrud nickte und nahm einen letzten Schluck vom kräftigen Kaffee.

»Na dann los. Ich will doch nicht zu meinem eigenen Geburtstag zu spät kommen!«

Katty war das nur recht, denn es war Muttertag an diesem Sonntag und deshalb vermutete sie, dass die Kirche besonders voll sein könnte. Sie hatte den Pfarrer zwar gebeten, die vorderste Reihe zu reservieren, aber man konnte nicht sicher sein, ob er wirklich daran dachte. Katty hakte Gertrud mit kräftigem Griff unter und führte sie zur Haustür. Als sie merkte, dass Paula, blind wie sie war, etwas verloren hinterherzockelte, rief sie José zur Hilfe. José war Frühaufsteherin und an diesem Tag so nervös, als hätte sie selbst Geburtstag. Sie hatte sich deshalb bereits vor einer Viertelstunde mit Stock und Mantel an die Tür gestellt. Vielleicht hatte sie Sorge, dass man sie vergaß. José, die zwar beim Gehen gefährlich schlurfte, aber gute Augen hatte, schnappte sich Paula, und zu viert fuhren sie den kurzen Weg zur Kirche, wobei Katty selbstverständlich am Steuer saß.

»Gertrud, siehst du, wie schön die Nachbarn die Kirche geschmückt haben?«, rief sie freudig, als sie wenige Minuten später ankamen. Gertrud schritt so würdig, wie man mit hundert Jahren noch schreiten konnte, zum Portal der Kirche. Nur wenn man sie kannte, sah man, wie viel Kraft es sie kostete, den Oberkörper kerzengerade zu halten. Ihre eingefallenen Wangen bebten vor Anstrengung. Vielleicht ist das ihr letztes großes Fest, dachte Katty wehmütig, vielleicht wird sie sich im nächsten Jahr nicht mehr würdigen lassen. Gertrud sah müde aus, vielleicht war es doch zu anstrengend für sie gewesen, am Abend bis in die Puppen zu feiern und am nächsten Morgen schon wieder. War es wie üblich sie selbst gewesen, die unbedingt eine Großveranstaltung haben musste?, fragte sich Katty. Oder entsprach es auch Gertruds Wünschen? Sie würde an diesem Tag auf ihre Schwester achtgeben müssen. Wie oft starben Menschen an solch einem Tag? Musste sie sich ernsthaft Sorgen um Gertrud machen? Hatte sie vielleicht nur eingewilligt, bei ihr zu wohnen, weil sie längst spürte, dass das Ende nah war? Katty schüttelte den Gedanken ab.

Sie geleitete ihre Schwester in die vorderste Bank. Der Pfarrer hatte Wort gehalten, es lag ein Zettel mit der Aufschrift »Familie Franken« darauf. Sie platzierte Paula neben Gertrud und übernahm dann die Begrüßung der Gäste. Das lange Stehen war Gertrud in ihrem Alter nicht mehr zuzumuten.

Katty stellte sich dem Pfarrer gegenüber ins Kirchenportal. Beide schüttelten die Hände aller Kirchgänger, der Pfarrer, weil es für ihn üblich war am sonntäglichen Hochamt, und Katty, weil das für sie mitnichten ein sonntägliches Hochamt war, vielmehr eine Geburtstagsmesse zu Ehren ihrer Schwester. Streng genommen war es ziemlich anmaßend, sich vor der Kirche als Gastgeberin aufzuführen, das wusste sie, aber der Pfarrer würde ein Auge zudrücken.

Um zehn Uhr waren alle Schäfchen, die in die Kirche passten, auf den Bänken platziert. Da es ein schöner warmer Tag war, ließ der Pfarrer die Türen geöffnet, damit alle weiteren Gäste draußen stehen konnten und vielleicht ein bisschen von der Predigt mitbekamen. Auch ein Mann Gottes war nicht frei von jeglicher Eitelkeit, schmunzelte Katty.

Sie ging durch den Mittelgang nach vorne zu ihren Schwestern und genoss dabei jeden Schritt, zwinkerte dem einen zu, winkte dem Nächsten, und wenn sie einen nahen Verwandten erblickte, streckte sie sich, um ihm einen Kuss auf die Wange zu drücken. Sie sah, wie Gertrud und Paula die Köpfe zusammensteckten und herumalberten. Katty beobachtete sie gerührt. Sie waren die Letzten, die ihr geblieben waren. Alle anderen Geschwister waren inzwischen tot. Und auch Heinrich, den sie immer als Teil ihrer Familie betrachtet hatte, war schon vor langer Zeit gestorben. Fünfundachtzig Jahre war er geworden und bis wenige Wochen vor seinem Tod geistig und körperlich fit gewesen. Doch dann hatte sein Herz versagt. Er hatte Katty gebeten, alle Scheidungsunterlagen zu verbrennen, jetzt, da es mit ihm zu Ende gehe, aber sie hatte vom Sterben nichts hören wollen und war über sein Ansinnen hinweggegangen, bis sie ihn eines Morgens gefunden hatte. Er war einfach nicht mehr aufgewacht. Friedlich hatte er ausgesehen. Sie hatte sich mit einem Kuss auf die Stirn von ihm verabschiedet und ihm ein herrschaftliches Begräbnis bereitet. Ein Meer von Blumen hatte noch wochenlang sein Grab umgeben, da es am Tag nach der Beisetzung geschneit hatte und die Blumen in der Kälte konserviert worden waren.

Heinrich hatte in seinem Testament verfügt, dass Katty bis zu ihrem Lebensende auf dem Hof bleiben konnte. Aber auch Katty hatte keinen Erben vorzuweisen, und weil Heinrich hatte vermeiden wollen, dass der Tellemannshof der Stadt zufiel, hatte er vor seinem Tod einen Nachbarn adoptiert. Der würde eines Tages erben, und Katty dachte in diesem Moment, dass er ganz schön lange darauf würde warten können, wenn es nach ihr ging. Und wenn sie sich ihre Schwestern so anschaute, dann müsste der Nachbar aufpassen, dass er nicht vor Katty das Zeitliche segnete.

Die beiden tuschelten immer noch. Worüber sie sich wohl unterhielten? Vermutlich schmiedeten sie Pläne, wie sie ihre kleine Schwester aufziehen und den Tellemannshof unsicher machen konnten, freute sich Katty. Paula würde niemals wirklich auf den Hof ziehen, sie fühlte sich bei ihrer Tochter sehr wohl. Aber vielleicht würde sie ab und an für längere Zeit zu Besuch kommen. Katty überlegte einen Moment, wie es wäre, wenn sie drei Betten in ein Zimmer stellte. Dann könnten sie wieder so schlafen wie früher in Empel. Da hatten die beiden älteren Schwestern auch immer miteinander geflüstert. Katty hatte es gehört, aber sie hatte nie verstanden, worum es ging. Katty fragte sich, ob Paula in den letzten Tagen unter vier Augen mit Gertrud gesprochen und sie überzeugt hatte, auf den Tellemannshof zu ziehen. Paula war eine Meisterin im Überzeugen, weil sie jedem das Gefühl gab, selbst auf den entscheidenden Gedanken gekommen zu sein. Sie gab keine Ratschläge, sie lenkte nur sanft die Gedanken in eine bestimmte Richtung. Katty hatte Paula deshalb damals angefleht, sie möge bitte Gertrud bekehren und davon abbringen, gegen Heinrich auszusagen. Aber Paula ließ sich nicht einfach so vor einen Karren spannen und hatte Katty weder etwas versprochen noch verweigert. Sie war in ihren Aktionen immer so diskret, dass am Ende niemand sicher sein konnte, ob sie ihre Finger im Spiel gehabt hatte oder nicht. Katty wusste bis heute nicht, ob ein Gespräch zwischen Gertrud und Paula stattgefunden hatte. Sie hatte nie danach gefragt, hatte alles nur so schnell wie möglich vergessen und zum Alltag zurückkehren wollen. Die Familie wäre an der ganzen Geschichte fast zerbrochen.

Katty setzte sich neben Gertrud und drückte ihren Arm. Offenbar zu fest, denn Gertrud zuckte zusammen und schaute sie mit gespieltem Vorwurf an, dann lächelte sie. Die Messe begann, aber Katty konnte sich nicht auf die Worte des Pfarrers konzentrieren. Sie ging im Kopf die Liste der Menschen durch, die sie erwartet hatte, und hakte ab, ob wirklich alle erschienen waren. Sie hatte ihre Nichte gesehen, die Mathematikprofessorin in Oxford war. Gertrud glühte jedes Mal vor Stolz, wenn sie von ihr erzählte. Die diversen Würdenträger und sogar zwei ehemalige Schulkolleginnen hatten sich ebenfalls eingefunden. Die Verwandtschaft aus der Umgebung war vollzählig vertreten, und auch Wollentarski hatte sie gesehen, er hatte aus der Ferne gewunken. Katty war gespannt auf seinen Artikel. Der würde bestimmt morgen in der *Rheinischen Post* zu lesen sein. Vielleicht sollte sie ihn einrahmen und in Gertruds Zimmer hängen.

Der Pfarrer blickte in ihre Richtung. Er war bereits mitten in der Predigt und nach Gertruds Gesichtsausdruck zu urteilen, wurde sie gerade von der Kanzel herab mächtig gebauchpinselt. Katty versuchte sich zu sammeln.

Als sie zur Kommunion gingen, zog sie für einen Moment in Betracht, die Kirche wie früher mit Heinrich einige Minuten vor Ende der Messe zu verlassen, aber sie saß in der ersten Bank wie auf dem Präsentierteller, das würde unmöglich aussehen. Es lebe der Orgelplatz, dachte sie und beschloss, die letzten zehn Minuten auch noch über sich ergehen zu lassen. Neben ihr kniete Gertrud und hielt beide Hände vor das Gesicht. Offenbar betete sie an ihrem Geburtstag etwas länger als üblich. Nach dem abschließenden Gesang richtete der Pfarrer erneut das Wort an die Jubilarin. Die kniete immer noch, und vermutlich war der Pfarrer ganz hingerissen von so viel Frömmigkeit. »Es ist nicht leicht, den Verführungen des Teufels zu widerstehen«, beschwor er die Gemeinde. »Aber wem das gelingt, der darf sich belohnt fühlen. Gertrud Franken ist mit ihrem hohen Alter ein wundervoller Lohn zuteilgeworden.«

Er sah das Geburtstagskind mit geliehener Heiligkeit an. Gertrud reagierte nicht. Kattys Nacken begann zu kribbeln. »Hundert Jahre ist sie nun schon bei uns auf Erden, sie ist uns allen ein Fels in der Brandung, eine moralische Instanz, in ihrem menschlichen Urteil unbestechlich. Und wir, liebe Gertrud Franken, wünschen uns, dass Sie noch lange bei uns bleiben.«

Die Orgel ertönte laut und dröhnend und Gertrud verharrte unverändert auf Knien in der Kirchenbank. Als Katty sie in aufkommender Panik fest anstupste, rutschten Gertruds Ellenbogen ab, und wenn Katty nicht schnell zugepackt hätte, wäre ihre Schwester umgekippt und der Länge nach zwischen die Kirchenbänke gefallen. Gertrud schüttelte den Kopf, schaute einmal misstrauisch nach rechts und nach links, stand auf und schritt genauso kerzengerade und würdig aus der Kirche hinaus, wie sie hereingekommen war. Katty war flau geworden, sie hatte Schlimmstes befürchtet, dabei war Gertrud nur eingenickt. Katty blickte auf ihre Hände, und als sie sah, dass sie zitterten, schlug sie drei Kreuze und beschloss, sich auf Tellemann erst mal ein Elf-Ührken zu genehmigen.

13. Juni 1950
Zeugin Gertrud Franken

»Sie wird uns das Genick brechen«, hatte Heinrich gesagt, »sie hasst mich und liebt die Moral. In dieser Kombination wird sie unbestechlich sein.« Katty hatte Heinrich erzählt, dass sie Paula gebeten hatte, mit Gertrud zu reden, aber sie hatte keine Argumente, um ihm zu widersprechen. Es konnte tatsächlich passieren, dass ihre eigene Schwester sie ans Messer lieferte. Katty wollte nicht darüber nachdenken. Es half nichts. Sie würden abwarten müssen.

Es war ein langer Prozesstag geplant. Noch einmal würde Katty unter Eid aussagen müssen, auch Heinrich Hegmann und Anna Maria sollten abschließend zu einigen Klagepunkten Stellung beziehen. Es waren weitere Zeugen geladen, darunter die Zeugin Gertrud Franken, die von der Gegenseite benannt worden war. Für Katty waren die entwürdigenden Vorhaltungen inzwischen fast zur Routine geworden. Erneut verneinte sie ein ehewidriges oder gar ehebrecherisches Verhältnis zu Heinrich. Als sie ein weiteres Mal nach den Potenzmitteln gefragt wurde, platzte ihr der Kragen.

»Da kann man mal sehen, wie unlogisch die Klägerin argumentiert. Wenn ich selbst mit Herrn Hegmann ein intimes Verhältnis gehabt hätte, warum hätte ich ihm dann Potenzmittel mit in die Flitterwochen geben sollen, damit er sich mit einer anderen Frau vergnügt? Das ergibt doch keinen Sinn. Das ist eher angehalten, Inhalt eines Groschenromans zu sein.«

Sie wurde daraufhin ermahnt, sie möge bitte nur die Fragen beantworten und die Urteile dem hohen Gericht überlassen. Katty kochte vor Wut. Ob ihr bewusst gewesen sei, dass Anna Maria Hegmann zur Traurigkeit neige und ein besonders sensibler Mensch sei, der, der eigenen Aussage nach, mit der »Robustheit der Zeugin Franken« nicht habe mithalten können?

»Die Klägerin war während der Ehe einige Wochen bettlägerig. In dieser Zeit habe ich sie gepflegt und mit ihrem Ehemann besprochen, dass man sie schont.«

»Und haben Sie Interesse daran gezeigt, warum es der Klägerin schlecht ging?«

»Sie sprach über große Müdigkeit und Schwäche. Als ich fragte, ob ich den Arzt rufen lassen solle, hat die Klägerin das verneint. Ich habe mich daraufhin bemüht, sie mit einer kräftigen Hühnersuppe wieder auf die Beine zu bringen.«

»War Ihnen bewusst, dass die Schwermut der Klägerin in Ihrem Bleiben auf dem Hofe begründet war?«

»Nein.«

»Warum haben Sie den erwähnten Zahnarzt nicht geheiratet?« Katty war erstaunt und schaute zu Heinrichs Rechtsanwälten. Wahrheitsgemäß antwortete sie: »Weil er nie um meine Hand angehalten hat.«

»Hatte das mit Ihrem Verhältnis zum Beklagten zu tun?«

»Nicht dass ich wüsste.«

Es ging weiter mit alten und neuen Fragen, und irgendwann war es vorbei. Noch einmal mach ich das nicht mit, schwor sich Katty. Inzwischen war es ihr fast egal, was die Richter von ihr dachten, sie wollte nur, dass es endlich ein Ende nahm.

Es folgte ein Wortgefecht der Anwälte, dann wurde Gertrud aufgerufen. Katty wurde übel, als sie sah, wie ihre Schwester in aufrechter Haltung den Zeugenstand betrat. Heinrich drehte sich zu ihr um, auch er schien blass im Gesicht. Als Gertrud gefragt wurde, ob sie mit den Parteien verwandt oder verschwägert sei, zögerte sie einen kurzen Moment und sagte dann: »Nein, bin ich nicht.«

»Sie sind von der Klägerin als Zeugin benannt. Hat die Klägerin Ihnen gegenüber folgenden Satz gesprochen: Ich bin nachts gut genug, um die Ehefrau zu sein, aber sonst hat mein Mann für mich nichts übrig.«

»Ja, das hat sie.« Im Saal wurde es unruhig, und Katty rutschte auf der Bank nach unten. Das war's, dachte sie.

»Wie haben Sie darauf reagiert?«

»Ich habe die Beklagte gefragt, was sie damit sagen wolle.«

»Was hat sie geantwortet?«

»Sie hat mir nicht auf die Frage geantwortet, sondern sagte nur: ›Ach, du bist ja ihre Schwester‹.«

»Hat sie diese Aussage nicht stutzig gemacht?«

»Ich pflege mich nicht in das Eheleben anderer Menschen einzumischen.« Lachen im Saal. Heinrich drehte sich erneut um und schaute Katty fragend an.

»Stimmt es denn, dass die Hauswirtschafterin Katharina Franken, als die Klägerin kurz verreist war, um Mitternacht aus dem Zimmer des Beklagten gekommen ist?«

»Ja.« Auf einmal war es totenstill.

»Und ist Ihnen bekannt, dass die Klägerin am Tage darauf ihr Nachthemd im ehelichen Bett nicht an der Stelle wiederfinden konnte, an der es sonst immer lag?«

»Ja, auch das ist richtig.« Jetzt brach im Saal ein regelrechter Tumult aus.

»Danke schön, Fräulein Franken. Sie sind damit als Zeugin entlassen.« Katty schlug die Hände vors Gesicht. Sie merkte, wie ihr vor Enttäuschung die Tränen kamen. Ihre eigene Schwester hatte sie nicht nur öffentlich an den Pranger gestellt, sondern sie auch ins Gefängnis gebracht. Wenn die

Richter Gertrud glaubten, dann hätte sie einen Meineid geleistet.

»Entschuldigen Sie, hohes Gericht. Ich würde gerne noch etwas anfügen, wonach die Rechtsanwälte mich nicht gefragt haben.«

Gertrud war im Zeugenstand aufgestanden, um sich Gehör zu verschaffen. »Ich möchte gerne anfügen, dass beide Punkte stimmen, sich aber erklären lassen und die Klägerin ihre Vorwürfe zu Unrecht daraus ableitet. Das Verschwinden des Nachthemds erklärt sich aus folgender Situation: Die Klägerin war über den Weißen Sonntag verreist. Mein Bruder, Josef Franken, wohnhaft in Mörmter und hier ebenfalls als Zeuge geladen, wird die Situation bestätigen können. Er hatte zur Kinderkommunion seines Sohnes Ludwig eingeladen. Da es auf seinem Hof nicht genug Platz für Gäste gab, hat Heinrich Hegmann freundlicherweise sein Haus für die Unterbringung einiger Gäste angeboten. Er hat an diesem Abend in dem kleinen Zimmer der Hauswirtschafterin Franken geschlafen, während ich mit ihr und unserer Schwester Paula im Schlafzimmer der Eheleute übernachtet habe. Wir haben uns das große Ehebett zu dritt geteilt und hatten es zuvor frisch bezogen. Vermutlich wird das Nachthemd an diesem Tage in die Schmutzwäsche geraten sein. Und falls die Hauswirtschafterin Franken das Zimmer um Mitternacht verlassen hat, war nichts Anstößiges daran, denn dort schliefen nur wir Schwestern.«

Katty wurde von einem Gefühl der Liebe und des Glücks durchströmt. Sie hätte Gertrud am liebsten in den Arm genommen. Die hatte inzwischen den Zeugenstand verlassen. Sie blickte weder Heinrich noch Katty an, und anders als erwartet, ging sie sofort. Sie hatte der Familie einen Dienst erwiesen, aber offenbar war ihr nicht danach, dafür gelobt zu werden. Der Prozess war gelaufen. Geradezu gelassen hörte Katty sich eine weitere Vernehmung Anna Marias an, die ein letztes Mal versuchte, die Zuhörer auf ihre Seite zu ziehen und den Leuten auf den Rängen eine Stunde lang bot, wonach sie gierten. Sie plauderte über intimste Details des Ehelebens, klagte darüber, wie sie immer wieder hinter dem gemeinen, unanständigen Weib habe zurückstehen müssen, wie sie von Beginn an getäuscht und schließlich mehr und mehr gedemütigt worden sei. Es sei ständig zu Küssen und Berührungen zwischen Heinrich Hegmann und der Zeugin Franken gekommen. An dem frühen Morgen, als die Hauswirtschafterin den Eheleuten beim Verkehr zugesehen habe und ihr Ehemann, der es sehr wohl bemerkt habe, nicht eingeschritten sei, sei sie innerlich zerbrochen.

Heinrichs Anwälte nahmen Anna Maria in die Mangel und hinterfragten jede einzelne ihrer Behauptungen. Zuletzt warfen sie ihr vor, nur hinter dem Vermögen Heinrich Hegmanns hergewesen zu sein. Sie habe darauf gewettet, dass dieser sich wegen seiner herausragenden Position eine Scheidung nicht erlauben könne, und habe ihm deshalb ein geradezu erpresserisches finanzielles Angebot gemacht.

Katty empfand keine Genugtuung, als sie sah, wie Heinrichs Anwälte Anna Maria zerpflückten. »Hätten Sie nicht in eine Trennung ohne Scheidung eingewilligt, wenn Herr Hegmann Sie als Erbin beibehalten und Ihnen einen großzügigen Unterhalt gezahlt hätte?«, hörte sie den Rechtsanwalt fragen und schämte sich. Das Duell der Rechtsanwälte gewann Heinrich auf ganzer Linie. Selbst als er im Zeugenstand so manche Lieblosigkeit zugeben, manche Ungerechtigkeit gegenüber seiner Ehefrau einräumen musste, betonten seine Anwälte ein ums andere Mal, die Klägerin habe dieses »Fehlverhalten längst durch nachfolgenden Verkehr verziehen«, so nannten sie das. Heinrich betonte noch einmal, er habe zur Hauswirtschafterin Franken niemals eine sexuelle Beziehung gehabt, und es war deutlich, dass die Richter ihm glaubten. Ob Heinrich an damals denkt, fragte sich Katty und erschrak für einen Moment. Doch dann tröstete sie sich damit, dass das alles in einem anderen Leben stattgefunden hatte. In einer Welt zwischen den Welten, die immer nur in ihren Köpfen existiert hatte.

Als sich das Gericht zur Beratung zurückzog, verließ Katty den Saal. Sie war froh, dass Gertrud schon gegangen war.

Der 100. Geburtstag – Sonntag

Eine Jahrhundertfeier

Nach ihrem kurzen Nickerchen schien Gertrud frisch und erholt. Katty erreichte sie erst kurz vor dem Ausgang und hakte sie unter. Sie liefen durch ein Spalier von Nachbarn und Nachbarinnen, die Blumen streuten wie bei einer Hochzeit, dazu spielte eine Blaskapelle. Gertrud hielt an und nahm das Ständchen mit sichtlicher Freude und leichtem Wippen entgegen.

»Kommt bitte alle mit auf den Hof«, krächzte sie atemlos, und Katty stimmte ein.

»Ja, ihr wisst doch, dass ihr immer gut verköstigt werdet. Da könnt ihr Gertrud in Ruhe gratulieren.«

Sie stiegen ins Auto und fuhren zum Hof, wo Katty das übliche Zelt im Garten hatte aufstellen lassen. Wie seinerzeit beim Besuch von Heinrich Lübke würde die Jubilarin später zum Essen mit den engsten Verwandten im Speisezimmer des Hauses sitzen. Katty hatte Sorge gehabt, dass ihre Schwestern sich im zugigen Zelt verkühlen könnten. Da aber dieser 8. Mai ein ausgesprochen warmer Frühlingstag war, hatte sie beschlossen, Gertrud vor dem Zelt einen Sessel aufzustellen. So konnte sie die Gratulantenschar bequem an sich vorbeiziehen lassen. Katty wusste, dass auch Gertrud sich im Kopf eine Liste von den Menschen gemacht hatte, die sie an diesem Tag dringend sehen wollte und über deren Fernbleiben sie beleidigt wäre.

Eine geschlagene Stunde saß Gertrud in ihrem Sessel, hörte sich von Nachbarn Gereimtes, von Verwandten theatralisch Dargebotenes und vom Kirchenchor professionell Gesungenes an. Und ihre Laune stieg mit jedem Gast, der sie herzte und drückte und ihr noch viele schöne Jahre wünschte. »Natürlich«, lachte sie dann jedes Mal. »Ihr wisst doch: Unkraut vergeht nicht.«

Katty stand neben dem Sessel, hielt mit ihrer Schwester gemeinsam Hof und lud ein, ordentlich zu essen und zu trinken. »Es ist genug da«, betonte sie immer wieder. »Hier im Hause hat noch keiner darben müssen.«

Das wussten sie alle. Fast jeder war schon einmal auf dem Tellemannshof zu Gast gewesen, und sie waren immer gerne wiedergekommen. Auch die Scheidung hatte daran nichts geändert. Niemand hatte sie danach gemieden, obwohl Katty und Heinrich das befürchtet hatten. Ob es an Heinrichs Stellung oder an ehrlicher Sympathie für die Bewohner des Tellemannshofes lag, hatte Katty nie erfahren, aber alle Freunde und Bekannten hatten von Anfang bis Ende der schmutzigen Geschichte zu ihnen gestanden. Einige der heutigen Gäste hatten im Scheidungsprozess als Zeugen aussagen müssen. Doch nie wieder waren Heinrich oder Katty auf den Prozess angesprochen worden. Es war endgültig vorbei gewesen, als das Oberlandesgericht Kleve die Berufungsklage abwies und damit das Urteil bestätigte, in dem Heinrich Hegmann auf ganzer Linie Recht bekommen hatte. Die Schuld für die Zerrüttung der Ehe war Anna Maria zugeschrieben worden, sie hatte sogar für die Prozesskosten aufkommen müssen. Bis auf einen Ordner voller Akten war davon nichts mehr geblieben.

Von Anna Maria hatte man nie wieder etwas gehört. Sie war nach der Scheidung angeblich nach Süddeutschland gezogen, ob sie noch lebte, wusste Katty nicht. Vierundachtzig wäre sie jetzt, dachte sie, ist ja eigentlich kein Alter. Auch im Dorf hatte sie nie mehr eine böse Bemerkung gehört. Vielleicht lag es daran, dass man die Dinge am Niederrhein gerne unter den Teppich kehrte, vielleicht waren die Wardter aber einfach zu stolz auf Heinrich Hegmann gewesen. Er war am 18. Juni 1950 mit einem hervorragenden Ergebnis wiedergewählt worden. Und ebenso bei allen Landtagswahlen, die folgten. Erst sein Tod hatte ihn aus dem nordrhein-westfälischen Landtag gerissen.

Katty spürte einen stechenden Schmerz in den Zehen, guckte böse nach unten und bemerkte, dass Paula sich zu ihnen gesellt hatte und ihr auf den Fuß getreten war.

»Du sollst keine fremden Gedanken neben mir haben, kennst du nicht Gertruds oberstes Gebot«, flüsterte sie und Katty setzte eine schuldbewusste Miene auf. Dann legte sie den Finger an den Mund und mahnte: »Pst!«

Noch einmal sang der Chor, und es war eine Freude, zuzuhören. Zusammen mit den engsten Verwandten, den Nichten und Neffen hatte er eine Abwandlung des Liedes die »Rose vom Wörthersee« einstudiert. »Du bist die Rose vom Frankens-Clan« hieß es darin, und als Katty schließlich den Gratulationsreigen beendete, alle zum Büfett schickte und Gertrud unterhakte, um sie zum Essen ins Haus zu führen, ließ die sich den Text noch auf der Zunge zergehen. »Herrlich«, sagte sie immer wieder, wenn ihr eine weitere Zeile eingefallen war.

Beim Mittagessen wurde natürlich über Politik diskutiert. So ist es in diesem Haus immer gewesen, dachte Katty und lächelte, als sie ihre Großnichte ansah. Die schwang gerade große Sonntagsreden und wurde von ihrem konservativen Onkel gemaßregelt. Die Arme, grinste Katty, die kriegt aber auch ständig etwas auf die Mütze. Die junge Frau war Studentin, und als sie neulich verkündet hatte, sie werde in eine Wohngemeinschaft einziehen, war Katty fast über Tische und Bänke gesprungen. »Dann musst du dich hier nicht mehr blicken lassen«, hatte sie gefaucht. »Diese Kommunen sind wirklich das Letzte, so eine bist du nicht. Da ist Sodom und Gomorrha.« Sie hatte sich erst beruhigt, als man ihr glaubhaft versichert hatte, dass man es heutzutage auch »Wohngemeinschaft« nannte, wenn man mit einer Freundin die Wohnung teilte. »Kann ich doch nicht ahnen«, hatte Katty sich entschuldigt. »Ich dachte, dass wäre wie bei den Langhaarigen in den Sechzigerjahren.«

Wenn ich mir Gertrud und Paula so angucke, dann habe ich noch etwa zwanzig Jahre zu leben, dachte Katty jetzt, da lohnt es sich, sich noch mal genauer mit der Jugend von heute auseinanderzusetzen, ich sollte den Anschluss nicht verpassen. Sie blickte weiter in die Runde und sah zu ihrer Zufriedenheit, dass sich alle Gäste gut unterhielten und nirgendwo das Gespräch stockte. Sie beugte sich nach links zu Paula. »Wie gefällt dir das Fest?«

»Großartig, und ich frage mich die ganze Zeit, was du wohl für mich in zwei Jahren veranstaltest.«

»Du kannst noch Extrawünsche anmelden, wenn du welche hast, besondere Musikwünsche werden gerne erfüllt.«

»Bist du eigentlich sicher, dass Piet nicht gleich wieder zu spielen anfängt?«, lachte Paula.

»Ja«, gab Katty amüsiert zurück und erinnerte sich an die Comichefte, die sie bei einem ihrer Großneffen gesehen hatte, »ich habe ihn gefesselt, geknebelt und an den Bettpfosten geknotet. Wir sind sicher.« Sie erntete von Paula ein herzliches Ploppen, dann beugte sie sich näher zu ihrer Schwester. »Sag mal, hast du eigentlich damals mit Gertrud gesprochen?«

»Was meinst du mit damals?«, fragte Paula.

»Ich meine bei dem Scheidungsprozess«, insistierte Katty.

»Wie kommst du jetzt darauf?«

»Ach, du weißt doch, dass ich beim Aufräumen von Heinrichs Zimmer den Ordner mit den Scheidungsakten gefunden habe. Und da musste ich daran denken.«

»Katty, du hast niemals Anlass gehabt, an der Liebe deiner Schwester zu zweifeln. Reicht dir das?«

»Was hast du ihr gesagt?«

»Ich habe ihr gesagt, dass man auf Tellemann hervorragend einen hundersten Geburtstag feiern kann«, grinste Paula.

Katty begnügte sich mit dieser Antwort. Vielleicht hatte Paula recht. Manchmal musste man die Vergangenheit ruhen lassen und die Gegenwart genießen. Sie würde den Ordner nun endlich verbrennen, so wie Heinrich es schon vor einem Vierteljahrhundert verfügt hatte.

Die Suppe war gegessen, die Helfer hatten die Teller abgetragen. Es war an der Zeit. Katty klopfte mit dem Messer ans Kristallglas, stand auf und machte sich bereit für eine Rede auf ihre große Schwester. Sie war ein bisschen nervös, denn es sollte keine launige Rede sein. Spaß gab es genug bei Tisch, sie wollte Gertrud würdigen.

»Liebe Gertrud«, begann sie und musste sich räuspern. Ihre Stimme flatterte ein wenig.

»Trink erst mal einen«, rief ihr angeheirateter Neffe Bernhard ihr aufmunternd zu, »dann ist die Tröte geschmeidiger.«

Katty lachte ihn dankbar an. »Ja, schenk mir mal schnell einen ein, Junge!« Sie nahm ein Glas, leerte es in einem Zug und machte weiter.

»Ja, jetzt gehdet. Liebe Gertrud!«

Katty erzählte in kurzen Sätzen Gertruds Leben, sie sprach von ihrem Kummer, ohne den Namen Franz zu erwähnen, aber doch so, dass Gertrud feuchte Augen bekam. Sie dankte ihrer großen Schwester für die Hilfe, die sie immer von ihr erfahren hatte, auch in Situationen, in denen es nicht selbstverständlich gewesen war, und sie bewunderte, wie klug, geradlinig und menschlich Gertrud zeit ihres Lebens gewesen war. Zum Schluss beugte sie sich zu ihr hinunter und gab ihr einen Kuss. Die Familie klatschte, einige riefen »Bravo« und Gertrud strahlte sie an. Katty glaubte, in ihrem Gesicht eine tiefe Entspannung ausmachen zu können. Vielleicht hatte Gertrud das Gefühl, dass sie nach achtzig Jahren doch endlich auf den Hof kam, auf dem sie ihr Leben hätte verbringen sollen, wenn das Schicksal nicht ein paar Volten geschlagen hätte. Nachdem Katty das Glas erhoben hatte, um mit allen gemeinsam auf Gertrud anzustoßen, erhob sich schließlich, ein wenig schwankend, auch die Jubilarin. Gertrud prostete der versammelten Mannschaft zu. Sie lächelte einen Moment lang verschmitzt in die Runde und sagte dann, zu Katty gewandt:

»Gut, dass ich noch nicht so alt bin. Sonst hätte Katty so lange gesprochen, dass das Essen kalt geworden wäre. Ich werde mich kurz fassen, zumindest in diesem Jahr. Und so sage ich es voller Optimismus: Kommt ruhig nächstes Jahr wieder!«

Epilog

Die Gäste kamen noch einige Male wieder, um Gertruds Geburtstag zu feiern, genau genommen vier Mal.

Mit einhundertvier Jahren starb Gertrud auf dem Tellemannshof in den Armen ihrer Schwester Katty. Ihr Geist war bis zu ihren letzten Stunden wach und klar.

Was dann passierte, war für die gesamte Verwandtschaft ein schwerer Schlag. Kurz nach Gertruds Tod wurde in Kattys Brust ein Tumor gefunden. Die Ärzte sagten, man solle sich deswegen keine Sorgen machen, Brustkrebs sei im hohen Alter selten aggressiv. Sie hatten sich vertan.

Katty war neunzig, als sie starb, und die Familie fragte sich: Warum? Sie war doch noch so jung.

Paula verheimlichte man Kattys Tod zunächst, ihre Familie hatte Sorge, durch diese Nachricht könnte sie den Lebensmut verlieren. Und so war es dann auch. Als sie vom Ableben ihrer kleinen Schwester erfuhr, verabschiedete sie sich ebenfalls. Paula wurde fast einhundertfünf Jahre alt, und sie hat sicher einen seltenen Rekord erreicht: Sie hat drei verschiedene Jahrhunderte erlebt. Geboren im 19., gelebt, geliebt, gelacht und gelitten im 20. und gestorben erst im 21. Jahrhundert.

In der Familie tröstete man sich, Gertrud habe ihre Schwestern nachgeholt, sie habe sich da oben gelangweilt. Und so teilen die drei sich vermutlich eine Wolke und reden über ihre Lieben und das Leben. Und falls Josélein bei ihren Schwägerinnen zu Besuch ist, kloppen sie Karten.

Nachwort

Meine Tanten und ich

Es heißt, Heinrich Hegmann habe mich auf seinen Knien sitzen lassen. Das war in der Familie so etwas wie ein Ritterschlag. Ich dürfte damals nicht viel davon mitbekommen haben, da ich nur wenige Wochen alt war. Der namhafte Politiker starb etwa ein halbes Jahr nach meiner Geburt, wobei das eine mit dem anderen definitiv nichts zu tun hatte.

Heinrich Hegmann ist für mich und für die ganze Familie bis heute eine Legende, und für uns Kinder war er der »Mann von Tante Katty«. Wir sahen regelmäßig sein überlebensgroßes Porträt in Kattys Büro hängen und hörten sie von ihm schwärmen.

Katty ist meine Großtante, die Tante meiner Mutter, und in dem gleichen familiären Verhältnis stehe ich entsprechend auch zu Paula und Gertrud. Die drei waren der Mittelpunkt der Familie. Auf dem Tellemannshof haben wir jedes Jahr den zweiten Weihnachtstag verbracht, Tante Gertrud mussten wir unser Zeugnis zeigen und waren heilfroh, wenn wir mit einem 50-Pfennig-Stück statt einer Mahnung nach Hause gehen durften. Und Paulas ploppendes Lachen habe ich immer noch im Ohr.

Die drei haben faszinierende, schwierige und vor allem lange Leben gelebt, die mich inspiriert haben, dieses Buch zu schreiben. Das meiste darin geht zurück auf das, was man sich – zum Teil hinter vorgehaltener Hand – in der Familie erzählte, dabei ist es durchaus möglich, dass die eine oder andere Geschichte von Jahr zu Jahr brisanter wurde.

Dieser Roman ist also kein Dokument der Wahrheit, wohl aber ein wahrhaftiges Dokument der Familiengeschichten.

Vor fünf Jahren bin ich in den Besitz des Aktenordners »Hegmann gegen Hegmann« gelangt.

Mein Vater hatte ihn kurz nach Kattys Tod mit dem Hinweis überreicht bekommen, Tante Katty habe verfügt, man möge ihn nicht lesen, sondern verbrennen. Auch er ignorierte den Befehl, wie alle anderen zuvor, und so ist der Ordner schließlich bei mir gelandet: Klageschrift, Zeugenaussagen, Anwaltskorrespondenz und handschriftliche Notizen von Heinrich Hegmann – fein säuberlich abgeheftet, sodass er sogar die nächste Generation noch überstehen dürfte und als Dokument einer Zeit und ihrer Geschichte erhalten bleibt. Ich werde ihn jedenfalls auch nicht ins Feuer werfen.

Würden Katty, Gertrud und Paula akzeptieren, dass ich sie zu Vorbildern für meine Romanfiguren gemacht habe? Ehrlich gesagt habe ich mir diese Frage immer wieder gestellt und habe für mich eine Antwort gefunden: ja. Aber sie hätten bestimmt ihre eigene Version niederschreiben wollen. Tja, in guter Familientradition werden wir das wohl in Gedanken noch ausdiskutieren müssen, meine Großtanten und ich.

Dank

Ich danke
meinem Vater Bernhard fürs Verwahren,
Birgit für die Versuchung,
Helge fürs Verlegen,
Sandra für liebevolles Verändern, Verbessern und Vervollständigen,
Hans und Käthy für vergangene Geschichten,
Louisa, Steffi, Gisela, Anka und Vani fürs Versorgen
und
Frank für vieles, vor allem für Verständnis.

Inhalt